Die Abenteuer eines legendären
Schiffskaters

Rotbartsaga
Die erste Reise

Schiffbruch
vor Sumatra

Wolfgang Schwerdt

FSC
www.fsc.org
MIX
Papier aus ver-
antwortungsvollen
Quellen
Paper from
responsible sources
FSC® C105338

Illustrationen: Die Illustrationen des Buches sind Arbeiten des Autors, denen folgende Werke zugrunde liegen: Historische Dokumente, Zeichnungen und Gemälde (public domain); eigene Fotos; andere Fotos
Quellen: Wikimedia commons; pixabay; Rijksmuseum Amsterdam; Fotos von Unterstützern; Eigene

Bibliografische Information der Deutschen Nationalbibliothek:
Die Deutsche Nationalbibliothek verzeichnet diese Publikation in der Deutschen Nationalbibliografie; detaillierte bibliografische Daten sind im Internet über dnb.dnb.de abrufbar.

Herstellung und Verlag: BoD – Books on Demand, Norderstedt

ISBN: 9783746044620

Inhalt

Teil 1 Seite 8

Die Reise nach Ostindien

*Die Reise beginnt * Rotbart und die Klabauterschlacht * Weihnacht an Bord * St. Anthoni, Kap Verden * Äquatortaufe * Fernando de Noronha * Rotbart und der Schwertfisch * Kap der Guten Hoffnung * Katzenspiele * Begegnung mit dem Fliegenden Holländer * Auf dem Weg in die Katastrophe * Schiffbruch*

Teil2 Seite 137

Abenteuer auf Sumatra

*Drachenkampf * Gefährliche Begegnung * Begegnung mit dem König des Dschungels * Vertreibung aus dem Paradies * Begegnung mit einem fischenden Artgenossen * Das Dorf am Fluss * In der Falle * Im Reiche Raja Kucins * Zurück auf See * Taifun und Piraten * Abenteuer in Malakka * Unterwegs mit den Seenomaden * Die Schiffskatzen der Ontdekker*

Inhalt

Teil 3 Seite 271

Abenteuer in Batavia und Rückreise

Die Katzenbanden von Batavia * Gefangen beim Chineser *
Der Feldzug der Katzen * In letzter Sekunde *
Piratenüberfall in der Malakkastraße * Zwartbaard und
eine wundersame Rettung * Der Tiger von Colombo *
Massaker auf Mauritius * Familienangelegenheiten *
Besuch bei Freunden * Auf Heimatkurs

Die Galerie der felinen Seefahrer. Seite 338

Statt eines Glossars. Seite 343

Bisher erschienene Bücher zur Rotbartsaga.
Seite 346

Der Autor. Seite 348

Teil 1
die Reise nach
Ostindien

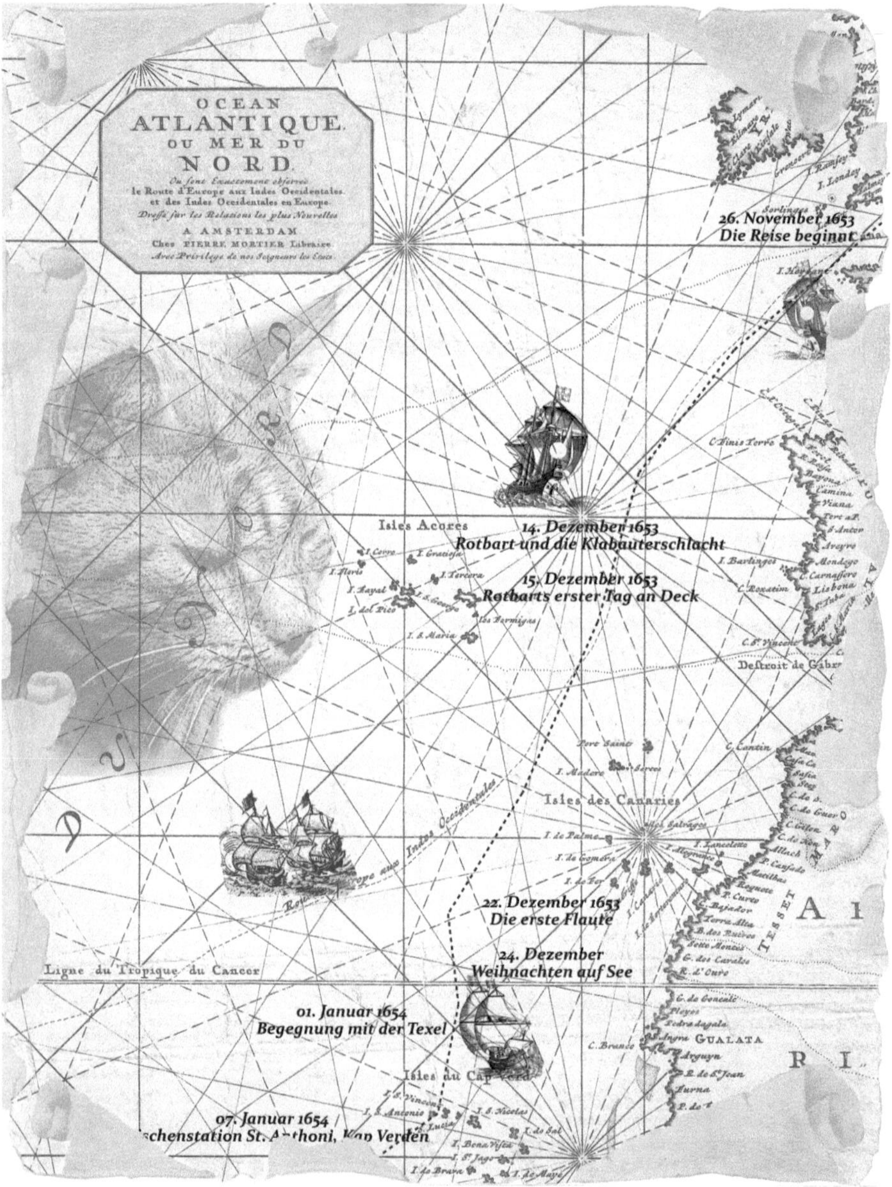

OCEAN ATLANTIQUE.
OU MER DU
NORD.
Où sont Exactement observées
le Route d'Europe aux Indes Occidentales
et des Indes Occidentales en Europe.
Dressé sur les Relations les plus Nouvelles

A AMSTERDAM
Chez PIERRE MORTIER Libraire
Avec Privilège de nos Seigneurs les Etats.

26. November 1653
Die Reise beginnt

Isles Acores

14. Dezember 1653
Rotbart und die Klabauterschlacht

15. Dezember 1653
Rotbarts erster Tag an Deck

Isles des Canaries

22. Dezember 1653
Die erste Flaute

24. Dezember
Weihnachten auf See

Ligne du Tropique du Cancer

01. Januar 1654
Begegnung mit der Texel

Isles du Cap

07. Januar 1654
...schenstation St. Anthoni, Kap Verden

Im wilden Galopp stürmte Rotbart auf den Bojer am Kai zu, der das Gepäck und die letzten Achterdecksgäste zur Zeeland bringen sollte. Der pfiffige Kater hatte den Zeitpunkt genau abgepasst. Die Matrosen hatten bereits den Steg eingezogen und die Leinen gelöst, als er wie ein roter Blitz über die Reling des in den Wind schießenden Versorgungsschiffes fegte.

26. November 1653
Die Reise beginnt

Die kläffende Hundemeute, deren Jagdtrieb Rotbart mit seinem unvermuteten Sprint geweckt hatte, musste auf die erhoffte Beute verzichten. Der Kater hatte keine Zeit, voller Schadenfreude zu beobachten, wie einige seiner Verfolger ungebremst ins Wasser rauschten, andere sich beim Versuch, rechtzeitig abzustoppen, überschlugen und wieder andere mit eingeklemmtem Schwanz reumütig zu ihren wütenden Herrchen zurückkehrten. Er war direkt auf dem gebeugten Rücken eines der feinen Herren gelandet, die im Auftrag der Vereinigten Ostindischen Kompagnie und der Familie Carlszoon das Kontor in Batavia verstärken sollten. Der Kaufmann hielt nur mit Mühe sein Gleichgewicht und fluchte gehörig. Dabei konnte er von Glück reden, dass die scharfen Krallen des Katers nicht durch das dicke Winterwams drangen. Der junge Carl Carlszoon amüsierte sich prächtig und wollte dem zukünftigen Kontorleiter das fauchende Fellbündel vom Rücken klauben. Aber Rotbart hatte dem Kaufmannsgehilfen blitzschnell ein paar tiefe Kratzer in den Handrücken gefräst und war auf den Stapel des persönlichen Gepäcks und Proviants der Achterdecksgäste gesprungen. Nein, verstecken würde er sich diesmal nicht. Die Menschen hielt er sich mit dem bösartigsten Knurren, das er hervorbringen konnte, vom Pelz und beobachtete dabei sehr genau, wann und wo das Versorgungsschiff die Bordwand der Zeeland erreichen würde.

„Bei dem werden die Nager an Bord aber nichts zu lachen haben, wo er doch sogar Menschen anfällt."

Carl grinste den Oberkaufmann an, wickelte ein Taschentuch um seine blutende Hand und zwinkerte dem grimmigen Roten zu: „Ich hoffe, Menschen werden nicht zu Eurer Lieblingsbeute, Herr Kater."

Rotbart antwortete mit einem wilden Fauchen. Er wollte jetzt nicht gestört werden und mit Zweibeinern hatte er sowieso nichts am Hut. Die standen auf seiner Liste der größten Feinde ganz oben, noch weit vor den Hunden. Wütend und aufgeregt zuckte sein Schwanz hin und her und je näher sie dem Schiff – seinem Schiff – kamen, desto mehr konzentrierte er sich auf den Sprung. Alles Störende wurde ausgeblendet, die Barthaare, die Ohren und der Blick nach vorne gerichtet. Sein Körper wankte vor und zurück, die Hinterpfoten suchten bereits die beste Absprungposition, den besten Halt. Noch bevor der Bojer an die Bordwand der Zeeland stieß und durch das Rucken die sorgfältigen Berechnungen für den entscheidenden Sprung zunichte machen konnte, drückte sich der Kater ab und schnellte mit gestreckten Pfoten wie ein Pfeil durch die geöffnete Stückpforte in das Innere des Schiffes. Er kannte das oberste Zwischendeck auf dem er landen würde genau, so wie jeden anderen Winkel der Zeeland. Die war nämlich vor rund vier Monaten nach der Schlacht vor Scheveningen zur Reparatur auf den Strand der Reede von Texel gezogen worden. Mit an Bord der legendäre Schiffskater Seetiger, von einem Holzsplitter verletzt und dem Tode nahe. Der kleine Rote hatte sein Schiffskateridol wieder gesundgepflegt und dabei den Ostindienfahrer bis in seine hintersten Ecken auskundschaften können. Nun war der alte Seetiger wieder gesund, das Schiff repariert und fertig zum Auslaufen. Mit seinem Sprung durch die Stückpforte ließ der junge rote Kater sein bisheriges Leben nun für immer hinter sich. Er wusste, das was auf ihn zukam, war gefährlich, voller Abenteuer und Überraschungen – und er freute sich darauf.

Auf die erste Überraschung hätte Rotbart allerdings gerne verzichtet. Als er tief abgefedert auf dem Deck landete schlug ihm eine beinahe betäubende Wolke menschlicher Ausdünstungen entgegen. Auf dem Zwischendeck war nichts mehr so wie er es kannte. Damals, als er Seetiger pflegte, hatten die beiden das Schiff weitgehend für sich. Es waren noch keine Kanonen an Bord, keine Seekisten, keine Ausrüstung, kein Material, das über den Bedarf der Zimmerleute hinausging, die das Schiff instand setzten. An das Hämmern und Sägen, das zumindest tagsüber überall im Rumpf zu hören war, an die Rufe der Handwerker, ja selbst an die gelegentlichen lautstarken Streitereien der Menschen oder irgendwo herunterkrachende Lasten konnte Katz sich problemlos gewöhnen, denn es gab überall Ausweichmöglichkeiten. Aber das, womit es Rotbart nun zu tun hatte, war etwas völlig anderes, das war nicht das Schiff, das er kannte, sein Schiff, auf das er sich so gefreut hatte. Unzählige Menschen, Lärm, unbekannte Geräusche, Gerüche, Hundegebell und überall Dinge, die ihm die zuvor so sorgsam abgespeicherten Fluchtwege des Reviers versperrten. Dazu gehörte auch die Kanone, gegen die er beinahe bei seinem Sprung durch die Stückpforte geknallt wäre. Glücklicherweise hatte er das bronzene Rohr knapp verfehlt und kauerte nun völlig verängstigt im Schutze der Lafette.

„Was für ein Sprung", dem Brauntiger, der sich vor Rotbart hinsetzte und gelassen die Pfote leckte, schien der Trubel nichts auszumachen. „Ob es allerdings besonders klug war, vor dem Mast an Bord zu gehen, wage ich zu bezweifeln. Mir persönlich wäre es hier ein wenig zu lebhaft."

Der Kater mit dem Namen Käptn Grotebroer sah Rotbart prüfend an. „Hast du Lust, mir nach achtern zu folgen? Ich denke, Seetiger wird dich sehen wollen, er hat jedenfalls schon eine Menge von dir erzählt und hält große Stücke auf dich – warum auch immer."

Rotbart bekam kaum etwas von dessen Worten mit. Einzig der Name seines Idols war in sein Bewusstsein gedrungen und veranlasste ihn, Grotebroer wie in Trance zu folgen. Der führte Rotbart sicher durch das Chaos in den hinteren, durch eine dünne Trennwand abgeschotteten, Teil des Zwischendecks unter den Kapitäns- und Passagierkajüten, dessen einzige Lichtquelle die schmale Öffnung im Heck des Schiffes war, durch den die mächtige Ruderpinne führte.

„Na Kleiner, ich hoffe, es wird nicht zur Gewohnheit, erst im letzten Augenblick an Bord zu kommen", Seetigers Augen blitzten spöttisch.

Rotbart hatte sich von seinem ersten Schrecken bereits wieder erholt und musste feststellen, dass neben Grotebroer auch noch andere Vertreter der Schiffskatzengilde anwesend waren und ihn neugierig anstarrten. So eine spöttische Bemerkung vor versammelter Mannschaft war nicht gerade das, was sich der Kater als Einstand auf seinem ersten Schiff vorstellte.

„Ich hatte noch kurz in Amsterdam zu tun", konterte Rotbart großspurig und starrte zurück.

Lange währte Rotbarts selbstbewusste Phase allerdings nicht. Als sich die Ruderpinne über ihren Köpfen knarrend hin und her bewegte, das Schiff knackend und knirschend zu schwanken begann und sich das Trampeln der Füße und das Geschrei der Menschen hinter der Trennwand und auf den oberen Decks noch verstärkte, geriet sein Körper wieder in höchste Alarmbereitschaft. Tief duckte sich der Kater, alle Sinne angespannt. Mit zuckendem Schwanz und Ohren versuchte er, die Geräusche und Bewegungen des Schiffes einzuordnen und zu verarbeiten. Denn Nachdem Anker gehievt und Segel gesetzt worden waren und die Zeeland mit Kurs auf den Englischen Kanal die geschützte Reede von Texel verließ, wurde der neue Arbeitsplatz des Schiffskaters geradezu lebendig. Weitere Sinneseindrücke kamen hinzu, als das Schiff

vom eisigen Wind der Nordsee erfasst wurde, sich weit auf die Seite legte und seinen Weg krachend durch die kurzen Wellen kämpfte. Trotz seines Ausflugs nach Amsterdam über die raue Zuiderzee war er auf das, was ihn hier erwartete, nicht einmal ansatzweise vorbereitet. Die fünf Katzen, die gelassen um ihn herumsaßen, beobachteten die Reaktion Rotbarts interessiert.

„Das ist also dein Held", stellte der junge weiße Kater mit den markanten schwarzen Tupfern trocken fest und blickte Seetiger zweifelnd an.

„Warts nur ab, Kleinebroer", grinste der oberste kätzische Nagerkontroll-Offizier vielsagend und Jack Tiger, der dem Rotbart auf den ersten Blick verblüffend ähnelte, murmelte: „Angst sieht jedenfalls anders aus."

Angst hatte Rotbart tatsächlich nicht mehr. Angesichts seiner Kollegen, die gelassen aufrecht sitzend die heftigen Schiffsbewegungen ausglichen, war ihm klar, dass derzeit keine Gefahr drohte. Aber die gewaltige Anspannung, die sich bei dem roten Kater aufgestaut hatte, musste trotzdem irgendwie gelöst werden. Und während die Katzengruppe wie ein betrunkener Shantychor im Gleichtakt vor Rotbart hin und her schwankte, sprang der unvermittelt auf, machte zwei Sätze über das Deck und stürzte sich blitzschnell auf die Ratte, deren Anwesenheit seine hochkonzentrierten Sinne wahrgenommen hatten. Ein verzweifeltes Pfeifen, ein schneller Biss und Rotbart tauchte mit seinem Opfer im Maul aus dem Dunkel auf. Er ließ seine Beute in die Mitte der schwankenden Katzengesellschaft fallen, setzte sich, nun genauso entspannt wie die anderen und schnurrte.

„Mein Name ist Rotbart, Schiffskater Rotbart! Guten Appetit Kollegen."

„Willkommen Rotbart", maunzte der weiße Kater mit der schwarzgrau getigerten Decke beeindruckt und machte sich gleich über den Nager her.

13

„Ich glaube, das war Rotbarts Begrüßungsschmaus für uns alle, Newton", knurrte Seetiger.

„Dann werde ich mal Nachschub beschaffen", erklärte sich Jack Tiger bereit.

„Willkommen Rotbart, war 'ne starke Aktion", maunzte Kleinebroer anerkennend und Käptn Grotebroer ergänzte, „vielleicht hat Seetiger ja doch nicht zu viel versprochen, hast dich ja schnell gefangen."

„Jedenfalls schneller, als der eine oder andere hier bei seinem ersten Mal", stellte Seetiger nicht ohne Stolz auf seinen Schützling klar. „Achtung, Spiky!"

Seetigers Warnung kam recht gelassen. Die Katzen schlenderten ohne Eile davon und verschwanden unaufgeregt in der Dunkelheit des Decks. Der alte Schiffskater selbst blieb sitzen wo er war und Rotbart sah keinen Grund, es ihm nicht gleich zu tun.

„Sein Zweibeiner ist bei ihm, der erlaubt nicht, dass er uns angreift. Aber hüte Dich davor, jemals mit ihm allein zu sein! Er hasst Katzen und Schiffskatzen ganz besonders!"

Spiky stammte aus altem schottischen Bordhundeadel und bereits seit rund zwei Jahrhunderten war der Einsatz von Katzen auf Schiffen der britischen Inselmächte aus religiösen Gründen verpönt. Schon Spikys Urahn Aengus MacHatch hatte als Hund des Bootsmanns seit 1532 auf dem damals größten Schiff der Welt, der La Grande Nef d'Ecosse, gedient, die der schottische König James IV. unter dem Namen Great Michael 1505 in Auftrag gegeben hatte. Als das Schiff 1545 dann in französischen Diensten an der Schlacht im Solent teilnahm, stand Aengu's Vetter Andrew MacHatch, ein Jack-Russel-Mischling, auf dem englischen Flaggschiff Mary Rose seinen Hund und folgte seinem Herrchen beim Untergang des Schiffes in den nassen Tod. Ohne einen MacHatch dürfte Sir Francis Drakes Bootsmann 1588 kaum

gegen die spanische Armada gesegelt sein. Und natürlich gab es nicht wenige Clansdogs, die im 17. Jahrhundert in der englischen Flotte gegen die Holländer kämpften. So berühmte Namen wie Finlay, Alibert, Ailein, Artec oder Alastair seien hier erwähnt, alles MacHatches. Spiky selbst hatte auch zu den legendären Clansdogs der englischen Flotte gehört, jedenfalls bis zum 26. August 1652.

Es war die zweite Schlacht des ersten Niederländisch-Englischen Krieges an der Spiky MacHatch mit seinem Herrchen, dem Bootsmann Peter Black, teilnahm. Sein Schiff hatte mit zwei Weiteren der Flotte des Admirals Sir George Ayscue das größte holländische Kriegsschiff, die Vogelstruys gestellt, das den Anschluss an Michiel de Ruyters Flotte verloren hatte. Die 200 Besatzungsmitglieder des mit 40 Kanonen schwerbewaffneten niederländischen Ostindienfahrers waren dem Enterangriff der drei englischen Gegner nicht gewachsen. Auch der mächtige Peter Black, selbstverständlich in Begleitung des heldenhaften Spiky MacHatch, hatte sich auf das Deck des feindlichen Schiffes gekämpft und der Sieg war zum Greifen nahe. Mit dem keltischem Furor, der einem Clansdog zur unerbittlichen Kampfmaschine machte, verbiss sich Spiky, immer wieder zwischen den Beinen seines Bootsmanns hervorschnellend, in die gegnerischen Waden, während sein Herrchen die schmerzgepeinigten Opfer MacHatchs niedermachte. Die beiden waren ein eingespieltes, kaum zu stoppendes Team. Aber irgendwann geschah es doch. Der Bootsmann hatte fast das Achterdeck erreicht und sah, wie Holländer bereits versuchten, die Flagge zu streichen. Diese kurze Unaufmerksamkeit reichte aus und ein kräftiger Hieb mit einem Belegnagel erwischte ihn am Hinterkopf, sodass er taumelte und schließlich blutüberströmt neben einem umgestürzten Geschütz an der Bordwand zusammenbrach.

Als Black wieder zu sich kam, lag er noch immer neben der

Kanone, den treuen Spiky MacHatch auf seinen Beinen, misstrauisch die Umgebung beobachtend und bereit, sein Herrchen gegen jeden Angriff zu verteidigen. Aber das Schlachtgetümmel war vorüber, auf dem Deck herrschten emsige Aufräumarbeiten und als der Bootsmann vorsichtig den dröhnenden Kopf wandte und einen Blick durch die offene Stückpforte warf, wollte er seinen Augen nicht trauen. Zu qualmenden Wracks zerschossen suchten die englischen Schiffe mit zerfetzten Segeln das Weite und ihn hatten seine eigenen Leute auf dem Holländer einfach zurückgelassen. Schnell hatte man den verwundeten Engländer mit seinem Hund entdeckt und vor die Wahl gestellt, entweder als Kriegsgefangener irgendwo auf einer niederländischen Insel zu vergammeln, oder in die Dienste der notorisch personalknappen Niederländischen Ostindienkompagnie zu treten. Peter Black fiel die Wahl nicht schwer. Und so kam es, dass er zunächst auf der Insel Texel interniert wurde, um von dort auf die Zeeland beordert zu werden. Dass Spiky MacHatch seinem Herrchen folgte, versteht sich von selbst.

Während seiner Zeit auf Texel erfuhr Peter schließlich auch, was an Bord der Vogelstruys eigentlich passiert war. Tatsächlich hatte die Leute des friesischen Kapitäns Douwe Aukes angesichts der englischen Übermacht längst der Mut verlassen und als Zeichen der Aufgabe wollten sie die Flagge niederholen. Aber sowohl sie als auch die Engländer hatten die Rechnung ohne den heißblütigen Friesen gemacht. Mit brennender Lunte an einem Pulverfass stehend, drohte er, eher das Schiff in die Luft zu sprengen, als die Flagge zu streichen und erzielte damit eine unglaubliche Wirkung. Ob nun aus Angst oder neu aufgeflammtem Heldenmut, stürzten sich die holländischen Matrosen auf die überraschten englischen Enterabteilungen, trieben sie zurück auf ihre Schiffe oder fegten die Gegner einfach über Bord. Und als die wieder zu Kräften gekommene Vogelstruys auch noch ihre zahl-

reichen noch intakten Kanonen sprechen ließ, verwandelten sich die englischen Schiffe binnen kurzer Zeit in vom Sinken bedrohte Wracks, die ihr Heil in der Flucht suchten.

Auch wenn Spiky seinem Herrchen bis in die Hölle folgen würde, mit der Entscheidung auf einem holländischen Schiff anzuheuern, war er ganz und gar nicht glücklich. Hier betrachteten sich die Katzen als vierbeinige Elite und seine mangelnde Erfahrung mit den felinen Widersachern verunsicherte ihn gehörig. Vor allem Seetiger, dieser alte, nahezu blinde aber unglaublich selbstbewusste Kater war ihm so unheimlich, dass er ihm und seinem Katzenvolk geflissentlich aus dem Weg ging. Mit Akzeptanz hatte das nichts zu tun und irgendwann würde er für klare Verhältnisse unter den Vierbeinern an Bord sorgen. Und das konnte für ihn nur bedeuten: Unterwerfung der Felinen unter sein Kommando oder bedingungsloses Abmustern der Katzen. Ob an Land oder auf hoher See, war dem Clansdog dabei völlig egal.

Auch Rotbarts Gefühle gegenüber Hunden waren nicht gerade von tiefem Vertrauen und Freundschaft geprägt und dass es sich bei Spiky um einen Hund handelte, hatte er längst ebenso gerochen wie den Zweibeiner. Trotz Seetigers Gleichmut sträubten sich Rotbarts Rückenhaare. Es kostete ihn schon einige Selbstbeherrschung, um nicht einfach in einem sicheren Winkel zu verschwinden oder den verhältnismäßig kleinen struppigen Hund gehörig zu verprügeln, der da mit seinem Herrchen durch die Tür trat, um den hinteren Teil des Zwischendecks zu inspizieren.

„Unterschätz ihn nicht!" Seetiger schien Rotbarts Gedanken zu lesen.

„Deinen kleinen Freund fress ich zum Frühstück, Seetiger", knurrte Spiky MacHatch im Vorbeigehen.

„Dich habe ich nicht gemeint, Spiky", fauchte Seetiger und seine Augen blitzten, dass der hündische Bordratter den Blick ab-

Notiz aus Carl Carlszoons Tagebuch vom November 1653

Die Einfahrt in den Englischen Kanal bei widrigen eisigen winden und kurzen wellen erweist sich als nicht sonderlich komfortabel. Trotzdem hatte ich ein wenig zeit, beim passieren von Dover mit unserem englischen bootsmann Peter Black zu plaudern. Sein hund Spiky hatte längst bekanntschaft mit dem alten Seetiger gemacht und sich offensichtlich sehr beeindruckt gezeigt. Es muss für den armen hund nicht leicht sein, an bord eines holländischen Schiffes mit seinen sehr selbstbewussten und wehrhaften katzenvolk zurecht zu kommen. Black meinte, daß sein Spiky nun wohl noch mehr probleme bekommen würde, da wohl auch der neue Schiffskater ein eingefleischter hundefeind zu sein scheint und ihm nicht wie die anderen aus dem weg geht. Er erzählte mir von einer begebenheit im hinteren zwischendeck, bei der sich Seetiger und der kleine Rote wohl recht provokant gegenüber Spiky verhalten hatten. Nach meiner erfahrung mit dem neuen schiffskater konnte ich dem braven bootsmann nur wenig hoffnung auf besserung von Spikys lage machen. Die schiffskatzen der Compagnie sind ohnehin von einem ganz besonderen schlage und der neue hat offensichtlich das zeug, sich unter ihnen einen großen namen zu machen, so wie mein guter alter Seetiger, der sich übrigens bereits in meiner koje häuslich eingerichtet hat.

Seetiger ist gemeinhin ein umgänglicher kater, wenn er es für notwendig erachtet, kann er jedoch sehr deutlich werden.

18

wandte. „Wag es nicht, unsere Vereinbarung zu brechen, sonst jage ich dich über Bord, bevor dir dein Herrchen auch nur Sitz oder Platz sagen kann!"

Bevor die Situation eskalieren konnte, gab Spikys Herrchen ein kurzes Kommando und der Bordhund preschte zurück in Richtung Mittschiff. Dort war es verhältnismäßig ruhig geworden, jedenfalls was die Menschen betraf. Dafür hatte sich der Gestank verstärkt. Die heftigen Schiffsbewegungen forderten ihren Tribut und viele Zweibeiner machten das, was üblicherweise Katzen tun, um die Haarballen loszuwerden, die sich in ihren Mägen bilden. Die Situation wurde noch dadurch verschärft, dass wegen des schweren Wetters nicht nur die Stückpforten geschlossen bleiben mussten, sondern auch die Decksluken. Und so war das erste, was Schiffskater Rotbart von der abenteuerlichen Seefahrt mitbekam, ein betäubender Gestank von Erbrochenem, Schweiß und Exkrementen von rund 200 Menschen, die zwischen ihrem Gepäck auf den beiden Zwischendecks eingepfercht waren. Das immer wieder durch die Niedergänge heruntersprudelnde Seewasser tränkte Deck, Gepäck und Kleidung und verbreitete eine unangenehme feuchte Kälte. Unter diesen Umständen zogen sich die Katzen, die sich nicht eine Koje mit Achterdeckspassagieren, der Schiffsführung oder beispielsweise dem Smutje teilten, in die Laderäume zurück und warteten dort auf besseres Wetter. Dann waren die oberen Decks und Teile der Takelage der beste Aufenthaltsort für die Schiffsfelinen. Dort war immer etwas los und es gab so unendlich viel zu beobachten. Das war der eigentliche Reiz, den die Seefahrt neben den Jagdausflügen in die Lade-und Provianträume oder die Landgänge an unbekannten Küsten auf die felinen Seebären ausübte.

Aber noch war es nicht so weit. Im Gegenteil, das Wetter verschlechterte sich weiter, als die Zeeland nach einer Woche in den Atlantik segelte. Knapp drei Wochen dauerte die Sturmfahrt, die

so manches Segel, glücklicherweise aber keine Spiere oder Masten kostete. Während Kleinebroer und Grotebroer die Kapitänskajüte und Seetiger die Kabine von Carl Carlszoon requiriert hatten, verbrachte Rotbart zusammen mit Jack Tiger und Newton die stürmische Zeit in den Laderäumen. Dort machten sie so manchem Nager den Garaus, so dass wenigstens von dieser Seite keine zusätzliche Gefahr für Ladung, Mannschaft und Passagiere drohte.

Rotbart hatte sich längst an die heftigen Bewegungen, das Ächzen und Stöhnen der Schiffsverbände und das Jammern der Menschen auf den Zwischendecks über ihm gewöhnt. Er hatte **14. Dezember 1653** ebenfalls gelernt, einen Zusammenhang zwi- **Rotbart und die** schen den Rufen und dem Getrappel auf den **Klabauterschlacht** oberen Decks und den Veränderungen der Schiffsbewegungen herzustellen. Auch das ständige Quietschen der Pumpen nahm er kaum noch wahr. So konnte er sich ganz auf das Trappeln und Fiepen, das Pfeifen und Qietschen konzentrieren, das auf ein reges Treiben zwischen den Fässern und Kisten der Schiffsladung schließen ließ. Tiger, Newton und Rotbart hatten die Nagerpopulation recht gut unter Kontrolle, obwohl die Jagd unter den gegebenen Bedingungen alles andere als ungefährlich war. Immer mal wieder rumpelten schlecht gesicherte Fässer hin und her, rauschten bei plötzlichem Überlegen des Schiffes schwere Kisten über die glitschigen Planken und drohten den unaufmerksamen Jäger zu zerquetschen. Aber genau das waren auch die Situationen, in denen die Ratten und Mäuse zwangsläufig am verletzlichsten waren. So war das Rumpeln und Scheppern im Laderaum für die drei Kater das Signal, sofort an den Ort des Geschehens zu eilen und den kurzfristig ihrer Deckung beraubten Nagern auf den Leib zu rücken.

Ein gewaltiges Donnern drang aus dem hinteren Laderaum, gefolgt von schrillem Pfeifen und Kreischen, das selbst unter der Back in den empfindlichen Katzenohren schmerzte. Es klang, als sei ein ganzer Stapel Fässer durch das Deck in die Bilge gerauscht, um dort an den Ballaststeinen zu zerschellen.

„Das war heftig", stellte Newton sachlich fest, ohne Anstalten zu machen, die verhältnismäßig behagliche Segelkammer, deren Wand an die Kombüse grenzte, zu verlassen.

„Ein wenig zu heftig, wenn du mich fragst", bekräftigte Jack Tiger und hielt es dabei nicht einmal für nötig, seine Fellpflege zu unterbrechen.

„Dann schau ich eben alleine nach, ihr Langweiler", krähte Rotbart, sprang aufgeregt davon und ließ zwei etwas ratlos dreinblickende Kumpels zurück.

„Vielleicht sollten wir . . .", Jack Tiger gähnte unsicher.

„Ja, vielleicht."

„Meinst du das ist . . ?"

„Schon möglich."

„Dann sollten wir ihn vielleicht nicht allein lassen."

„Ja, besser nicht."

Ohne allzu große Eile schälten sich die beiden Kater aus dem gemütlichen Segeltuch und machten sich auf die Suche nach Rotbart.

„Und was, wenn er es tatsächlich ist?"

„Die Klabautermiez steh uns bei.

Rotbart war ohne zu zögern in den hinteren Laderaum gestürmt. Trotz der Finsternis hatte er kein Problem, sich zu orientieren. Er kannte die Wege in den Tiefen des Rumpfes inzwischen in- und auswendig. Selbst die gelegentlich verrutschte Ladung konnte keinen der Schiffskater aus der Fassung bringen. Das Trappeln und Pfeifen der verstörten Nager, das sich in den Tiefen des Schiffsrumpfes ausbreitete, machte es ihm zusätzlich leicht, den

21

Ort des Geschehens zu finden. Als ihn der Schlag am Kopf traf, befand sich Rotbart bereits inmitten des wilden Treibens der Nagetiere, zumindest, was die Geräuschkulisse betraf. Rotbart schüttelte sich benommen. Irgendetwas stimmte hier nicht. Vom kaum wahrnehmbaren Vibrieren des Bodens, das sonst von den Katzenpfoten aufgenommen wurde, wenn die Nager über die Planken trippelten und vom nahezu unmerklichen Lufthauch, der über die Tasthaare strich, wenn die Beute vorbeihuschte, war nichts zu spüren. Stattdessen konnte er sie sehen, Massen von Ratten, deren glitzernde Knopfaugen böse zwischen Fässer- und Kistenstapeln hervorstarrten. Er konnte sie sehen, obwohl hier eigentlich tiefste Finsternis herrschen müsste, die zu durchdringen nicht einmal die schärfsten Katzenaugen in der Lage sein dürften. Rotbart fauchte wild und duckte sich, bereit sein Leben so teuer wie möglich zu verkaufen. Er wusste, gegen diese Rattenarmee hatte er allein nicht den Hauch einer Chance. Als sie sich pfeifend und zischend aus ihren Verstecken hervorschoben, sah der Kater, wie ungewöhnlich groß und muskulös sie waren und aus jeder ihrer Bewegungen, jedem Laut sprachen geradezu grenzenloser Hass und Mordgier. Das waren nicht die Ratten, mit denen es die Schiffskatzen täglich zu tun hatten das waren, Rotbart fuhr ein eisiger Schrecken durch die Glieder, das waren Klabauterratten!

„Du wirst es nicht verhindern können, Alte", höhnte der Anführer der Ratten aus dem Zwischenreich, „das Schiff ist dem Untergang geweiht und auch deine geliebten Schiffskatzen werden dabei ihren Tribut zollen, dafür werde ich sorgen."

Die Alte war eine der mächtigsten der geheimnisumwobenen Klabautermiezen, deren Geschichten seit Katzengedenken in den Spelunken der Schiffsfelinen die Runde machten. Sie sprang wie aus dem Nichts kommend brüllend in die Mitte des Raumes und fegte dabei ganz nebenbei ein Dutzend der Klabauterratt-Krieger beiseite, die mit lauten Schmerzensschreien das Weite suchten.

„Aber nicht hier und nicht heute, Jonny Roger, dafür werde ICH sorgen. Und über das Schicksal dieses Schiffes und das meiner Schutzbefohlenen ist das letzte Wort noch lange nicht gesprochen!" Mit einem mächtigen Prankenhieb schleuderte die Alte das Fass beiseite, auf dem Jonny Roger saß, so dass es krachend zerbarst und der Klabauterratt hart auf dem Boden landete, worauf hin er und seine Garde einen wütenden Gegenangriff starteten und die mächtige Klabautermiez von den Pfoten rissen. Es war eine richtige Schlacht, die nun zwischen der Alten und den Klabauterratten entbrannte und bei der Jonny Roger die Oberhand zu gewinnen drohte. Die Bewegungen der Klabautermiez wurden immer langsamer und Blut floss der mächtigen Katze von Flanke und Nacken, in die sich die Horden der Klabauterratten verbissen hatten. Rotbart musste handeln. Mit einem mächtigen Kreischen, das im Vergleich zum Gebrüll der Zwischenweltwesen allerdings eher wie ein klägliches fiepen klang, stürzte sich der junge Schiffskater auf den völlig überraschten Jonny Roger und bearbeitete das mindestens gleich große Untier, mit Krallen und Zehen, bis es pfeifend unter dem Gewicht seines wütenden Gegners zusammensank.

„Seit wann mischt sich ein sterbliches Schiffskätzchen in die Angelegenheiten der Zwischenwelten ein", stöhnte Jonny Roger und bevor sein Körper unter Rotbarts Krallen vollends erschlaffte, „das wirst du noch büßen, das verspreche ich dir."

„Bist du es nicht, der uns alle ersaufen lassen wollte? Solche Zwischenweltangelegenheiten sollten mich also wohl etwas angehen", konterte Rotbart und schaute sich gleichzeitig irritiert ob seines Sieges über das Zwischenweltwesen um. „Ich dachte immer, Klabauter sind unsterblich."

„Sind wir auch!" Der Überraschungsangriff Rotbarts auf den Klabauterrattenchef hatte der Alten die Luft verschafft, die sie benötigte, die wütenden Nager abzuschütteln und in die Flucht zu

schlagen. Und nun schaute sie Rotbart nachdenklich an: „Roger ist nicht tot und auch mich hätte er zwar besiegen, aber nicht töten können. Aber Du hast heute den Untergang des Schiffes verhindert, ich hätte es allein wohl nicht geschafft, so wie es aussah."

Die Alte schaute Rotbart tief in die Augen: „Jonny Roger wird es wieder versuchen, jetzt erst recht, hüte dich vor ihm und seinen Leuten", vernahm der Schiffskater noch, bevor ihm die Sinne schwanden. Als Jack und Newton Rotbart entdeckten, war der Spuk längst vorbei. Der Laderaum war wieder in tiefste Finsternis getaucht und Rotbart, gerade zur Besinnung gekommen, fühlte eine tote Ratte unter seinen Pfoten. Offensichtlich hatte er das alles doch nicht geträumt:

„Ich habe Jonny Roger getötet", stammelte er verwirrt, „aber die Alte hat gesagt, er ist nicht tot." Rotbart schob die Ratte in das spärliche Licht des Niedergangs.

„Toter geht nicht", stellte Newton fest.

„Ich habe mir Jonny Roger immer etwas, nun ja, eindrucksvoller vorgestellt", grinste Jack Tiger mit einem Blick auf die Ratte mittelmäßiger Größe, "das muss ja ein schrecklicher Kampf gewesen sein. Gut, dass gerade du zur Stelle warst, um die hilflose Klabauterkatz zu beschützen!" Jack Tiger schnurrte vor Vergnügen.

Rotbart zog es angesichts des Spotts seiner Kumpels vor, kein Wort mehr über sein nächtliches Abenteuer zu verlieren und trottete grummelnd in Richtung Segelkammer.

„Zeit an Deck zu gehen", bestimmte Seetiger, und trat dem Roten aus der Dunkelheit in den Weg. „Die frische Luft wird dir gut tun!"

⁘

Seit ihrer Abreise hatte sich Rotbart ausschließlich auf den unteren Achterdecks, den Laderäumen und anderen Winkeln in den Tiefen des Schiffsbauchs aufgehalten, um den verhassten Men-

schen aus dem Weg zu gehen. Angesichts der wochenlangen Stürme gab es auch keinen zwingenden Grund für ihn, sein sicheres Revier zu verlassen. Nun aber, gewissermaßen über Nacht, hatten die Stürme aufgehört, die Bewegungen des Schiffes waren ruhiger, weicher geworden und der feine, feuchtwarme Luftzug, der nun hier unten zu verspüren war, deutete auf eine grundlegende Veränderung der Situation hin. Sogar der beißende Gestank der unter Deck eingepferchten Menschen war ein wenig erträglicher geworden. Es gab also keine Ausrede mehr. Der Ausflug an Deck, dorthin, wo er glaubte, den Zweibeinern hilflos ausgeliefert zu sein, war unvermeidlich. Nach allen Seiten sichernd, immer wieder zusammenzuckend, schlich er hinter Seetiger her, den Bauch dicht am Boden. Der tat so als bemerke er die Angst des Kleinen nicht und schlenderte betont langsam voran.

Die Stückpforten im hinteren Zwischendeck waren weit geöffnet und ließen nicht nur sonniges Tageslicht, sondern auch die angenehm warme Brise in das Innere des Schiffs. Nur wenige Menschen fanden sich auf diesem Teil des Decks und sie schienen so beschäftigt, dass sie die beiden Katzen noch nicht einmal bemerkten. Nachdem sich Rotbart vergewissert hatte, dass ihm Seetiger den Rücken freihielt, stellte er sich mit den Vorderpfoten auf den Rand einer Kanonenluke und schaute über das sanft wogende Meer. Vereinzelte fedrige Wolken glitten träge am Horizont entlang, dessen tiefblaue Linie sich deutlich vom helleren Himmel abhob. Rotbarts Blicke verfolgten gebannt die Schule von großen Tümmlern, die in flachen Sprüngen am Schiff vorbeirauschte. Sein Jagdtrieb war geweckt, der Schwanz zuckte wild hin und her und aus seinem Maul kamen schnatternde und keckernde Laute, während er den Kopf weit aus der Pforte reckte.

„Reg dich nicht auf", beschwichtigte Seetiger, der befürchtete, dass der Rote den riesigen Fischen hinterher springen würde. Mit der Pfote schlug der alte Schiffskater seinem Schützling die Hin-

terbeine zur Seite, so dass dieser zu Boden ging und Seetiger wütend anfauchte.

„Wenn du hier über Bord gehst, wird dir auch keine Klabautermiez mehr helfen!" Vor Aufregung über die neuen Eindrücke und sauer auf seinen Mentor hatte Rotbart seine Angst vollkommen verdrängt. Und so stampfte er hinter dem schwarzgrauen Tigerkater her bis sie über den achteren Niedergang zum Hauptdeck, von dort durch die Steuerplicht auf das Halbdeck und schließlich über die Kampanje auf das winzige Deck über der Poophütte gelangten. Kaum ein Zweibeiner hatte von den beiden Schiffskatzen Notiz genommen. Nicht die Achterdecksgäste, die es sich mehr oder weniger gelangweilt im Schatten des Halbdecks gemütlich gemacht hatten, noch der Steuermann, der hochkonzentriert den Kolderstock hin und her schwang, um das Schiff auf Kurs zu halten. Lediglich Carl Carlszoon, der mit dem Kapitän, und dem Kontorleiter auf der Kampagne stand, hatte zu den am Schanzkleid entlangschleichenden Katzen hinübergeschaut und ein paar flüchtige Blinzler mit dem alten Seetiger gewechselt. Im Vergleich zu den hoffnungslos überfüllten Decks vor dem Mast gestaltete sich die Situation im hinteren Teil des Schiffes für die Zweibeiner aber auch für Rotbart geradezu komfortabel. Nach den vielen Wochen Sturm führten die ruhige See, der blaue Himmel und die angenehmen Temperaturen bei allen an Bord zu einer entspannten Stimmung. Selbst die Hunde der feinen Herrschaften hatten im Moment keine Ambitionen, auf Katzenjagd zu gehen. Und so stolzierten die beiden Schiffsfelinen, nachdem sie ihre Umgebung vom höchsten Deck aus in aller Ruhe begutachtet hatten, mit erhobenen Schwänzen auf der Reling bis zum vordersten Ende des Halbdecks, ließen sich dort auf dem Geländer nieder und beobachteten das Treiben auf dem Mitteldeck und der gegenüberliegenden Back.

„Verfluchte Teufelsbrut!" Die Stimme des Stewards überschlug

sich fast, als er mit einem Messer in der Hand von der Poop herabstürmte. „Denen ziehe ich ihr verdammtes Fell ab, wenn ich die erwische."

Unter den strengen Blicken der hohen Herrschaften auf der Kampagne beruhigte sich der Steward wieder ein wenig: „Was macht er denn für einen elenden Lärm, reiße er sich gefälligst zusammen!"

Der vor Wut zitternde Steward senkte den Blick, stammelte etwas von ‚Verzeihung Mijnheren' und ‚wird nicht wieder vorkommen' und kehrte um Fassung ringend zur Poop zurück.

„Was war das denn", fragte Rotbart, der sich trotz seiner aufkommenden Panik gezwungen hatte, ebenso wie der völlig gelassene Seetiger einfach auf dem Geländer liegenzubleiben.

Seetiger gähnte herzhaft, um seine Belustigung zu verbergen und antwortete streng: „Du hast in sein frisch angelegtes Salatbeet gekackt. Wenn ich du wäre, würde ich in den nächsten Tagen einen großen Bogen um den Zweibeiner machen."

„Warum hast du denn nichts gesagt?"

Seetiger leckte sich gelassen seine Pfote: „Der Wind stand ungünstig, ich habs nicht bemerkt."

In der folgenden Woche erkundete Rotbart unter der Obhut des Schwarztigers auch den restlichen Teil des Schiffes. Er lernte, wie er den Menschen selbst auf den überfülltesten Decks aus dem Weg gehen konnte, lernte aus ihren Bewegungen und Lauten ihre Absichten zu erkennen und wurde allmählich auch mit den Regeln vertraut, die Schiffskatzen dabei halfen, überflüssige Konflikte mit den Zweibeinern zu vermeiden. Es gab nicht sonderlich viel Regeln, allerdings erforderte deren Einhaltung schon ein wenig Disziplin. Erste Regel: Nicht in die auf der Poop angelegten Beete kacken. Zweite Regel: Nichts aus der Kombüse klauen. Dritte Regel: Egal, welche Regel sich gerade nicht einhalten lässt - nicht erwischen lassen!

Notiz aus Carl Carlszoons Tagebuch vom Dezember 1653

Wie durch zauberhand hat sich der sturm, der uns bis hierher das leben schwer gemacht hat über nacht gelegt, so daß wir die wärme dieser breiten und den weichen seegang auf dem achterdeck genießen konnten. Während Kapitän Jan Janszonn, van Bolten und meine wenigkeit das weitere vorgehen berieten, konnte ich aus den augenwinkeln erkennen, dass mein alter Seetiger und der Rote ebenfalls die gelegenheit des guten wetters nutzten, um die oberen decks der Zeeland zu erkunden. Plötzlich stürmte der malaiische diener des kapitäns mit einem messer bewaffnet schreiend über die kampagne auf die auf der reeling dösenden katzentiere zu, als beabsichtige er, sich durch einen amoklauf auf dem Schiffe unvergesslich zu machen. Aber unter dem gestrengen blicke seines kapitäns beruhigte er sich wieder.

Ich nahm den steward etwas später beiseite und er erzählte mir immer noch vor wut außer sich, dass der rote kater seine notdurft im salatbeet auf der poop verrichtet habe. Ich war mir nicht sicher, ob das für den gedeih des grünzeugs schädlich oder nicht sogar von vorteil sein könne, stimmte aber pflichtschuldigst zu, dass es sich dabei um eine tierische ungeheuerlichkeit handele.

Insgeheim war ich froh, den roten kater erstmals seit unserer abreise unversehrt wiedergesehen zu haben, denn ich hatte schon befürchtet, er sei möglicherweise über bord gegangen oder während der mäusejagd von den mächtigen fässern, die sich während des sturmes im hinteren laderaum gelöst hatten erschlagen worden. Nun aber sah ich, daß er bei bester gesundheit war und sich bereits in sein neues leben als schiffskater eingefunden hat. Offensichtlich hat er auch einen lehrmeister in meinem alten Seetiger gefunden und sich mit seinem streiche der aufmerksamkeit bei seinen Artgenossen und der zweibeinigen Mannschaft versichert. Was die notdurft im salatbeet betrifft, so habe ich da mkeine ganz eigene meinung. Man wird nicht umhin können, die nutzung des beetes als katzenabort zu dulden oder aber geeignete sicherungsmaßnahmen zu ergreifen. Es liegt in der natur der katzenthiere, ihr handeln nach eigenem guttünken auszurichten, im gegensatz zu hunden, die darauf erpicht sind, ihren herren zu gefallen.

28

Die katzen nahmen den ausbruch des Stewards mit der angemessenen gelassenheit zur kenntnis, der wilde mann hatte ohnehin keine chance sie zu fangen.

Krisen nennt man es in Indonesien, wenn ein übeltäter mit dem gewellten dolch der malaien, der den namen kris oder keris trägt, getötet wird. Der brave steward meinte es durchaus ernst.

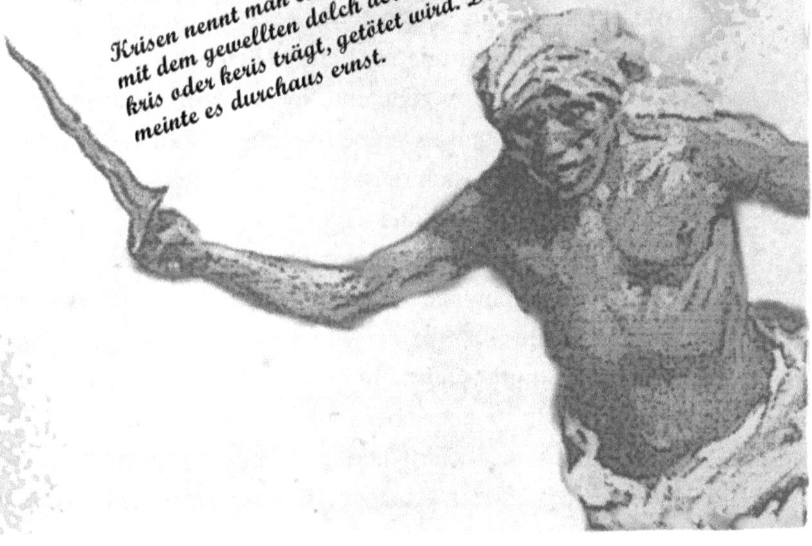

Natürlich hatte Rotbart auch die anderen Schiffsfelinen näher kennengelernt. Im Gegensatz zu Seetiger hatten zumindest in Mutters Spelunke auf Texel über seine anderen Kollegen nur wenig legendäre Geschichten die Runde gemacht. Dabei waren zumindest Jack Tiger, Newton und Grotebroer beileibe keine Neulinge im Schiffskatzengeschäft. Jack Tiger beispielsweise hatte seine maritime Karriere auf den Frachtschiffen der großen Flüsse des Deutschen Reiches begonnen und war schließlich von Hamburg aus in die Küstenschifffahrt der Nord- und Ostsee eingestiegen, die zu jener Zeit von den Holländern dominiert wurde. Ein holländisches Schiff, das auf der Flucht vor den Engländern zwischen den niederländischen Inseln Schutz suchte war es auch, mit dem er 1653 nach Texel gelangte, kurz bevor die Flotte zu der die Zeeland gehörte nach Ostindien auslief. Es war die pure Abenteuerlust, die Jack dazu verleitete, auf die Zeeland umzusteigen. Tiger und der für einen Schiffskater verhältnismäßig kleine Newton hatten im Gegensatz zu ihrem Kumpel Rotbart keine Scheu vor Menschen. Das drückte sich vor allem darin aus, dass es ihnen immer wieder gelang, hierfür anfälligen Zweibeinern durch geduldiges Beschmusen die schönsten Leckerbissen abzuschleimen. Besonders der geradezu unersättliche Newton hatte es hierbei zu einer gewissen Perfektion gebracht. Spezielle Bezugspersonen unter den Zweibeinern gab es jedoch nicht. Vor allem Newton war der Überzeugung, dass sich der kluge Schiffskater „alle Optionen offenhalten" sollte. Der kleine Tiger war an Bord eines Ostindienfahrers krank zur Welt gekommen und musste sich als schwächstes seiner Wurfgeschwister den Platz im Leben hart erkämpfen. Manch mitfühlender Zweibeiner wie der eine oder andere Schiffsjunge oder der Smutje und nicht zuletzt Newtons Intelligenz halfen ihm, nicht nur zu überleben, sondern auch zu einem respektablen Vertreter seiner Zunft heranzuwachsen. Newtons Lebensweisheit „oft gelingt mit Geisteskraft, was Kater nicht mit Mus-

keln schafft" hatte also einen sehr persönlichen Hintergrund. Jack Tigers Spruch hingegen „wohl dem, der einen roten Bruder hat" dokumentierte die in den letzten Wochen schnell gewachsene innige Freundschaft mit Rotbart und die verblüffende Ähnlichkeit der beiden.

So schön es auch war, mit seinen beiden Kumpels die Decks unsicher zu machen, in den hintersten Schlupfwinkeln des Schiffes herumzustöbern oder gemeinsam in der Segelkammer und an anderen gemütlichen Orten abzuhängen, die Zeiten mit seinem Mentor genoss Rotbart am meisten. Er war einfach begierig, von Seetigers reichhaltigem Erfahrungsschatz zu lernen und freute sich ein Loch in den Bauch, wenn sich der alte Haudegen im Unterricht ausnahmsweise einmal zu einem anerkennenden „na ja, schon besser" hinreißen ließ.

„Bei der Klabautermiez", brummte Seetiger, „es ist Zeit, dass mal wieder Wind aufkommt."

Rotbart schaute ihn aus halb geschlossenen Augen träge an. Manchmal verstand er seinen Lehrer einfach nicht. Na ja, wenn er ehrlich war, ging ihm das eigentlich ziemlich oft so. Aber ausgerechnet hier und heute empfand er Seetigers Wunsch nach Wind als ziemlich verrückt. Gerade erst hatten sie die heftigen Stürme hinter sich gelassen. Nun lagen sie gemütlich in der warmen Sonne auf dem Mars des Bugspriets und genossen die friedliche Stimmung, die sich an Bord ausgebreitet hatte. Die Segel des Schiffes hingen seit einigen Stunden schlaff herunter und spendeten Mensch und Tier Schatten, während die glatte See gelegentlich von einer Tümmlerschule durchpflügt wurde. Was sollte daran falsch sein, fragte sich Rotbart und schnurrte glücklich vor sich hin.

„Anfänger", murrte der alte Kater, „hast eben noch nie 'ne Flaute erlebt."

„Nun sei mal nicht so, du alter Griesgram", maunzte Grote-

broer, der gerade mit seinem Schützling Kleinebroer im Schlepptau über den Bugspriet auf die Mars zubalancierte, „du bist ja wohl auch nicht als fertiger Schiffskater auf die Welt gekommen."

„Genau . . . ", krähte Kleinebroer, verstummte aber sofort unter Grotebroers scharfem Blick und dem beinahe geflüsterten ‚Respekt bitte!'

„Dürfen wir . . ."

„Na deshalb seid ihr ja wohl gekommen", grunzte Seetiger, „also legt euch zu uns und genießt die letzten friedlichen Stunden. Aber bitte kein Palaver, wenn ihr plaudern wollt, quatscht euren Kapitän voll."

Rotbart wusste, worauf Seetiger anspielte und er wusste auch, dass niemand, der ihn kannte, dem alten Kater sein Herumgranteln übelnahm, Grotebroer sowieso nicht. Der war vor vielen Jahren in der Kapitänskajüte eines englischen Eastindiaman geboren und aufgewachsen. Und so war es für den friedfertigen und souveränen Kater selbstverständlich dass er auf jedem Schiff, auf dem er anheuerte, in der großen Heckkajüte Quartier bezog und den jeweiligen Kapitän als Mitbewohner duldete. Der musste sich als Gegenleistung für das Wohnrecht unter anderem regelmäßig die Vorträge Grotebroers über Führungs- und Erziehungsfragen anhören, auch wenn er das Gemaunze des Brauntigers natürlich nicht verstand. Seit diesem Jahr durfte sich der zweibeinige Untermieter die Kapitänskajüte auch noch mit einem zweiten Kater, dem Kleinebroer teilen. Den hatte der selbstbewusste Käptn Grotebroer auf einer Insel vor der ostafrikanischen Küste aufgegabelt und unter seine Fittiche genommen. Kleinebroer war an Bord einer arabischen Dhau zur Welt gekommen und mit gerade einmal sechs Monaten vom Schiffsführer wegen felinier Überbevölkerung an Bord auf eben jener Insel ausgesetzt worden. Grotebroers souveräne und freundliche Art machte ihn zu einem idealen Lehrmeister und Kleinebroer hatte sich, obwohl deutlich jünger als der ma-

ritime Neuling Rotbart, bereits vieles von seinem Mentor abgeschaut. So auch das Credo des Katzenkäptns „Wer fauchen muss,
hat schon verloren".

Grotebroer gehörte wie Seetiger längst zur Gruppe der legendären Schiffskatzenveteranen, hatte so manche stürmische Fahrt mit
dem mürrischen Alten hinter sich und wusste seinen Kollegen und
Freund zu nehmen. So dachte er gar nicht daran, zu schweigen.

„So schlimm wird's schon nicht werden", maunzte er in Richtung Rotbart. „Die richtig üblen Windstillen kommen erst noch,
wenn wir die schattenlosen Gegenden erreichen."

„Ja", knurrte Seetiger, „kein Wind, kein Schatten, kein Wasser,
nur noch ausgemergelte Ratten und Mäuse und keine Leckereien
mehr vom Smutje. Ja, du hast recht Grote, so schlimm wird's hier
wohl nicht werden."

Rotbart ahnte nun, warum Windstille unter Seefahrern beinahe
mehr gefürchtet war, als Sturm und er begann, sich ein wenig Sorgen zu machen. Dabei wusste er noch gar nichts über die eigentliche Gefahr, die eine länger anhaltende Flaute nach sich zog: Die
verheerende Wirkung von Hitze, Hunger und Wassermangel auf
das Gemüt der Reisenden. Diese Erfahrung würde er im Laufe
seines Schiffskaterlebens nicht nur einmal machen. Diesmal jedoch sollte die Mannschaft recht glimpflich davonkommen und
das, was während der Flaute geschah, hatte nichts mit der Windstille, sondern mit dem Datum zu tun.

Zwei Tage nach Beginn der Flaute lagen Seetiger und Rotbart
wieder im Mars des Bugspriets, um nach getaner Arbeit ein wenig
vor sich hin zu dösen, als Kleinebroer fröhlich *24. 12.1653*
quakend auf sie zutrippelte: „Bei Käptns treffen *Weihnacht an Bord*
sich nachher die Oberzweibeiner zum Essen, da gibt's die tollsten
Leckereien. Grotebroer und ich werden uns unseren Anteil holen.
Seid ihr auch dabei?"

33

„Nichts für mich", antwortete Rotbart, bevor Seetiger vorschnell für sie beide zusagen konnte.

Seetiger verdrehte die Augen: „Ich komme, ob mit oder ohne Jungspund. Was ist mit Jack und Newton?"

„Die wollen Rotbart nicht alleinlassen. Die wussten, dass er nicht mitkommen würde", maunzte Kleinebroer enttäuscht.

„Dann fällt eben mehr für uns ab, wir müssen ja auch schon mit den Hunden teilen." Seetiger tat, als mache ihm das nichts aus.

Bevor sich die Schiffsgranden zum Dinner in die große Kajüte hatten zurückziehen können, stand natürlich der obligatorische Weihnachtsgottesdienst auf dem Programm. Dichtgedrängt standen Mannschaft und Zwischendeckspassagiere auf dem Hauptdeck zwischen Achterschiff und Back. Die Boote waren wie immer, wenn nicht gerade Sturm und schwere See herrschte, bereits vor einigen Tagen aus der Kuhl gehoben und in Schlepp genommen worden.

Schiffsprediger Petrus Cats hasste seinen derzeitigen Job und von der Seefahrt verstand er so gar nichts. Das zentrale Thema seiner Weihnachtspredigt war nicht Christi Geburt. Welch Segen das für die Menschheit bedeutete, würden die groben Kerle sowieso nicht begreifen. Da hielt er es für klüger, auf die in seinen Augen positive Wetterentwicklung hinzuweisen. Psalm 107 erschien ihm angemessen und so tönte er – umgeben von den andächtig herumstehenden Achterdecksgästen - auf den Pöbel in der Kuhl herab:

„Die sich auf Schiffen aufs Meer hinabbegeben, auf großen Wassern Handel treiben, diese sehen die Taten Jehovas und seine Wunderwerke in der Tiefe. Er spricht und bestellt einen Sturmwind, der hoch erhebt seine Wellen. Sie fahren hinauf zum Himmel, sinken hinab in die Tiefen; es zerschmilzt in der Not ihre Seele. Sie taumeln und schwanken wie ein Trunkener und zunichte wird alle ihre Weisheit. Dann schreien sie zu Jehova in ihrer Be-

drängnis und er führt sie heraus aus ihren Drangsalen. Er ver-
wandelt den Sturm in Stille und es legen sich die Wellen. Und sie
freuen sich, dass sie sich beruhigen und er führt sie in den er-
sehnten Hafen. Mögen sie Jehova preisen wegen seiner Güte, und
wegen seiner Wundertaten an den Menschenkindern."

Ausgerechnet eine Flaute als weihnachtliches Gottesgeschenk verkaufen zu wollen, war sicherlich nicht besonders klug, aber für solche Missgriffe war der Pfarrer inzwischen bekannt. Schließlich war es Pflicht für jeden an Bord, an den sonntäglichen Andachten teilzunehmen. Es mag dahingestellt sein, ob die abendländische Seefahrt damit wirklich christlich zu nennen war, aber die VOC legte viel Wert auf die Seelsorge auf ihren Ostindienfahrern. An Bibeln und Gesangsbüchern herrschte damals jedenfalls kein Mangel an Bord.

Da Fluchen und Glücksspiel zu den verbotenen und strafwür-digen Taten gehörten, donnerte der wackere Pope natürlich auch diesbezüglich etwas in die gelangweilte Menge. So ganz realis-tisch war das Fluchverbot allerdings nicht. Spätestens wenn dem Seemann ein zentnerschwerer Block auf den Fuß krachte, dürfte sich seiner Kehle wohl eher ein sehr derber Fluch als ein fröhlich geschmettertes „Gelobt sei unser Herr" entrungen haben. Wie dem auch sei, Trunksucht und Sittenverfall wollte der protestantische Moralapostel natürlich auch nicht unerwähnt lassen und mit ei-nem scheuen Seitenblick auf den scheinbar aufmerksam lauschen-den Seetiger warnte Petrus Cats am Ende noch vor der schmeich-lerischen Verführungskunst teuflischer Kreaturen. Er selbst, so sollte sich beim weihnachtlichen Dinner herausstellen, erlag die-ser Verführung nicht.

Während der Oberkaufmann die christliche Zucht und Ordnung aus prinzipiellen und kaufmännischen Erwägungen begrüßte, stand Kapitän Janszonn mit beiden Beinen in der Wirklichkeit.

Natürlich musste auch er sich sogar im Logbuch ständig irgendwelcher frommer Floskeln bedienen. Die offiziell geforderten Bestrafungen für Fluchen und Glücksspiel, die ja nur den Seeleuten und Passagieren vor dem Mast drohten, konnte er jedoch weitgehend vermeiden. Nicht selten führten solche Züchtigungen zur zeitweisen Dienstunfähigkeit, im Einzelfall sogar zum Tod des Delinquenten. Bei den Verlusten durch Krankheiten und Unfälle, die solch eine Reise unter der Mannschaft ohnehin forderte, war das kaum im Interesse einer verantwortungsvollen Schiffsführung.

„Nun, Männer", beendete der Käptn den offiziellen Teil des Festes, „wir danken dem Prediger für seine mahnenden Worte, besonders hinsichtlich der Trunkenheit. Und nun, Bottelier, walte er seines Amtes."

Dass sich der Jubel der Mannschaft auf den letzten Satz bezog, stand außer Zweifel. Denn nun würden sich die Achterdecksherrschaften zum Dinner in die große Kajüte begeben und der Rest des Schiffsvolkes sich endlich dem reichhaltigen Feiertagsessen und erst recht dem großzügig ausgeschenkten Rum widmen. Dem wurde ohnehin weit stärker zugesprochen, als dem undefinierbaren Gemisch aus Pökelfleisch, Zwieback und Linsen, das der Smutje zur Feier des Tages zusammengemanscht hatte.

Als Rotbart nach der Predigt am Abend zusammen mit seinen beiden Kumpels auf dem Geländer des Halbdecks saß und mit großen Augen auf das Treiben vor dem Mast schaute, murmelte er: „Ein Haufen Zweibeiner und dann noch Hunde in einem Raum, nichts für mich". Nur halbherzig stimmten Jack und Newton ihrem Freund zu. Ob das, was sich heute Nacht hier draußen abspielen würde besser war, als die Feier in der Kapitänskajüte, wagten sie zu bezweifeln.

Die Stimmung der Herrschaften vom Achterdeck war ausgelassen. Der Kapitän und der zukünftige Kontorleiter hatten ganz erlesene

Speisen aus ihren persönlichen Vorräten für das weihnachtliche Festmahl zur Verfügung gestellt. Da waren der wunderbar würzig duftende Schinken oder der ausgereifte Käse und natürlich die obligatorische Pastete, die bei keinem gehobenen Dinner fehlen durfte. Der Steward hatte sogar die luftdicht verschlossene Kiste des Oberkaufmanns mit dem Weizenmehl geöffnet und zur Feier des Tages in der Kombüse weiße Brötchen gebacken, mit denen sich die würzige Fischsuppe hervorragend tunken ließ. Ein Huhn aus dem Käfig, der auf der Poop untergebracht war, hatte auch dran glauben müssen. Nicht nur in den Augen der anwesenden Achterdecksgäste eine außerordentlich gelungene Zusammenstellung. Heute war Weihnachten und es war Flaute, eine Kombination, die es erlaubte, dem edlen Tropfen für besondere Anlässe besonders reichhaltig zuzusprechen. Niemand musste sich heute um die Sicherheit des Schiffes oder gar den richtigen Kurs Gedanken machen. Und so wuselten der Steward und ein paar Diener ständig um die Herrschaften herum, um Wein nachzuschenken oder bei Bedarf die Teller wieder zu füllen.

„Proost auf die Kompagnie", tönte der zukünftige Kontorleiter zum wiederholten Male und leerte sein Glas, das sofort wieder nachgefüllt wurde.

„Auf die Schiffskatzen", prostete Carl Carlszoon grinsend dem Kapitän zu, der den Gruß mit einem etwas unglücklichen Grinsen und dem Zusatz „und auf unsere Bordhunde" erwiderte.

Es war damals sowohl zu Weihnachten als auch bei der Äquatortaufe üblich, auch den Tieren Alkohol, beispielsweise in Form von Bier, zu verabreichen. Ein Brauch, der in Segelschiffszeiten so manchem Vierbeiner zum Verhängnis geworden war. Glücklicherweise waren die beiden großen Wolfsspitze des Kontorleiters außerordentlich robust und nun lagen sie laut schnarchend unter der Fensterbank der Heckgalerie. Die clevere Beaglehündin Baronne Anne-Charlotte, die der Schiffsarzt einst auf Madagaskar

aufgelesen hatte, rührte ihren alkoholischen Feiertagstrunk ebensowenig an, wie die drei Katzen. Während die hündische Freiherrin aus Frankreich die herrschaftlichen Zechkumpane vom Boden aus anbettelte, waren Seetiger und Kleinebroer dem vierbeinigen Hausherrn Grotebroer gefolgt, als dieser ganz selbstverständlich auf den Tisch gesprungen war, um seinen Anteil am Festschmaus einzufordern. Nie würden sich die in diesen Angelegenheiten erfahrenen Schiffskatzen einfach auf die ausgebreiteten Speisen stürzen. Stattdessen setzte sich Grotebroer zuerst vor den Teller seines zweibeinigen Untermieters, Kleinebroer ernannte den Pastor zu seinem ersten Steward und Seetiger gesellte sich zunächst zu Carl Carlszoon, mit dem er seine Kajüte teilte. Und dann begann eine intensive Kommunikation zwischen den Arten. Die Katzen schauten ihren zweibeinigen Gegenübern tief in die Augen und wiesen lässig mit einer Pfote auf die Speisen von denen sie ihre angemessenen Anteile erwarteten. Wie es sich gehörte, erfolgte in der Regel die schnelle Lieferung des gewünschten und maulgerecht zugeschnittenen Leckerbissens auf der Gabel. Von der angelten sich die geschickten Fellnasen ihren Tribut mit einer souveränen Pfotenbewegung, um ihn mit anerkennendem Schmatzen zu vertilgen. Jeder Kater machte wenigstens eine Runde auf dem Tisch, damit sich niemand der zweibeinigen Herrschaften vernachlässigt fühlen musste. Wer das Prinzip von Geben und Nehmen nicht begriff oder nicht mitspielen wollte, wurde mehr oder weniger geduldig angelernt.

Es war aber nicht nur der Widerstand einiger nicht besonders katzenfreundlicher Zweibeiner wie der des Kontorleiters oder des Pastors, die das feierliche Miteinander der zwei- und vierbeinigen Schiffseliten störten. Auch der dem Wein geschuldete, bereits ein wenig getrübte Bewusstseinszustand der menschlichen Gesellschaft, führte im Einzelfall zu erheblichen Missstimmigkeiten. So wollte beispielsweise der Pastor ausgerechnet dem Seetiger das

gemeinsame Weihnachtsmahl verweigern, nur weil der Kater ziemlich schwarz war und wohl seine Vorstellung vom Teufel verkörperte.

„Weiche von mir", lallte der Gottesmann angesichts des durchdringenden Blickes und schlug mit der Hand ein Kreuz, dessen unsichtbarer Querbalken das Weinglas vom Tisch wischte. So eine hektische Bewegung, die einem Angriff auf seine Integrität gleichkam, konnte Seetiger nicht tolerieren. Und während der Steward noch froh war, dass der Wein nicht das schöne weiße Tischtuch benetzt hatte, sondern nur auf den Boden geflossen war, tropfte das Blut aus tiefen Kratzern von Handrücken und Gesicht des Geistlichen auf dasselbe. Das brüllende Gelächter der Tischrunde, während der Kater würdevoll mit hocherhobenem Schwanz auf dem Tisch entlangschritt und an dessen Ende mit einem Maunz an seine Kumpels „wir sollten uns jetzt wohl zurückziehen" in perfekter Eleganz herunterglitt, machte den Schwarzrock nun erst richtig wütend. Mit einem Ruck sprang er auf, sodass der Stuhl scheppernd gegen die Kajütenwand schlug. Arg schwankend donnerte er recht unartikuliert eine ziemlich sinnfreie Predigt gegen Ketzervolk und Teufelsbrut und krachte schließlich fluchend zu Boden. Der Steward verdrehte die Augen. Das blutige Tischtuch hatte er nun wirklich nicht verdient. Es würde ewig dauern, die Flecken wieder herauszukriegen und das Tuch zu bleichen, wenn es überhaupt gelang. Und diesmal gab er nicht dem Schiffskater sondern dem umnebelten Gehirn des noch unbeliebteren Popen die Schuld. Wie zufällig machte er also angesichts des umstürzenden Gottesmannes einen Schritt zur Seite, statt diesen aufzufangen und zu stützen, wie es eigentlich seine Pflicht war.

„Oh, ich hoffe, Sie haben sich nicht verletzt", sagte der Steward mit besorgtem Tonfall, „ich denke, der Doktor und ich sollten Sie vielleicht ins Lazarett bringen."

Nachdem unser herr bordprediger der mannschaft die leviten gelesen und eine gehörige portion unerbittlicher protestantischer moralisiererei über die leute ergossen hatte, konnten wir uns endlich dem mehr oder weniger gemütlichen Teil des Weihnachtsfestes widmen. Während sich die Männer vor dem Mast der Trunkenheit und dem Spiel hingaben, erging sich die Gesellschaft des achterdecks in gesittetem suff und völlerei.

Selbstverständlich hatten sich auch der alte Seetiger und ein paar seiner artgenossen sehr zum mißfallen des popen zum weihnachtlichen Schmaus eingefunden. Der kleine Rote war allerdings nicht dabei.

Unser wackerer Schiffspope Petrus Cats. Gerade hatte er noch gegen tod und teufel gewettert und dabei auch die schwarzen ketzerkatzen wie es Seetiger eine ist verdammt und nun sah er sich ausgerechnet beim weihnachtlichen festmahle mit dem teufelskater konfrontieret. Pertus Cats blieb gegenüber der schwarzbepelzten Versuchung standhaft, bis ihn der Geist des reichhaltig genossenen Weines niederstreckte.

Der ehrenwerte Herr Jeremias van Bolten. Sein anteil an den erlesenen speisen des festmals war nicht unerheblich, sein widerwillen gegen die einforderung ihres anteils durch die schiffsfelinen ebenfalls.

Es sollte an dieser Stelle hervorgehoben werden, dass mein alter Seetiger den Streit nicht angefangen hat. Daran daß Petrus Cats schließlich im Lazarett landete, war der Schiffskater zwar nicht ganz unbeteiligt, er hat es jedoch nicht zu verantworten, darin war sich die Gesellschaft einig. Es gibt eben ungeschriebene Regeln, an die sich auch ein Gottesmann zu halten hat.

Längst hatten die Backschaften ihre Schüsseln geleert und die großzügigen Rationen des Rums machten bereits zum wiederholten Mal die Runde. Sie saßen auf dem Hauptdeck und im Zwischendeck bei geöffneten Stückpforten auf ihren Seekisten zwischen den Kanonen, ließen die Würfel rollen und die Karten schnappen. Von der Back ertönten die Klänge von Fidel, Holzflöte, grobem Männergesang und das Klatschen der nackten Füße tanzender Matrosen. Billige Talgkerzen spendeten den Spielern auf dem Zwischendeck ein kärgliches Licht, während das Treiben in der Kuhl und auf der Back durch die Sterne und den fast vollen Mond des klaren Nachthimmels erleuchtet wurde. Aus der Kapitänskajüte tönten die Toasts und das Klingen der Gläser über die reglose See. Vor dem Mast brandete immer wieder Geschrei an die empfindlichen Katzenohren, wenn jemand einen sehr glücklichen Wurf hatte, ein gutes Blatt ausspielte und die trunkenen Gefährten den Betreffenden lauthals gratulierten oder aber einer den anderen des Betrugs bezichtigte. Dann flogen unter donnernden Anfeuerungsrufen der Umstehenden auch schon mal die Fäuste der Kontrahenten. Der englische Bootsmann Peter Black und der mächtige schwarze Schiffsprofos hatten mit zunehmender Rumseligkeit der Mannschaft alle Hände voll zu tun, Schlimmeres zu verhindern.

Rotbart war fasziniert. Allerdings fesselte weniger das wilde Treiben der Menschen als vielmehr das unermüdliche Klackern der hin und her flitzenden Würfel seine Aufmerksamkeit. Eines dieser Dinger müsste doch zu fangen sein. Der Kater duckte sich und schob sich vorsichtig die steile Treppe zum Hauptdeck hinunter. Das warnende Maunzen Jacks und Newtons nahm er überhaupt nicht wahr. Hinter einer Taurolle fand er Deckung. Vor ihm saß eine Gruppe Matrosen, die in ihr Würfelspiel vertieft war. Rotbart beobachtete gespannt die sich ständig wiederholenden Abläufe, um den günstigsten Zeitpunkt für seine Jagd zu ermit-

41

teln. Einer der Zweibeiner warf die drei Knöchel so, dass sie fröhlich über die Planken tollten. Kaum waren die Würfel zur Ruhe gekommen, stießen die Umstehenden erfreute oder grimmige Laute aus, woraufhin sich der Zweibeiner, der dem Werfer gegenüber saß, die Spielsteine schnappte um sie nun seinerseits über die Planken zu rollen. Das ging so mehrmals hin und her, gelegentlich unterbrochen von einer Pause, in der der Rumbecher wanderte und Münzen den Besitzer wechselten. Die Männer ließen die kleinen Steine nie herumliegen, sondern sammelten sie nach dem Wurf sofort wieder ein. Die einzige Chance, so ein flitzendes Kerlchen zu fangen, war die Zeit in der sie in Bewegung waren. Katers Hinterteil wackelte hin und her als er seine Pfoten zum Sprung zurechtrückte. Kaum hatten die Würfel die schwielige Hand des Matrosen verlassen, schnellte sich Rotbart mitten in die Runde und schlug schon im Flug mit seiner Vorderpfote nach ihnen, noch bevor sie den Boden erreicht hatten. Der Kater war begeistert. Zwei von ihnen hatte er auf Anhieb erwischt und in die Dunkelheit katapultiert, den dritten Würfel pflückte er geschickt vom Boden auf und schleuderte ihn hoch in die Luft, während er sich auf den Rücken warf, um ihn mit einem gezielten Pfotenhieb den anderen hinterherzuschicken. Die folgende Drehung um die eigene Achse war kaum vollzogen, als er sich bereits mit den Hinterpfoten abdrückte und den Würfeln mit einem gewaltigen Satz in den Schatten des gegenüberliegenden Schanzkleids folgte. Unermüdlich tobte Rotbart mit seinen Würfeln über das Deck, immer darauf achtend, möglichst viele Hindernisse zwischen sich und die aufgebrachten Seeleute zu bringen. Es war ein Heidenspaß und der Kater war sich sicher, dass ihn die Zweibeiner nicht erwischen würden.

Jack und Newton waren dem herumtollenden Kater gemächlich gefolgt und beobachteten interessiert dessen Treiben.

„Ein Irrer", stelle Tiger bewundernd fest.

„Und was für einer", antwortete Newton. „Hast du diese Bewegungen gesehen? Unglaublich."

„Aber wenn die ihn erwischen, möchte ich nicht in seinem Fell stecken."

„Ja, bei diesen Klackerdingern kennen die keinen Spaß, wir sollten uns bereit halten."

Aber Rotbart war nicht dumm. Wenn nichts Unvorhergesehenes geschah, würden die vergleichsweise schwerfälligen und alkoholisierten Seeleute nicht einmal auf Armlänge an ihn herankommen. Und wenn es ganz dicke kam, blieb ihm immer noch die Flucht über die Reling in die Wanten oder die Rüsten. Für einen Kater gab es genügend Fluchtwege und Rotbart kannte sie inzwischen alle.

„Will mitspielen", blaffte Spiky MacHatch und baute sich vor dem völlig überraschten Rotbart auf.

Genau das war so ein Unvorhergesehenes, das einen blitzschnellen Rückzug empfehlenswert machte. Aber Rotbart saß gerade unter einer Nagelbank, die den Sprung nach oben auf die Reling unmöglich machte. Hinter ihm nahten die betrunkenen Matrosen und vor ihm stand der Hund des Bootsmannes, der keinerlei Anstalten machte, den Weg freizugeben.

Der Kater schleuderte mit einer schnellen Pfotenbewegung einen der Würfel über das Deck.

„Da, fang", maunzte er und MacHatch sprang automatisch dem vermeintlichen Spielzeug hinterher. Rotbart trippelte unter der Nagelbank hervor und wollte gerade auf die Reling springen, als ihn ein harter Griff in den Nacken den Atem raubte.

„Ick sollte werfen dir über Bord", radebrechte der Bootsmann und schüttelte den hilflosen Kater, dass diesem Hören und Sehen verging. „Dock der Käptn will not mögen das."

Während er den verzweifelten Kater mit der einen Hand in die Höhe hielt, zog er unter grölendem Beifall der Matrosen mit der

anderen sein Messer und schnitt dem Kater eine tiefe Kerbe in das Ohr. „Straf muss sein, du wirst nicht tun es wieder."

Ein lautes Aufjaulen Spikys ließ den Bootsmann herumfahren. Der Bordhund saß vor einem zerkauten Spielstein und ein wenig Blut tropfte aus seinem Maul. Black ließ Rotbart einfach fallen und untersuchte seinen Hund. Dessen Verletzung des Zahnfleisches war allerdings wesentlich weniger schwerwiegend, als Rotbarts verstümmeltes Ohr, das höllisch zu schmerzen begann.

„Damned, wem sind diese Dobbelsteen?" Black richtete sich mit drohendem Blick auf und hielt ein kleines bleiernes Plättchen zwischen seinen klobigen Fingern. Entsetzt starrten die Seeleute auf das winzige Stück Metall und jeder wusste, was es bedeutete: Die Würfel waren gezinkt!

Vergessen war die Wut auf den verspielten roten Kater, der noch halb benommen auf der Reling saß und von dessen rechtem Ohr reichlich Blut tropfte. Jack und Newton hatten sich ebenso hinzugesellt wie Seetiger, der nach dem jähen Ende des Weihnachtsdinners zu seinem Schützling geeilt war. Gemeinsam waren sie bereit, durch kräftiges Fauchen und Pfotenhiebe jeden zu vertreiben, der ihrem Kumpel hätte zu nahe kommen können. Aber Rotbart drohte keine Gefahr von den Zweibeinern mehr. Im Gegenteil. Er hatte einen Falschspieler unter den Matrosen entlarvt und war nun ein Held – wenigstens bis zu seinem nächsten Streich. Sogar der Bootsmann, der wie MacHatch so gar nichts von Katzen an Bord hielt, musste eingestehen, dass er dem Kater vielleicht doch Unrecht getan hatte.

Trotz aller Bemühungen war es Black nicht gelungen den Eigentümer der gezinkten Würfel zu ermitteln. Kielholen hätte die Strafe gelautet und es war nicht sicher, dass der Delinquent diese überlebt hätte. Aber der Bootsmann wusste, dass der Matrose, der seine Kameraden betrogen hatte, so oder so ein toter Mann war.

Am nächsten Morgen jedenfalls war die Mannschaft um ein

Besatzungsmitglied ärmer. Niemand konnte etwas über den Verbleib des Mannes sagen. Er sei wahrscheinlich, so die einhellige Annahme seiner ehemaligen Kameraden, beim Gang zum Abort auf der Galion des Schiffes sturzbetrunken von Bord gefallen und ersoffen.

Rotbart hatte eine wichtige Lektion gelernt: An Tagen an denen die Zweibeiner feierten und ausgiebig tranken, ging Schiffskatze möglichst kein Risiko ein und ließ sich insbesondere vor dem Mast möglichst gar nicht erst blicken. Trotzdem, eine erste kleine Geschichte um den legendären Schiffskater war geboren und würde vor allem in Menschenkreisen als „wie Rotbart den Falschspieler entlarvte und vom Bootsmann verstümmelt wurde" die Runde machen.

Die Tage nach den denkwürdigen Ereignissen verliefen ohne besondere Vorkommnisse. Kein Lüftchen regte sich, die Mannschaft begann sich zu langweilen und auch auf dem Achterdeck war die Stimmung eher gedämpft. Tag für Tag lagen die Katzen dösend in der Sonne auf dem Sprietmars und schauten gelangweilt über das spiegelglatte Meer. Selbst die gelegentlich vorbeirauschenden Tümmlerschulen waren für Rotbart kein Aufreger mehr. Auch die Ratten- und Mäusejagd gestaltete sich bei der inzwischen stickigen Luft in den Laderäumen eher als Notwendigkeit denn als befriedigendes Jagdabenteuer. Auch bei den Zweibeinern geschah nichts Aufregendes. Die täglichen Andachten, das Putzen der Decks und andere öde Routinen lockten nun wirklich keine Katze mehr von ihren Liegeplätzen weg. Lediglich die Schiffsglocke, die alle halbe Stunde geschlagen wurde sowie die Veränderung des nächtlichen Mondes zeigte, dass wenigstens die Zeit noch irgendwie in Bewegung war.

„Segel Steuerbord achteraus!" Der Ruf des Matrosen brachte nicht nur die Zweibeiner in Bewegung. Auch die Katzen konnten

der aufgeregten Stimme entnehmen, dass sich irgendetwas Besonderes tat. Das fremde Schiff war bereits vollständig vor dem Horizont zu erkennen. Trotz Flaute hielt es unter vollen Segeln direkt auf die Zeeland zu.

„Fünf Meilen", schätzte Kapitän Janszonn die Entfernung des Schiffes.

„Der Wind wird uns wohl kurz vor dem Schiff erreichen, denke ich", Carlszoon setzte sein Fernglas ab, „in einer Stunde etwa?"

„Ihr hattet einen guten Lehrmeister", bestätigte der Kapitän, „wer immer das sein mag, wir sollten vorbereitet sein."

Natürlich hofften sie, dass es sich um eines der Schiffe handelte, mit denen sie Texel gemeinsam verlassen und die sie unterwegs im Sturm verloren hatten. Aber es konnte ebenso ein Engländer oder schlimmer noch, ein Portugiese sein.

Die Front leicht gekräuselten Wassers, die dem Schiff vorauseilte, kennzeichnete die Grenze zwischen der Flaute, in der die Zeeland lag und dem raumen Wind, der den fremden Segler auf sie zutrieb. Das bevorstehende Ende der Flaute weckte die Lebensgeister der Besatzung. Rotbart, der auf das Geländer der Back geschlendert war, beobachtete gespannt durch die große offene Luke das Geschehen auf dem Zwischendeck. Die Hängematten wurden eingerollt, die Tischplatten, die mit Seilen an der Decke befestigt waren, hochgezogen und die Seekisten und andere Habseligkeiten der Mannschaft beiseite geschafft. Laut rumpelten die schweren Kanonen über das Deck in Richtung Schiffsmitte, sodass die offenen Mäuler der Rohre bei Bedarf mit Pulver und Kugeln gestopft werden konnten.

Auf Deck wurde ebenfalls klar Schiff gemacht. Befehle wanderten lautstark wiederholt vom Kapitän über die Decks bis nach vorne, während die Mannschaft unter dem Schrillen der Bootsmannspfeife ihre Positionen an den Brassen und auf den Rahen einnahm. Die anderen Schiffskatzen waren Rotbarts Beispiel längst gefolgt

und hatten sich neue, vom hektischen Treiben unberührte Plätze gesucht, von denen aus sie alles beobachten konnten. Gespannt fieberte das ganze Schiff dem Treffen entgegen, egal ob Freund oder Feind, man war bereit.

Der beste Platz in solchen Situationen war zweifellos die Poop oder die Kampagne und so war es kein Wunder, dass sich die neugierigen Katzen auf den oberen Decks des Achterschiffs verteilt hatten. Hier war es verhältnismäßig ruhig und aus dem Verhalten der Oberzweibeiner ließ sich hervorragend die Situation einschätzen. Aus dem Bug des näher kommenden Schiffes löste sich eine weißgraue Rauchwolke. Kurze Zeit später folgte der Knall, der sich wegen der noch großen Distanz eher wie ein ferner Donner anhörte. Der Kapitän, van Bolten, Schiffsarzt Sylvius mit seiner Baronesse und Carl standen auf der Kampagne, hatten ihre Ferngläser auf das nahende Schiff gerichtet und zeigten sich völlig gelassen.

„Ein Schuss Salut zurück", gab er den Befehl an seinen Adjutanten, der ihn sofort weiterleitete. Kurze Zeit später löste sich aus der vordersten Kanone der Steuerbordbatterie der Gegengruß der Zeeland. Rotbart musste an seine erste Erfahrung mit Kanonendonner denken. Vor gerade einmal sechs Monaten war das Krachen des Breitseitengewitters der Seeschlacht vor Scheveningen über die Insel Texel gerollt. Damals hatte es Rotbart für ein nicht enden wollendes Unwetter gehalten und sich lediglich gewundert, warum kein Regen fiel und keine Blitze aus den Wolken schlugen. Seetiger hatte ihn über den wahren Charakter des vermeintlichen Unwetters aufgeklärt, aber heute erlebte Rotbart zum ersten Mal persönlich den Einsatz eines Geschützes. Er war zutiefst beeindruckt. Da war der ohrenbetäubende Knall, der in seinen Ohren schmerzte und ihm das Gefühl vermittelte, die Wunde, die ihm der Bootsmann verpasst hatte, sei wieder aufgebrochen. Und dann der beißende Gestank des Pulvers, der von der gerade aufgekom-

menen leichten Brise über die Decks getrieben wurde. Das Brennen in Nase und Augen war einfach unerträglich und der Kater wollte schon die Flucht nach unten, tief in das Schiffsinnere antreten.

„Bleib hier, Kleiner", beruhigte Seetiger und legte wie beiläufig seinen Schwanz auf Rotbarts Rücken. „Es ist ja schon vorbei."

Rotbart sah seinem Mentor mit tränenden Augen ungläubig an und fuhr sich mit seiner Pfote über das verletzte Ohr. Tatsächlich hatte sich der Pulverrauch verzogen und die gerade noch schlaff herabhängenden Segel füllten sich. Das Schiff wiegte sanft hin und her, während die Front der gekräuselten Wasseroberfläche ihren Weg vor dem Bug der Zeeland fortsetze und zum gegenüberliegenden Horizont strebte.

„Und du hast die ganze Schlacht mitgemacht und da haben alle Kanonen gleichzeitig und immer wieder geknallt und gedampft? Das hält doch keine Katze aus, wie hast du das denn überlebt? Du musst doch taub sein von dem Krach und blind vom Rauch."

„Das hält auch keine Katze aus", antwortete Seetiger, „und als du mich gefunden hast, war ich tatsächlich blind. Aber glücklicherweise haben sich meine Augen ein wenig erholt. Und was das Hören betrifft: Du glaubst doch nicht, dass ich an Deck geblieben bin, als es losging."

Seetiger machte eine lange Pause bevor er hinzufügte: „Schlimm genug war es trotzdem und ich möchte so etwas nie nie wieder erleben."

Rotbart war klar, dass das Thema für Seetiger nun erledigt war und bedrängte ihn nicht weiter, obwohl er gerne mehr erfahren hätte. Stattdessen saßen sie schweigend nebeneinander auf der Reling schauten versonnen auf das näher kommende Schiff. Jeder hing dabei seinen eigenen Erinnerungen nach.

Der Segler stellte sich als die Texel heraus, eines der sieben Schiffe ihres Convoys, den der Sturm der vergangenen Wochen

auseinandergetrieben hatte. Laut Logbucheintrag des Kapitäns hatte selbstverständlich göttliche Fügung die beiden Schiffe wieder zusammengeführt, sodass sie sich nun gegenseitig schützen konnten, wenn etwa Piraten, Engländer oder gar Portugiesen nahten.

So richtig im Klaren über ihre Position war sich der Schiffer nicht. Wahrscheinlich befanden sie sich in der Nähe der portugiesischen Inselgruppe Kap Verden. Sie hatten gerade den Wendekreis des Krebses passiert und Azoren und Kanaren hinter sich gelassen. Auf welcher Länge sie allerdings genau segelten, ließ sich nicht feststellen. Und während die Seeleute unter einer gewissen Anspannung hinsichtlich des richtigen Kurses standen, folgte für die Schiffskatzen rund eine Woche mehr oder weniger ereignisloser Bordroutine.

Nun gut, die Reise hätte langweiliger sein können. Immerhin tauschten die beiden Schiffe regelmäßig Signale aus, um sich nicht wieder zu verlieren. Da wurden mal *7. Januar 1654* kleine, fröhlich flatternde Wimpel gehisst, *St. Anthoni, Kap Verden* mal brüllten die Kapitäne quer über das Wasser, um sich zu verständigen, mal feuerte jemand eine Muskete ab, um die Aufmerksamkeit des anderen Schiffes zu erregen. Meist folgte dann ein eifriges Gewusel an Deck, um den Kurs zu korrigieren oder die Segel zu trimmen. Für die erfahreneren Schiffskatzen, die das alles von ihren gemütlichen Aussichtspunkten aus beobachteten, war das eher mäßige Unterhaltung und Rotbart ließ sich längst nicht mehr so schnell aus der Ruhe bringen, wenn etwas geschah, was er noch nicht kannte.

Träge folgten seine Blicke den großen schwarzen Seevögeln, die seit ein paar Tagen über die See glitten, sich dann und wann einen Fisch oder Tintenfisch im Überflug von der Wasseroberfläche klaubten und sich gelegentlich mit ausgebreiteten Flügeln

auf den Mastspitzen niederließen. Immer wieder schienen sie zu einem Ort hinter dem Horizont zurückzukehren. Plötzlich ein Schrei aus dem Ausguck. Der Matrose zeigte genau auf den Punkt hinter dem Horizont, an dem Rotbart das Nest der schwarzen und ziemlich zänkischen Riesenvögel vermutete. Dort begann ein großes dunkles Segel aus dem Meer aufzusteigen.

„Noch ein Schiff", maunzte Rotbart nicht sonderlich glücklich. Der zu erwartende Salut dämpfte seine Freude über die Abwechslung enorm. Seetiger grunzte nur und beobachtete aufmerksam das Gebilde am Horizont. Knapp zwei Stunden später war es selbst Rotbart klar geworden, dass es sich nicht um ein Schiff handeln konnte. Denn nach und nach hatte sich das markante Profil einer gebirgigen Insel herausgebildet, an deren schroffer Küste die großen Vögel kreisten. Bald erreichten die beiden Schiffe eine Bucht und gingen dort vor Anker. Eifriges Fähnchenwinken, Gebrüll und Kapitän Janszonn, van Bolten und Carl machten sich bereit, zur Texel überzusetzen.

„Komm mit", maunzte Seetiger, „eine gute Gelegenheit, einem gemeinsamen Freund einen Besuch abzustatten."

Mit einem Satz waren die beiden in das das kleinere der beiden Beiboote gesprungen, das bereits an die Bordwand gezogen worden war und hatten es sich im Bug gemütlich gemacht. Van Bolten betrachtete die vierbeinigen Bootsgäste misstrauisch.

„Da hat Euer Kater offensichtlich mit dem kleinen Menschenfresser Freundschaft geschlossen", wandte er sich an Carl und wies mit ausgestrecktem Arm auf Rotbart. Der hatte die Geste des Oberkaufmanns natürlich registriert und kommentierte sie vorsorglich mit einem wilden Fauchen. Er konnte den Vorgesetzten des jungen Carlszoon nicht ausstehen und das hatte nichts mit seinen Hunden zu tun. Carl lachte nur, als er den jungen Kater selbstbewusst im Bug sitzen und neugierig auf die Texel starren sah und sagte: „Das wird mal ein ganz großer!"

Carl konnte sich noch gut an die ersten Wochen erinnern. Immer wenn er dem kleinen Kater eher zufällig beispielsweise bei der Inspektion der Laderäume begegnet war, hatte der sofort die Flucht ergriffen oder sich ängstlich fauchend in eine Ecke verzogen. Inzwischen war Rotbart – ganz sicher unter der fürsorglichen Anleitung Seetigers – recht souverän gegenüber Menschen geworden. Nach wie vor hielt er die Zweibeiner auf Distanz, von Angst war dabei allerdings nichts mehr zu spüren. Und so hatte es für den neugierigen vierbeinigen Leichtmatrosen kein Zögern gegeben, als er sich, seinem Mentor folgend, zwischen den Rudergasten hindurchschlängelte, um der näherkommenden Texel entgegenzufiebern. Und kaum waren sie an der Bordwand angelangt, schoss er hinter Seetiger durch eine offene Stückpforte an Bord.

„Hier kannst du nicht rein Kleiner, das ist nur etwas für richtige Schiffskatzen", tönte es aus einer dunklen Ecke, „oder bist du etwa ein Schiffskater?"

Rotbart zuckte nur kurz zusammen. Dann aber kreischte er begeistert während er sich auf den riesigen grauen Kater stürzte, der breit grinsend aus dem Dunkel trat: „Klar bin ich ein Schiffskater und mein Name ist Rotbart."

Rotbarts Freude über das Wiedersehen mit dem Türsteher der Amsterdamer Katzenspelunke war im wahrsten Sinne des Wortes umwerfend. Und nicht ohne Verwunderung stellte der Graue ein wenig außer Atem Fest: „Ganz der Vater, ganz . . ."

„Halt die Klappe, du Schwätzer", zischte Seetiger und der graue Schiffskater verstummte sofort.

Rotbart hatte in seiner Freude über das Wiedersehen von dem kurzen verbalen Zwischenspiel gar nichts mitbekommen und freute sich schon darauf, die Anderen kennenzulernen. Vielleicht war ja der Grautiger nicht der Einzige an Bord, den er von zu Hause kannte. Zu Hause, Bilder der Katzenspelunke seiner Mutter, der Streuner von Oudeschild, seiner Spielkameraden oder der

vertrauten Jagdgründe in den Hafenspeichern, die um so vieles ungefährlicher waren, als die finsteren Laderäume der Zeeland, spukten durch seinen Kopf. Katerhaft unterdrückte Rotbart das aufkommende Gefühl von Heimweh und folgte den beiden Schiffskatzenchefs auf das hintere Zwischendeck, ganz nach achtern, wo die offenen Stückpforten eine gute Sicht über die Bucht erlaubten.

„Schön, dass ihr kommen konntet", schnurrte Graubart vergnügt und schnippte lässig mit dem Schwanz in Richtung der versammelten zehnköpfigen Schiffskatzencrew, „Le Roi hat da schon mal etwas vorbereitet."

Seetiger schritt majestätisch die Front der Katzschaft ab und begrüßte jeden mit einem würdevollen Kopfstoß. Rotbart tat es seinem Mentor nach so gut es ging. Das mit der Würde und Gelassenheit hatte er allerdings noch nicht so ganz drauf und je nach Temperament des Gegenüber sah so manche Begrüßung aus, als würden zwei Ziegenböcke ihre Kräfte messen.

„Nun ja", meinte Seetiger und blinzelte Graubart an, „er hat noch einiges über Umgangsformen an Bord zu lernen."

„Möchten die Herrschaften vielleicht mit einem Stück Fisch oder lieber mit kaltem Braten beginnen? Ich hätte da aber auch noch etwas Pastete, für die, die nicht mehr so richtig zubeißen können."

Freundlich und einladend blickte der weiße Kater mit den schwarzen Flecken den alten Seetiger an. Der starrte zurück: „Ich kann durchaus noch zubeißen, junger Spund", knurrte er scheinbar pikiert und verkniff sich nur mit Mühe ein Grinsen.

Graubart beschwichtigte: „Das weiß er und das sollte ganz sicher keine Respektlosigkeit sein. Le Roi hat wohl einfach mal wieder nicht nachgedacht, ist total aufgeregt. Als er gehört hat, dass uns der legendäre Seetiger und sein Schüler besuchen, hat er für die Beschaffung des Festmahls beinahe sein Leben riskiert. Ist

halt auch so ein Jungspund wie Rotbart . . .". Erst jetzt merkte er, dass sich Seetiger köstlich amüsierte. „. . . gut, gut, dann also ran an den Speck, Leute!"

„Speck habe ich leider nicht bekommen können" maunzte Le Roi und tat kleinlaut.

„Waaas, kein Speck?" Ein schwarzer Kater mit weißem Latz und Pfoten brummte den Kombüsenkater an und verschwand in einer dunklen Ecke. „Muss man sich hier denn um alles selbst kümmern?"

Kurze Zeit später tauchte er mit einem Stück Speck im Schlepptau wieder auf. „Hab ich mir zur Feier des Tages vom Steward erschleimt", verkündete er stolz, „klar, dass da für dich nichts mehr drin war Le Roi", beruhigte er seinen Kumpel.

„Typisch Großtatze", grinste Seetiger, „du kannst es einfach nicht lassen, die Neuen zu ärgern."

So neu war Roi de Merguéz, der „Wurstkönig" aus der Landgrafschaft Hessen-Kassel gar nicht. Immerhin hatte er schon ein Jahr Flussschifffahrt hinter sich, bevor er in Bremen auf einem holländischen Küstensegler anheuerte und schließlich ab November 1653 die Texelcrew durch seine besonderen Fähigkeiten bereicherte. Durch eine besondere Abenteuerlust im maritimen Sinne zeichnete sich der gemütliche Kuhkater nicht gerade aus. Wohl aber verfügte er über ein ausgeprägtes kulinarisches Organisationstalent, das er immer wieder unter Beweis zu stellen verstand. Nun ist nahezu jede Katze fähig, aus irgendwelchen Speisekammern oder Küchen, von unbeobachteten gedeckten Tischen oder aus Lagerräumen Leckerbissen zu klauen. Das Besondere an Le Roi war jedoch, dass er ganz offiziell in den Kombüsen und Pantrys der Schiffe wohnte, von den Menschen jedoch zeitlebens nie des Diebstahls verdächtigt wurde.

Während sich die Katzen schmatzend das Festmenü schmecken ließen, nahmen sie die Stimmen und das Poltern über sich kaum

wahr. Sie wussten, auch über ihnen im Salon des Kapitäns wurden die Gäste bewirtet. Nur le Roi ahnte, dass es dort oben nicht ganz so unbeschwert zugehen würde wie hier. Als nämlich der Steward die kaum eine halbe Stunde zuvor sorgfältig angerichteten und dekorierten Speisen aus der Pantry auftragen wollte, stand er vor einem Desaster. Die Platte mit dem kalten Fleisch war zerwühlt und die besten Stücke fehlten. Von der gekochten Makrele waren nur noch Schwanz und Kopf übrig und die Form der Kalbspastete glich der Landschaft der Vulkaninsel vor der die Schiffe Anker geworfen hatten. Le Rois feine Ohren konnten den unterdrückten Aufschrei und das Klappern und Scheppern hören, als der Steward versuchte, aus den Resten und gewissen Reserven so schnell wie möglich etwas Servierbares für die hohen Herrschaften zu produzieren.

„Mannmannmann, wie du das immer wieder schaffst, solche Leckerbissen zu organisieren", schwärmte der rabenschwarze Blackcastle, der mit einem venezianischen Kaufmann nach Amsterdam gelangt war, um auf der Texel anzuheuern. Selbst Graubart und Seetiger kamen nicht umhin, dem Lob zuzustimmen.

„Wusste gar nicht, dass der Smutje solche Leckereien in der Kombüse hat, bei uns auf dem Schiff gibt's sowas jedenfalls nicht", seufzte Rotbart.

„Das ist auch nicht aus der Mannschaftskombüse", verriet Seetiger, „du hättest mal beim Festschmaus der Oberzweibeiner dabei sein müssen, aber du musstest ja vor dem Mast feiern."

„Ich denke", maunzte le Roi wie nebenbei, „wir sollten so langsam die Tafeln aufheben." Und während er sich gemächlich in Richtung Aufgang zurückzog murmelte er noch: „Es könnte demnächst vielleicht etwas ungemütlich werden."

Bevor der Steward in Begleitung des riesigen Kapitänshundes das hintere Zwischendeck betrat, hatten sich Graubart, Seetiger und Rotbart bereits wieder auf Deck begeben. Sie wussten, dass

das Zweibeinertreffen zu Ende war. Als Janszonn, van Bolten und Carl in das Beiboot stiegen, um zu ihrem Schiff zurückzukehren, saßen die beiden Kater der Zeeland längst wieder im Bug des Kahns.

An Bord der Texel stampfte der Steward wütend mit dem Fuß auf, als er die Überreste des kätzischen Festmahls sah. Mittendrin saßen Großtatze und Blackcastle, die sich genüsslich die Mäuler leckten, die anderen hatten sich bereits davongemacht. Unschuldig und ein wenig verständnislos blickten die beiden den erbosten Steward an und trollten sich ohne große Eile, als der befahl: „Fass!"

Pflichtschuldigst kläffte und geiferte der Hund die Katzen an und gab sich Mühe, für den Steward möglichst bösartig zu klingen. Aber er wusste, jeder Versuch, einen der Kater zu erwischen war von vornherein zum Scheitern verurteilt.

„Manmannmann, verausgabe dich nur nicht", beruhigte Blackcastle. Und während er als letzter in den Tiefen des Zwischendecks verschwand schnurrte er: „übrigens der Rest ist für dich, lass es dir schmecken."

Le Roi hatte es sich längst auf dem obersten Brett des Küchenregals gemütlich gemacht und begrüßte den zurückkehrenden Stewart mit einem freundlichen Miau. Er streckte sich und gähnte, als habe er seit Stunden in der Pantry geschlummert. Sensibel wie Katzen nun einmal sind, hatte er natürlich mitbekommen, dass der Steward drohte, in einem Gefühlstief zu versinken. Fürsorglich sprang er vom Regal und bot aufmunternd seinen Schädel zum Köpfeln an.

„Ach, wenn nur alle Schiffskatzen so freundlich und harmlos wären, wie du", seufzte der Steward vertraulich. „Am schlimmsten scheinen mir ja die schwarze Weißpfote und der langhaarige Teufelskater zu sein, stell dir vor, die haben die ganze Tafel geplündert. Ich hab sie dabei ertappt, wie sie ihre Beute im Zwi-

heute haben mir die katzen einen bösen
streich gespielt. Der langhaarige Teufel
und die schwarze Weißpfote haben das
mahl geraubet und zerstöret, das ich mit
großer mühe zur bewirtung der gäste des
kapitäns hergerichtet hatte. Als ich sie
mit ünterstützung des kapitänshundes
zur rechenschaft ziehen wollte, zeigten sie
sich keineswegs beeindruckt. Ja, sie
schienen sogar empört über meine
anschuldigung, gleichwohl ich sie inmitten
der überreste der beute in flagranti
ertappt habe.

Mein zorn war aber bald verraucht,
als mir der brave kombüsenkater, der
die untaten seiner kollegen
offensichtlich in unschuldigem
schlafe vertieft, nicht verhindern
konnte, in katzenmanier trost
zusprach.

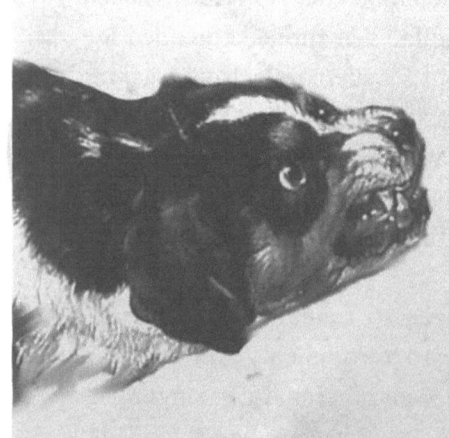

schendeck verspeist haben. Und ich habe mir vorher von der Weißpfote auch noch ein Stück Speck abschmeicheln lassen."

Während er dem Kater den Kopf kraulte und ihm ein paar Leckerbissen von den Resten der Tafel reichte, murmelte er nachdenklich: „Die müssen jetzt aber richtig satt sein, dass die sich überhaupt noch bewegen konnten . . ."

Le Roi schnurrte. Für ihn war das ein ganz und gar gelungener Tag, in jeder Hinsicht ganz nach seinem Geschmack.

„Heute nehmen wir mal einen anderen Weg an Bord, folge mir einfach", schlug Seetiger vor, als sie wieder die Zeeland erreicht hatten.

Behände huschte der rüstige alte Katzenherr über die Jacobsleiter die Bordwand empor und erreichte mit Rotbart im Schlepptau noch vor den Zweibeinern das Hauptdeck. Die Begrüßung war überwältigend. Im Erwartung ihres Herrchens hatten sich nämlich die beiden Wolfsspitze schwanzwedelnd und quietschend hinter der Reling aufgebaut und zeigten sich recht überrascht, als nicht etwa der kegelförmige Hut des Oberkaufmanns, sondern der verhasste Seetiger auftauchte. Der hatte abrupt auf dem Handlauf abgebremst, um zu entscheiden, ob er einfach zwischen den Hunden hindurchschlüpfen oder lieber auf der Reling in Richtung Achterdeck balancieren sollte. Für ausgiebige Situationsanalysen blieb ihm jedoch keine Zeit. Denn Rotbart war mit voller Kraft in den Chefkater gerauscht, sodass dieser mit einem recht unkontrollierten Satz direkt zwischen den erbosten Hunden landete, die sich nach einer kräftigen aber kurzen Keilerei jaulend unter das Halbdeck flüchteten. Rotbart war seinerseits von dem Zusammenstoß mit Seetiger völlig überrascht worden, schreckte zurück, verlor das Gleichgewicht, drückte sich ab und flog in weitem Bogen über die Köpfe der verblüfften Zweibeiner, die gerade die Jakobsleiter emporkletterten, ins Meer. Dass er dem Oberkaufmann da-

bei den großen Hut samt Perücke vom Kopf riss, war dessen Haltung zu Schiffskatzen im Allgemeinen und zu Rotbart im Besonderen nicht gerade förderlich. Wütend stampfte van Bolten an Deck, wo ihn auch noch statt seiner geliebten Hunde Seetiger erwartete, der sich gelassen die Pfote leckte.

Während van Bolten unter dem nur mühsam unterdrückten Gelächter der Matrosen seine Kabine ansteuerte, war Rotbart samt Hut und Perücke wieder an der Wasseroberfläche aufgetaucht. Seine Panik angesichts des unfreiwilligen Bades hielt sich in Grenzen. Immerhin, die Temperatur war unvergleichlich angenehmer als damals, als er Seetiger das erste Mal getroffen hatte und bei seinem überstürzten Abgang über die Ruderpinne in die Fluten des Texelstrandes gesegelt war. Und übermäßig strampeln, um sich über Wasser zu halten, musste er auch nicht. Hut und Perücke gaben ein recht brauchbares Rettungsfloß ab, solange es sich noch nicht vollgesogen hatte. Und so konnten Seetiger und die neugierigen Schiffskatzen von ihren Aussichtspunkten in aller Ruhe den Verlauf der Rettungsmaßnahmen beobachten und kommentieren, die Carl Carlszoon unverzüglich einleitete.

Weit war der rote Kater nicht vom Boot gelandet in das Carl, der schon in der Jakobsleiter gegangen hatte, schnell zurückgekehrt war. Carlszoon beugte sich weit über die Bordwand und streckte die Hand aus, um Rotbart im Nacken zu packen und von seinem Hut-Perücken-Floß an Bord zu hieven.

„Das würde ich ja nun nicht tun", brummte Seetiger und Grotebroer kommentierte ohne eine Spur von Mitgefühl, „möge Rotbart gnädig mit ihm sein."

Rotbart war nicht gnädig, Rotbart war empört. Nicht genug damit, dass er vor aller Augen ins Wasser gefallen war, nun sollte er sich auch noch von einem Menschen anfassen, vielleicht sogar retten lassen. Das wäre für ihn der Höhepunkt der Peinlichkeit gewesen. Wie ein Besessener schlug er kreischend und mit ange-

legten Ohren zu; rechts, links, rechts, links, in einer Geschwindigkeit, dass das menschliche Auge den Hieben gar nicht folgen
konnte. Das Perückenfloß wurde dabei ein wenig unter Wasser
gedrückt. Vom Schiff aus betrachtet schien es, als säße die rote
Bestie auf dem Wasser, während sie die Hand des menschlichen
Angreifers zerfleischte.

„Punkt für Rotbart", verkündete Kleinebroer und Jack Tiger
grinste, „vielleicht sollten die es mal mit einem Seil versuchen."

„Vielleicht, Mijnheer, solltet Ihr ihm ein Seil zuwerfen, an dem
er sich an Bord hangeln kann", schlug der Matrose im Bug vor.
Aber Rotbart ignorierte das menschliche Rettungsangebot und
paddelte, mit den Hinterpfoten fest in seiner Schwimmhilfe verkrallt außerhalb der Reichweite der Zweibeiner auf das Heck des
Boots zu.

„Der schafft das auch so", kommentierte Newton mit einer Spur
von Bewunderung.

„Ich denke, der kommt auch alleine klar", antwortete Carl dem
Buggasten, als er sah, wie geschickt der Kater sein provisorisches
Wassergefährt zu nutzen verstand. Tatsächlich dauerte es gar nicht
lange, bis der Kater das Heck des Bootes erreicht und sich am Ru-
der hochgezogen hatte. Mit einem drohenden Knurren und bitterbösen Blick auf die Zweibeiner ruhte er sich kurz aus, um neue
Kräfte zu sammeln und das Wasser aus dem Pelz zu schütteln.
Carl, der dem kleinen Menschenfresser gegenübersaß, wagte
nicht, sich zu bewegen, auch wenn seine zerkratzte Hand höllisch
brannte und verbunden werden musste. Schließlich schickte Rotbart noch einen letzten warnenden Blick zu Carl hinüber, sprang
provozierend dicht an ihm vorbei zur Jakobsleiter und kletterte
ohne sonderliche Eile hinauf. Mit gestärktem Selbstbewusstsein
auf der Reling angekommen, stand er nun vor der Entscheidung,
noch eines draufzusetzen und über das Hauptdeck zum Achterdeck zu laufen oder den sichereren Weg über das Schanzkleid zu

wählen. Auf dem Hauptdeck lief er natürlich Gefahr, den Hunden zu begegnen. Denen gegenüber war er noch längst nicht so souverän, wie der alte Seetiger und an Abenteuern hatte er erst mal genug. Er entschied sich also für letzteres und stolzierte mit steil aufgerichtetem Schwanz auf der Reling entlang zu seinen Kumpels, die ihn mit anerkennendem Maunzen begrüßten.

„Na, haltet ihr immer noch so große Stücke auf den kleinen Menschenfresser?" Van Bolten deutete knurrend auf die verbundene Hand Carlszoons, als dieser dem Oberkaufmann die völlig durchweichte Perücke und den deformierten Kegelhut überreichte.

„Na ja, er hat sich auf jeden Fall meinen Respekt verschafft", antwortete der Kaufmannsgehilfe, der inzwischen schon wieder grinsen konnte. Van Bolten fand dieses Grinsen irgendwie anzüglich und grübelte darüber nach, ob die Bemerkung vielleicht auch als Seitenhieb auf ihn selbst verstanden werden könnte, der in seiner Wut und ohne Hut und Perücke kein allzu respektables Bild abgegab.

In den folgenden Tagen hatte kein Mitglied der Katzencrew Zeit für einen Landgang. Denn die Mannschaft war damit beschäftigt, frischen Proviant und Wasser an Bord zu nehmen. Leere Fässer wurden durch die Luken gefiert, in die Boote gehievt, an Land gebracht, dort gereinigt und mit Frischwasser gefüllt. Voll beladen kehrten die Boote zum Schiff zurück. An Bord war es ein ständiges Räumen und Stauen. Das trieb naturgemäß die Ratten und Mäuse aus ihren Verstecken. Die Katzen hatten alle Pfoten voll zu tun, bis alles wieder ordentlich verstaut und Ruhe in die Lagerräume eingekehrt war. Es war beileibe keine ungefährliche Arbeit, das flüchtende Nagervolk zu jagen, zwischen rollenden Fässern, umstürzenden Kisten und Männern, die ohne auf die vierbeinigen Jäger achten zu können, wild durcheinanderliefen. So manche Schiffskatze hatte dabei ihr Leben lassen müssen oder war doch zumindest verletzt oder verstümmelt worden. Glück-

licherweise musste die feline Besatzung der Zeeland bei dieser Aktion keine Opfer beklagen. Auch Spiky MacHatch beteiligte sich an der Nagerjagd und widmete sich vor allem den Ratten. Der Clansdog wütete wie ein Berserker und leistete ganze Arbeit. Rotbart staunte nicht schlecht, als er den kleinen Hund in Aktion sah. „Respekt", murmelte er beinahe eingeschüchtert vor sich hin, „Respekt, dabei ist er doch nur ein Hund."

„Vor dem musst du dich in acht nehmen", maunzte Seetiger seinem Schützling zu.

„Ich nehme mich vor allen Kläffern in acht", versicherte Rotbart, „aber im Gegensatz zu den Anderen ist er doch ziemlich friedlich gegenüber uns Katzen."

„Unterschätz ihn nicht", warnte Seetiger nochmals, „die anderen Kläffer sind eben einfach Kläffer, durchschaubar, zweibeinerhörig und leicht einzuschüchtern. Spiky ist anders, glaub mir. Wenn du ihm eines Tages mal allein gegenüberstehen solltest, wird er dir sein wahres Gesicht zeigen."

Das war alles, was Seetiger zu diesem Thema sagte. Für den alten Kater war das allerdings eine ganze Menge und Rotbart schwor sich, die Warnung nicht zu vergessen. Schon allein deshalb, weil sich der Rote noch immer nicht daran gewöhnen konnte, mit den Kläffern auf so engem Raum zusammenzuleben. Er hatte zwar keine Angst vor ihnen und auf Texel schon so manchen allzu aufdringlichen Hund verprügelt, aber von der Souveränität, mit der Seetiger den Kollegen der kläffenden Zunft entgegentrat und allein durch seine Präsenz die hündische Jagdlust im Keim erstickte, war er noch weit entfernt.

Mit der steifen aber recht gleichmäßigen Brise des Nordostpassat, nahmen die Zeeland und die Texel Kurs auf die Brasilianische Küste. Für Rotbart eine gute Gelegenheit, zu lernen, wie sich Katz bei Wind und Wetter an Deck bewegen kann. Bald gab

es für ihn keinen Grund mehr, sich wegen heftiger Schiffsbewegungen oder der Gischt, die über das Schanzkleid wehte, unter Deck zu begeben. Er wurde nicht nur trittsicherer, sondern lernte auch einzuschätzen, wo er bei Segel- oder anderen Manövern am wenigsten im Weg war. Ja, er begann sogar an kleinen Änderungen in den Schiffsbewegungen oder an den Geräuschen der Segel zu erkennen, wann die Pfeifen der Maate schrillen und die Matrosen in die Masten oder an die Brassen und Schoten eilen würden, um die Segel zu reffen oder zu trimmen.

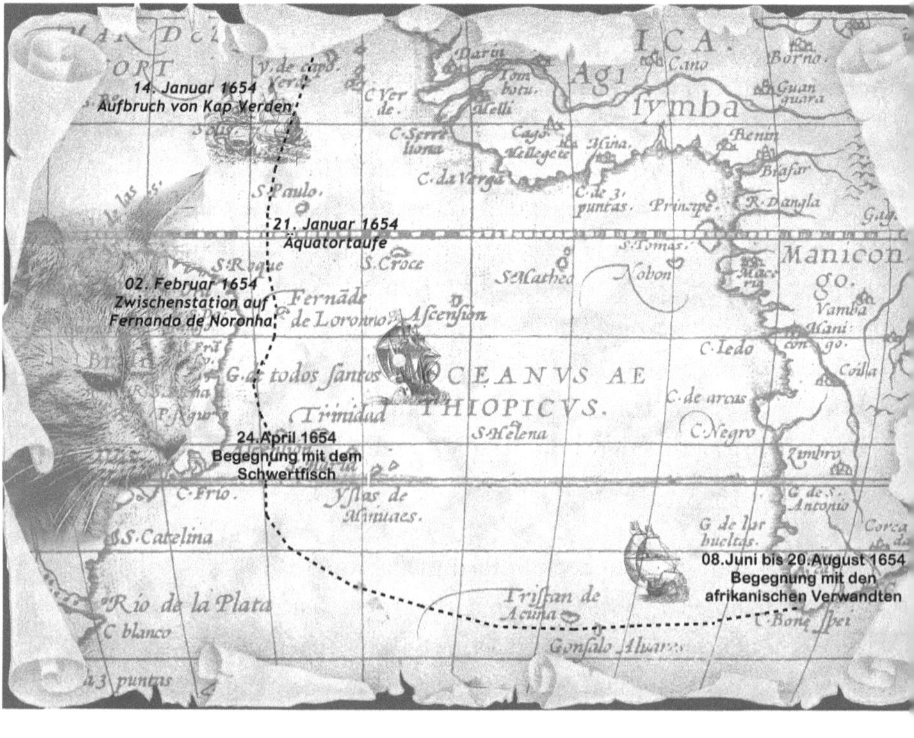

Trotz der tropischen Gewitterstürme, die die Flauten in den Breiten des Äquators fast täglich durchbrachen, verlief die Reise verhältnismäßig ereignislos. Zumindest für die erfahrenen Schiffskater wie Seetiger und Grotebroer. Rotbart allerdings erstarrte fast vor Ehrfurcht, als er zum ersten Mal die blauvioletten Flammen

aus den Mastspitzen züngeln sah, kurz bevor sich die schnell aufgezogenen schwarzen Wolken entluden und Blitze um das Schiff herum krachend in die tosende See einschlugen. Als die Elmsfeuer auftauchten und ein kräftiges Kribbeln den Katzenkörper durchzog, war der Rote wie gelähmt. Und als die Wassermassen auf das Deck prasselten und die Welt in einem von den Blitzen hellerleuchteten Chaos versank, da war es für den Kater zu spät, sich gemäß dem Rat seines Mentors unter Deck zu flüchten. Hin und her wurde das Schiffchen von den stürmischen Böen geworfen und der Kater hatte alle Mühe, sich irgendwie zwischen Deck und Schanzkleid festzukrallen, um nicht von Sturm und Wellen über Bord gefegt zu werden. Das zweite Mal war Rotbart schon schlauer. Als der Platzregen niederprasselte, hatte er bereits die Luke zur Steuerplicht erreicht und konnte sich, allerdings völlig durchnässt, an den Rudergängern vorbei unter das Achterdeck flüchten. Schließlich hatte er gelernt, die Zeichen so zu deuten, dass er rechtzeitig und würdevoll das Deck verließ, bevor über ihm die Hölle losbrach.

Auch wenn auf der Reise sonst nichts los war, gab es für den Seefahrernachwuchs doch jede Menge zu lernen. Beispielsweise dass Kater bei der tropischen Hitze besser nicht auf die **21.01.1654** Nähte zwischen den Decksplanken trat. Der aufge- **Äquatortaufe** weichte Teer schmeckte absolut widerlich und das zähe, klebrige Zeug ließ sich nur mühsam von den Pfoten abzulecken. Und dann war da noch die Sache mit diesem merkwürdigen Ritual, das die Menschen jedes Mal veranstalteten, wenn sie diese Breiten passierten: Die Äquatortaufe. Die erfahrenen Schiffskatzen kannten die Vorbereitungen und zogen sich bereits in sichere Verstecke zurück, wenn die Zweibeiner begannen, den großen Bottich an Deck aufzubauen und mit Seewasser zu füllen.

„Leute, jetzt wird's gefährlich", maunzte Seetiger und Grote-

broer und Newton stimmten mit einem Seitenblick auf die Neulinge knurrend zu, „lasst euch bloß nicht einfangen!"

Spätestens am Nachmittag, als verkleidete Maate und Decksoffiziere unter großem Gejohle der restlichen Mannschaft eine Gruppe in Fesseln vorgeführter Matrosen gewaltsam mit abscheulich riechenden Substanzen einschmierten, ahnte Rotbart, was auch ihnen geblüht hätte, wenn die Zweibeiner ihrer habhaft geworden wären. Aber es kam sogar noch schlimmer. Mit einem großen Messer wurde das ganze zähe, stinkende, klebrige Zeugs wieder von den Delinquenten abgeschabt, samt Haupthaar. Und die verzweifelte Gegenwehr der Opfer machte die brutale Rasur zu einer blutigen Angelegenheit. Zum Abschluss wurden die Äquatortäuflinge in den großen Bottich gestopft und solange untergetaucht, bis sie keine Gegenwehr mehr leisteten. Für die Mannschaft war das offensichtlich ein riesiger Spaß. Jedenfalls schnappten sie sich ihre nach der Prozedur halbtoten Kameraden und füllten diese und sich selbst mit jeder Menge Rum ab, den der Kapitän zur Feier des Tages großzügig ausgab. Rotbart wollte gerade fragen, ob die Zweibeiner das mit den Schiffskatzen tatsächlich auch gemacht hätten, als die letzten Täuflinge gebracht wurden. Es waren die beiden Wolfsspitze von van Bolten. Sie protestierten jaulend, als die Matrosen begannen, das dichte Fell mit dem Gemisch aus Teer und Farbe einzuschmieren. Aber so sehr sie sich auch wehrten, gegen die kräftigen Matrosen, die den Hunden sicherheitshalber die Schnauzen zugebunden hatten, gab es keine Chance.

„Geschieht den Kläffern recht", kommentierte Rotbart mit vor Entsetzen weit aufgerissenen Augen. Seetiger sah seinen Schützling prüfend von der Seite an. Nein, das meinte der Rote nicht wirklich ernst.

Es war für Rotbart völlig unverständlich, warum den Hunden nicht ihr Mensch zu Hilfe eilte. Immerhin, der Oberkaufmann hat-

te ja nun wirklich einiges an Bord zu sagen, wie konnte er seine treuen Begleiter nur so im Stich lassen. Wieder einmal wurde Rotbarts Abneigung gegen Menschen bestätigt. „Menschen", murmelte Rotbart voller Verachtung vor sich hin.

„Dagegen kann nicht einmal der Kapitän etwas tun, sonst droht eine Meuterei", Grotebroer setzte sich beschwichtigend zwischen Rotbart und den ebenfalls verstörten Kleinebroer. Die waren so beeindruckt, dass sie nicht einmal fragten, was denn eine Meuterei ist.

„Gut nur, dass Spiky und die Baronesse klug genug waren, sich zu verstecken." Grotebroer zeigte echtes Mitgefühl mit der hündischen Konkurrenz an Bord.

„Obwohl, Spiky hätte schon einmal eine Lektion verdient", grummelte Seetiger, „aber der ist wirklich schlau, verdammt schlau sogar." Und wieder warnte er seinen Schützling: „Auf den musst du verdammt aufpassen, Kleiner!"

Aber Rotbart hatte jetzt kein Ohr für diese Warnung. Als gestandener Schiffskater, der er sein wollte, versuchte er vor allem das Mitleid für die Hunde zu unterdrücken die, inzwischen ihres Fells beraubt und aus vielen Schnitten blutend, nun auch noch in den Waschtrog gestopft und abgeschrubbt wurden. Fast hätte er angesichts dieser armseligen Kreaturen laut losgemaunzt. Stattdessen zog er hastig den Rückzug in die Tiefen der Laderäume an.

Carl Carlszzon hatte nicht an der Äquatortaufe teilgenommen. Ebenso wie der Schiffsarzt konnte er mit diesen archaischen Ritualen nichts anfangen. Und so hatten sich die beiden bei einem Glas Wein in der geräumigeren Kabine von Reinier Sylvius zusammengesetzt, um ein wenig zu plaudern. Als sie das Jaulen und Winseln der verzweifelten Hunde vernahmen, sprangen sie auf, wollten auf das Deck stürmen und der Tierquälerei ein Ende bereiten. Aber sie kamen nicht weit.

„Gut, dass Petrus Cats Eure Reaktion vorausgesehen und mich

gewarnt hat", sprach der Kapitän mit entschlossener Miene und wies auf die beiden Soldaten, die zusammen mit ihm den Weg durch die Kabinentür versperrten.

„Ihr werdet nicht eingreifen, egal, was Eure Familie später dazu sagen mag, Herr Carlszoon. Aber ich werde wegen zweier Hunde keine Meuterei riskieren, da bin ich mir auch mit van Bolten einig. Ihr bleibt hier, bis alles vorbei ist." Das Grinsen des Geistlichen im Hintergrund hätte teuflischer nicht sein können.

Flauten, Nebel und heftige Gewitter machten die Reise auch nach Passieren des Äquators abwechslungsreich. Und bald hatten die Schiffsfelinen die schrecklichen Misshandlungen der Wolfshunde weggesteckt oder besser verdrängt. Rotbart und Kleinebroer allerdings durchliefen immer wieder heftige Schauer, wenn sie den beiden kahlgeschorenen Opfern der Äquatortaufe begegneten. Es würde noch lange dauern, bis ihr Fell nachgewachsen war und die Hunde zumindest äußerlich wieder ganz die alten wurden. In ihrem Verhalten hatten sich die beiden ehemals recht gemütlichen Vierbeiner allerdings drastisch verändert. Das bekamen nicht nur die Matrosen schmerzhaft zu spüren, die an den Misshandlungen beteiligt waren. Auch den Katzen gegenüber hatten die Spitze ihre eher neutrale Haltung aufgegeben und zeigten bei jeder Begegnung offene Feindseligkeit.

„Dahinter steckt ganz sicher Spiky", stellte Seetiger fest, „der hat die Situation genutzt, um die beiden aufzuhetzen."

„Aber wir haben ihnen doch gar nichts getan", Rotbart verstand nicht.

„Nun ja, aber wir sind verschont geblieben."

„Spiky und die Baronesse doch auch."

„Aber das sind Hunde, das ist für einen Kläffer etwas ganz anderes."

„Und was ist jetzt, müssen wir den Kläffern jetzt etwa aus dem Weg gehen, auf unserem Schiff?" Rotbart war empört.

Seetiger kicherte: „Nein natürlich nicht, wir müssen uns nur richtig verhalten."

Der alte Schiffskater hatte sich in seinem langen Leben schon gegen ganz andere Kaliber durchsetzen müssen und jede Menge Erfahrung im Umgang mit der kläffenden Konkurrenz. Wichtig sei es, niemals wegzulaufen, erklärte er. Und es sei ebenso wichtig, den Hunden bei jeder Begegnung klar zu machen, dass mit Katzen nicht zu Spaßen sei. Wo immer Katz auf Hund stoße, ein paar schnelle Hiebe mit scharfer Kralle auf die Nase wirkten Wunder. Dabei sei es völlig egal, ob der Kläffer gerade Anzeichen von Aggressivität zeige oder nicht. Ja selbst wenn er schlafe, könne eine gezielte Klarstellung, so im Vorübergehen, ihren Zweck erfüllen. Habe der Hund akzeptiert, wer hier das Sagen hat, könne man die Signale sparsamer einsetzten, so als gelegentliche Auffrischung, das reiche schon.

„Und gilt das auch für Spiky?"

„Spiky ist ein besonderer Fall, von dem haltet euch besser fern."

„Und die Baronesse", fragte Kleinebroer mit unsicherer Stimme?

„Auch deine kleine Freundin ist ein besonderer Fall", schnurrte Grotebroer beruhigend, „die braucht solche Lektionen wirklich nicht."

Bereits auf dem Weg zum Äquator hatten sie die Texel wieder aus den Augen verloren. Zu allem Unglück war im schweren Wetter die Fockmarsstenge der Zeeland gebrochen. Durch herumschnellendes Tauwerk und herabstürzende Blöcke wurden dabei mehrere Matrosen verletzt, einer war über Bord gegangen, ein anderer erlag seinen Verletzungen ein paar Tage später. Jack Tiger war beinahe von herabfallendem Gut erschlagen worden. Die Reise schien nach dem Überqueren des Äquators und der denkwürdigen Äquatortaufe unter keinem guten Stern mehr zu stehen. Dennoch, die Zeit Jonny Rogers war noch nicht gekommen. Und

so war es dem Navigator der Zeeland schließlich gelungen, die Insel Fernando de Noronha mit ihrem markanten Felsenfinger, der weithin sichtbar in den Himmel ragt, zu erreichen. Am 2. Februar 1654 warfen sie rund 200 Seemeilen östlich der brasilianischen Küste bei hervorragendem Wetter in einer der geschützten Buchten unterhalb eines kleinen Forts Anker.

Mit knapp 30 Grad Celsius war es recht warm und die Insel glich mit dem klaren Wasser ihrer Buchten, den sanften Stränden und *2. Februar 1654* der üppigen Vegetation einem Paradies. Fri-*Fernando de Noronha* sches Wasser gab es ebenfalls genug und die mächtigen Seeschildkröten vermittelten den Eindruck, als würde den Menschen hier die Nahrung nie ausgehen. Und noch war es trocken und angenehm, wie Seetiger, der nicht zum ersten Mal hier war, erklärte.

„Wenn die Regenzeit kommt, sind wir hoffentlich von hier verschwunden", meinte der erfahrene Schiffskater missmutig, „so oder so!"

„So oder so?" Wie so oft sprach er für den kleinen Roten in Rätseln. Nicht immer war es eine erfreuliche Bedeutung, die sich hinter den scheinbar belanglos dahingeworfenen Maunzern verbarg. Im Gegenteil, Rotbart hatte inzwischen gelernt, bei solchen Sprüchen besonders aufmerksam zu sein und lieber genauer nachzufragen.

„Na selbst du wirst doch wohl bemerkt haben, dass wir inzwischen ganz allein durch die Gegend schippern."

Rotbart ärgerte sich, so, wie er sich immer ärgerte, wenn Seetiger ihn so herablassend behandelte. Natürlich hatte er bemerkt, dass die Texel verschwunden war. „Na und?"

Der Rote ärgerte sich nun noch mehr. Das eigentlich nur gedachte „na und" war ihm ganz unabsichtlich auch laut rausgerutscht und im gleichen Moment wusste er, was nun folgen wür-

de. Am liebsten wäre er einfach vom Mars des Bugspriets geflohen, auf dem es sich die beiden gemütlich gemacht hatten und von wo aus sie das Geschehen an Bord und auf dem nahegelegenen Strand der Bucht hervorragend beobachten konnten. Natürlich wusste der Jungspund, dass er noch viel lernen musste. Wenn ihn sein Lehrmeister nur nicht immer so aufziehen würde.

„Na und?" Seetiger verpasste dem Katerchen einen Tatzenhieb auf den Kopf, natürlich mit eingezogenen Krallen. „Was glaubst du wohl, warum die alle zusammen losgefahren sind und ständig irgendwelche Signale ausgetauscht haben? Einfach nur aus Spaß?"

Seetiger musste die seine nach seiner Meinung väterlich freundschaftliche Belehrung unterbrechen, denn vom Achterdeck drangen ärgerliche Stimmen an die empfindlichen Ohren der beiden Katzentiere. Es klang ganz nach Streit auf der Führungsebene und das, so wusste der alte Kater aus Erfahrung, war niemals gut.

„So oder so, ich habs ja gesagt", seufzte er und bedeutete Rotbart, ihm zu folgen. Mit affenartiger Geschwindigkeit huschte er den Bugspriet hinunter, sprang mit einem gewaltigen Satz auf die Reling der Back, und raste von dort, geradezu spielerisch die Knäufe und Drehbassen überspringend, in Richtung Achterdeck. So ganz nebenbei verpasste er den beiden Wolfsspitzen die ihre Nasen allzu vorwitzig in die Höhe gereckt hatten einen ordentlichen Hieb, natürlich mit ausgefahrenen Krallen.

Tatsächlich war eine heftige und lautstarke Diskussion auf dem Achterdeck zugange, die Seetiger grummelnd mit „hab ich doch gesagt", „Waschlappen", „immer dasselbe" oder „wie blöd muss man denn noch sein", kommentierte. Eine Abordnung der Passagiere, darunter der Bordpfarrer und andere einflussreiche Zivilisten der Kompanie, versuchte den Kapitän zu überreden, entweder nach Amsterdam zurückzukehren oder in der paradiesischen Bucht zu warten, bis vielleicht andere holländische Schiffe hier

Notiz aus Carl Carlszoons Tagebuch vom Februar 1654

Der Konflikt mit den Herrschaften des Batavia-Gouvernements ist zum Glück ohne größeren Schaden beigelegt und auch der Pope wird auf seine allerchristlichste Kolonie auf Fernando de Noronha verzichten müssen und den wohl unbequemeren Posten im fernen Ostindien einnehmen. Nun ist es aber an der Zeit so schnell wie möglich die Weiterreise anzutreten bevor sich die Aufrührer besinnen und Mannschaft und Passagiere hinter sich zu bringen verstehen.
Immerhin die Vorräte sind ergänzt und frisches Wasser ist auch an Bord. Der Schiffsführer hat Befehl gegeben das Lager am Strande abzubrechen und die Schaluppe eilt eifrig zwischen Strand und Schiff hin- und her.

Die Insel Fernando de Norhona, wie sie sich dem nahenden Seefahrer am Horizonte zeiget

Einer der Lieblingsplätze unsrer Schiffskatzen.

vorbeikämen und sie unter deren Schutz weiterreisen konnten. Seetiger hatte mit seinen Kommentaren nicht Unrecht, auch wenn er die menschliche Sprache nicht verstand. Aber aus dem Tonfall und der Gestik der aufgebrachten Passagiere ließ sich entweder Angst, grenzenlose Inkompetenz oder beides heraushören. Doch der Schiffsführer war ein erfahrener Ostindienfahrer und mit Unterstützung Carl Carlszoons sowie einiger zuverlässiger Männer konnte er sich schließlich fürs erste durchsetzen.

„Das hätte schlimmer ausgehen können", schnurrte Seetiger zufrieden, „komm mit, gleich ist hier die Hölle los."

Gelassen sprang Rotbarts Mentor an Deck und nahm Kurs auf den Niedergang. Als sie wieder an den Hunden vorbeikamen, verzichtete der alte Kater großzügig auf die vorsorglichen Nasenhiebe. Rotbart jedoch konnte der Versuchung nicht widerstehen und langte zu. Ein wenig zu halbherzig, wie sich herausstellte, denn einer der Hund richtete sich auf und begann unbeeindruckt zu knurren.

„Stehenbleiben!", rief Seetiger dem erschrockenen, fluchtbereiten Kater zu, der befehlsgemäß erstarrte, vielleicht auch gelähmt vor Angst, wer weiß das schon. Aber es schien zu wirken. Das Knurren des Hundes ging in ein leichtes, beinahe entschuldigendes Winseln über und unter den immer selbstbewusster werdenden Blicken des kleinen Roten, legte er sich schließlich nieder, drehte den Kopf zur Seite und tat so, als sei er gar nicht da.

„Booaaarrrhh", murrte Rotbart stolz, „hast du das gesehen? Dem hab ich's aber gezeigt!"

Seetiger, der sich angesichts der drohenden Gefahr sofort in voller Größe hinter Rotbart aufgebaut und den Hund mit dem furchteinflößendsten Blick seiner beinahe blinden Augen sozusagen in die Knie gezwungen hatte, blickte seinen Schützling milde lächelnd an. „Klar, wer würde sich nicht vor dir fürchten! Aber nun komm endlich mit."

Unter dem Achterdeck steuerte der Kater direkt die Kabine von Carl Carlszoon an. „Ich denke, hier findet sich der richtige Platz für uns."

„Aber", dem Kleinen begann bereits wieder mulmig zu werden, „hier wohnt doch ein Mensch, wenn der hereinkommt, wo soll ich mich denn verstecken? Warum gehen wir nicht ganz nach unten, sind wir da denn nicht ungestört?"

„Wenn du den Rest der Reise lieber wieder im Dunklen mit dem Rattenpack zusammen verbringen willst, kannst du es ja tun", antwortete Seetiger ungerührt. „Aber ich denke, es ist an der Zeit, dass du eine der wichtigsten Lektionen eines erfolgreichen Schiffskaters lernst: den Umgang mit Menschen." Und mit kaum merklichen Spott in der Stimme ergänzte er: „Das mit den Hunden hast du ja schon ganz gut hinbekommen."

Am liebsten hätte der Kapitän gleich wieder Segel setzen lassen, um hinsichtlich des Reiseziels klare Verhältnisse zu schaffen. Er wusste, der Konflikt war noch lange nicht ausgestanden und die ganze Geschichte könnte sich zu einer handfesten Meuterei auswachsen. Aber mit dem gebrochenen Mast und den anderen Schäden würden sie den langen Törn zum Kap der Guten Hoffnung nicht bewältigen. Und so behielt der erfahrene Seetiger wieder einmal Recht. Denn um den Leuten ihre aufrührerischen Gedanken auszutreiben, trieb Janszonn sie jetzt so richtig zur Arbeit an. Alle Reparaturen am Schiff wurden gleichzeitig ausgeführt. Leere Wasserfässer mussten gereinigt und neue hergestellt, neue Spieren für die gebrochene Fockmarsstenge, die Bramstenge und die verlorengegangenen Rahen an Deck gehievt werden. Stehendes und laufendes Gut wurde ersetzt, gespleißt und geteert, Segel genäht und Reparaturen am Schanzkleid durchgeführt. Ja, auf dem Schiff war die Hölle los und hier in Carlszoons Kabine blieben die beiden tatsächlich unbehelligt. Selbst in den Tiefen des Laderaums wäre im Moment kaum ein ruhiges Plätzchen zu fin-

den gewesen. Rotbart hatte sich auf die Matratze der schmalen Koje gelegt, die ihm Seetiger großzügig überließ. Er selbst machte es sich auf dem Deckel von Carlszoons Seekiste gemütlich.

Rotbart dämmerte so vor sich hin, und ein genüssliches Schurren ließ seinen ganzen Körper vibrieren. Schnell hatte er vergessen, dass hier eigentlich ein Zweibeiner wohnte, der jederzeit den Raum betreten konnte. Stattdessen träumte er davon, wie er über das Deck schritt und die Hunde unter seinem Blick ehrfurchtsvoll zurückwichen. Er war jetzt ein richtiger Schiffskater geworden und die Menschen würden ihn bald mit ebensolchem Respekt behandeln, wie den alten Seetiger. So eine eigene Kabine mit trockenem Lagerplatz stünde ihm dann natürlich auch zu. Es widerstrebte ihm nur, den unvermeidlichen Menschen in seiner Nähe zu dulden. Die Äquatortaufe hatte ja gezeigt, dass man ihnen einfach nicht trauen konnte. Bei der Erinnerung an das Ereignis wandelte sich das Schnurren in ein gequältes Wimmern und Rotbarts Beine zuckten heftig, als wolle er davonlaufen. Stimmen und Schritte drangen an sein Ohr. Schlagartig wurde er wach und sprang auf. Zu spät! Ein Schatten flog auf ihn zu, etwas warf sich auf ihn, umhüllte ihn und hielt ihn umso fester, je mehr er sich dagegen wehrte. Rotbart geriet in Panik. Jetzt würden sie ihn ebenfalls mit dem stinkenden Zeug einschmieren, mit den Messern traktieren, bis er sein ganzes Fell verloren hatte und dann in den Wassertrog stecken. Der Kater kreischte und tobte, seine scharfen Krallen rissen tiefe Wunden in den Angreifer, der seine Umklammerung nach und nach lockerte. Wie ein Blitz schoss Rotbart an Seetiger, der ihm gerade zu Hilfe kommen wollte, vorbei und kauerte sich mit zitternden Flanken hinter eine Kiste, von der aus er den Eingang zu Carlszoons Kabine unbemerkt beobachten konnte. Hoffentlich, war nicht auch Seetiger von dem unsichtbaren Angreifer gefangen worden.

Der Kater konnte von seinem Versteck aus beobachten, wie sich Carl Carlszoon zum alten Seetiger hinabbeugte und ihm mit verhaltenem Kichern den Kopf streichelte. „Da habe ich deinem Kameraden aber einen gehörigen Schrecken eingejagt. Sag ihm, dass es mir Leid tut und dass er hier gerne wohnen kann."

Seetiger hatte sich hingesetzt und schaute den zweibeinigen Mitbewohner seiner Kabine aufmerksam an. Natürlich hatte der sein verschwitztes Hemd nicht absichtlich über den schlafenden Rotbart geworfen. Aber dass es jetzt nur noch ein Haufen in Streifen gerissener Fetzen war, erfüllte den alten Schiffskater mit einer gewissen Genugtuung und mit Stolz. Was hatte sein kleiner Roter dem Kleidungsstück für einen Kampf geliefert. Ein lebendiger Gegner wäre jetzt wahrscheinlich genauso kaputt, wie das Hemd. Rotbart war für den bevorstehenden Landgang gewappnet.

Carlszoon hatte die Aufgabe, mit einer Gang die Insel nach Wasserquellen und Proviant zu durchsuchen. Und da sowohl die Schiffsreparaturen als auch das Auffrischen des Proviants wohl mehrere Tage dauern würden, sollte er auch noch ein provisorisches Lager errichten, in der die Vorräte in Form von Jagdbeute und Früchten gesammelt werden sollten, bevor sie an Bord gebracht wurden. Die Holländer wussten um die Besonderheit dieser Insel und so lud Carlszoon ebenfalls die Schiffskatzen zum Landgang ein. Die konnten zu einem vielversprechenden Jagdausflug nicht nein sagen. Auch wenn Carlszoon lächeln musste, als er die grimmigen Blicke sah und das leichte Brummen vernahm, mit dem Rotbart ihn während der Überfahrt bedachte, seine Unachtsamkeit in der Kabine tat ihm tatsächlich leid. Nun würde es noch länger dauern, bis der Rote ihn wenigstens in seiner Nähe duldete. Ob sich zu dem Kater jemals ein solches Vertrauen wie zum alten Seetiger aufbauen ließ, stand ohnehin in den Sternen. Aber genau das war dem jungen Kaufmannsgehilfen sehr wichtig. Warum wusste er selbst nicht so genau, aber auch Seetiger war

daran gelegen, das konnte Carl am Verhalten seines alten vierbeinigen Kumpels erkennen.

Das Boot wurde bereits erwartet. Eine Handvoll, nach holländischer Art gekleideter Menschen hatte sich am Strand aufgebaut, um die Ankömmlinge überschwänglich zu begrüßen. Auf Seetigers Crew wartete ein wenig entfernt unter einem schattenspendenden Strauch ein eigenes Empfangskomitee.

„Na Seetiger, hast du ein wenig Verstärkung mitgebracht?" Die kräftige schwarze Katzendame funkelte den alten Schiffskater belustigt an, als sie die beiden Jungspunde in seiner Begleitung sah. „Na wenigstens gibt es auch noch ein paar richtige Kerle unter euch", schnurrte sie und blickte Grotebroer und Jack Tiger mit einem vielversprechenden Zwinkern an. Den etwas schmächtigen Newton bedachte sie wenigstens mit einem freundlichen Blick.

Irgendwie fühlte sich Rotbart an seine erste Begegnung mit Goldlocke in der Amsterdamer Katzentaverne erinnert, aber diesmal hielt sich seine Verunsicherung in Grenzen. Vielleicht auch deshalb, weil der große schwarzweiß gefleckte Kater, der sich hinter der Schwarzen aufrichtete, seine ganze Aufmerksamkeit auf sich zog. Rotbart konnte es kaum fassen. Der Bursche war noch größer und imposanter als der mächtige Graubart. Auch die anderen Katzentiere, die nun aus dem Halbschatten heraustraten, um die Besucher mit einem freundlichen Kopfstoß gebührend zu begrüßen, standen ihm diesbezüglich kaum nach.

„Na ich weiß doch, dass ihr jede Unterstützung gebrauchen könnt", brummte Seetiger, „ohne die Hilfe meiner gelegentlichen Jagdgesellschaften, hätten die euch doch schon längst ins Meer getrieben. Will jemand von euch aufgeben und mit uns reisen?"

Rotbart und Kleinebroer schauten sich ratlos an. Sie verstanden die Hintergründe des Wortgeplänkels überhaupt nicht und fühlten sich ziemlich ausgeschlossen.

„Wir schauen uns dann mal ein wenig um", maunzte Rotbart mit einem schnellen Zwinkern zu Kleinebroer. Und ehe noch irgendjemand etwas erwidern konnte, waren die beiden auch schon im Dickicht des Tropenwaldes verschwunden.

„Na Mut haben die, das muss man ihnen lassen", brummte der gefleckte Kater überrascht, „oder habt ihr ihnen noch gar nicht erzählt, was sie hier erwartet?"

Übermütig tollten die beiden durch das Dickicht. Es war herrlich einmal nicht an die engen Grenzen an Bord gebunden zu sein. Kein Hund, der bei den fröhlichen Balgereien unbedingt mitmischen wollte und jede Menge flatternder Vögel, raschelnder Mäuse und herumflitzender kleiner Echsen, die zur Jagd einluden. Als sich die beiden ausgetobt hatten, suchten sie sich ein gemütliches Plätzchen zum Ausruhen. Das fanden sie auf einem der vielen Basaltsteine, die sich aus dem Boden erhoben und einen guten Überblick über die Umgebung boten. Träge ließen die beiden ihre Blicke über das herrliche und so unendlich friedlich erscheinende Panorama schweifen. Ein wenig unterhalb setzte sich der weiße Strand der Bucht vom Grün der Vegetation ab, die trotz der Trockenzeit noch recht üppig zwischen den Basaltfelsen wucherte. In der Mitte der Bucht lag die Zeeland vor Anker und zwischen Strand und Schiff krabbelten eifrig Boote wie Wasserkäfer hin und her. Das Lager am Strand begann bereits Gestalt anzunehmen. Auf der Landzunge rechts der Bucht zwängte sich eine kleine Siedlung in den Wald, mit Schuppen, Feldern, Gärten und Wohnhäusern. Sogar eine hölzerne Kirche und eine bescheidene Festung gab es hier. Hinter all dem erstreckte sich das unendlich erscheinende blaue Meer, das fast nahtlos in den Horizont überzugehen schien. Die beiden Schiffskater dachten gar nicht an die in fremder Umgebung immer notwendige Vorsicht und begannen schnurrend einzudösen.

76

Der gefleckte Kater spitzte die Ohren: „Ich denke, wir sollten los." Seetiger hatte zwar nichts gehört, wusste aber genau, was der Inselkater meinte: „Sind sie in Gefahr?"

„Du hast es nicht gehört, nicht war", der Gefleckte klang ein wenig herablassend, „na ja, mir scheint, euer Gehör hat unter dem ständigen Lärm an Bord eurer Schiffe gelitten. Zumindest sind die beiden von ihnen entdeckt worden und die Situation kann für deine unerfahrenen Jungspunde jetzt sehr unangenehm werden."

Seetiger ärgerte sich, dass er auf die kräftigen Inselkatzen angewiesen war. Eigentlich war es ja Schiffskatzenangelegenheit. Aber er und seine Crewmitglieder allein würden Rotbart und Kleinebroer ganz sicher nicht rechtzeitig finden. Seetiger ärgerte sich ebenfalls darüber, dass sich der Gefleckte jede Menge Zeit ließ und statt schnellen Schrittes seinem Gehör zu folgen, nur gemächlich voranschritt. Es schien, als wolle er Seetiger auf die Probe stellen oder den Jungspunden eine Lektion erteilen.

Irgendwie hatten sich in Rotbarts Träume ausgerechnet hier auf der so friedlichen Insel Jonny Rogers Klabauterratten eingeschlichen. Jedenfalls drangen wie damals im Laderaum durchdringende Pfiffe und schrilles Gequieke an sein Ohr. Schnell richtete er sich auf. Kleinebroer war ebenfalls aufgeschreckt.

„Das müssen ja unglaublich viele sein", maunzte Kleinebroer verhalten.

Tatsächlich schien der Wald bis hinunter zum Strand und bis hinauf zu den schroffen Lavafelsen mit unsichtbaren Ratten bevölkert zu sein. Wie es sich anhörte, waren sie alle auf dem Weg zu dem Felsen auf dem die beiden Schiffskater saßen. Zu sehen war jedoch nichts. Trotzdem hatten die beiden das Gefühl, als würden sie von unzähligen leuchtenden Knopfaugenpaaren aus dem Dickicht heraus beobachtet.

„Die Klabautermiez steh uns bei."

Jetzt rächte sich ihre Sorglosigkeit. An eine schnelle Flucht war nicht zu denken, denn sie hatten es versäumt, sich den Weg, den sie gekommen waren, einzuprägen.

„Was machen wir jetzt?" Kleinebroer schien davon auszugehen, dass der Schützling des legendären Seetiger der Situation gewachsen war und eine Lösung parat hatte.

„Wir warten", antwortete Rotbart mit gespielter Gelassenheit und legte sich wieder hin. Was sollten sie auch sonst tun. Gegen unsichtbare Gegner kämpfen? Sich einen Weg durch unbekanntes Gelände schlagen? Um Hilfe rufen? Wer würde sie bei diesem Lärm schon hören. Außerdem war das peinlich. Immerhin war der Platz hier oben einigermaßen gut zu verteidigen und vielleicht würden die unsichtbaren Ratten ja irgendwann aufgeben. „Wir warten, wenns sein muss, bis es dunkel ist".

Das klang zwar nicht gerade nach einem genialen Schiffskaterplan, aber Kleinebroer war zufrieden.

Bis zum Abend mussten die beiden Abenteurer nicht warten. Denn Ratten sind längst nicht so geduldig, wie Katzen. Und so kam schon bald einer der listigen Nager nach dem anderen aus dem Gebüsch getrippelt. Schließlich war der kleine Felsen von einem dichten Ring aus Rattenkörpern umschlossen. Das Pfeifen und Quieken hatte aufgehört und es schien als wartete die Rattenarmee auf ein Zeichen ihres Anführers. Der hatte sich auf dem Vorsprung des Felsens, auf dem die Katzen wie im Tiefschlaf ruhten, aufgebaut und betrachtete sie misstrauisch.

Eigentlich sollte Ratt mit denen kurzen Prozess machen können, grübelte er. Das waren ja richtige Leichtgewichte im Vergleich zu den Inselkatzen. Allerdings konnte der Rattenanführer die Ruhe und Gelassenheit der beiden Kontrahenten überhaupt nicht begreifen. Nur das unvermeidliche Zucken der Schwänze verriet ihre mühsam unterdrückte Spannung. Aber vielleicht waren sie ja nur ganz furchtbar dumm? Oder war das vielleicht eine ganz ge-

meine Falle? Der Oberratt wusste, dass er irgendetwas tun musste. Wartete er länger, würden seine Leute einfach wieder in den Wäldern verschwinden und er gewaltig an Ansehen verlieren. Gab er das Signal zum Angriff und es lief irgendetwas schief, war das sein Todesurteil. „So oder so" hätte Seetiger die Problematik zusammengefasst.

In der vollen Überzeugung, dass Ratten hochintelligent und Katzen dumm sind, entschied sich der Oberratt für das Signal zum Angriff. Was für eine Falle sollten sich die tumben fremden Fellknäule denn schon ausgedacht haben, auf seiner Insel. Der Rattenchef spitzte das Maul zum entscheidenden Pfiff.

Aber statt des ungeduldig erwarteten Signals ihres Chefs vernahm das Rattenvolk das schrille Kreischen von Rotbart, in dem der letzte Atemzug ihres Oberraters unterging. Genau auf diesen Moment der Unachtsamkeit des Gegners hatte Rotbart gewartet. Blitzschnell war der rote Kater aufgesprungen, hatte den Rattenchef gepackt, voller Wut förmlich in der Luft zerrissen und ihn in die Reihen seiner Leute geschleudert. Rotbart und Kleinebroer gaben den entsetzten Nagern keine Gelegenheit, sich von dem Schock zu erholen. Mit Gebrüll stürzten sie sich auf das Rattenvolk und wüteten dermaßen unter ihm, dass es ohne große Gegenwehr geradezu panisch wieder im Dickicht verschwand.

Als Seetiger mit der Restcrew und dem großen Fleckigen den Schauplatz der Schlacht betrat, saßen die beiden Jungspunde zwischen ihren Opfern und putzen in aller Ruhe ihr Fell. Wunden gab es keine zu lecken. Rotbart wusste allerdings, ein zweites Mal würden er und Kleinebroer das sicherlich auf Rache sinnende Rattenvolk nicht übertölpeln können. So war er mehr als froh, seine Schiffskatzenkumpels und den riesigen Inselkater zu sehen, die eine sichere Rückkehr zum Strand garantieren würden. Trotzdem maunzte er und versuchte dabei das Zittern in seiner Stimme zu unterdrücken: „Was wollt Ihr denn hier, kann man sich nicht mal

in Ruhe allein amüsieren?" Kleinebroer warf einen bewundernden Seitenblick auf Rotbart: „Ja, genau, habt ihr etwa geglaubt, wir würden mit den paar Mäusezähnen nicht fertig?"

Rotbart und Kleinebroer hatten sich mit ihrer unfreiwilligen Heldentat bei den Inselkatzen gehörig Respekt verschafft. Selbst Jack Tiger war nun bereit, in Erwägung zu ziehen, dass an der Geschichte mit der Klabautermiez und Jonny Roger etwas dran gewesen sein könnte. Für Seetiger hatte daran nie ein Zweifel bestanden.

Trotz der ständigen Bedrohung durch die Ratten hatte die Katzencrew eine gute Zeit auf Fernando de Noronha. Während die einen pflichtgemäß die wachsenden Berge an Proviant bewachten, vergnügten sich die anderen mit den Inselkatzen, gingen mit ihnen auf die Jagd, balgten sich. Oder sie lagen einfach faul herum, genossen die warme Sonne und die leichte Brise, die vom Meer herüberstrich und die Schnurrhaare zum vibrieren brachte. Die kräftige Schwarze hatte sich an Rotbart herangemacht und ihn zu einer versteckten Bucht geführt. Die Gefühle, die den Kater überkamen, als sich die Inselkatze gurrend an ihn drückte, glichen denen, die bei seinem Treffen mit Goldlocke in ihm aufgestiegen waren. Aber diesmal gab es keine Zurückweisung.

Abgesehen von der Rattenplage herrschten auf der Insel paradiesische Zustände. Ein idealer Stützpunkt für die niederländischen Ostindiensegler und zugleich ein Außenposten der den Portugiesen erst 1630 entrissenen Kolonie Holländisch-Brasilien. Fernando de Noroha war bereits ein paar Jahre zuvor vom niederländischen Piraten und späteren Admiral Cornelis Jol, genannt das Holzbein, erobert worden. Die mächtigen Inselkatzen nahmen voller Stolz für sich in Anspruch, von den Schiffsfelinen dieses bei Spaniern und Portugiesen gefürchteten Freibeuters abzustammen. Dabei hatte bereits Francis Drake 1577 bei seiner Weltumseglung

die Insel betreten, der französische Mönch Claude d'Abeville 1612 im Rahmen seiner Missionsreise nach Brasilien ebenfalls und selbstverständlich hatten auch die Portugiesen des Öfteren hier Zwischenstation gemacht. Die Ratten die die Insel nun in Massen heimsuchten und derer die Katzen einfach nicht Herr wurden, stammten jedenfalls bereits von den Schiffen der ersten Europäer ab, die die abgelegene Tropeninsel besuchten. Auch unter den Vorfahren der verwegenen Inselkatzen dürften sich englische, französische und portugiesische Schiffsfeline gefunden haben. So manches Katzentier jener Seefahrer dürfte der Verlokkung erlegen sein, das harte Bordleben zu quittieren, um sich auf der Insel mit ihrem angenehmen Klima, den zahlreichen leicht zu fangenden Vögeln und kleinen Reptilien und ohne natürliche Feinde, niederzulassen.

„Segel in Sicht!" Nicht nur Rotbart wurde aus seinen geradezu meditativen Meeresstudien gerissen. Auch an Bord der Zeeland, in der kleinen Festung und am Strand herrschte plötzlich aufgeregtes Treiben. Nur ungern löste der Schiffskater den Blick von den Schatten der gigantischen Rochen, die im klaren Meerwasser majestätisch dahinschwebten. Die Meeresschildkröten versuchten, es den geflügelten Riesenfischen gleichzutun und ein wenig entfernt tollten ganze Delfinherden durch die Bucht. Rotbart konnte diesem Treiben von seinem Felsen an der Spitze einer Landzunge stundenlang zusehen.

„Segel in Sicht!" Rotbart beobachtete das langsam näherkommende Schiff. Ob er bald seine Kumpels von der Texel wiedersehen würde? Als auf der Zeeland Vorbereitungen zum Segelsetzen getroffen wurden, und Trommelwirbel die Vorbereitungen auf ein mögliches Gefecht anzeigten, sprintete Rotbart zum Strand.

„Keine Panik Kleiner, das machen die immer so, wenn sie nicht wissen, wer da kommt. Könnte ja ein Pirat, Engländer oder Por-

tugiese sein", beruhigte Seetiger und fügte grummelnd hinzu, „sowieso alles dasselbe."

„Gut wenn wir dann nicht an Bord sind, nicht wahr", maunzte Rotbart und erinnerte sich mit Schrecken an das Getöse und den beißenden Qualm, beim Abfeuern der Kanone. Seetiger ersparte sich die Antwort.

Als sich vom Schiff, dessen Segel und Rumpf nun bereits gut erkennbar waren, eine Qualmwolke löste, gefolgt von einem dumpfen Knall, stand fest, dass es sich um einen Niederländer handelte. Die Texel allerdings war es nicht. Die hätte wohl auch eher aus nördlicher Richtung kommen müssen. Der Segler, der nach ein paar Stunden schließlich in der Bucht Anker warf, und das kleine Beiboot aussetzte, mit dem der Kapitän unverzüglich dem Strand zustrebte, kam aus Westen, also eher vom brasilianischen Festland.

„Und dann haben wir so schnell wie möglich Segel gesetzt und sind aus dem Hafen verschwunden. Mannmannmannmann war das ein Getöse, als die Kugeln in das Schiff einschlugen und durch die Takelage fetzten. Aber glücklicherweise haben unsere Zweibeiner das Feuer nicht erwidert. Das wäre nicht zum Aushalten gewesen."

Blackcastle, den Rotbart und Seetiger in Kapverden auf der Texel getroffen hatten, schüttelte sich, als er der abendlichen Katzenversammlung bei appetitlichem Fisch, Schildkröte und anderen Inselspezialitäten über die Ereignisse in Mauritsstad, dem heutigen Reciefe, berichtete. Als sich die beiden Schiffe nach der Abfahrt von St. Anthoni wieder einmal aus den Augen verloren hatten, war die Texel nach Mauritsstad gesegelt. Blackcastle hatte sich kurz an Land umgesehen und als er angesichts der Kämpfe in der Stadt auf sein Schiff zurückkehren wollte, hatte das bereits wieder Segel gesetzt und war durch die schmale Hafeneinfahrt entkomen. Schnell hatte sich der schwarze Kater mit dem langen

Fell auf die Leeuw geflüchtet, die gerade dabei war, von der Mole abzulegen, um unter dem Feuer der inzwischen von den Aufständischen eroberten Festung der offenen See zuzustreben. Beeindruckt schaute die Rotbartcrew auf den vor Anker liegenden Westindienfahrer. Die Löcher in den Segeln, der Notbesan, zersplittertes Schanzkleid und ausgefranste Lücken im prächtigen Schnitzwerk sprachen Bände.

„Verluste?" Fragte Seetiger schaudernd und dachte an die schwere Verletzung, die er in der Schlacht vor Texel erlitten hatte.

„Unter uns niemand, aber unterwegs haben sie mehrere Zweibeiner ins Meer werfen müssen."

Auch der Kapitän der Leeuw war verletzt worden und konnte nur mit Mühe seinen Bericht beim Verwalter der Niederlassung abgeben. Den aufständischen Portugiesen war es jedenfalls gelungen, mit Verstärkung durch eine Flotte aus dem Mutterland, die holländische Kolonie zurückzuerobern. Am Schluss musste Mauritsstad aufgegeben werden. Der Leeuw war es gerade noch gelungen, zu entkommen.

„Meine Herren", schloss der Kapitän seinen Bericht ab, „sie dürfen davon ausgehen, dass in spätestens zehn Tagen die Portugiesen hier landen werden. Die Niederlassung wird nicht zu halten sein. Auf Verstärkung ist nicht zu hoffen. Unsere Kräfte sind durch den Krieg mit England gebunden."

Damit waren auch die Träume des wackeren Bordpfarrers der Zeeland gewissermaßen im Pulverdampf der Portugiesen aufgegangen. Der hatte bereits eine größere Zahl an Mitreisenden und sogar Leute unter der Mannschaft auf seine Seite gezogen und davon überzeugen können, sich hier auf Fernando de Noronha niederzulassen. Damit würde man sich die beschwerliche und gefährliche Reise nach Batavia ersparen.

„Wenn ihr nicht bereits unterwegs am Skorbut verreckt, in einer Flaute vor Wassermangel Irre werdet oder nach einer Verletzung

dem Wundfieber erliegt, fällt ihr in Batavia mit Sicherheit dem Tropenfieber oder noch schlimmer, dem Laster zum Opfer."

Petrus Cats malte mit Hingabe buchstäblich den Teufel an die Wand und versprach ein gutes, gottgefälliges Leben auf der paradiesischen Tropeninsel. Ob es wirklich die Aussicht auf ein gottgefälliges Leben war, darf bezweifelt werden. Auf jeden Fall waren genug Leute bereit, zu meutern und die Weiterfahrt der Zeeland zu verhindern. Der Schiffsführung war die Verschwörung des Geistlichen natürlich nicht entgangen und so hatten beide Seiten Vorkehrungen für die unvermeidliche Auseinandersetzung getroffen. Und nun, so der Auftrag des Kapitäns, sollten alle Bewohner der Insel evakuiert und mit der Leeuw in die karibischen Besitzungen oder nach Nieuw Amsterdam in Sicherheit gebracht werden.

Die Nachrichten aus Niederländisch Brasilien wirkte auf die meisten Meuterer ernüchternd. Angesichts der Bedrohung, durch die katholischen Portugiesen war ein gottgefälliges und vor allem paradiesisches Leben für die protestantisch-calvinistischen Siedler kaum noch vorstellbar. Und als der fanatische Petrus Cats versuchte, den Märtyrertod als gottgefällige Alternative mit Paradiesgarantie post mortem zu verkaufen, drängten selbst die Hartgesottensten unter den Aufrühren zu einer schnellen Abfahrt, egal wohin.

Nach einigen Tagen hieß es für Seetiger und seine Crew Abschied von den anderen Schiffs- und Inselkatzen zu nehmen. Seetiger und Grotebroer kannten sie natürlich alle schon von früher. Aber Rotbart, Kleinebroer, Newton und Jack Tiger hatten eine Reihe neuer Kollegen und Kolleginnen kennengelernt. Darunter den in besonderer Hinsicht legendären Don Gatooso. Der hatte, kaum seine Pfoten auf das Eiland gesetzt, die Inselkatzen erfolgreich umschmeichelt und Rotbart auch gleich die Schwarze ausgespannt. Na ja, es gab ja noch Andere, Rotbart konnte sich da

nicht beklagen. Schließlich ging es einem echten Seemann ja nur um Spaß und nicht um feste Bindungen.

Ein wenig wehmütig war dem roten Kater schon, als die Insel und die Leeuw mit der zierlichen Wildfang, ihrem gemütlichen Bruder Piet dem Friedfertigen oder dem durchgeknallten Dichterkater Moliére hinter dem Horizont verschwanden. „Die siehst Du oft genug wieder", tröstete Seetiger, „spätestens, wenn du bei Lucky Ladys oder in den Tavernen auf Tortuga vorbeischaust."

Zunächst war es nicht so einfach, bei den östlichen Winden, die dazu neigten, unvermittelt auf südost zu drehen, einen südlichen Kurs zu halten. Fast ununterbrochen lag die Zeeland auf Steuerbordbug, weit nach Lee geneigt. Immer wieder mussten Reffs in die Segel gesteckt oder Tuch weggenommen werden, wenn der Wind auffrischte. Gischt fegte über die Decks, wenn sich die schräg von vorn kommenden Wellen am Backbordbug brachen. Je weiter die Zeeland, unterstützt durch die kräftige Meeresströmung, nach Süden vordrang, desto stetiger wurden die Winde, die bald auf Nordost drehten. Trotz der häufigen Regenschauer begann nun zumindest für die Katzen eine recht angenehme Reisezeit.

So richtig wollte Rotbart nicht einsehen, warum er in Carls Kabine einziehen sollte. Klar, so schlimm konnte dieser Mensch nicht sein, wenn Seetiger ihm so vertraute, dass er sich gelegentlich sogar zu ihm in die Koje kuschelte. Das allein war aber noch lange kein Grund für den Roten, seine Prinzipien über Bord zu werfen. Meist lagen Seetiger und Rotbart zusammen auf der Seekiste, wenn sie sich in ihrer Kajüte aufhielten. Und während Seetiger dann tief, fest und laut schnarchend schlummerte, beobachtete Rotbart misstrauisch jede Bewegung des Zweibeiners. Wenn der dem Kater für dessen Gefühl zu nahe kam, was in der Enge gar nicht zu vermeiden war, setze er sich auf und brummte dro-

hend, bis der sich abwandte, ein Talglicht anzündete und sich in ein Buch vertiefte. Lange hielt es Rotbart aber nie in der Kabine. Da der alte Seetiger meist ohnehin den Schlaf der Gerechten schlief und sich laut schnarchend immer weiter auf dem Deckel der Seekiste ausbreitete, bis Rotbart abzustürzen drohte, zog er es dann vor, die Zeit mit Jack Tiger und Newton in der Segellast zu verbringen. Trotzdem hatte der Aufenthalt in Carls Kajüte Vorteile, jedenfalls wenn Kater mal seine Ruhe haben wollte, Seetiger nicht schnarchte und sich Carl angemessen zurückhaltend verhielt. Sicher, die Stürme wurden nicht weniger oder harmloser. Das Bersten, Donnern und Krachen fand auch in der Kajüte seinen Weg an die empfindlichen Katzenohren. Die Schiffsbewegungen waren in Carls Kammer nicht geringer als irgendwo anders an Bord. Aber hier gab es keine Menschenmassen mit ihren nahezu unerträglichen Ausdünstungen, die sich gerade bei schlechtem Wetter unter Deck konzentrierten und mit den Gerüchen mischten, die aus der Brühe des aufgewühlten Bilgewassers stiegen. Um nicht missverstanden zu werden, Rotbart war und blieb ein Draufgänger, ein Schiffskater mit Leib und Seele, der trotz eines gewissen Komforts keineswegs seine Pflichten vernachlässigte. Aber die hatten ja auch an Deck ihre angenehmen Seiten.

Es war eine milde klare Nacht. Die Segel wölbten sich im stetigen Nordostwind, der die Zeeland gemächlich an der brasilianischen

**24. April 1654
Rotbart und der
Schwertfisch**

Küste entlang in Richtung Süden trieb. Im silbrigen Mondschein perlten die Wellen, die der Bug des Schiffes vor sich herschob. An Bord war es angenehm ruhig. Selbst die Matrosen der Freiwache, die sich auf dem Hauptdeck und der Back niedergelassen hatten, um der Enge des Zwischendecks zu entgehen, störten die friedliche Atmosphäre nicht. Auch Rotbart hatte sich entschlossen, die Nacht an Deck zu verbringen und schaute träge vom Schanzkleid der Kuhl

86

auf die leuchtende See. Irgendwo in der Ferne jagten Tümmler durch das Meer und immer wieder zogen Wale wie schwarze, langgestreckte Inseln gelassen ihre schimmernden Spuren durch den Ozean. Ab und zu bliesen sie ihre Fontänen in die Höhe, die vom Wind wie mild leuchtende Nebelfetzen davongetrieben wurden. Er musste wohl eingeschlafen sein, denn ein dumpfes Klopfen gegen die Bordwand, gefolgt von einem Platschen ließ ihn hochschrecken. Neugierig schaute er hinunter, konnte aber nichts Ungewöhnliches entdecken. Da, plötzlich leuchtete etwas auf, knallte gegen die Bordwand und fiel klatschend ins Wasser. Der Kater streckte den Kopf über die Reling so weit es ging nach unten. Immer wieder schlug etwas Glitzerndes gegen die Planken um sofort danach im Wasser zu verschwinden. Rotbart wollte gerade den Kopf heben, um die Herkunft der Geschosse zu ermitteln, als ihm etwas gegen den Schädel flog und ihm beinahe das Bewusstsein raubte. Zappelnd stürzte er vom schmalen Handlauf dem Wasser entgegen.

Die anderen Katzen, die durch das Pochen gegen die Planken ebenfalls aufgeschreckt zur Backbordseite gelaufen waren, sahen gerade noch, wie das Hinterteil des Roten mit wild zuckendem Schwanz hinter dem Schanzkleid verschwand. Aufgeregt rannten Kleinebroer und Jack Tiger los, während sich Newton, Grotebroer und Seetiger in die Mitte des Decks setzten und gespannt den Himmel über dem Schanzkleid beobachteten.

„Gleich geht's los", freute sich Seetiger und Grotebroer ergänzte: „Da werden die Jungspunde ihre helle Freude haben."

Die waren inzwischen auf dem Handlauf des Schanzkleides angelangt und wurden sofort von einem wahren Geschosshagel glänzender Fischleiber wieder heruntergefegt, die nun zappelnd über das Deck sprangen. War das ein Spaß für die Schiffsfelinen, die wie die Wilden zwischen den Fischen umhersprangen oder mit gewaltigen Sätzen versuchten, die über das Schiff segelnden

Meerestiere aus der Luft zu fangen. Selbst der alte Seetiger schien noch einmal richtig jung zu werden und hüpfte umher wie ein Kitten.

Während die Katzenbande an Deck mit den fischfangenden Matrosen um die Wette sprang, balancierte Rotbart außenbords auf einem Bergeholz, um in den Rüsten Deckung zu finden. Statt ins Meer zu stürzen war er auf dem bauchigen, nach steuerbord geneigten Rumpf wie auf einer zwar steilen aber schiefen Ebene abwärts geglitten, bis er auf dem längs der Bordwand angebrachten Balken Halt fand. Seine Versuche, auf gleichem Wege wieder zurück an Deck zu finden, scheiterten jedoch. Nicht etwa an seinen Krallen. Mit denen hätte er sich mühelos den geneigten Rumpf emporhangeln können. Nein, es war der ständige Beschuss durch den riesigen Schwarm der Fliegenden Fische, der ihn besser Deckung hinter den großen Blöcken suchen ließ, mit deren Hilfe die dicken Wanten an dem mächtigen Rüstbrett befestigt waren. Von dort aus konnte er das Drama beobachten, das sich im hellen Mondschein im und über dem Meer abspielte. Die Wasseroberfläche schien zu brodeln. Welle um Welle näherten sich die Schwärme der über das Wasser gleitenden Fische. Je nachdem wo sie aus dem Wasser geschossen waren, tauchten sie nach einigen hundert Metern rauschenden Segelflugs bereits vor dem Schiff wieder ins Meer oder ihre Flugbahn endete abrupt an der Bordwand, in der Takelage oder an Deck. Die glücklicheren unter ihnen segelten über das Schiff und konnten ihre Flucht auf der anderen Seite fortsetzen. Während sich an Bord Matrosen, Katzen und natürlich Spiky auf die unglücklichen Fische stürzten, fielen über der See zahlreiche Sturmvögel laut kreischend über den segelnden Fischschwarm her. Es war ein grandioses Schauspiel und bald konnte Rotbart auch sehen, was diese verzweifelte und so verlustreiche Flucht auslöste. Ein großer Fisch näherte sich der Zeeland mit hoher Geschwindigkeit. Und wenn der mächtige Ver-

folger seiner Beute in großem Bogen hinterhersprang, konnte man das schwertförmige Maul erkennen, dessen Länge rund ein Drittel des Fischkörpers betrug. Es war eine wilde Jagd, an der Rotbart in seiner aktuellen Lage unmöglich teilnehmen konnte. Aufgeregt mit heftig schlagendem Schwanz, schnatternd und keckernd huschte er zwischen Blöcken und Tauwerk auf dem Rüstbrett hin und her.

Der riesige Fisch hatte sich kurz vor der Zeeland wieder einmal aus dem Wasser geschnellt und flog nun direkt auf den Kater zu.

„Wie gut, dass unsere Zeeland so stabil gebaut ist", murmelte der Kapitän, der zusammen mit den Achterdecksgästen das Schauspiel beobachtete.

„Na hoffentlich ist der gute Rotbart schnell genug."

Carl hatte als einziger die besondere Lage des Roten bemerkt und machte sich ernsthafte Sorgen. Er wusste, welch verheerende Wirkung das knöcherne Schwert des wohl 200 Kilogramm schweren Fisches haben konnte, wenn es ungebremst auf Widerstand stieß. Er wusste auch, dass Schwertfische zu den schnellsten Wasserbewohnern überhaupt gehörten. Das Zusammenspiel von massivem Schwert, der unglaublichen Geschwindigkeit und der relativ großen Masse des Knochenfisches hatte schon so manches Boot zerschmettert, das dem gnadenlosen Jäger in die Quere gekommen war. Rotbart hätte bei einem Zusammenstoß keine Chance.

Mit einem lauten Krachen und Knirschen schlug der Schwertfisch in die Bordwand. Rotbart war nicht schnell genug. Der Fisch traf genau die Stelle, zwischen den Blöcken und Tauen, an der sich der Kater zusammengekauert hatte. Tief bohrte sich das Schwert nur Millimeter über ihm in die Naht zwischen zwei Planken. Der riesige Jäger war bereits tot, als das weit geöffnete Maul mit dem zahnlosen aber scharfen und spitzen Unterkiefer den Roten erreichte und ihn gegen die Bordwand drückte. Carl war

sofort in die Wanten gesprungen, um nach seinem pelzigen Freund zu schauen. Aber als er den Schwertfisch erreichte, hatte sich Rotbart bereits selbst befreit und war aus tiefen Kratzern blutend an Deck geklettert.

Seine Kumpels hatten von Rotbarts Abenteuer gar nichts mitbekommen. Die Jungspunde hatten ihn in der Aufregung des spannenden Jagdspiels an Deck schlichtweg vergessen und die drei erfahrenen Kater wussten, dass der bauchige Rumpf des Schiffes einer Katze ausreichend Halt bietet, um nicht ins Meer zu stürzen. Und so begrüßte Kleinebroer den Roten fröhlich maunzend und mit dem Schwanz stolz in Richtung eines kleinen Berges der etwa 30 Zentimeter langen glänzenden Leiber schnippend: „Schon gesehen, Rotbart? Heute gibt's Fisch."

Erst als die Kumpels Rotbarts zerschundenen Körper und die roten Fellbüschel am Maul des gewaltigen Fisches sahen, den die Matrosen auf das Deck warfen, ahnten sie, dass der Kater nur knapp dem Tod entronnen war.

Rotbart schaute die Katzen, die sich nun verunsichert ausgiebig zu putzen begannen an und maunzte beinahe trotzig: „Klar doch, heute gibt's Fisch."

Mit einem Satz sprang er auf das beinahe zwei Meter lange Ungetüm und schlug demonstrativ seine Krallen in dessen Leib. Den Smutje und seinen Gehilfen, die den Fisch in die Kombüse schleppen wollten, hielt er mit heftigem Fauchen und Knurren auf Abstand. Carl lachte, zog sein Messer und näherte sich langsam dem wütenden Raubtier. Rotbart legte die Ohren an und duckte sich angriffsbereit. Aber Carl war vorsichtig, zwinkerte seinem Untermieter beruhigend zu und schaffte es tatsächlich unbehelligt ein ordentliches Stück Filet aus dem Fisch herauszuschneiden. Ein paar Schritte entfernt legte er den riesigen Leckerbissen auf die Planken und trat ein wenig zurück. Rotbart verließ mit langem Hals und tief geduckten Schrittes seinen maritimen Widersacher

und schlich auf das Festmahl zu. Er blickte sich nur kurz um, als der Smutje erleichtert den Schwertfisch in Richtung Kombüse zog und schlug dann genüsslich seine Zähne in das duftende Filet.

„Wollt Ihr ewig da herumsitzen", maunzte er schmatzend, „oder habt Ihr etwa schon ohne mich gegessen?"

Spiky McHatch schaute nachdenklich von der Back auf den roten Kater, der sich, gerade dem Tode entronnen, wie selbstverständlich mit dem Smutje um den Besitz des Schwertfisches anlegte. Und das, obwohl das ganze Deck von Fischen wimmelte, deren Größe einer Schiffskatze wesentlich angemessener waren.

„Der wird wohl noch ein harter Brocken werden", grübelte Spiky, „für den muss ich mir wohl etwas ganz Besonderes einfallen lassen, wenn es soweit ist."

Nach dem Mahl hatten es sich die Katzen auf der Poop gemütlich gemacht und Rotbart musste natürlich sein Abenteuer zum Besten geben, ausgiebig, mehrmals, in allen Einzelheiten. Kaum jemand merkte, wie sich die Geschichte dabei mehr und mehr veränderte und aus dem völlig verschreckten, zusammengekauerten und hilflosen Katzenwesen ein tapferer und siegreicher feliner Herausforderer eines der gefährlichsten Meeresbewohner wurde, der jemals die Ozeane unsicher gemacht hatte.

„Ich bin ja so froh, dass deinem Kumpel nichts ernsthaftes passiert ist", sagte Carl mit einer ungewöhnlich sanften Stimme zu Seetiger während er ihm den Kopf kraulte. Seetiger hatte dem Kleinen nach der aufregenden Nacht die Seekiste ganz überlassen und sich zu Carlszoon in die Koje gekuschelt. Rotbart war bald eingeschlafen und verarbeitete sein Abenteuer mit lebhaften Pfotenbewegungen, leisem Maunzen und gelegentlichem Stöhnen. Die beruhigende Stimme Carls hatte er noch vernommen. Und als die Träume ruhiger, der Schlaf gleichmäßiger wurden, stellte sich bei ihm ein Gefühl der Geborgenheit ein, das er schon lange nicht mehr erlebt hatte. Er konnte sogar die Zunge seiner Mutter spü-

Notiz aus Carl Carlszoons Tagebuch vom April 1654

Fast hätte mein kleiner menschenfresser seine vorwitzigkeit mit dem leben bezahlt. Seiner ersten begegnung mit den Fliegenden Fischen sollte eine weit gefährlichere folgen, die dem jungen schiffskaterleben beinahe ein jähes ende beschieden hätte. Ein gewaltiger schwertfisch bohrte seine waffe direkt über dem katerthier in die planken der Zeeland und wäre der mächtige Fisch durch den heftigen aufprall nicht unverzüglich verschieden, so hätte es lediglich des zuschnappen des maules bedurft, um dem tapferen Roten den garaus zu machen.

So aber konnte er sich mit müh und not retten und an deck mit imposanter pose den eindruck vermitteln, als habe er persönlich das ungeheuer erleget und nun alleinigen anspruch auf die mächtige beute.

ren, die ihm liebevoll über den Kopf leckte.

Seit jenem Tag fiel es Rotbart nicht mehr schwer, die Anwesenheit Carls in seiner Kabine zu dulden und sich dabei sogar zu entspannen. Ein gewisses Grundvertrauen zu diesem speziellen Zweibeiner hatte sich eingestellt, mehr allerdings noch nicht. Und oft genug fing sich Carl in den folgenden Wochen auf dem Weg zum Kap der Guten Hoffnung noch ein paar blutige Kratzer ein, wenn er die entspannte Haltung des Katers für eine Lizenz zum Streicheln hielt.

Ein leichter Nieselregen empfing die Reisenden, als die Zeeland in der weiten Bucht vor Anker ging. Unterhalb des mächtigen Tafelberges lag das Fort, das die Holländer **08. Juni 16** erst im vergangenen Jahr errichtet hatten, **Kap der Guten Hoffnung** um den Ostindienfahrern hier am Kap der Guten Hoffnung einen sicheren Stützpunkt anzubieten. Seetiger und Rotbart störte der feine Wassernebel nicht, der sich wie Tau auf ihrem dichten Fell absetzte. Die moderaten Temperaturen zeigten an, dass auf dieser Seite der Erdkugel im Juni Winter herrscht. Neugierig aber gelassen beobachteten die beiden das Geschehen von ihrem Lieblingsplatz aus, dem Mars des Bugspriets.

Für die Mannschaft war es eine kräftezehrende Etappe gewesen und so mancher Matrose und Zwischendecksreisende war dem Skorbut, verdorbenem Wasser, Unfällen oder harten Disziplinarstrafen zum Opfer gefallen und musste ins Meer geworfen werden. Viele von denen, die überlebt hatten, befanden sich in einem elenden Zustand. Ebenso übrigens wie das Schiff, das einer gründlichen Überholung bedurfte.

„Morgen gehen wir an Land", verkündete Seetiger lapidar und Rotbart war begeistert. In der Spelunke seiner Mutter hatte er viel Aufregendes über das Land mit den schwarzen Menschen gehört. Da gab es riesige graue Tiere mit mächtigen Segelohren und lan-

gen Nasen, mit denen sie greifen und ganze Bäume ausreißen konnten. Von großen gelben Katzentieren, deren Kater wilde braune Mähnen um den Hals und Haarpuschel am Schwanz trugen, war sogar die Rede. Gewaltige Eidechsen, größer als Ochsen lebten in den Flüssen und rissen jedes Tier in die Tiefe der Fluten, das beim Trinken auch nur einen Augenblick unaufmerksam war. Es war ein aufregendes Land, das jede Menge Abenteuer und Heldentaten versprach. Rotbart nahm sich fest vor, so wie die Schiffskater in Mutters Taverne, auch einen Elefanten oder ein Krokodil zu erlegen.

„Hör zu Kleiner, hier an Bord stehst du inzwischen deinen Kater und was deinen Job betrifft, macht dir keiner mehr etwas vor, ich bin stolz auf dich." Rotbart platzte angesichts dieses unerwarteten Lobes aus des legendären Schiffskaters Maul fast vor Glück. Mit den folgenden Worten holte ihn Seetiger jedoch wieder auf den Boden der Tatsachen zurück. Offensichtlich konnte der Alte seine Gedanken lesen.

„Aber mach dir mal keine falschen Hoffnungen, das mit dem Kater, der den Elefanten erlegt hat, ist reines Seemannsgarn, mit dem sich vielleicht Landratten und kleine unerfahrene Jungspunde beeindrucken lassen. Der einzige Artgenosse, der überhaupt in der Lage ist, ein Krokodil zu töten, ist der furchtbare Gefleckte. Für den wärst du lediglich ein Appetithappen, solltest du nicht schnell genug ein sicheres Versteck vor ihm finden. Fremde Länder sind gefährlich, da ist für Heldentaten und Angebereien kein Platz, wenn du überleben willst. Die Ratten auf der Insel und der große Fisch waren gegen die Gefahren dieses Landes Kinderkram."

In der Tafelbucht herrschte Hochbetrieb. Einige Schiffe der holländischen Ostindienkompagnie lagen hier vor Anker. Darunter auch die meisten des eigenen Konvois. Boote mit Menschen, Proviant und Reparaturmaterial fuhren zwischen den Schiffen und dem Strand hin und her. Signale, darunter immer wieder auch

Kanonenschüsse, wurden ausgetauscht. Kaum dass der Anker gefallen war, hatte der Kapitän die Boote vom Deck hieven lassen und seinen Leuten zahlreiche Anweisungen gegeben. Eine hektische Betriebsamkeit an Bord war die Folge. Der Kapitän und Carl nutzten die Zeit, um Jan van Riebeeck, dem Gründer und Verwalter der Kolonie ihre Aufwartung zu machen. In der Zwischenzeit wurden neben dem Fort Segeltuchzelte errichtet um die Passagiere während der Zeit des doch wohl längeren Aufenthaltes an Land unterzubringen. So ein Stützpunkt war eine hervorragende Möglichkeit, der Enge an Bord zu entfliehen, das Schiff mal so richtig durchzulüften und die notwendigen Reparaturen durchzuführen, die im Laufe einer solchen Reise immer fällig wurden. Sei es, dass der Schiffsboden von Muschel- und Algenbelag befreit, der Schutzanstrich erneuert, Plankennähte abgedichtet, Segeltuch repariert oder gebrochene Spieren und Tauwerk ersetzt werden mussten. Und diese Arbeiten hatte die Zeeland diesmal besonders nötig, sie würden Wochen dauern.

Schiffskatzen und -hunde hatten in solchen Zeiten bekanntlich Hochsaison. Denn durch die Instandsetzungsarbeiten, die ja auch vor den Tiefen der weitgehend ausgeräumten Laderäume bis hin zur Bilge nicht halt machten, wurden Ratten und Mäuse immer wieder ihrer sicheren Schlupfwinkel beraubt. Für die vierbeinige Sicherheitsmannschaft begann wieder einmal einer der gefährlichsten Jobs an Bord. Diesmal überließ Seetiger diese Arbeit gerne den anderen, während er beabsichtigte, seinem Schüler als – wie er betonte – letzte Lektion, die Besonderheiten fremder Länder nahezubringen. Dass er des harten Schiffskatzenalltags inzwischen auch ein wenig müde geworden war, erwähnte er nicht, als er sich und seinen Schützling vom Borddienst beurlaubte.

Als Carl am folgenden Tag das Boot bestieg, das ihn an Land bringen sollte, da saßen Rotbart und Seetiger bereits im Bug. Der junge Kater konnte es kaum erwarten. Sein Schwanz peitschte vor

Aufregung hin und her, seine Augen, Ohren und Schnurrhaare waren voller Spannung ganz auf das näherkommende Land ausgerichtet. Kaum katten sie die schmale Landungsbrücke erreicht, war der junge Schiffskater auch schon mit einem großen Satz an Land gesprungen. Er bekam gar nicht mit, wie Seetiger beim Aussteigen freundlich schnurrend seinen mächtigen Schädel gegen Carls Schienbein stieß und seinen menschlichen Freund vielsagend anschaute. Der hatte sich daraufhin hinabgebeugt und dem alten Kater wehmütig mit der Hand über den Kopf gestrichen: „Mach's gut, alter Freund, ich werde auf deinen kleinen Roten aufpassen, versprochen", flüsterte er und hätte jemand genau hingeschaut, wären ihm wohl auch die tränenverschleierten Augen des Kaufmannssohnes aufgefallen.

„Das sieht hier aber ungemütlich aus und gar keine anderen Katzen, die uns begrüßen", maulte Rotbart, als sie sich dem Fort näherten. Obwohl heute die Sonne schien, sah die Station tatsächlich recht trostlos aus. Die Umgebung der Befestigung war letztes Jahr gerodet worden, um Felder anzulegen und der nackte Boden hatte sich unter den starken Regenfällen der vergangenen Tage in eine rotbraune Pampe verwandelt. Auch die Lehmwälle des Forts waren, obwohl erst neu gebaut, schon wieder ausbesserungsbedürftig.

„Als ich das letzte mal hier war, gab es diese Siedlung noch nicht", antwortete Seetiger, „und andere Katzen, na ja, an Bord gibt es eben viel zu tun."

Neugierig betraten die beiden die hölzerne Brücke, die den Wassergraben überspannte und in den Innenhof der Befestigung führte.

„Pssst!"

Seetiger und Rotbart schauten sich vorsichtig um.

„Pssst, hierher, hier ."

Aus dem Dunkel eines Speichers schauten gelb leuchtende Au-

gen: „Na kommt schon, hier herein, maunzte eine aufgeregte Stimme."

Seetiger stutzte. Diese Stimme kannte er, er konnte es gar nicht fassen: „Teerpfote", rief er während er auf den Speicher zurannte, „der alte Tollpatsch Teerpfote. Komm Rotbart, den musst du kennenlernen, ich wusste gar nicht, dass er noch lebt!"

Doch, Tollpatsch Teerpfote, mit dem Seetiger vor langer Zeit einmal gefahren war, lebte noch, auch wenn er wohl inzwischen ein wenig wunderlich geworden war. Teerpfote war vor Jahren, kurz nachdem Seetiger das letzte mal seine Pfoten am Kap an Land gesetzt hatte, im wahrsten Sinne des Wortes hier gestrandet. Nicht etwa, dass er Schiffbruch erlitten hätte. Er war schlichtweg unbemerkt beim Beobachten der kreischenden Seevögel ins Meer gefallen und von der Strömung auf einem Stück Treibholz an Land getrieben worden. Er hatte gelernt, auf sich allein gestellt in der Wildnis unter seinen wilden und gefräßigen Verwandten zu überleben. So jedenfalls seine Version von der Geschichte. Als die Zweibeiner begannen, ihre Siedlung zu bauen, war er überglücklich und freute sich auf ein neues, sicheres Hafenratterleben unter seinesgleichen. Aber bisher war er allein geblieben. Obwohl die Tafelbucht inzwischen von vielen Schiffen der Ostindischen Kompagnie besucht wurde, hatten nur ganz selten Schiffskatzen eine Stippvisite an Land unternommen. Mit dem merkwürdig plappernden und irgendwie seltsamen Teerpfote konnten sie jedoch kaum etwas anfangen.

Letztendlich war sein Leben zwar sicherer geworden, die Einsamkeit war ihm aber geblieben. Aber heute hatte er mit Seetiger endlich einen alten Freund wiedergetroffen. Teerpfote freute sich ein Loch in den Bauch. Und wenn es nur für ein paar Stunden war, er würde das Wiedersehen genießen. An die Einsamkeit, die nach einem Besuch von Artgenossen erfahrungsgemäß um so schmerzlicher spürbar sein würde, dachte er jetzt nicht.

„Schön, dass ihr vorbeischaut, ich habe euch gar nicht erwartet, aber schön, wirklich schön. Kann ich euch etwas anbieten, eine fette Ratte vielleicht oder ein kleines Kaninchen, ein paar Mäuse? Ihr müsst es nur sagen, ich besorge sie euch gleich. Ist alles da. Wie war das? Ratte, Mäuse, Kanin? oder wollt ihr vielleicht selbst jagen? Mein Revier gehört euch. Ach nein, ihr wollt euch bestimmt von der harten Bordarbeit erholen. Lasst euch einfach verwöhnen. Wie war das doch gleich, Mäuse, Kanin, Ratte, ach, ich bin ja so vergesslich . . . „

„Teeeerpfooote", stoppte Seetiger den Redefluss des übereifrig hin und herspringenden Einsiedlers und verpasste ihm einen freundlichen Tatzenhieb auf den Kopf. „Ich freue mich wirklich unheimlich, dich wiederzusehen", gurrte er, „lass es gut sein, wir haben gegessen und wir haben Zeit."

Zwei Tage verbrachten die drei in dem Speicher, während draußen immer wieder Regengüsse niedergingen und die Zweibeiner fluchend und stöhnend an der Wiederherstellung der zusammengesackten Lehmwälle arbeiteten. Teerpfote erzählte seine Geschichte, wie er vom Schiff gefallen und hier das Überleben gelernt hatte und Seetiger sprach über die Zeiten, in denen er und Teerpfote gemeinsam gesegelt waren. Genüsslich breitete er dabei die Episoden aus, die zum Spitznamen des grauen Katers mit der schwarzen Pfote geführt hatten.

Rotbart, den die beiden gar nicht mehr wahrzunehmen schienen, hörte den Geschichten mit großen Augen zu. Und je länger sie erzählten, desto weniger wunderlich wirkte der kätzische Robinson. Aber plötzlich schaute Teerpfote dem Roten unvermittelt in die Augen und maunzte zu Seetiger: „Wen hast du da eigentlich mitgebracht, ist das dein . . ."

„Das ist mein Schüler Rotbart", unterbrach Seetiger schnell.

„Komisch, ich könnte wetten, die Augen, das Fell . . ."

„Wie gesagt, mein Schüler! Dem wollte ich übrigens mal die

Gegend zeigen und wenn es sich ergibt, auch Swartie vorstellen. Lust, mitzukommen?"

Teerpfote wäre überallhin mitgekommen, nur um wieder unter seinesgleichen zu sein und in Gesellschaft seines alten Freundes zu bleiben.

Während Seetiger, Teerpfote und Rotbart ins Innere des Landes wanderten, hatten die Zweibeiner in der Tafelbucht mit heftigen Stürmen zu kämpfen. Anker wurden aus dem Grund gerissen, Taue brachen und ließen Schiffe an der Leeküste stranden. Reparaturarbeiten gingen naturgemäß nur sehr langsam voran und auch die Beschaffung des Proviants erwies sich nicht immer als einfach. Denn vor allem das Fleisch musste von den Khoikhoi, einem Hirtenvolk erhandelt werden. Mit ihnen gab es aber zunehmend Konflikte.

Mit Gefahren und Konflikten ganz anderer Art mussten sich die

Illustration auf einer Afrikakarte aus Carl Carlszoons persönlicher Bibliothek

drei Schiffskater auf ihrer Wanderung herumschlagen. Seetiger und Teerpfote wussten, worauf sie sich einließen, für Rotbart hingegen eröffnete sich eine völlig neue, spannende Welt. Die begann bereits kurz nach Verlassen der Siedlung. Zwar pfiff auch hier der Wind über das wellige Land, an dessen Horizont sich graubraune Bergketten erstreckten. Glücklicherweise aber legte der Regen gerade eine Pause ein. Und so stiefelten die Katzen im Lichte der winterlichen Sonne durch halbhohes Buschland, das bedeckt war mit struppigen Gräsern, Heidekraut und Strauchwerk, von Nashornbüschen und Schirmakazien durchsetzt. Rotbart war begeistert. Vor allem die Käfer, Tausendfüßler und anderen merkwürdigen Krabbeltiere waren äußerst unterhaltsam. Klar war er vorsichtig, hatte er ja versprochen. Und so blieb er fast immer, na ja, ziemlich oft auf dem ausgetretenen Wildpfad sprang nur ab und zu hinter einem brummenden Käfer her, tatzelte nach einem Tausendfüßler oder lauerte den emsigen Vögeln auf, die durch das Gestrüpp flatterten oder huschten. Bald hatte er seine beiden Begleiter vergessen, die miteinander maunzend hinterhertrotteten, ihn dabei aber nicht aus den Augen ließen.

Miteinander maunzend ist vielleicht die falsche Formulierung. Tatsächlich gestaltete sich das Gespräch etwas einseitig.

„Dein Schüler scheint ja noch eine Menge lernen zu müssen, so sorglos, wie er sich hier benimmt, als ob das ein großer Spielplatz wäre."

„Ach, das . . ."

„Ich meine, wenn ich damals so in dieser Wildnis herumgetollt wäre, ich hätte nie und nimmer überlebt."

„Na ja, vielleicht war das damals . . ."

„Aber die Jugend heutzutage ist ja viel zu verwöhnt. Da ist ja immer irgendjemand, der ihnen aus der Patsche hilft, wenn sie etwas verbockt haben. Jemand von der Mannschaft, irgendwelche Zweibeiner, Mama oder Papa." Teerpfote warf einen herausfor-

dernden Seitenblick auf Seetiger.

„Nun lass mal gut sein Tollpatsch, mein alter Freund und nimm das Maul nicht so voll. Niemand kann etwas dafür, dass du über Bord gefallen bist. Und wenn du dich bitte mal daran erinnerst, wie oft ich dir aus der Patsche geholfen habe . . . lauf, Rotbart, lauf!!!

Rotbart stand wie versteinert mitten im dichten Gras und schaute ungläubig in die Höhe. Ein tiefes Knurren drang aus dem großen runden Schnabel auf dem langen dünnen Hals, der aus einem gewaltigen Haufen fluffiger weißer und schwarzer Federn emporwuchs. Rotbart war immerhin schnell genug, um dem zustoßenden Schnabel des brütenden Straußenweibchens zu entgehen. Den tödlichen Klauen des herbeieilenden Männchens würde er allerdings nie und nimmer entkommen.

Aber der Hahn war nicht einmal der Hauptgrund, weshalb Seetiger den Roten so verzweifelt warnte. Keine zwanzig Meter entfernt war plötzlich ein Wüstenluchs aus seiner Deckung gesprungen, hatte sich mit geöffnetem Fang auf den hilflosen Rotbart gestürzt und ihn im Nacken gepackt, noch bevor der Strauß seinen Angriff auf den vermeintlichen Nesträuber starten konnte. Mit wenigen gewaltigen Sätzen stürmte der Karakal auf die nächstgelegene Schirmakazie zu und rettete sich und seine Beute vor dem wütenden Laufvogel in die sichere Krone. Der stand nun aufgeregt wippend mit ausgebreiteten Flügeln unter dem Baum und brüllte die große Raubkatze wütend an. Der Karakal, der den leblosen Rotbart auf dem Ast abgelegt hatte, fauchte mindestens ebenso wild zurück, bis der Hahn schließlich wieder abdrehte und zum Nest zurückkehrte.

„Was für ein Sprung“, maunzte Rotbart, der sich von seinem Schrecken erholt hatte und das Wüstenluchsweibchen neugierig ansah, „wer bist du und wo sind Seetiger und Teerpfote, ihnen ist doch nichts passiert?“

101

Die Karakaldame leckte dem Roten beschwichtigend über den Kopf: "Ich bin Rooika und muss wohl die Schutzpatronin tollpatschiger Schiffskatzen sein", gurrte sie spöttisch.

„Uns ist nichts passiert." Seetiger war noch völlig außer Atem von dem Versuch, seinem Schützling zu Hilfe zu kommen, um ihn aus den Klauen der großen Wildkatze zu retten. Pumpend hatte er sich auf dem Ast niedergelassen und schaute sich suchend um.

„Teerpfote hat sich da hinten versteckt, hab ich ihm beigebracht", schnurrte die große Katze stolz und schnippte mit dem Schwanz in Richtung eines Nashornstrauches. „Hättest du dich wegen deines Schützlings tatsächlich mit mir angelegt?"

„Du kennst Teerpfote?"

„Muss ich wohl, ohne mich hätte er hier doch keine einzige Nacht überlebt. Komm raus, Teerpfote, die Gefahr ist vorbei!"

Als die große wilde Katze und die drei Schiffskater schließlich in guter Deckung zusammensaßen, erzählte Rooika, wie sie dem grauen Kater mit der schwarzen Pfote begegnet war. Sie hatte gerade ihr letztes Junges an einen Leoparden verloren, als ihr der völlig unbedarfte Teerpfote vor die Füße stolperte. Rooika fand den kleinen Kerl putzig und hatte ihn einfach adoptiert. Innerlich grinsend dachte sie an diese Zeiten zurück und Teerpfote wurde schließlich noch kleinlauter als sie sagte: „Tollpatsch Teerpfote, was für ein treffender Name."

Am nächsten Morgen suchten sich Seetiger und Rotbart einen Platz, von dem aus sie die Landschaft und den Weg, den sie nehmen würden, überblicken konnten. Rotbart kam aus dem Staunen nicht heraus. In der Nacht hatte es geregnet, aber nun schien die Sonne und der stetige Wind, der über die wellige Ebene strich, sorgte dafür, dass der Boden schon wieder trocken war. Teerpfote war zur Siedlung zurückgekehrt, er hatte festgestellt, dass die Wildnis einfach nicht mehr sein Ding war.

„War es noch nie", kommentierte Rookia und begleitete ihn

sicherheitshalber noch eine Strecke, bevor sie sich wieder in die Büsche schlug.

„Die ist nett, nicht war, hast du sie schon früher einmal getroffen?"

„Ganz sicher nicht", knurrte Seetiger, „dann würde ich wohl kaum mit dir hier herumlaufen. Hätte sie nicht mitbekommen, dass wir Freunde von ihrem Adoptivsohn sind, wärst Du sicherlich ein willkommenes Mittagessen für sie gewesen."

„Du meinst, sie hat uns die ganze Zeit beobachtet und belauscht und wir haben gar nichts bemerkt?"

„Du sowieso nicht und Teerpfote und ich waren viel zu unaufmerksam und laut um irgendetwas mitzubekommen", murmelte Seetiger schuldbewusst. In Gedanken setzte er hinzu ‚ich werde langsam wirklich zu alt für sowas'.

Rotbart war nachdenklich geworden. Diese Welt und vor allem seine Bewohner waren offensichtlich alles andere als einladend und friedlich. Und während Katzen in der Heimat oder an Bord als perfekte Jäger im Grunde keine ernsthaften Feinde zu fürchten hatten, dürften sie hier wohl eher die Rolle der Gejagten übernehmen. Eine ungewohnte Situation und Seetiger bekräftigte Rotbarts Befürchtungen noch:

„Schreib dir hinter die Ohren, die wirklichen Gefahren sind nicht die, die du siehst, nicht die, die offensichtlich sind. Was immer du tust, du musst vorsichtig sein, aufpassen, lernen. Und vor allem: trau keinem größeren Verwandten, keinem kleinen Krabbeltier und schon gar keinen Schlangen! Geh ihnen möglichst aus dem Weg."

Rotbart ließ den Blick über die Ebene streichen. Grünlich graubraun erstreckte sich das Land bis zu den langgezogenen Bergen am Horizont. In die Schatten, die die vereinzelten Bäume mit den ausladenden Kronen spendeten, hatten sich noch keine Tiere zum Schutze vor der Sonne zurückgezogen. Auch die Löwenfamilie,

die ein paar hundert Meter entfernt faul herumlag, dachte nicht daran, der milden Wintersonne zu entfliehen. Satt waren sie und wie Seetiger erklärte, in diesem Zustand keine Gefahr, wenn man ihnen nicht zu nahe kam. Auch das Quagga ließ sich von der Anwesenheit der imposanten Großkatzen nicht beeindrucken und graste gelassen vor sich hin. Es kannte die notwendige Fluchtdistanz und außerdem würde es von der Springbockherde in die sich das pferdeartige Tier mit dem gestreiften Hals klugerweise begeben hatte, gewarnt, wenn sich ein beutehungriger Jäger näherte.

„Woher weißt du eigentlich, dass die satt sind?"

„Oh, man sieht es ihnen an, diesbezüglich sind die nicht anders als wir und außerdem", Seetiger schnippte seine Schwanzspitze nach oben, wo massenhaft die Geier kreisten, „da, unter denen liegen die Reste der Löwenmalzeit, um die sich jetzt die Geier und Hyänen streiten."

„Das heißt, sie sind nicht immer gefährlich, nur wenn sie Hunger haben. Wenn man sieht, dass sie satt sind, ist man hier ziemlich sicher?"

„Jaaa, kleiner dummer Verwandter, wenn man sieht, dass sie satt sind. Wenn man sie nicht sieht, kanns gefährlich werden, vor allem, wenn man durch sein endloses Geschwätz meine verdiente Ruhe stört."

Die beiden Schiffskater zuckten zusammen. Ein paar Meter hinter ihnen auf einem kräftigen Ast lag ein Leopard. Alle Viere hingen seitlich am Ast hinunter und obwohl seine Stimme ein wenig angefressen wegen der Störung klang, machte er keine Anstalten, sich zu bewegen.

„Ja, knurrte er und entblößte dabei seine furchterregenden Reißzähne, ich habe auch schon gefrühstückt. Und nun verschwindet von hier oder haltet wenigstens die Klappe, ich habe keine Lust auf Nachtisch."

Seetiger und Rotbart zogen es vor, zu verschwinden. Sie hatten

ohnehin genug gesehen, um die Richtung, in die sie gehen wollten, festzulegen. In jedem Fall würden sie sich nicht in die Nähe der Hütten der schwarzen Zweibeiner begeben, schon allein deshalb, weil sie den mächtigen Rindern mit den gewaltigen Hörnern nicht über den Weg laufen wollten und Menschen, so die nicht ganz unbegründete Überzeugung Rotbarts, kann man ohnehin nicht trauen.

„Wenn die dich erst mal aufs Korn genommen haben, hast du kaum eine Chance."

Rotbart wusste nicht genau, ob Seetiger die Rinder oder die Zweibeiner meinte, wahrscheinlich galt es für beide Spezies. Rotbart hatte inzwischen begriffen, dass sein Überleben trotz Seetigers Erfahrungen von seiner Disziplin und Lernbereitschaft abhing. Und so hielt er sich möglichst eng an die Anweisungen seines Lehrmeisters. Die lauteten gebetsmühlenartig: „Aufpassen", „versteck dich", „nicht bewegen", „lauf", „nicht anpfoten" oder „rauf auf den Baum!" Und wenn die Gefahr vorbei war, lies er sich jedesmal ausführlich erklären, worin sie bestanden hatte und wie er sie hätte rechtzeitig erkennen können.

Wie war der junge Schiffskater froh, als sie schließlich, unter einem Stück Totholz versteckt, auf eine wirklich niedliche Katze trafen, die deutlich kleiner als Seetiger und er war. Sie glich eher einem Kitten als einem ausgewachsenen Raubtier. Das musste Swartie sein, die alte Freundin Seetigers, die zu besuchen der Schiffskater zum Vorwand genommen hatte, um Rotbart das Überleben in der Wildnis unbekannter Länder beizubringen.

„Haaaalt", rief Seetiger, aber es war zu spät.

Rotbart war freundlich gurrend auf die kleine ockerfarbene Katze mit den dunklen Flecken und den schwarzen Ringeln an Beinen und Schwanz zugetrabt, die gemütlich zu dösen schien. Er wollte mit einem zärtlichen Nasenstüber ‚hallo' sagen. Aber weder aus dem Nasenstüber noch dem zärtlich wurde etwas. Zwar

hatte er im Unterbewusstsein das warnende „Haaaalt" vernommen und bereits auf Verteidigung oder gar Flucht umgestellt, dennoch war er dem zierlichen Kätzchen bereits zu nahe gekommen. Rotbart war inzwischen nun wirklich ein kampferprobter Kater der oberen Gewichtsklassen. Aber so wie von dieser kindlichen halben Portion war er noch nie zuvor verprügelt worden.

„Haaalt Zwartie", rief Seetiger verzweifelt, und warf sich schützend vor Rotbart, „lass ihn am Leben, ich bitte dich, er ist ein Freund, wirklich!"

„Du solltest dir deine Freunde genauer aussuchen und ihnen vor allem ein paar Manieren beibringen", murrte die kleine Schwarzfußkatze, die von dem Kater abgelassen hatte, als sie Seetigers Stimme erkannte, „ich hätte euch ernsthaft verletzen können."

Rotbart leckte sich völlig erschöpft seine tiefen Wunden und schmerzenden Glieder. Er mochte sich gar nicht vorstellen, wie es wohl aussehen würde, wenn die kleine Zwartie jemanden ernsthaft verletzte. Selbst Seetiger hatte in der kurzen Zeit die eine oder andere Scharte abbekommen. Ohne seinen Begleiter eines Blickes zu würdigen, blinzelte sie ihren alten Freund an: „Schön, dich wiederzusehen, ist es jetzt soweit?" Er nickte nur und sie verabschiedete sich mit den Worten: „Lass uns morgen früh darüber sprechen, wenn ich von der Jagd zurück bin, dein . . . ."

„Schüler", warf Seetiger schnell ein.

„Also gut, dann hat mich eben dein Schüler ganz schön Kraft gekostet, da muss ich heute Nacht wohl ein wenig mehr arbeiten."

Sehr früh am Morgen, die Sonne war noch gar nicht aufgegangen, hörten die beiden Schiffskater in nicht allzu großer Entfernung das verzweifelte Kreischen eines Hasen, das bald erstarb. Eine knappe Stunde später kehrte Zwartie zurück und schleppte ein Langohr hinter sich her, das beinahe doppelt so groß war, wie sie selbst. „Ich habe uns was zu essen mitgebracht, und nun lasst mich ein wenig verschnaufen, dann können wir reden."

Rotbart fiel aus allen Wolken, als er erfuhr, dass sich Seetiger hier in Südafrika zur Ruhe setzen wollte.

„Auch wenn sie dank deiner Hilfe längst verheilt sind, meine Verwundungen machen mir doch mehr zu schaffen, als ich zugeben wollte. Der Borddienst, die klammen Knochen oder die Hitze am Äquator, ich glaube, ich bin zu alt dafür. Ich werde nicht mehr an Bord zurückkehren", eröffnete er seinem fassungslosen Schüler, „du wirst jetzt meinen Job an Bord übernehmen. Carl und die anderen Schiffskatzen wissen Bescheid. Von denen habe ich mich schon verabschiedet."

„Aber . . .", Rotbart rang nach Worten.

„Ich weiß, ich weiß, ich bin unersetzlich und du wirst dich gewaltig anstrengen müssen, meine Pfotenstapfen auszufüllen. Aber du wirst es schaffen, das weiß ich genau."

„Und warum hast du mir nichts gesagt?"

„Weil du dann eingeschnappt und an Bord geblieben wärst. Dabei war dieser Teil deiner Ausbildung der Wichtigste überhaupt."

„Jetzt bin ich auch eingeschnappt", brummte Rotbart und drehte den beiden demonstrativ den Rücken zu. Rotbart wusste, dass Seetiger mit seinem Hinweis auf diese Ausbildung recht hatte. Ratten massakrieren, Hunde auf Abstand und sich von Menschen fern halten, waren keine großen Herausforderungen. Die Abläufe und Besonderheiten an Bord ließen sich ebenfalls für ein halbwegs intelligentes Katzentier schnell verinnerlichen, selbst die Zweibeiner waren leicht berechenbar. Aber das hier, das war eine völlig andere Welt mit ganz neuen Regeln, unbekannten Gefahren, aufregend, unberechenbar, tödlich. Es gab nicht viele Artgenossen, nicht einmal Schiffskatzen, die in der Lage waren, in einer unbekannten Wildnis zu überleben. Seetiger hatte dem Roten eine wirklich spezielle Ausbildung verpasst, die ihn in die Lage versetzen würde, zukünftig nahezu jede unvorhergesehene Situation zu meistern.

Der kleine Rote war unendlich dankbar und er war unendlich enttäuscht.

„Und was willst du jetzt machen, wo willst du dich den niederlassen?" Swartie war hochinteressiert.

„In der Siedlung haben unsere Zweibeiner jetzt eine Festung gebaut, ich denke, die wollen da bleiben. Und da habe ich auch den alten Teerpfote getroffen. Der wird wohl auch nie wieder an Bord eines Schiffes gehen, so wie ich das sehe. Und das ist auch besser so, für alle Beteiligten."

Seetiger warf einen Seitenblick auf Rotbart und wusste, dass der gleich noch stinkiger werden würde.

„Ich dachte, ich könnte Teerpfote dazu bringen, mit mir in der Siedlung eine Hafenspelunke aufzumachen. War eine Idee von Jack Tiger. Der wollte da auch für eine Weile mitmischen, sozusagen als Starthilfe. Ich denke, das ist doch eine gute Idee, der Ort hat Zukunft."

Rotbart wurde tatsächlich noch stinkiger. Nicht nur, dass sein Freund Jack Tiger ihm ebenfalls nichts gesagt hatte, weder Seetiger noch Jack war es offensichtlich eingefallen, ihn zu fragen, ob er nicht auch mitmachen wollte. Immerhin war er der Sohn einer Hafenspelunkenbetreiberin und verfügte wohl als einziger über einschlägiges Fachwissen. Der Kater steigerte sich so richtig in sein Selbstmitleid hinein. Er fühlte sich verraten, betrogen und überhaupt.

„Du hättest mich doch ständig gelöchert, an Bord zu bleiben", erklärte Seetiger, ohne auf eine Antwort zu hoffen. „Wahrscheinlich wärst du tatsächlich nicht einmal mit mir an Land gegangen. Und sei doch ehrlich, ein Dasein als Hafenratter und Spelunkenwirt ist ja nun wirklich nicht, was du willst. Am Ende hättest du sowieso nicht mitgemacht. Und was mich betrifft: Irgendwann müssen wir alle von Bord gehen, für mich ist jetzt die beste Gelegenheit. Und so ist es nun mal bei Schiffskatzen, Kleiner. Immer

wieder schließt man Freundschaften, um dann getrennter Wege zu gehen und sich irgendwo und irgendwann wieder zu begegnen. Denk an meine Worte, wenn du Blackcastle oder Graubart wiedertriffst, oder die anderen, die du bisher schon kennenlernen durftest. Und ich verspreche dir, auch mich wirst du noch oft wiedersehen und dann lachen wir beide über deine heutige Schiffskaterdepression, die schon viele vor dir durchgemacht haben. "

Innerlich musste Rotbart seinem Mentor natürlich Recht geben. Aber hier und jetzt wollte er erst mal eingeschnappt sein, zu überraschend kam die Nachricht von Seetigers Ruhestand. So rollte er sich wortlos ein, versteckte er seine Nase unter dem Schwanz und bedeckte seinen Kopf mit den Pfoten. Sollte Seetiger ruhig ein schlechtes Gewissen haben.

Swartie hielt Seetigers Vorhaben für eine gute Idee: „Dann kannst du mich ja öfters mal besuchen", freute sie sich.

Rotbart bemühte sich geflissentlich diese Bemerkung zu überhören, In seinen Ohren war das eine echte Provokation.

Knapp vier Wochen später, nach zahlreichen kleinen und großen Abenteuern, bei denen Rotbart noch Einiges von Seetiger lernen konnte, waren sie zur Siedlung zurückgekehrt. Rotbart erkannte es sofort, die Zeeland war fast so weit. In ein, zwei Tagen würde er an Bord gehen und die Reise nach Batavia fortsetzen. Ohne Seetiger und ohne Jack Tiger. Die meisten anderen Schiffe waren bereits wieder abgesegelt, nun lagen neben der Zeeland nur noch zwei andere auf der Reede mit den gefährlichen Leeküstenwinden und der kabbeligen See. Auch die Texel, die zwischenzeitlich in der Tafelbucht Station gemacht hatte, war schon wieder unterwegs. Rotbart hätte ihre Katzencrew gerne wiedergesehen.

Jack und Teerpfote hatten inzwischen den Ort der zukünftigen Katzenspelunke festgelegt und mit Mitgliedern der anderen Crews gelegentlich wilde Gelage veranstaltet.

„Also der Roi, Graubart und Großtatze meinten, der Laden könnte Zukunft haben", Jack warf einen vielsagenden Seitenblick auf Teerpfote, „vor allem, wenn Seetiger hier das Kommando übernimmt."

Was Jack damit meinte, stellte sich schnell heraus, als Tollpatsch Teerpfote mal wieder dabei erwischt wurde, wie er sich in der Speisekammer des Festungskommandanten mit gewissen Spezialitäten für den abendlichen Katzentreff eindecken wollte. Nun, es war ihm durchaus gelungen, sich unbemerkt an der Wache vorbeizuschleichen. Und auch den geheimen Weg über den Mauervorsprung und durch das Lüftungsloch bewältigte er, ohne Aufmerksamkeit zu erregen. In der Kammer angekommen, wählte er zwar mit Bedacht, nicht aber unbedingt mit Verstand seine Beute aus. Nicht einmal ein Beschaffungskünstler wie Roi de Merguez hätte sich geräuschlos an dem Verschleppen einer Springbockkeule versuchen können. Und als Teerpfote nach heftigem Zotteln und Zerren endlich das Stück Fleisch samt nebenstehenden Tonschalen und Zinntellern vom Regal zu Boden gebracht hatte, war seine „Geheimaktion" aufgeflogen. Wütend vor sich hinbrabbelnd saß Tollpatsch Teerpfote unschlüssig inmitten des Chaos. Er wusste, niemals würde er es nun schaffen, die Beute wegzuschleppenl. Unverrichteter Dinge wollte er aber auch nicht zum Katzentreffpunkt zurückkehren. Schon stampften schnelle Schritte über den Gang auf die Speisekammer zu, der Schlüssel drehte sich und die Tür wurde so schnell aufgerissen, dass den Angeln keine Zeit mehr für ihr übliches Kreischen blieb. Der Wachsoldat riss seinen Säbel aus der Scheide und blickte sich nach dem Einbrecher um. Aber außer dem wütend fauchenden Kater war niemand zu sehen. Der Soldat steckte seinen Säbel wieder weg, zog sein Messer und ging auf den Grauen zu.

„Eigentlich müsste ich dich jetzt festnehmen und dem Kommandanten vorführen, aber wozu so viel Aufwand", grollte er.

Teerpfote bekam große Augen, duckte sich und krabbelte im Rückwärtsgang auf das Lüftungsloch zu. Er würde genau Maßnehmen müssen, um es beim Heraufspringen zu treffen, aber er konnte doch den grimmigen Zweibeiner nicht aus den Augen lassen. Nun gut, er sah sich schnell nach einem geeigneten Schlupfwinkel um, er würde sein Leben so teuer wie möglich verkaufen.

Aus einer Ecke der Kammer tönte ein klägliches Miauen. Der Wachsoldat schnellte herum. In die Ecke gezwängt kauerte eine hübsche braungetigerte Katze, die den Zweibeiner mit flehenden Augen ansah und herzerweichend jammerte.

„Armes Kätzchen", die Stimme des Soldaten wurde butterweich, „was hat der böse strubbelige Kater mit dir angestellt?"

Der Wachsoldat war nun ganz und gar mit der bemitleidenswerten Katze beschäftigt und Teerpfote stürmte erleichtert aus der Speisekammer. Das mit der Beute hatte sich nun sowieso erledigt.

„Und dann hat der Zweibeiner mir ein schönes Stück von dem Fleisch abgeschnitten", schnurrte die Katze beim abendlichen Gelage und grinste Teerpfote geradezu unverschämt an, „ein Stück, das Katze auch tragen kann."

Es war der letzte gemeinsame Abend und im Kreise der Katzencrews und nach dem ausgiebigen Futtern erlesener Leckereien, machten schließlich die neuesten Geschichten aus der Welt der Schiffsfelinen die Runde. Dazu gehörten auch die Abenteuer auf der Texel und so manch andere Anekdote über Freunde, die Rotbart auf seiner Reise gerade erst kennengelernt hatte. Jack Tiger brachte sogar Rotbarts Heldentaten zur Sprache, darunter auch die eine oder andere, die der Rote doch lieber schnell vergessen hätte.

„Und dann hat der doch tatsächlich in das Salatbeet des Kapitäns gekackt", der Rest ging im allgemeinen Gemaunze unter.

Am nächsten Morgen standen der alte und der junge Schiffskater vor dem Tor des Forts.

„Vergiss nicht allen, die du unterwegs triffst, meine Spelunke

'Seetigers Katzentreff' zu empfehlen."

Rotbart nickte mit gemischten Gefühlen: „Man sieht sich", sagte er lapidar und rammte dem alten Kater das letzte Mal seinen Schädel an die Stirn. Dann sprintete er zum Boot, das gerade dabei war, in Richtung seines Schiffes Zeeland abzulegen.

An Bord hatte sich einiges verändert. Die Laderäume waren mit frischem Proviant und Wasser bis zum Rand aufgefüllt. Lebende
Katzenspiele Ziegen, Geflügel und sogar ein Rind hausten in den Käfigen in der Kuhl und die Zeeland war sowohl außen- als auch innenbords ausgiebig instand gesetzt worden. Die Mannschaft hatte sich von den Strapazen der bisherigen Reise erholt und ein neuer Pfarrer hatte die Aufgaben des Petrus Catz übernommen, der allein auf Fernando de Noronha zurückgeblieben war.
Aber Rotbart hatte keine Lust, sein Schiff zu inspizieren. Das konnte warten, bis die Zeeland mit großer Mühe gegen den Wind aus der Bucht gekreuzt war und nach Umrundung des Kaps Kurs Ost nehmen würde. Erst einmal suchte er seine Kammer auf, wo er sich auf der Koje Carls zusammenrollte, dort, wo Seetigers Geruch gerade noch erkennbar war. Bald würde der verschwunden sein, dann wären seine und die Erinnerungen seiner Katzenkumpels die einzigen Zeugnisse von Seetigers Existenz auf diesem Schiff. Als Carl die Kammer betrat, blickte Rotbart nicht einmal auf. Und er rührte sich auch nicht, als der ihm vorsichtig und liebevoll über den Kopf streichelte. Rotbart war jetzt nicht nach Streit und er spürte, dass Carl seinen alten Seetiger ebenso vermisste, wie er selbst. Hauptsache sein zweibeiniger Mitbewohner ließ das nicht zur Gewohnheit werden, dachte er noch trotzig, bevor er mit einem merkwürdigen Gefühl von wohliger Trauer einschlief.

Gut einen Tag später setzte Rotbart seine Pfoten erstmals seit Reisebeginn wieder auf das Halbdeck, um seine Kollegen zu be-

grüßen und Neuigkeiten zu erfahren. Tapfer hatte sich die Zeeland durch die kräftigen Meeresströmungen und die unberechenbaren Stürme des Kaps in Richtung Süden gekämpft, um die Zone der kräftigen aber stetigen Winde zu erreichen, die das Schiff über den indischen Ozean nach Osten blasen würden. Kleinebroer war der Erste, dem Rotbart begegnete und der setzte Rotbart auch gleich aufgeregt über die für die Katzencrew wichtigste Veränderung in Kenntnis: „Es gibt da drei neue Hunde an Bord. Aber das ist kein Problem, die haben wir schon im Griff."

Sehr zum Unwillen von Spiky McHatch hatte Kleinebroer völlig recht. Der kleine Kater hatte mit Hunden ohnehin kein Problem, denn seine beste Freundin, die Beagledame Baronne, verteidigte den felinen Jungspund ihren Artgenossen gegenüber kompromisslos. Und die anderen hatten ihre jeweils eigene Methode entwickelt, um die Verhältnisse zwischen Kläffern und Katzen an Bord in ihrem Sinne klarzustellen. Rotbart war seit seinem südafrikanischen Abenteuer erheblich selbstbewusster geworden. Wer sich unter Löwen, Leoparden, Hyänen und riesigen Pflanzenfressern in freier Wildbahn zu behaupten wusste, musste ein paar Hunde in vertrauter Umgebung nun wirklich nicht fürchten. Allein durch sein Auftreten konnte es sich Rotbart sogar leisten, die bewährten vorsorglichen Nasenstüber nur noch sparsam einzusetzen. Käptn Grotebroer, dessen Wahlspruch es war, „Wer fauchen muss hat schon verloren" hielt die Hunde durch seine gelassene Art auf Abstand. Beinahe herablassend setzte er sich hin und schaute dem aufgeregten Gegenüber in die Augen, bis der sich völlig verunsichert niederlegte und den Kopf zur Seite drehte. Erst dann erhob sich der Katzenkäptn in aller Seelenruhe und schritt würdevoll von dannen. Weniger würdevoll ging es bei Newtons Erziehungsmaßnahmen zu. Der ging die Sache eher sportlich-experimentell an. Selbst verhältnismäßig schmächtig, hatte ihn immer die Größe der Hunde fasziniert. Newton hatte

festgestellt, dass die Masse eines Lebewesens einen erheblichen Einfluss auf die Beschleunigung aber auch den Bremsweg und die Wendigkeit ausübte. Und so provozierte er die Hunde, ihn zu jagen, um sie dabei in eine Falle zu locken. Seinen Fluchtweg legte er vorher sorgfältig fest. Mal führte die wilde Jagd direkt auf einen Niedergang zu, in dem der überraschte Hund verschwand, während der Kater behände über die Luke setzte. Mal knallte der übereifrige Jäger nahezu ungebremst gegen einen Mast, den Newton im letzten Moment hinaufschoss. Wenn der Kater wieder einmal einen besonders gut gelungenen Coup gelandet hatte, nervte er seine Kumpels mit seinem Lieblingsspruch „oft gelingt mit Geisteskraft, was Kater nicht mit Muskeln schafft".

Irgendwann hatten es die Hunde satt, immer wieder von dem intellektuellen Pelzträger ausgetrickst zu werden und ließen ihn in Ruhe. Doch auch bei bester Vorbereitung waren Newtons Experimente immer mit gewissen Unwägbarkeiten verbunden.

So hatte sich der Kater kurz nach der Abfahrt aus der Tafelbucht wieder einmal einen neuen Stunt ausgedacht, den zu bewundern seine Kumpels herzlich eingeladen waren. Diesmal würde er dem Neuzugang, den der Zimmermann an Bord gebracht hatte, die erforderliche Lektion erteilen. Die Jagdstrecke führte vom Hauptdeck in Höhe des Mastes direkt auf die Wand der Back zu. Dort würde der Kater ansatzlos auf das Wasserfass springen, aus dem der Smutje die Rationen an die jeweilige Deckswache verteilte. Und während der übertölpelte Kläffer gegen das Fass rauschte, wäre Neton unter anerkennendem Gemaunze seiner Zuschauer bereits weiter auf das Backdeck gesprungen. Wäre! Wenn der Smutje nicht vergessen hätte, nach der Wasserausgabe wieder den Deckel auf das Fass zu legen. Als sich der schmächtige Kater patschnass aus dem Innern des Fasses über den Rand zog, hatte das lautstarke Maunzen der versammelten Kollegenschaft so gar nichts Anerkennendes an sich.

Wenige Tage später geschah etwas, wovor Seetiger seinen Schützling immer gewarnt hatte: Die erste ernsthafte Konfrontation mit Spiky MacHatch. Der wusste, dass in der **Begegnung mit Spiky** Auseinandersetzung um die Vorherrschaft der Arten auf dem Schiff nach Seetiger nun Rotbart eine entscheidende Rolle spielte. Dem nach der Expedition in die südafrikanische Wildnis sichtbar gewachsenen Selbstbewusstsein des Katers, musste unbedingt ein Dämpfer aufgesetzt werden, wollte Spiky nicht gänzlich die Kontrolle über seine Artgenossen verlieren und mit seinem Anspruch auf verlorenem Posten stehen. Spiky MacHatch war kaum größer als die imposanten Schiffskater und deutlich kleiner als seine kläffenden Kollegen an Bord. Als Mischling zwischen Cairn-Terrier und Windhund war er allerdings auch äußerst agil und furchtlos und gelangte zudem in die hintersten Winkel des Schiffes, um den Ratten den Garaus zu machen.

Es war so ein hinterster Winkel, zwischen Fässern, Kisten Tauwerk und Säcken im Bug dort, wo sich die Planken der Bordwände am Vordersteven trafen und der Raum zwischen den Spanten immer enger wurde. Rotbart hatte ihn nicht bemerkt, all seine Sinne waren auf die Ratte konzentriert, die sich nach einer wilden Jagd in die Lücke zwischen zwei Kisten gezwängt und damit vorerst in Sicherheit gebracht hatte.

„Du willst mir doch nicht etwa meine Beute streitig machen?" Spiky MacHatch zog knurrend die Lefzen hoch, um seine imposanten Reißzähne zu entblößen.

Rotbart wäre fast gegen die niedrige Decke gesprungen, als er blitzartig herumschnellte und sich fauchend in Kampfposition brachte.

„Mein Schiff, meine Beute!" Rotbart wusste, dass er jetzt keine Schwäche zeigen durfte. An Rückzug war ohnehin nicht zu denken, denn den einzigen Fluchtweg versperrte der offensichtlich zu allem entschlossene Hundechef. Rotbart ging in die Offensive und

verpasste seinem Gegenüber blitzschnell ein paar Kratzer auf die empfindliche Hundenase. „Und nun heul dich bei deinem Herrchen aus und lass mich hier meine Arbeit machen."

Der Schiffskater baute sich buckelnd mit gesträubtem Rückenfell zu imposanter Übergröße auf. Mit den zur Seite gefalteten Ohren, den zu Schlitzen zusammengezogenen Augen und den nadelspitzen Reißzähnen, die aus dem halboffenen Maul drohten, glich er einer furchterregenden Naturgewalt. Sein wütendes Brummen übertönte sogar das Knarren der Schiffsverbände und das Krachen der See, wenn sich der Bug der Zeeland gegen die Wellen warf.

Die meisten Vertreter der kläffenden Zunft hätten heulend die Flucht ergriffen. Nicht so MacHatch. Der zeigte sich völlig unbeeindruckt von dem martialischen Schauspiel des roten Schiffsfelinen. Sein Knurren war mindestens ebenso laut wie das seines Gegenübers, das Gebiss nicht weniger eindrucksvoll und der Gesichtsausdruck nicht minder furchterregend.

„Katzen haben auf ordentlichen Schiffen nichts zu suchen, Rattenkontrolle ist Hundesache, seit Generationen, so wahr ich ein MacHatch bin", schnappte Spiky wütend. Er hatte den Katzenhieb ohne zu zucken weggesteckt und das aus dem Kratzer auf seiner Nase hervorquellende Blut schlappte er geradezu provozierend mit einem lässigen Zungenschlag ab. Keiner der beiden Kontrahenten gab seine aggressive Haltung auf. Aber beide wussten, dass es zu keinem Kampf kommen würde. Auch wenn Spiky sich äußerlich unbeeindruckt zeigte und keinen Zentimeter zurückwich, mit seiner schnellen, vor allem aber entschlossenen Reaktion hatte sich Rotbart beim Schiffsratter einen gehörigen Respekt verschafft. Der wusste, dass der Ausgang eines Kampfes mit diesem felinen Gegner völlig offen wäre. Der drohende Respektverlust bei seinen Bordhundekollegen, sollte er ernsthaft verletzt aus dem Kampf hervorgehen, war das Risiko nicht wert.

Ähnlich die Lageeinschätzung des Katers. Dieser MacHatch war schon ein ungewöhnlicher Kläffer. Zwar war der nur wenig größer als er selbst und lediglich ein Hund, aber auch Rotbart war sich angesichts der zur Schau gestellten Selbstsicherheit des Caniden durchaus des ungewissen Ausgangs eines Kampfes bewusst. Er hatte ebenfalls längst entschieden: Das Risiko lohnt sich nicht! Natürlich konnte keiner der beiden klein beigeben und einfach seiner Wege gehen. Solange nicht irgendetwas passierte, das einen von ihnen zur Aufgabe zwang oder wenigstens einen brauchbaren Vorwand dafür lieferte, würden sie sich wohl noch tagelang gegenübersitzen und lautstark anpöbeln müssen.

„Oh, der Herr sind ein MacHatch, echter Kläfferadel aus Schottland. Die haben dich da wohl rausgeschmissen oder was machst du ausgerechnet auf einem holländischen Schiff, wo wir Katzen das Sagen haben?"

„Natürlich bin ich meinem Herrn gefolgt, wie wir MacHatchs es schon seit Generationen machen. Aber davon versteht ihr Flohbeutel ja nichts. Ehre, Treue, Dienen, Familientradition, Stammbaum, das ist es, was einen Hund wie mich von irgendwelchen dahergelaufenen Ketzerviechern unterscheidet."

Beim Stichwort Flohbeutel begann sich Rotbart unwillkürlich mit der Hinterpfote am Kopf zu kratzen. Er wusste, genau das hatte Spiky beabsichtigt. Wütend wollte er dieser widerlichen vierbeinigen Lebendfalle für alles mögliche Ungeziefer mit Ausführungen über die Reinlichkeit von Katzen und verdrecktem Kötergesindel eine Retourkutsche verpassen. Aber er besann sich eines Besseren. Mit seiner nächsten Bemerkung zielte er auf die verachtungswürdigsten Charaktereigenschaften, die nach Katzenmeinung ihre hündischen Widersacher auszeichnete.

„Oh je", jammerte der Kater lautstark, „ich habe keinen Baumstamm . . . ähh Stammbaum, hinter dem ich mich verstecken kann, wenn's ernst wird und erst recht keinen Zweibeiner, dessen

idiotischen Befehlen ich gehorchen darf. Und wie ich die Segnungen bedingungsloser Unterwürfigkeit vermisse und die grenzenlose Dummheit, die dazugehört. Oh ja, Spiky MacHatch, du kannst wirklich stolz auf deinen Stammbaum und deinen zweibeinigen Herrn sein. Was ist schon eine Katze, unabhängig, intelligent, schön, stark, weise gegen so ein elendes Hundeleben?"

Rotbart fielen keine weiteren Attribute ein, aber damit war sowieso schon alles über die Einzigartigkeit und die grundsätzliche Überlegenheit der Katze über den Hund gesagt – und nicht nur über den.

Das hatte natürlich gesessen. Spiky war drauf und dran, sich trotz des Risikos doch noch auf einen Kampf einzulassen und dem arroganten Rotfell zu zeigen, was es hieß, einen Hund zu verspotten, der die Gene der mutigsten, stärksten und entschlossensten schottischen Bordhunde des ClanMacHatch wie kaum ein Zweiter in sich vereinte.

„Spiky, komm sofort her!" Die Stimme des Bootsmanns dröhnte vom Niedergang durch den Laderaum.

„Wir sehen uns wieder", knurrte der Bordhund giftig als er sich umwandte, um widerwillig dem Ruf seines Herrchens zu folgen: „Und dann werden die Knochen neu verteilt, mach dich auf was gefasst, du Bastard!"

Als Spiky MacHatch den Rückzug antrat, musste er an den anderen Schiffskatzen vorbei. Die hatten das Schauspiel, angelockt durch das Gekreische und Gejaule, aus sicherer Entfernung beobachtet und knurrten den Bordhund nun feindselig an.

„Spiky, komm!" Der Bootsmann ließ keinen Zweifel an seiner Ungeduld.

Dank seines Herrchens hatte der folgsame Clansdog die Auseinandersetzung in den Augen der Katzen schmählich verloren und der rote Kater bei seinen Kollegen deutlich an Ansehen gewonnen. Dass Rotbart den besorgten Rufen seines Menschen Carl

nicht Folge leistete, versteht sich von selbst. Zunächst galt es, sich ausgiebig zu Putzen. Danach musste er sich seiner eigentlichen Arbeit widmen: Der Suche nach der Ratte, die ihm der adelige Köter hatte streitig machen wollen.

„Falls du die Ratte suchst, ich habe sie für dich festgehalten, die wollte einfach abhauen." Freundlich gurrend zerrte die braungetigerte Katze den benommenen Nager zwischen zwei Fässern hervor und ließ ihn los.

Aber Rotbart beachtete die Ratte gar nicht: „Wie kommst du denn hierher, hatten wir nicht eindeutig klargestellt, dass Katzen auf der Zeeland nichts zu suchen haben?"

Die Katze, die Teerpfote aus der Bredouille geholfen und die Geschichte beim abendlichen Gelage in Seetigers Katzentreff genüsslich zum Besten gegeben hatte, setzte sich gelassen hin. Den Schwanz artig um die Pfoten gelegt betrachtete sie Rotbart mit spöttischem Blick. Seetiger und andere erfahrene Kater hatten vor Katzen an Bord gewarnt, als die Braungetigerte ihren Wunsch in die Runde warf, auf der Zeeland anzuheuern. „Irgendwann gibt das immer Ärger unter den Katern. Und die Zweibeiner werden auch ganz komisch, wenn die Katze rollig wird, herzerweichend herumjammert und wir um ihre Gunst singen. Nein, das geht nicht gut."

Die Tigerin hatte sich das alles ebenso gelassen angehört, wie die Diskussion, die jetzt unter der felinen Besatzung entbrannte. Die Positionen gingen von ‚na so schlimm wird's schon nicht werden' bis zu ‚die Klabautermiez steh uns bei'. Aber eigentlich war die Sache längst geklärt, denn die Katze, die sich in Seetigers Katzentreff als Verstekeling vorgestellt hatte, war nun einmal auf dem Schiff. Bei allem Unmut über die blinde Passagierin war niemand bereit, sie mitten auf hoher See wieder von Bord zu jagen. Rotbart ärgerte sich ein wenig über sich selbst. Vielleicht hätten beim Namen der frechen Katze die Alarmglocken läuten

119

müssen, gerade nachdem sie in der Tavernendiskussion deutlich gemacht hatte, dass ihr der Beschluss der Katzencrew am aufgestellten Schwanz vorbeiging. Aber Verstekeling war eben auch sehr attraktiv und Rotbart ein junger Kater. Und so hatte er auf andere Dinge geachtet als auf die Bedeutung des Namens oder die erkennbare Weigerung irgendwelche Autoritäten anzuerkennen. Nun war sie, wie sie das auch immer geschafft haben mochte, an Bord und würde, da war sich Rotbart sicher, Probleme bereiten. Und doch musste er innerlich grinsen, als er sich vornahm, sie im Auge zu behalten. Das war allerdings gar nicht so einfach. Denn in den folgenden Wochen hatte jeder genug mit sich selbst tu tun, ein ausgiebiges gesellschaftliches Leben ließen die Bedingungen an Bord nicht zu.

Die Zeeland hatte bereits bei der Abfahrt von Texel einen ungünstigen Zeitpunkt erwischt und auch die Wetterbedingungen nach Verlassen der Tafelbucht waren alles andere als ideal. Endlich hatten sie die Westwindzone erreicht, nur um in ein Unwetter nach dem anderen zu geraten. Rotbart hatte ja schon eine Menge Stürme in seinem noch kurzen Schiffskaterleben mitgemacht, aber hier wurde sein Durchhaltevermögen auf eine besonders harte Probe gestellt. Haushoch türmten sich die Wellen über dem Schiff und die Gischt, die der Sturm von den schäumenden Kämmen blies, mischte sich mit den heftigen Regenfällen, so dass die Decks der Zeeland immer unter Wasser zu stehen schienen. Selbst für Katzen, die bekanntlich über einen hervorragenden Gleichgewichtssinn verfügen, war ein Gang über die Decks ein riskantes Unterfangen. Und das nicht nur, weil sie drohten, von einer besonders schweren See von Bord gespült zu werden. Allenthalben brachen irgendwelche Seile und peitschten über die Decks. Wer davon erwischt wurde, konnte im Ernstfall glatt in zwei Hälften zerteilt werden. Blöcke krachten aus der Takelage und gelegentlich auch ein Zweibeiner. Die Arbeit im Laderaum war ebenfalls

kein Vergnügen, obwohl die Ladung recht gut verstaut und noch nicht verrutscht war. Es bedurfte unter diesen Bedingungen einiger Erfahrung, der Nagerpopulation erfolgreich nachzustellen. Denn das Schiff legte sich nicht nur unvermittelt auf die Seite, wenn eine Bö es traf. Wieder und wieder schleppte es sich auf einen Wellenberg hinauf, um dort, dem Sturm in voller Stärke ausgesetzt, kurz innezuhalten, bevor es in das folgendeWellental rauschte und krachend mit dem Bug in die nächste sich unheilvoll aufbauende Wasserwand einschlug. Taumelnd wie ein betäubtes Tier wühlte sich die Zeeland immer wieder aus den Fluten hervor, um den nächsten Berg zu erklimmen und auf diese Weise Seemeile um Seemeile in Richtung Osten hinter sich zu bringen. Nur selten beruhigten sich Sturm und See ein wenig, um in eine schwere Dünung überzugehen, die ein wenig Erholung für Schiff und Mannschaft brachte.

Eine solche Phase war es auch, als Rotbart in den Tiefen der Laderäume das zweite Mal auf den adeligen Bordratter Spiky MacHatch traf.

„Hallo MacHatch."

Diesmal konnte Spiky seinen felinen Kontrahenten nicht überraschen. Rotbart drehte sich nicht einmal um, als er den schottischen Terrier kommen hörte.

„Willst du das ernsthaft auskämpfen?"

Gelassen wandte sich der Rote von dem Spalt zwischen zwei Fässern ab und dem caniden Bordratter zu.

„Wir müssen unser Verhältnis ein für allemal klären", wuffte MacHatch ruhig, „einen Kampf kann keiner von uns gewinnen, egal wie der ausgeht."

„Sehe ich auch so", maunzte Rotbart, „fang du an mit der Klärung."

Rotbart wusste, dass Spiky inzwischen auch bei seinen Artgenossen an Rückendeckung verloren hatte. Angesichts der trauma-

tischen Erlebnisse bei der Äquatortaufe schlugen sich die beiden Wolfsspitze mit ganz anderen Problemen als den Herrschaftsambitionen des Schotten herum. Baronne pflegte ohnehin ein sehr offenes Verhältnis zu Katzen und die Neuen waren von der Katzencrew längst zur angemessenen Toleranz gegenüber den felinen Arbeitskollegen erzogen worden. Für niemanden außer Spiky hatte die Frage nach der Vorherrschaft an Bord wirklich Bedeutung. Selbst, wenn Spiky einen Kampf gewinnen würde, das Sagen an Bord hätte er damit noch lange nicht.

„Ok, Rotbart, als erstes: Ich kann dich nicht leiden.“

„Ich dich auch nicht“, und mit den Worten, „ich denke, damit ist alles geklärt“, stolzierte Rotbart ohne Hast am verblüfften Bordratter vorbei und strich ihm dabei wie zufällig mit seinem Schwanz ums Maul.

Für Rotbart war damit tatsächlich alles geklärt und nach einigem Grübeln musste MacHatch feststellen, dass es angesichts seiner Gesamtlage tatsächlich nichts weiter zu besprechen gab. Er würde sich mit der Situation abfinden und in Batavia ein neues Schiff suchen müssen. Baronne, in die Spiky heimlich verknallt war, würde seine neue Einstellung zu schätzen wissen.

Für die beiden Kontrahenten unsichtbar hatte die Klabautermiez die Begegnung wohlwollend beobachtet. Sie seufzte erleichtert *Begegnung mit dem* und die Kisten und Fässer erbebten dabei, als *Fliegenden Holländer* hätte das Schiff ein Riff gestreift. Gut, dass das nun geklärt war, ihre Schützlinge würden auch ohne Machtkämpfe an Bord bald in echte Schwierigkeiten geraten. Die Alte würde es wohl nicht verhindern können.

Rotbart gesellte sich zum Rest der Katzencrew, die sich auf der Poop um Verstekeling geschart hatte. Die war kurz vor Rotbart aus den Tiefen der Laderäume an Deck gekommen und saß nun mit weit geöffneten Augen und leerem Blick auf dem Deck. Im-

mer wieder maunzte sie: „Ich habe die Klabautermiez gesehen, ich habe die Klabautermiez gesehen."

Grotebroer und die anderen schauten fragend auf Rotbart. Genau so hatte der sich nach seiner Begegnung mit der Alten verhalten.

„Wird wohl so sein", war sein einziger Kommentar zu dem Gebrabbel der völlig entrückten Tigerin. Seine Gedanken waren noch bei der Begegnung mit MacHatch. Er traute dem Braten nicht. Vielleicht wollte ihn Spiky einfach nur in Sicherheit wiegen. Man würde sehen, sagte er sich und schloss zunächst mit dem Vorfall ab. Es gab ohnehin etwas, das nun seine ganze Aufmerksamkeit erforderte. Am Horizont voraus zeigte sich eine dunkelgraue Stelle, die der dahintreibenden Wolkendecke entgegenzusegeln schien. Rotbart wunderte sich. Es sah aus, als nähere sich ein Schiff, aber er konnte keine Segel erkennen. Vielmehr schien da eine einzelne finstere Gewitterwolke auf die Zeeland zuzusteuern, deren Inneres den Augen verborgen blieb. Inzwischen hatten auch die Menschen das seltsame Gebilde bemerkt, das ständig wuchs und wie eine gewitterumtoste Insel über das ruhiger werdende Meer segelte. Es musste etwas Ungemütliches sein, dass sie da heimzusuchen drohte, den die Zweibeiner stießen Entsetzensschreie aus, rannten verzweifelt hin und her und benahmen sich, als habe ihr letztes Stündlein geschlagen. Nur der Kapitän, Carl, van Bolten und der Schiffsarzt blieben verhältnismäßig ruhig. Trotzdem konnte Rotbart auch deren Anspannung verspüren.

„Besser, wir gehen unter Deck."

Grotebroer musste fast kreischen, so laut war bereits das Donnern und Krachen, das aus der nachtdunklen Wolkenbank dröhnte, während gleißende Blitze die Silhouette eines mit der tosenden See kämpfenden Schiffes erahnen ließen.

Rotbart war wie gefesselt von dem Anblick. Auch von dem des Bordgeistlichen, der wie ein wahnsinniger an Deck tobte. Der

Pope donnerte der Erscheinung Bibelsprüche entgegen, warf sich auf die Knie, hielt mit der einen Hand das Kreuz, dessen Band beim hastigen Abreißen einen kräftig blutenden Schnitt im Hals hinterlassen hatte, gen Himmel und richtete mit der Anderen eine Bibel wie einen Schutzschild gegen das Ungeheuerliche. Aber es half nichts. Während die Zeeland in der leichten Dünung unter freundlichem Himmel vor sich hin dümpelte, kam der unwetterumtoste als Holländer erkennbare Segler direkt auf sie zu. Bald waren Rumpf und Segel deutlich zu sehen und die Schreie der Menschen zu vernehmen, die versuchten, das dem Untergang geweihte Schiff zu retten.

Der Segler hatte Rotbarts Schiff erreicht und als sich der Bug in die Bordwand der Zeeland bohrte, konnte er jedes Detail an Bord des Gegners erkennen. Der blutgetränkte Verband, den der Kapitän um seinen Kopf gewickelt hatte, ließ dessen blasses Gesicht noch bleicher erscheinen. Er und seine Offiziere brüllten Befehle, die Matrosen zogen an Brassen und Fallen, enterten die Webleinen hinauf oder brachen schreiend unter herabstürzenden Teilen der Takelage zusammen. Rotbart duckte sich, als Blöcke, Taljen, Spieren und andere Trümmer das Deck der Zeeland zu durchschlagen schienen. Denn inzwischen waren er und die Mannschaft mittendrin im verzweifelten Überlebenskampf des anderen Schiffes. Aber nichts geschah. Das Wrack des Holländers glitt samt seinem Unwetter einfach durch die Zeeland hindurch während die unbeschadet ihren Kurs gen Osten segelte. Kurz bevor sich das Geisterschiff samt seiner Gewitterinsel den Blicken wieder entzog, schaute Rotbart direkt in das Gesicht eines Schiffskaters, der ihn, auf der Poop des Holländers sitzend, aufmerksam betrachtete. Es war ein mächtiger roter Kater, der noch im letzten Moment versuchte, ihm etwas zuzumaunzen. Aber seine Stimme konnte das Getöse nicht mehr durchdringen.

Grotebroer blickte Rotbart prüfend an, als er ihn an Deck wie-

dertraf. „Und, war was Besonderes?"

Aber Rotbart schaute nur mit abwesendem Blick in die Richtung, in die der Fliegende Holländer mit dem großen roten Kater verschwunden war. Wer war das und was hatte der ihm nur zumaunzen wollen. Ohne ein Wort begab er sich in seine Kajüte, legte sich auf Carls Seekiste und war bald von allerlei merkwürdigen Träumen umfangen. Natürlich spielte da sein Kollege auf dem Geisterschiff eine Rolle. Aber auch seine Mutter, die doch nie zur See gefahren war, kam darin vor, als Schiffskatze auf einem Seelenverkäufer. Rotbart schlug sich als Kitten mit riesigen Ratten in irgendwelchen Lagerräumen herum und Seetiger geisterte als Klabautermiez durch alte Gemäuer. Es waren Träume voller Schmerzen, Sehnsüchte, Ängste und Freude. Und sie waren unglaublich anstrengend. Selbst als Rotbart zwischenzeitlich aufwachte, fühlte er sich total erschöpft und hatte kaum die Kraft, sich aufzurichten. Dennoch, immer wenn es bei den Traumlandabenteuern keinen Ausweg zu geben schien, er in den schäumenden Fluten des Meeres zu ertrinken drohte oder von einer gnadenlosen Meute wilder Hunde gestellt worden war, stets rettete ihn irgendetwas, das mit großer Zunge liebevoll über seinen Körper strich und die verzweifelte Todesangst in ein unbeschreibliches Glücksgefühl verwandelte. Schließlich brachte ihn der bohrende Hunger dazu, sich aus seinen schweren Träumen zu lösen und auf wackligen Pfoten seine Seekiste zu verlassen.

„Na, alter Kämpe, hast du es jetzt überstanden?"

Liebevoll streichelte Carl dem Kater über Kopf und Rücken. Der war noch viel zu schwach, um sich zu wehren und außerdem tat es unheimlich gut, so wie die große Zunge in seinen Träumen. Rotbart ließ sich einfach fallen und konnte es gar nicht verhindern, lautstark und genüsslich zu schnurren.

Es war nicht das erste mal, dass ich den Fliegenden Holländer zu gesicht bekam. Ich gestehe, dass mir die begegnung einen gewissen schauder verursachte gleichwohl ich aus erfahrung keinerlei grund erblickte, panische gefühle wie sie unser Schiffspope an den tag legte zu entwickeln.

Für den grimmigen Rotbart schien die begegnung jedoch ernsthafte folgen gezeitigt zu haben. So kämpfte er mehrere tage in meiner obhut unter schwerem fieber und wäre möglicherweise verrecket, wenn ihn nicht die anderen felinen liebevoll mit allerley leckereien aus den privaten beständen des käptns und des Silvius versorgt hätten. Auch ich konnte, so hoffe ich jedenfalls einen gewissen beitrag zur genesung des roten beitragen, jedenfalls wirkte mein streicheln ganz offensichtlich beruhigend und zeitigten wohl die wirkung, seine schweren albträume in freundlichere fantasien zu verwandeln.

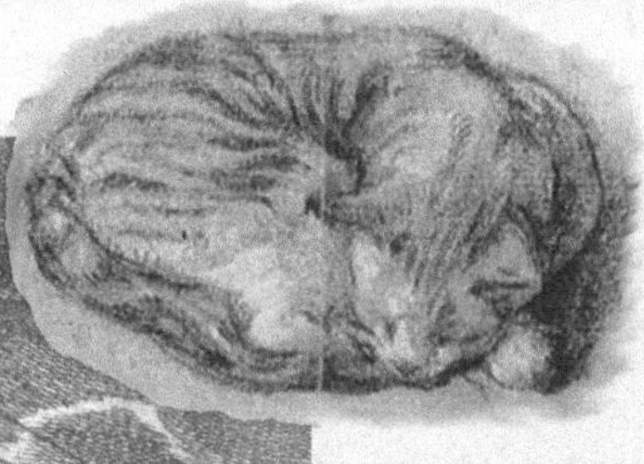

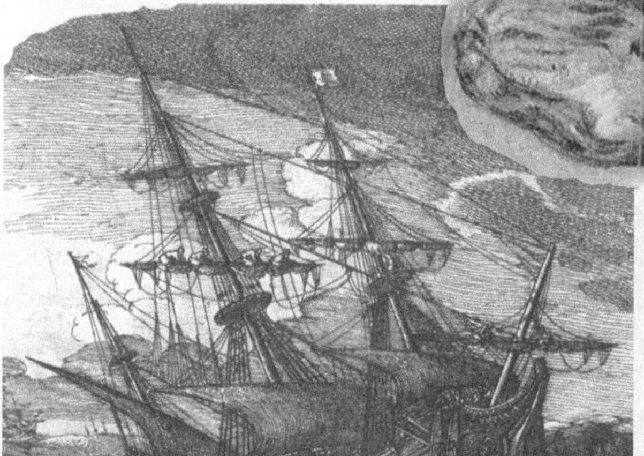

Rotbart erholte sich schnell und war bald wieder ganz der Alte. Dazu trug nicht nur die gute Pflege durch Carl bei, den der Kater nun als einzigen vertrauenswürdigen Zweibeiner **Auf dem Weg in** auf der Welt anerkannte. Auch seine Kumpels **die Katastrophe** hatten ihm immer wieder ein paar kräftige Leckerbissen vorbeigebracht, wobei es sich nicht nur um fette Mäuse handelte. Carl musste grinsen, wenn er das eine oder andere bemerkenswerte Gourmetstück aus des Kapitäns oder des Schiffsarztes Proviant auf dem Boden vor der Seekiste entdeckte. Auch er selbst war nicht knauserig mit seinen eigenen Vorräten, die er gerne mit dem roten Schiffskater teilte, der auf diese Weise bald zu Kräften kam, um seine Arbeit an Bord wieder aufzunehmen.

Tatsächlich gab es einiges zu tun. Die Nager machten sich inzwischen auch über Bücher, Karten und sonstige wichtige Utensilien her. Denn die Lebensmittel waren rar geworden, ebenso das Trinkwasser. Und nicht nur die Zweibeiner begannen unter Hunger, Durst und dem fürchterlichen Skorbut zu leiden. Für die Elite der Achterdecksgäste waren Hunger und Durst allerdings nicht das drängendste Problem. Schließlich waren die persönlichen Vorräte noch in ausreichender Menge vorhanden. Doch auch auf dem Achterdeck war man vor Skorbut, und Fieber nicht gefeit. Die Menschen vor dem Mast waren inzwischen jedoch so geschwächt, dass an schwierigere Manöver kaum noch zu denken war. Glücklicherweise hatte die Zeeland, nachdem sie vor vielen Tagen auf Kurs Nord gegangen war, längst die brüllenden Vierziger verlassen und etwas ruhigere Windzonen erreicht. Nun segelte sie unter sparsamsten Kreuzschlägen auf die Sundastraße zwischen Java und Sumatra zu. Wer noch dazu in der Lage war, versuchte den mageren Speiseplan durch Angeln zu erweitern und so manche Ratte landete statt im Magen der vierbeinigen Mannschaftsmitglieder auf den Tellern der Matrosen. Und so kam es, dass auch die Katzen langsam aber sicher unter der Situation an Bord

zu leiden begannen, zumal mit jeder Meile, die die Zeeland auf den Äquator zusegelte, auch die Hitze zunahm. Die machte den Pelzträgern natürlich besonders zu schaffen, denn während Kapitän und Offiziere ihren Durst mit Wein und Dünnbier stillen konnten und die anderen Zweibeiner die spärlichen Rationen an fauligem Wasser energisch verteidigten, ließ sich der Flüssigkeitsbedarf der Felinen kaum durch die verbliebene Beute decken.

„Hat jemand eine Idee?"

Im Halbschatten des Segels, das sich im unsteten Wind immer wieder mal aufpumpte, nur um kurze Zeit später wieder in sich zusammenzufallen, saßen die Katzen im Mars des Bugspriets und beratschlagten.

„Ich weiß, wo der große dicke Zweibeiner mit den beiden Hunden seine Vorräte hat. Der hat mehr als alle anderen Chefzweibeiner zusammen."

„Wissen wir auch, Verstekeling, aber wie kommen wir da dran?"

„Na gut, die Hunde abzulenken, sollte ja kein Problem sein, das übernehme ich". Der struppige Schwanz des kleinen Newton schlug trotz der drückenden Hitze voller Vorfreude hin und her und aufgeregt putzte er sich sein glanzloses Fell.

„Vergiss es, die Kläffer sind noch viel kaputter als wir. Die lassen sich nicht einmal mehr von dir provozieren." Grotebroer schaute in die Runde seiner abgemagerten und in ihren schäbigen Fellen kraftlos herumhängenden Artgenossen. „Außerdem können wir es uns nicht leisten, unsere Kräfte mit solchen Spielchen zu verschwenden, das solltest du doch am besten wissen, Newton."

Kleinebroer machte sein süßestes Katzenkindgesicht, drehte den Kopf schief und maunzte herzerweichend: „Betteln?"

„Hab nicht einmal ich damit geschafft bei dem Kläffermann", Verstekeling, warf sich auf den Rücken, winkelte die Vorderpfoten an, quengelte wie ein hungriges Menschenbaby und schaute

mit großen Augen hilflos in die Runde. „Dabei klappt das sonst immer!"

Die anderen wollten sich ausschütten vor Lachen.

„Schade, dass der König nicht hier ist, dem wäre ganz sicher etwas eingefallen", murmelte Rotbart.

Aber Roi de Merguez war nicht da. Und so erschöpfte sich die Katzenkonferenz in der gegenseitigen Vorführung von Posen und Lauten, die meist erfolgreich waren, wenn es darum ging, den Willen der Samtpfoten gegenüber den Zweibeinern durchzusetzen. Rotbart amüsierte sich dabei köstlich, konnte allerdings mangels Erfahrung keinen eigenen Beitrag dazu leisten.

Zumindest Grotebroer und Kleinebroer konnten am Abend des schwülen Oktobertages eine recht üppige Mahlzeit genießen. Es gab frischen Fisch, Käse und sogar Geflügel. Nichts davon steuerte übrigens van Bolten bei, der ganz in kaufmännischer Manier seinen persönlichen Proviant so lange wie irgend möglich zurückhielt. Irgendwann, so die Kalkulation des Oberkaufmanns, würden den anderen ihre Vorräte ausgehen und dann könnte er, gegen ein angemessenes Entgelt selbstverständlich, seinen großzügigen Beitrag zur Verpflegung der Achterdecksgäste leisten.

Die Zweibeinerbesprechung verlief längst nicht so unterhaltsam wie die Katzenkonferenz. Schließlich ging es um ernsthafte Probleme. Längst hätte die Zeeland die Sundastraße erreicht haben müssen und die Gefahr war groß, dass man zu früh nach Norden gedreht hatte und nun, statt auf die Meerenge zwischen Java und Sumatra zuzusteuern, in einem großen Bogen nach Ceylon segelte.

„Meinen Berechnungen nach befinden wir uns auf sechs Grad, drei Minuten südlicher Breite. Der Teufel weiß, auf welcher Länge wir uns gerade befinden. Wenn wir nicht endlich auf Südostkurs gehen, werden wir Batavia nie erreichen. Und auch kein an-

deres Ufer dieses Meeres, jedenfalls nicht lebend."

Der Kapitän klang eindringlich. Gegen den Willen des Oberkaufmanns und Vertreters der Kompagnie könnte ihm eine Kursänderung die Karriere und mehr kosten. Janszonn suchte mit seinen Blicken Unterstützung bei Carlszoon, der ihm direkt gegenüber saß. Statt auf den Sohn der einflussreichen Kaufmannsfamilie und Schiffseigner trafen seine Blicke jedoch auf den freundlichen Katerkopf Grotebroers, der sich mit fordernden Augen und einem lautstarken Schnurren vor Janszonns Teller aufgebaut hatte. Ungerührt spießte der Kapitän ein Stück des Fisches, das Carl am Nachmittag an den Haken gegangen war, auf seine Gabel und führte es an den Mund. Jetzt war wirklich nicht die Zeit, Katzenspielchen zu treiben. Hier ging es um die Existenz des Schiffes und der Mannschaft, um Leben und Tod. Mit der linken Hand schob Janszonn den Kater beiseite, um freies Blickfeld auf Carlszoon zu haben: „Könnt Ihr unserem werten Oberkaufmann das Problem vielleicht verständlich machen?"

„Das wird auch nichts helfen, wir segeln weiter nach Norden. Wenn Ihr mit Euren Befürchtungen Recht habt, dann eben bis nach Ceylon, wenn nicht, werden wir bald auf die Sundastraße stoßen. Jedenfalls habe ich keine Lust, irgendwo an der Küste Sumatras unter den Wilden zu landen, nur weil Ihr nicht navigieren könnt", bollerte van Bolten los.

Grotebroer sorgte mit einem freundlichen Kopfstoß dafür, dass der Fisch von Janszonns Gabel auf das Tischtuch fiel. Ganz automatisch nahm dieser den Brocken auf und reichte ihn seinem Schiffskater, der zufrieden schmatzte.

„Das werden wir womöglich auch, wenn wir Kurs Nord beibehalten. Solange wir nicht wissen, auf welcher Länge wir uns befinden. Übrigens Herr van Bolten, die Wilden im Norden der Insel sind Menschenfresser. ich bin sicher, Ihr seid ihnen willkommen."

Mit einem anzüglichen Blick auf van Boltens Bauch brach Carl

ein Stück von dem Hartkäse ab und reichte es Kleinebroer. Der musste dafür nicht einmal sein herzerweichendes Maunzen aktivieren. Statt es zu fressen, wischte Kleinebroer den Käse wie zufällig mit der Pfote vom Tisch, direkt vor das Maul seiner Freundin Baronne. Erst jetzt maunzte der Kater Carl fordernd an, als sei der daran schuld, dass er selbst leer ausgegangen war.

„Ich plädiere sogar für einen Kurswechsel nach Osten, um direkt die Küste von Sumatra anzusteuern und unsere Vorräte und Wasser aufzufüllen", meldete sich Schiffsarzt Sylvius zu Wort, „lange werden die Kräfte der Mannschaft nicht mehr reichen, werter van Bolten. Wenn Ihr allerdings wollt, dass die Zeeland das Schicksal des Fliegenden Holländers teilt, dann könnt Ihr gerne auf der Beibehaltung des derzeitigen Kurses bestehen."

Grotebroer nahm das Stück gebratenen Sturmvogels, das der Schiffsarzt eigentlich gerade zum Mund führen wollte, freudig gurrend entgegen und Kleinebroer stöberte jetzt ein wenig in den Speisen herum, die sich der Geistliche Johann Kaalhoof in großer Menge auf den Teller gepackt hatte. Denn mit dem Begriff Fliegender Holländer war der Pfarrer hinsichtlich des Essens erst einmal außer Gefecht gesetzt. Weder dem ersten vorsichtigen Herumstöbern Kleinebroers noch dem inzwischen ungehemmten Plündern des Tellers durch beide Schiffskater setzte er auch nur ansatzweise Widerstand entgegen. Man muss den Katern aber zugute halten, dass sie ihre unerwartete Beute brüderlich teilten: Mit Baronne. Selbst für van Boltens Wolfsspitze fielen noch ein paar Happen ab.

Van Bolten betrachtete die Situation mit Genugtuung. Sollten die doch ihre gesamten restlichen Vorräte an die elenden Viecher verfüttern. Je länger sie auf See waren, desto stärker würden seine Eigenen im Wert steigen. Hauptsache der Pfarrer machte ihm jetzt mit seiner Hysterie wegen des Fliegenden Holländers keinen Strich durch die Rechnung. Mit diesem abergläubischen Ge-

schwätz von Tod und Teufel könnte er eine Meuterei anzetteln. Eigentlich hatte er noch warten wollen, aber jetzt sah er sich genötigt, seinen Lösungsvorschlag aus der Tasche zu ziehen. Gerade wollte er dazu ansetzen, seine Vorräte an den Meistbietenden zu verhökern, als ein leises Donnern über das Meer rollte und einige Zeit später der Ruf „Land in Sicht" von der Back schallte. Die Gesellschaft stürmte unverzüglich an Deck und ließ einen fassungslosen Oberkaufmann zurück. Auch Grotebroer und sein Schüler machten sich auf den Weg.

„Soviel Zeit muss sein", presste Grotebroer vergnügt zwischen den Zähnen hervor, die das letzte Stück Fisch von van Boltens Teller gepackt hielten. Und auch Kleinebroer verließ den Salon nicht ohne Beute, eine ordentliche Portion Sturmvogelbrust, natürlich ebenfalls vom Teller des schockierten Chefkrämers.

Während Grotebroer und Kleinebroer der Zweibeinerbesprechung beiwohnten, hatten die anderen Mitglieder der Schiffskatzencrew ein wenig lustlos versucht, die letzten mageren Ratten aus ihren Verstecken aufzuschrecken. Aber nicht eine hatte sich sehen lassen. Ratlos setzten sie sich auf das Schanzkleid des Halbdecks und starrten aufs Meer, um die ruhelos dahinsegelnden Sturmvögel zu beobachten. Über den Nachthimmel jagten dunkle Wolkenfetzen, die immer wieder ein paar Sterne aufblitzen ließen und dem halben Mond ab und zu Gelegenheit verschafften, die schwarze Fläche der kabbeligen See zum Glänzen zu bringen. Dann konnten die Katzen auch die mächtige Wolkenbank erblicken, die sich wie ein finsteres Band über den Horizont erstreckte. Auch die Menschen hätten dieses erste Anzeichen für Land erkennen können, wenn sie noch die Kraft dazu gehabt hätten. Aber die meisten von ihnen lagen völlig entkräftet auf oder unter Deck, von Fieberanfällen geschüttelt, von Durchfall gepeinigt. Und die wenigen, die noch halbwegs bei Kräften waren, hatten alle Hände voll zu tun, um die Kranken und Sterbenden zu

versorgen und die notwendigsten seemännischen Arbeiten an Bord zu verrichten.

„Da hinten ist Land, viel Land", bemerkte der erfahrene Newton, der im Gegensatz zu Rotbart und Verstekeling die Bedeutung der Erscheinung sofort erkannte. „Die Zweibeiner haben das noch gar nicht bemerkt, ohoh, wenn das mal gut geht", maunzte der Kater.

Tatsächlich war der Ausguck vor Erschöpfung *Schiffbruch* eingeschlafen und wurde nicht einmal wach, als es in der Finsternis des Horizontes fahl zu flackern begann. Zunächst fast unmerk-lich, mit jeder Seemeile aber, die sich die Zeeland bei zunehmen-dem Wind der noch den Blicken verborgenen Küste näherte, tra-ten die Blitze immer deutlicher aus dem Dunkel hervor.

Verstekeling blickte Rotbart von der Seite an: „Sieht fast aus, wie das Schiff, das durch uns hindurch gefahren ist. Und als Rotbart nicht reagierte, fügte sie hinzu: „Was hat dir eigentlich der große rote Kater zugemaunzt?"

„Das ist kein Schiff", belehrte Newton die Tigerin, „das ist Land und wir segeln direkt darauf zu. Ääähh roter Kater? Was für ein roter Kater und was für ein Schiff, habt ihr etwa den Fliegenden Holländer gesehen? Den gibt es doch gar nicht, alles Aberglaube und Einbildung, Phantasie, Träume. Genauso wie die Klabautermiez."

Newton wollte sich empört abwenden, als Rotbart leise miaute: „Ich konnte ihn nicht verstehen."

„Aber ich habe die Klabautermiez gesehen, wirklich!" Verstekeling war empört.

„Und ich habe mit ihr gesprochen, Newton." Rotbarts Ton war ruhig und bestimmt. „Aber du hast recht, das da hinten ist kein Schiff. Seht nur, man kann sogar schon Berge erkennen, wenn die

Lichtäste aus dem Himmel fallen."

Als schließlich das Donnergrollen vom gewitterumtosten Sumatra herüberschallte, wachte auch der Buggast auf. „Land in Sicht", rief er und der Ruf wurde von den anderen erfreut weitergegeben, so dass er auch die zwei- und vierbeinigen Herrschaften in der Kapitänskajüte erreichte.

Als die an Deck kamen, war aus der kräftigen Brise bereits ein richtiger Sturm geworden, der die Zeeland mit Macht auf das Land zutrieb. Die schwere See ließ das Schiff auf und ab taumeln und im Laderaum rumpelte, pfiff und kreischte es, als tobte dort zwischen herumpolternden Fässern und Kisten eine Schlacht. Im Lichte der unablässig zwischen Wolken und Meer zuckenden Blitze konnte man nicht nur die Silhouette der emporragenden Vulkanberge erkennen. Sie enthüllten ebenfalls die tödliche Brandung, die über Untiefen und Riffe hereinbrach. Für einen Kurswechsel war es zu spät. Das Dutzend Mannschaftsmitglieder, das noch halbwegs bei Kräften war, konnte bei diesem Sturm kein Manöver mehr durchführen. In einem verzweifelten Versuch, wenigstens etwas Fahrt aus dem Schiff zu nehmen, schlugen die Männer mit Äxten auf Wanten, Stage und sonstiges Tauwerk ein, um möglichst viel Rigg samt Masten, Rahen und Segel als Treibanker über Bord gehen zu lassen. Es war ein entsetzliches Chaos als Trümmer aus der Takelage fielen und die Decks durchschlugen, auf und unter denen die halbtoten Passagiere lagerten. Verzweifelte Schreie vermischten sich mit dem Donnern und Tosen des Unwetters und dem Poltern der von den überkommenden Wellen aus ihren Befestigungen gerissenen Decksladung. Instinktiv wollten sich die Samtpfoten so tief wie möglich im Schiffsbauch verkriechen. Aber Grotebroer hatte der Katzencrew klargemacht, dass sie auf jeden Fall an Deck sein musste, wenn das Schiff irgendwo auflief. „Und dann schnappt euch irgendetwas, das schwimmt und krallt euch so fest, wie es geht. Und nicht

loslassen, auf keinen Fall loslassen, egal, was passiert!"

Kurz bevor die Zeeland, von einer mächtigen Woge angehoben, krachend auf eine Sandbank geschleudert wurde, verstummten plötzlich alle Geräusche, stockte jede Bewegung und die Zeit schien für einen Moment stillzustehen. Gerade lange genug, dass die Katzen sehen konnten, wie die riesige Alte aus einem Niedergang an Deck trat, ihren Schützlingen einen langen traurigen Blick zuwarf, um dann kurzerhand mit einem mächtigen Satz über Bord zu springen. Bevor sie von der tosenden Gischt verschlungen wurde, hatte sich die Klabautermiez bereits den Blicken der Katzencrew entzogen. Und dann brach das Unglück mit voller Macht über die zwei- und vierbeinigen Passagiere der Zeeland herein.

Teil 2
Abenteuer auf
Sumatra

„Parbleu, der ist ja gar nicht tot."

Rotbart stöhnte und wünschte, dass sich die Stimme irrte. Sein Kopf brummte, der ganze Körper schmerzte und ihm war zum Speien übel. Und dann waren da die tretelnden Pfoten eines unbekannten Artgenossen, der seinen geschundenen Leib hingebungsvoll bearbeitete und ihm damit Höllenqualen bereitete.

Eine weitere Stimme drang in sein Bewusstsein: „Und wenn du endlich mit deiner Massage aufhörst, bleibt er vielleicht sogar am Leben, Lalèze."

Der Angesprochene grunzte und das schmerzhafte Treteln hatte ein Ende. Rotbart versuchte, sich zu entspannen. Vorsichtig öffnete er die Augen und blickte direkt in ein großes, exotisch gezeichnetes Katergesicht, das ihn aus blauen Augen anstarrte. Nein, das musste jetzt nicht sein. Schnell schloss Rotbart wieder die Augen und versuchte, sich die vergangenen Ereignisse ins Gedächtnis zurückzuholen.

Kurz bevor die Zeeland mit voller Wucht auf die Sandbank krachte, war Rotbart in ein leeres Fass gesprungen und hatte sich dort mit seinen Pfoten so verkeilt, dass ihn nichts und niemand würde wieder herauslösen können. Und dann wurde er in seiner Rettungskapsel herumgeschleudert, dass ihm Hören und Sehen verging. So ungefähr musste sich eine Maus in den spielenden Pfoten einer Katze fühlen, nur dass die über keinen hölzernen Schutzpanzer verfügte. Dem Toben der Elemente hielt allerdings auch das stabile Wasserfass nicht stand. Kein Wunder, denn die Küstengewässer waren gespickt mit kleinen Felsen, an denen sich nicht nur das Meer abarbeitete. Eine Daube nach der anderen zersplitterte und bald drohte der Kater, seines Schutzes beraubt, an den Felsen zerschmettert zu werden oder vorher zu ertrinken.

„Nicht loslassen, auf keinen Fall loslassen, egal was passiert", Grotebroers eindringliche Warnung hallte in Rotbarts Kopf, bevor er endgültig das Bewusstsein verlor.

Ein heftiges Rauschen und ein regelrechtes Trommelfeuer kleiner Geschosse auf seinen Körper ließen den Kater jäh erwachen. Er riss die Augen auf, hob den Kopf und wollte aufspringen. Seine Pfoten wurden jedoch von irgendetwas festgehalten. Er konnte sich nicht bewegen. Erst langsam dämmerte ihm, dass ein heftiger Regenschauer auf ihn herunterprasselte und er sich immer noch an der letzten Daube seines Fasses festklammerte, mit der er auf den schmalen Strand gespült worden war. Rotbart rollte sich samt dem fest umklammerten Brett auf den Rücken, um seine Pfoten freizubekommen, stieß das Holz beiseite und sprang auf. Die Glieder schmerzten zwar bei jeder Bewegung, aber wie durch ein Wunder schien er nicht ernsthaft verletzt. Dafür war er jetzt pitschnass und mit seinem nunmehr enganliegenden triefenden Fell gab er keine gute Figur ab. Aber was solls, der Regen war warm. Rotbart überlegte. Was waren das vorhin eigentlich für Stimmen gewesen, wer hatte ihn so leidenschaftlich massiert und was war das für ein merkwürdiges Katergesicht mit den blauen Augen? Sollte er etwa eines seiner Leben verloren haben und im Reich der Klabautermiez gelandet sein? Er blickte sich um und fand sich völlig allein. Keine himmlische Katze, kein Mitglied seiner zwei- oder vierbeinigen Crew weit und breit. Rotbart packte die Panik. Wo waren seine Kumpels, wo sein zweibeiniger Freund? Sie werden doch nicht alle ertrunken und er der einzige Überlebende sein? Der rote Kater lief mitten im peitschenden Tropenregen orientierungslos am Strand umher. Irgendwo musste es doch Spuren von den anderen geben. Aber trotz zahlreicher angeschwemmter Trümmer und Utensilien von der Zeeland, die sich weiter als das Katerauge reichte über den Strand verteilten, war kein Lebenszeichen zu entdecken. Rotbart war allein, gestrandet auf Sumatra, einer Insel, auf die vor allem an der Westküste noch kaum ein Europäer, geschweige denn ein europäischer Schiffsfeline seine Füße beziehungsweise Pfoten gesetzt hatte.

So plötzlich wie er begonnen hatte, hörte der Regen auf. Die Wolken machten der Sonne Platz, die sofort damit begann, die Nässe aus der üppigen Vegetation und Rotbarts Fell in Wasserdampf zu verwandeln. Der Kater war unschlüssig was er nun machen sollte und begann sich erst einmal ausgiebig zu putzen.

„Da hast du aber Glück gehabt, mit dem Regen", tönte es unter einem nahegelegenen Baum mit riesigen Blättern hervor. „Und schön, dass du wieder bei Kräften bist, hätten nur ungern auf deine Gesellschaft verzichtet."

„Stimmt, Lalèze, auf Dauer bist du allein wirklich ein wenig langweilig", tönte die andere Stimme und aus dem Dickicht sprang ein weißer Kater mit einer Brauntigerdecke, die bis zu den weißen Pfoten, über die Stirn und eines der Augen reichte.

„Hallo Roter, ich bin Lalin, schön, dass es dich hierher verschlagen hat."

Rotbart ging gar nicht auf die Begrüßung Lalins ein. „Habt ihr meine Kumpels gesehen? Das ist der Brauntiger Grotebroer mit seinem weißen Schützling Kleinebroer, der Newton, der ein wenig so aussieht wie du, nur ein wenig grauer und die Brauntigerin Verstekeling. Sind die hier irgendwo?" Rotbarts Stimme zitterte vor Aufregung, Hoffnung und Angst um seine Weggefährten.

„Wir sind auch die einzigen Überlebenden unseres Schiffes", zerstörte Lalèze, der inzwischen herbeigeschlendert war, Rotbarts letzte Hoffnung.

Lalin versuchte mit seinen nächsten Worten die recht ungeschickte Antwort Lalèzes ein wenig zu entschärfen: „Aber die Strömungen und der Wind können sie natürlich ganz woanders an Land getrieben haben, es ist nicht gesagt, dass sie ertrunken sind.

„Dann müssen wir sie suchen, sofort!" Rotbart sprang auf.

„Das werden wir", versprach Lalèze, „aber ruh dich erst mal ein wenig aus, immerhin hast du hier zwei Lichtwechsel halbtot herumgelegen". Lalin schaute seinen normalerweise recht bequemen

Kumpel überrascht an. „Na ja, gestand der blauäugige Kater, ich habe da gestern etwas aufgeschnappt, ein Gerücht nur, aber vielleicht ist da ja was dran."

Auch wenn es Rotbart drängte, sich auf die Suche nach seinen Kumpels zu machen, begann er sich langsam wieder der Lektionen zu erinnern, die ihm Seetiger bei dem gemeinsamen Ausflug in Südafrika erteilt hatte.

„Seid ihr schon länger hier? Gibt es hier Tiere, vor denen man sich besonders in Acht nehmen muss? Was ist mit Menschen?"

Rotbart fragte den beiden Katern nahezu ein Loch in den Bauch, als sie gemeinsam ihre Jagdbeute, bestehend aus seltsamen Mäusen und kleinen Echsen verspeisten. Die beiden Felinen, die vor wenigen Wochen hier gestrandet waren, hatten bereits die ersten Erfahrungen gemacht, mit gefährlichen und friedlichen Bewohnern, Beutetieren und harmlos erscheinenden Wesen von denen man dennoch lieber die Pfote lassen sollte. Aber eigentlich waren auch sie noch Anfänger in einer Welt, gegen die die Bedrohungen der südafrikanischen Wildnis geradezu überschaubar erschienen. Trotz des Drängens von Lalin hatte sich der gemütliche Lalèze bisher noch nicht dazu bewegen lassen, das Innere der Insel zu erkunden. Dabei war ihnen längst klar geworden: An dieser Küste auf ein Schiff zu warten, auf dem sie anheuern konnten, war verschwendete Zeit. Am Rande des wilden Tropenwaldes würden sie auch nicht lange überleben können. Ihre wilden Artgenossen und Verwandten waren nämlich gar nicht erfreut über die verfressenen Neuankömmlinge, mit denen sie sich nun ihre Reviere und Beute teilen mussten. Jetzt, da mit Rotbart ein weiterer Konkurrent aufgetaucht war, hatte sich die Akzeptanz noch verschlechtert. Erst vor ein paar Tagen hatte Lalèze während seiner ausgiebigen Mittagsruhe im Schatten des Waldrands eine kleine gefleckte Bengalkatze und einen katzenartigen spitzmäuligen Streifenroller mit den kurzen Beinen belauscht, die sich im Geäst

Februar 1655
Abenteuer Malakka

Februar 1655
Pirateninsel Batam

Januar 1655
Ankunft Ostküste

März 1655
Borneo

Oktober 1654
Schiffbruch

März 1655
Ankunft Batavia

über die Invasion fremder Artgenossen unterhielten. Sehr schmeichelhaft war das Urteil der katzenartigen Eingeborenen über die Neuankömmlinge nicht gerade. Immerhin konnte Laléze aber aus den Äußerungen schließen, dass irgendwo noch mehr Kollegen gelandet sein mussten. Es war also nur eine Frage der Zeit, wann es zu den ersten unangenehmen Auseinandersetzungen kommen würde. An Kampfkraft konnten es die erfahrenen Schiffskater gerade als Gruppe gegenüber den einzelgängerischen einheimischen Beutekonkurrenten durchaus aufnehmen. Aber auf der Insel gab es auch noch andere Artgenossen, gegen die selbst der unverwüstliche Laléze nichts würde ausrichten können. Als Beispiele seien hier nur der große wolkengefleckte Nebelparder oder die zimtfarbene Goldkatze genannt, die, gerade einmal doppelt so groß, wie die kräftigen Schiffsfelinen, oben in den Bergen selbst Kälber von Wasserbüffeln riss. Diesen Artgenossen waren die Schiffbrüchigen bislang noch nicht einmal begegnet. Das Grollen des gefürchteten Sumatratigers, das gelegentlich aus den dichten Wäldern zu vernehmen war, ließ aber Schlimmes erahnen.

„Ich schätze", maunzte Laléze, „es wird Ärger geben . . .“

„So oder so", unterbrach Rotbart und Lalin ergänzte: „Wir müssen hier ohnehin weg, da können wir auch nach deinen gestrandeten Kollegen suchen, je mehr wir sind, desto besser.“

„Und wo bitte willst du sie finden?" Laléze war ratlos, vermutete aber, dass sein Freund mal wieder einen seiner genialen Einfälle hatte. Hoffentlich nicht wieder einen von der Sorte, der gewaltige Schwierigkeiten nach sich zog, aus denen der große Blauäugige den Kleinen dann wieder heraushauen musste.

„Ach", Lalin verschwand gurrend im dichten Blätterwerk des Waldes, „ich frage einfach die Eingeborenen.“

Rotbart war fassungslos: „Weiß er was er da tut?“

„Nicht immer", brummte Lalèze, „wenn er um Hilfe schreit werden wir es erfahren.“

Aus dem Dschungel drangen allerlei vertraute Geräusche, wie das Fauchen der Bengalkatze, das Zwitschern der Vogelwelt oder das Fiepen schmackhafter Beutetiere. Aber es gab auch Andere: Das kreischen der Languren etwa oder das Singen der Siamang oder auch der verzweifelte Todesschrei eines Opfers des großen Gestreiften. Ein Hilferuf Lalins war nicht zu vernehmen.

„Machst du dir gar keine Sorgen um Lalin?" Rotbart bewunderte die Ruhe des großen Katers, der sich vor allem für die neugierigen Affen zu interessieren schien, die aufgeregt schnatternd im Geäst der Bäume herumsprangen.

Lalèze antwortete nicht, vielmehr begann er sich aufzurichten, zu imposanter Größe aufzubauen und gespannt ins Unterholz des Waldrandes zu starren. Jetzt konnte es Rotbart auch hören, ein Zischeln und Rascheln, gepaart mit einem schleifenden Geräusch, als gleite ein großer schwerer Körper langsam durch das Gebüsch. Je näher es kam, desto aufgeregter wurde das Schnattern der Primaten. Nun begann auch Rotbart, sich in Imponierpose zu bringen. Beide Kater plusterten ihr Rückenfell zu eindrucksvollen Kämmen und ihre Schwänze zu riesigen Bürsten auf. Steifbeinig und mindestens auf die doppelte Größe angewachsen, staksten sie vorsichtig rückwärts. Die Affenbande zeigte sich beeindruckt. Als schließlich der Bindenwaran seine fast drei Meter Echsenkörper auf seinen krummen Beinen aus dem Wald auf den Strand schob, dabei den muskulösen Schwanz und gelegentlich auch den Bauch über den Boden schleifen ließ, verstummte die affige Zuschauerschar. Gespannt warteten sie, wie sich die merkwürdigen Katzentiere aus dem Meer mit einer der gefährlichsten Echsenarten der Welt wohl schlagen würden. Eigentlich hatten sie nicht den Hauch einer Chance. Käme es zu einem Kampf würde er sie mühelos zwischen seinen Pranken und mit dem fürchterlichen Gebiss förmlich in Stücke reißen. Ob eine Flucht erfolgversprechender

144

wäre, mag durchaus bezweifelt werden. Denn der Waran ist nicht nur ein unerbittlicher und ausdauernder Verfolgungsjäger, er kann auch klettern.

Langsam watschelte die Riesenechse unermüdlich züngelnd auf die beiden Katertiere zu. Die bemühten sich noch ein paar Zentimeter mehr zu wachsen und mit ihrer Breitseite und dem obligatorischen Brummen und Fauchen Eindruck zu schinden und das Reptil zum Abdrehen zu bewegen.

„Das sieht aber gar nicht gut aus", brüllte Rotbart, „irgendeine Idee wohin?"

Lalèze in einer solchen Situation nach einer Idee zu fragen bedeutete im Grunde, zum Angriff zu blasen. Denn des mächtigen

Aus dem Sumatra-Tagebuch des Reinier Sylvius

Die riesige Echse, einem Drachen gleich, haust sie in Erdhöhlen, wohl um sich bei Bedarfe der Hitze zu entziehen. Ein gefählich Thier, dem zu entkommen kaum einer einmal ins Augenmerk gelangten und unermüdlich verfolgten Beute zu gelingen vermag. Gleichwohl die Echse zunächst ein wenig plump erscheinen mag, kann sie nicht nur eine erstaunliche Geschwindigkeit beim Laufen erlangen sondern auch beim plötzlichen Sprunge auf die Beute. Ob Salz- oder Süßwasser, das Thier ist ein schneller und ausdauernder Schwimmer, der über viele Meilen hinweg entfernte Inseln zu erreichen vermag. So ist es kein Wunder, dass das Echsenthier nicht nur in Sumatra, sondern auch auf den anderen Inseln und an den Küsten Oostindiens zu Hause ist. Im Wasser wird das Ungeheuer lediglich durch die fürchterlichen Crocodiles übertroffen. Und als seien Schnelligkeit und überragende Schwimmkünste noch nicht genug, vermag es seiner Beute sogar auf die Bäume zu folgen.

Katers Problemlösungsstrategie lief, wenns richtig brenzlig wurde, immer auf den Einsatz seiner beträchtlichen Körperkräfte hinaus. Als die Echse noch etwa vier Meter entfernt war, gab Lalèze sein Imponiergehabe auf, brach den Rückzug ab und duckte sich, um seinen Angriffssprung vorzubereiten. Rotbart hielt das zwar für die wohl schlechteste Idee, die ihm im Laufe seiner Schiffskaterkarriere untergekommen war, aber er würde seinen neuen Kumpel nicht allein lassen.

Mit einem mächtigen Satz stürzte Lalèze auf den Waran zu, der blitzschnell reagierte, den großen Kater noch im Flug mit einem *Drachenkampf* Hieb des kräftigen Schwanzes erwischte und beiseite schleuderte. Rotbart war es hingegen gelungen, auf dem langen Hals der Echse zu landen und dabei dem Biss des hervorschnellenden Monstermaules auszuweichen. Seine Krallen konnten die dicke schuppige Haut jedoch nicht durchdringen. Auch die Zähne, die Rotbart dem Untier in den Nacken schlagen wollte, rutschen einfach ab. Die Vorstellung Rotbarts, der riesigen Echse so etwas wie einen Todesbiss verpassen zu können, war sowieso sehr optimistisch. Seine Attacke stellte vor allem einen wenig erfolgversprechenden Verzweiflungsakt dar, der den Waran vom reglos im Sand liegenden Lalèze ablenken sollte. Tatsächlich schien die mächtige Echse unschlüssig, was sie mit den beiden seltsamen Wesen anfangen sollte. Sie war es nicht gewohnt, von möglichen Opfern attackiert zu werden. Von Rotbarts Versuchen, mit seinen scharfen Krallen irgendeine empfindliche, verletzbare Stelle zu finden, zeigte sich der Waran unbeeindruckt. Er züngelte, um nähere Informationen über die lästigen Pelzträger zu gewinnen. Nein, diese Tiere gehörten nicht zu seiner gewohnten Beute. Wären sie größer, so wie der Nebelfleckige oder gar der Gestreifte, dann wären sie Feinde, denen Echse besser aus dem Weg gehen sollte. Aber diese Miniausgaben der großen Raubkatzen waren keine Gefahr, allerdings nervten sie gehörig. Immerhin

146

war Laléze inzwischen wieder aufgestanden und brummte und kreischte das Ungeheuer nach besten Kräften an. Und auch Rotbart fauchte und spukte dem Inseldrachen voller Kraft in die kurz hinter dem Kopf befindlichen Öffnungen der beinahe tauben Ohren. Der Waran begann intensiver zu züngeln, nickte mit dem Kopf und plusterte seine Kehle auf. Als er sich schließlich laut zischend auf die Hinterbeine stellte, verlor der Kater den Halt und rutschte wie in Zeitlupe vom Rücken herunter. Der Waran machte sich nicht die Mühe, noch einmal nach Rotbart zu schnappen. Er wusste, eine Katze war zu schnell und wendig, um sich erwischen zu lassen, ein Versuch wäre reine Kraftverschwendung. Stattdessen verpasste er dem Kater einen überraschenden Schwanzhieb und Rotbart landete leicht benommen neben Lalèze.

„Na warte", Lalèze war wütend und drohte mit angelegten Ohren, „das machst du nicht nochmal mit uns, sonst, sonst . . .“

„. . . sonst gehen wir dir gleich aus dem Weg", half Rotbart mit dem einzig sinnvollen Vorschlag aus.

Der Waran entspannte sich wieder und würdigte die beiden Katzen keiner Aufmerksamkeit mehr. Gemächlich setzte er seinen ursprünglichen Weg zum nahegelegenen Wasser fort, um sich ein wenig abzukühlen. Fassungslos starrten die beiden Felinen dem Ungeheuer nach, das sich unbeirrt in die Brandung schob, um die nahegelegenen Mangrovenwälder anzusteuern.

„Vielleicht sollten wir uns auf einen der Äste legen", maunzte Rotbart, als sie wieder das schattenspendende Blätterdach erreichten, „eine solche Begegnung reicht mir für den Anfang."

„Glaubt ihr etwa, hier oben seid ihr sicherer?"

Die Marmorkatze blickte missmutig auf die beiden Schiffskater herunter, die es sich auf einem dicken Ast, kaum zwei Meter über dem Boden bequem gemacht hatten und gespannt eine Herde gakkernder Hühner beobachteten, die durch den Wald streiften.

„Na vor dir bestimmt", antwortete Rotbart mit einem abschät-

zenden Blick auf die wilde Artgenossin, die nur ein wenig größer als er selbst war. Rotbart hatte gut Reden, denn nach seiner Begegnung mit Zwartie wusste er, dass Kater die wilden Vettern nicht unterschätzen und vor allem nicht nach ihrer Größe beurteilen sollte. Aber sie waren ja zu zweit und Lalèze ein harter Brocken.

„Na ja, ich meine auch eher so etwas", schnurrte die Katze und deutete mit einer Kopfbewegung auf eine grüne Schlange, die über einem Ast hing, sauber aufgerollt, wie ein Tau über einem Belegnagel. „Wenn die dich beißt, bist du tot."

„Wenn ich die beiße, ist die tot", grummelte Lalèze schläfrig. Das Vertrauen auf seine Körperkraft war nicht einmal nach der Auseinandersetzung mit dem Waran erschüttert. Rotbart jedoch wusste durch seinen Ausflug am Kap von der Gefährlichkeit von Giftschlangen. „Dann sollten wir wohl mal die Position wechseln", meinte er, „kannst du uns da was empfehlen, Wölkchen?"

Aus dem Sumatra-Tagebuch des Reinier Sylvius Anno 1655

Eines der vielen wilden Katzenthiere, die den Wald Sumatras bevölkern, aber auch anderswo in Ostindien zu finden sind, ist kaum größer als unsere wackeren Schiffskatzen. Im wechselnden Lichte der Wälder ist die gelbbraune Jägerin wegen der großfleckigen marmorartigen Zeichnung des Fells nur mit größter Mühe auszumachen. Dazu, dass selbst die Eingeborenen das Thier nur selten zu Gesichte bekommen, trägt sicher auch die Tatsache bey, dass sich das geschickte Thier fast ausschließlich in den mittleren Höhen der Bäume aufhält, um dort ihrem mörderischen Gewerbe zu frönen. Nur ganz selten, so hat mir mein malaiischer Führer berichtet, jage sie auch kleines Gethier am Boden.

148

Am besten ihr verschwindet hier ganz, so wie euer Kumpel." Der eigentlich nett gemeinte Spitzname stimmte die Marmorkatze nicht gerade freundlicher.

„Lalin ist verschwunden, abgehauen?" Lalèze war plötzlich hellwach, „wohin, warum, was weißt du?"

Lalèze baute sich drohend vor der großgefleckten Katze auf und ließ keinen Zweifel daran, dass er die Informationen zur Not aus ihr herausprügeln würde. Schließlich ging es um seinen Kumpel. Keine Frage, Lalèze wirkte absolut überzeugend und Wölkchen beeilte sich zu antworten: "Na die kleine Graubraune, die hier auf Durchreise war, hat eurem Kumpel erzählt, dass sich noch ein paar andere von eurer Art durch den Wald schlagen."

Tatsächlich hatte der pfiffige Lalin die Information über die anderen Schiffskatzen aus der kleinen graubraunen Bengalkatze ohne Drohung herausbekommen. Er hatte sie sogar davon überzeugt, ihm bei der Suche nach Rotbarts Crewitgliedern zu helfen. Weit, so meinte sie, können die Fremden noch nicht gekommen sein. Und während sich Rotbart und Lalèze mit dem Waran herumschlugen, nahmen Lalin und die Bengalkatze die Spur der anderen auf, in der Hoffnung, noch vor Einbruch der Nacht gemeinsam mit den Zeeland-Kumpels zum Strand zurückzukehren. Aber die Hoffnung trügte, die Nacht würde bald hereinbrechen und kein Lalin tauchte auf, geschweige denn die Bengalkatze oder irgendwelche Kumpels von der Zeeland.

Nun war es Laléze, der sich am liebsten sofort auf die Suche nach seinem Freund gemacht hätte und es war an Rotbart, dessen Übereifer zu dämpfen.

„Wir wissen doch gar nicht, wo wir suchen sollen. Und wenn er schon auf dem Rückweg ist, könnten wir ihn leicht verpassen. Lass uns noch die Nacht abwarten, dann versuchen wir, seine Fährte aufzunehmen."

„Und wenn die dann schon kalt ist?"

„Hier wird gar nichts kalt", brummte Rotbart und suchte auf einem breiten Ast unter dem dichten Blätterdach des Baumes Schutz vor dem kräftigen aber warmen Tropenregen, der gerade wieder eingesetzt hatte. Die Entscheidung Rotbarts war durchaus weise, ebenso wie die Auswahl des gemeinsamen Schlafplatzes. Der lag nämlich inmitten einer Langurengruppe, die sich hier zur Nachtruhe gemeinsam mit einer Horde Siamangs niedergelassen hatte. Rotbart und Lalèze wurden offensichtlich nicht als Bedrohung eingestuft, denn keiner der Primaten störte sich an der Anwesenheit der ungewöhnlichen Untermieter. Die durften sich somit verhältnismäßig sicher fühlen in der so ungemein fremden Umgebung. Wenn irgendeine Gefahr drohte, sei es ein Waran, eine Schlange oder auch ein räuberisches Katzentier der größeren Art, die Affenbande würde aufgeregt Alarm schlagen.

Längst hatte der Regen wieder aufgehört und sich die Geräuschkulisse deutlich verändert. Die Stimmen der affigen und der anderen tagaktiven Waldbewohner waren verstummt. Nun waren die nächtlichen Jäger auf der Pirsch, um sich ihre Opfer unter den Beutetieren zu fangen, die versuchten, sich im Schutze der Dunkelheit ihre Nahrung zu beschaffen. Da raschelte es allerorten, wenn kleine Nagetiere im Geäst der Bäume hin und her huschten, ein kurzes Quieken, wenn die Maus oder Ratte das leise Schaben der Schlangenschuppen überhört und dem schnellen Biss der Giftzähne erlegen war. Da konnten die Katzenohren das gelegentliche Schmatzen vernehmen, wenn sich des Tigers Pfoten aus dem aufgeweichten Waldboden lösten und das Pfeifen, Jaulen, Quieken und Glucksen der Tapiere tönte durch den Dschungel. Der Katzen Ohren drehten sich erschreckt, als der Malaienbär, der am Abend aus seinem Baumnest geklettert war, mit seinen kräftigen Krallen die Rinde von den Bäumen riss, um an Bienen und vor allem ihren Honig zu gelangen. Aber keines dieser Geräusche erregte bei

den unfreiwilligen Gastgebern eine besondere Aufmerksamkeit und so gab es auch keinen Grund für die beiden Schiffskater, den ohnehin leichten Schlaf zu unterbrechen. Selbst als die getigerte Katze gegen morgen auf leisen Sohlen, tief geduckt, mit aufgeregt schlagendem Schwanz durch das verschlungene Astwerk direkt auf die beiden Schiffskater hinzubalancierte, blieb es ruhig im Primatenschlafsaal.

Lalèze schreckte hoch, als die Katze ein fröhliches Hallo in die Runde maunzte. Fast wäre er vom Ast gefallen, konnte sich aber im letzten Moment noch mit einer Pfote in der Baumrinde festkrallen. Knurrend hangelte er sich wieder nach oben. Dabei machte der ein wenig füllige Kater nicht gerade die beste Figur. Jedenfalls betrachtete Verstekeling die Bemühungen des kräftigen Blauauges mit spöttischem Blick. Beinahe wäre der Kater endgültig abgestürzt, als Rotbart ohne Rücksicht auf Verluste an ihm vorbei auf die Brauntigerin zustürzte und sie inbrünstig abschleckte. Erst mit ihrem Auftauchen war ihm bewusst geworden, wie sehr er seine Schiffskumpels vermisst hatte, sogar die nervige Verstekeling.

Lalèze hatte sich wieder auf den Ast gewuchtet: „Ich will euch eure Wiedersehensfreude ja nicht vermiesen", maunzte er, „aber mein kleiner Lalin fehlt mir auch."

„Keine Sorge", meinte Verstekeling, „als ich ihn getroffen habe, ging es ihm recht gut. Er ist jetzt mit Newton auf dem Weg zur Zweibeinersiedlung in den Bergen. Dort wollen sie auf uns warten, wenn wir sie nicht schon vorher eingeholt haben."

Ganz offensichtlich hatte Verstekeling eine ganze Menge zu erzählen, aber angesichts der Nachricht von Lalin und Newton wollte jetzt niemand Zeit für eine ausgiebige Plauderei verschwenden. Schnell fingen sie sich ein paar übernächtigte Nager und machten sich nach dem hastigen Frühstück unter der Führung Verstekelings auf den Weg in die Tiefen des Tropenwaldes.

Bis zu der Stelle, an der die Schiffskatze Lalin und Newton ver-

lassen hatte, kamen die drei recht schnell voran. Schließlich hatte Verstekeling sehr zum Leidwesen einiger einheimischer Katzenartiger zahlreiche Duftmarken gesetzt. Das Genörgel der eingeborenen Verwandten hatte die Katze dabei geflissentlich überhört. Es waren sowieso nicht so viele, deren Reviere sie durchqueren musste. Da gab es die kleine Bengalkatze, die sich nicht mit dem kräftigen Fremdling anlegen wollte und sie ungehindert passieren ließ. Die deutlich größere und für Hauskatzen gefährlichere Goldkatze, deren Markierungen Verstekeling sich selbstverständlich ebenfalls als Wegweiser einprägte, war glücklicherweise gerade in einem anderen Teil ihres riesigen Reviers unterwegs. Den kleinen Streifenroller, und den plumpen, bärenartigen Binturong, nahm die freche Schiffskatze ohnehin nicht ernst. „Nix verstehen, bin nicht von hier", maunzte sie im Vorbeihuschen, wenn die doch sehr entfernten Verwandten in einem für richtige Katzen nur schwer verständlichen Kauderwelschmiau gegen die Revierverletzung protestierten.

„Jetzt sind es schon drei", meckerte der Binturong-Kater zu seiner Partnerin und schaute griesgrämig den durch das Geäst huschenden Katzentieren hinterher. Und der Streifenroller schimpfte: „Bei den vielen Fremden kann man sich ja nicht mal im eigenen Revier sicher fühlen. Und am Ende fressen die uns noch die ganzen Vögel, Frösche und Hörnchen weg."

„Ob die auch Früchte fressen?" Die Binturong-Katze war entsetzt. „Da bin ich ganz sicher", antwortete ihr Partner, „denen ist alles zuzutrauen."

Die Schleichkatzen meckerten noch herum, als die drei längst nicht mehr zu sehen waren und inzwischen die Stelle erreicht hatten, an der sich Verstekeling von Lalin und Newton getrennt hatte.

„Können wir nicht mal ne kleine Pause machen?"
Der arme Laléze hatte in der schwülen Hitze mit dem einen oder

Die Wälder Sumatras sind von mannigfaltigen katzenartigen Thieren bevölkert, die jedoch in Wuchs und Verhalten recht anders erscheinen, als unsere Katzenthiere.

Bei dem nebenstehenden Thier, dem Binturong darf man sich nicht wirklich sicher sein, welcher Species er wohl angehöret. In jedem Fall ist der Baumbewohner recht groß und seine Bewegungen wirken eher wie die eines Bären, sein Kopf mag dem eines Marders entsprechen. Obwohl er auch etwas katzenartiges an sich hat, fehlt ihm doch die Schnelligkeit und Geschmeidigkeit der Felinen. Zudem ernähret er sich vornehmlich von Früchten, wie mir die Eingeborenen versicherten.

Es sind wohl auch die kurzen Extremitäten, die den Bewegungen der katzenartigen Waldbewohner etwas schleichendens anhaften lassen. Gleichwohl ist gestreifte Thier (links) sehr flink und ein guter Jäger. Das Raubthier, das im Geäst der Bäume zu hause ist, erreicht bestenfalls das halbe Gewicht eines unserer Katzenthiere

anderen überflüssigen Gramm unter seinem halblangen Pelz gehörig zu kämpfen. Aber auch Rotbart und Verstekeling steckten das feuchtwarme Tropenklima nicht so ohne weiteres weg. Und so ließen sie sich auf einem tiefhängenden Ast nieder und lauschten dem heftigen Rauschen, das ihnen anzeigte, dass gerade wieder der fast tägliche sintflutartige Regen über dem Wald herniederging. Überall plätscherte und tropfte es aus dem dichten Blätterdach und tränkte auch das Katzenfell mit dem warmen Nass.

„Wie halten das unsere Artgenossen bloß aus", fragte Rotbart unglücklich, erhielt aber keine Antwort.

Kaum hatten sich die Regenwolken verzogen, sorgte die unbarmherzige Äquatorsonne dafür, dass die gerade herniedergegangenen Wassermassen als dichte Dampfwolken wieder aufstiegen und den lichtarmen Tropenwald in eine Sauna verwandelten. So

schwer es den Katzen auch fiel, sie mussten weiter, wollten sie ihre Kumpels wiedertreffen. Doch inzwischen ging es längst nicht mehr so schnell voran, wie am Anfang. Nun konnten sie sich nicht mehr an den Markierungen orientieren, die Verstekeling hinterlassen hatte und auch die Duftnoten Lalins und Newtons begannen zu verblassen und Stück für Stück von dem ständig tropfenden Wasser weggespült zu werden. Zu allem Überfluss hatte sich in der Nacht auch der wütende Streifenroller daran gemacht, die Duftnachrichten der Kumpels mit seinem ungemein strengen Uringeruch zu überlagern. Und als die gestreifte Schleichkatze die drei Schiffbrüchigen mit ihrem Pidginkätzisch auch noch aus dem Geäst heraus verspottete, war es um die Fassung des wackeren Rotbart geschehen. Mit einem mächtigen Satz, den man ihm in dieser Situation nicht zugetraut hätte, flog er förmlich den Stamm hinauf und ehe sich das kurzbeinige Raubtier durch den Sprung auf einen anderen Ast in Sicherheit bringen konnte, hatte der wenigstens doppelt so schwere Rotbart den flinken Roller förmlich niedergewalzt, am Genick gepackt und mit einem kräftigen Ruck seines Kopfes zu den anderen auf den Boden geschleudert. „Lasst sie am Leben", rief Rotbart hinunter, bevor er sich völlig außer Puste an den Abstieg machte.

Knurrend lag die kleine Schleichkatze auf dem matschigen Boden. Auf dem langen Schwanz hatte es sich Verstekeling gemütlich gemacht und der Rumpf des unglücklichen Waldbewohners verschwand förmlich unter dem Körper des darauf lagernden Lalèze.

„Du wolltest uns etwas mitteilen", stellte Rotbart, der sich vor dem Kopf des spitznasigen Raubtierchens in Position gebracht hatte, mit nur mühsam unterdrücktem Zorn fest, „wir sind ganz Ohr."

„Verschwind von Revier, ihr nicht hier gehört", presste der Streifenroller zwischen den Zähnen hervor.

„Das haben wir auch vor", antwortete Rotbart, „und wir wären längst verschwunden, wenn du nicht versuchen würdest, uns daran zu hindern, unseren Freunden zu folgen."

„Weil ihr uns will vertreiben, passt euch so."

Die Schleichkatze versuchte sich vom Gewicht des auf ihr thronenden Katers zu befreien, brachte den aber nicht einmal zum Wackeln. „Alle Spuren weg von Kumpels, mein Duft da, nicht findet Freunde mehr. Große Kriecher fressen euch, Giftwürmer euch tot, Tiger und kleiner Bruder jagen, nicht entkommen groß Flussechse und klein Drachen."

Rotbart schaute nachdenklich in das hass- und gleichzeitig angsterfüllte Gesicht des kleinen Räubers. Nun, den Drachen hatten Lalèze und er wohl schon kennengelernt und sie waren ihm entkommen. Die anderen würden sie wohl oder übel auch noch kennenlernen, befürchtete er. Vielleicht entkamen sie diesen Ungeheuern ja auch. „Lasst es laufen", brummte er, „lasst es einfach gehen. Es wird uns sowieso nicht helfen."

„Wir könnten es doch fressen", schlug Lalèze vor als sich Verstekeling erhob und den Schwanz freigab. Die Augen des Rollers weiteten sich vor Schreck.

„Lass es gehen, Lalèze, wir finden sicherlich maulgerechtere Happen als dieses Stinktier."

Widerwillig erhob sich Lalèze. Der Blick, mit dem er den Streifenroller bedachte, ließ diesen blitzartig das Weite suchen.

„Und wie sollen wir nun meinen kleinen Lalin finden?"

Rotbart stieß dem unglücklichen Kater tröstend seinen Kopf in die Seite: „Na ganz einfach Großer, wir folgen den Markierungen des Stinktieres."

Während Lalèze noch grübelte, stieß Verstekeling ein begeistertes Gurren aus: „Na klar, der Dummkopf hat ja eine Spur für uns gelegt."

Tatsächlich erwies sich der Versuch des Streifenrollers, die Spur

der Kumpels durch die eigene Markierung verschwinden zu lassen, als außerordentlich hilfreich. Und so kamen die drei recht gut voran. Irgendwann allerdings wurde der Boden immer morastiger. Dafür führte die Spur nun über das dichte Wurzelwerk der Mangroven. Die bedeckten die Ufer einer weitverzweigten Flussmündung und bildeten zahlreiche Inseln, sodass Fluss und Land kaum mehr voneinander zu unterscheiden waren. Zwischen den Wurzeln hatten sich Trümmerteile von der Zeeland verfangen, vielleicht auch von anderen Schiffen, die an der Küste gestrandet waren. Rotbart blieb stehen und beobachtete das träge unter den Luftwurzeln dahingluckernde Wasser: „Da stimmt etwas nicht", maunzte er, „das Wasser fließt falsch herum und es wird immer mehr."

„Und es ist jetzt überall, sogar unter uns, da war doch eben noch gar nichts", fiepte Verstekeling.

Von den Katzen zunächst unbemerkt hatte die Flut begonnen, das Wasser der Mündung flussaufwärts zu drücken. Die hohen Mangrovenwurzeln begannen in den Fluten zu versinken und ein Blick in die Runde verriet, dass keine Chance mehr bestand, irgendwo festen Boden unter die Pfoten zu bekommen. Nun setzte auch noch ein kräftiger Regen ein, der Wurzelwerk und Stämme, die hier nicht vom dichten Blätterdach geschützt wurden, glitschig machte, sodass die Katzen bei ihren Sprüngen von Wurzel zu Wurzel den Halt zu verlieren und ins Wasser zu stürzen drohten. An ein Weiterkommen war nicht zu denken. Wenigstens hatten sie unter einem großen Ast eine Art Unterstand entdeckt, der sie notdürftig vor dem Wasser von oben schützte. Dass die Fluten sie auch von hier vertreiben würden, war nur eine Frage der Zeit. Immerhin fehlte nur noch ein knapper halber Meter und der Platz, an dem sich die drei Schiffsfelinen zusammendrängten, würde vom Fluss überspült werden. Die Katzen starrten angestrengt über das Wasser in die Richtung in der das Meer liegen musste. Sie

schienen den gleichen Gedanken zu haben. Vielleicht trieb ja das eine oder andere Trümmerstück auf das man sich retten konnte direkt hier vorbei. Ansonsten würden sie versuchen müssen, mit einem gewaltigen Sprung die Äste der nächsten Etage zu erreichen – ein gefährliches Unterfangen, das angesichts des vom Wasser schweren Fells recht aussichtslos erschien.

Lalèze schien als erster etwas entdeckt zu haben. Er richtete sich auf und machte einen Buckel.“ Nicht du schon wieder“, kreischte er, „wenn du nicht verschwindest, dann mach ich dich fertig, ich schwörs, diesmal lass ich dich nicht einfach laufen.“

Der Bindenwaran, der sich in der Hoffnung, dass ihm der eine oder andere fette Fisch vors Maul schwamm, mit der Flut flussaufwärts treiben ließ, fauchte kurz und nahm mit ein paar kräftigen Schwanzschlägen Fahrt auf. Ganz sicher hatte das Reptil den Wortlaut der Drohung des wütenden Katers nicht verstanden. Es hatte nur keine Lust, sich schon wieder mit diesen nervigen Pelztieren abzugeben. Immerhin waren es jetzt schon drei. Verstekeling staunte und blickte Lalèze bewundernd an: „Der hat ja richtig Respekt vor dir.“

„Na klar“, maunzte Lalèze von sich selbst beeindruckt, „na klar doch.“ Und auch Rotbart stimmte belustigt gurrend zu.

Viel Zeit blieb den Katzen nicht mehr, das Wasser stieg immer noch. Rotbart hatte gerade den Entschluss gefasst, den Sprung in die nächsthöhere Etage zu wagen, als mit einem lauten Rauschen und Platschen direkt vor ihnen eine breite Planke aus den Fluten emporschoss und für den Bruchteil eines Momentes an der Luftwurzel auf der sie lagerten hängenblieb.

„Los, raufspringen, jetzt sofort“, schrie der Kater und sprang. Die anderen taten es ihm gleich. Kurze Zeit später konnte ein verblüffter Streifenroller aus dem sicheren Geäst des Dschungels drei völlig durchnässte Katzen beobachten, die auf einem Brett mit der Flutwelle flussaufwärts trieben.

Es war nicht die schlechteste Art, um in diesem Land voranzukommen. Als schließlich der Regen aufhörte und das Wasser wieder aus dem Fell ausgedampft war, stellten sich bei den Schiffskatzen beinahe so etwas wie Heimatgefühle ein. Sie waren wieder an Bord. Nun ja, ein Schiff war es nicht gerade, nicht einmal ein Boot. Aber das Gefährt schwamm mitten auf dem dahinströmenden Wasser und sie fühlten sich sicher. Keine Frage, die riesigen Leistenkrokodile, die das Katzenfloß gelegentlich passierte, hätten der fröhlichen Reise ein schnelles Ende bereiten können. Aber sie schienen sich nicht für das ungewöhnliche Treibgut zu interessieren. Stattdessen wurde ein Fisch auf den hin und her schnippenden Schwanz Verstekelings aufmerksam. Sie merkte gar nicht, wie ihre Schwanzspitze immer wieder in das Wasser tauchte, bis der Fisch nicht mehr widerstehen konnte und zuschnappte. Verstekeling schrie auf und wollte den Schwanz aus dem Wasser ziehen. Aber der Fisch war stärker. Mit allen Vieren krallte sich die Katze in das Holz. Schnell kam ihr Lalèze zu Hilfe. Mit aller Kraft schlug er seine Pranke in den Körper des gierigen Fisches und riss ihn mit einem Ruck aus dem Wasser an Bord. Es war ein großes, kräftiges Exemplar, das da, von den Pfoten des großen Katers auf das Holz gepresst, verzweifelt um sich schlug. Verstekelings Schwanz hatte der Fisch nach Luft schnappend längst losgelassen, als ihn Lalèze mit einem kräftigen Biss tötete.

„Der kommt mir gerade recht", keckerte Lalèze, „hab nen riesigen Hunger. Dieses Schleichtier musste ich ja laufen lassen."

Verstekeling leckte sich sorgfältig ihren Schwanz. Glücklicherweise war der nicht ernsthaft verletzt, nur ein wenig gequetscht.

„War ne klasse Idee von dir, Verstekeling", maunzte Lalèze begeistert schmatzend, „warum fangt ihr euch eigentlich keinen, müsst doch auch hungrig sein."

Damit hatte Lalèze den Respekt, den er sich gerade erst bei Verstekeling verschafft hatte, wieder gründlich verspielt.

„Wir müssen sehen, dass wir an Land kommen." Rotbart hatte bemerkt, dass die Flutwelle zum Stillstand gekommen war und sie nun drohten, mit der Ebbe zur Küste zurückgetrieben zu werden. „Dort können wir uns dann auch etwas zu Essen besorgen", ergänzte er mit einem Blick auf die Reste aus Kopf, Flossen und Gräten, die Lalèze übriggelassen hatte."

Es war nicht schwer, an Land zu gelangen, wenn man den modrigen Boden und das glitschige Wurzelwerk als Land bezeichnen mochte. Als das Floß im Ufergestrüpp hängenblieb, sprangen die Katzen von Bord und suchten so schnell wie möglich, festen Boden unter die Pfoten zu bekommen. Für Rotbart war klar, dass ihr weiterer Weg nur flussaufwärts führen konnte. Zumindest hatten die Markierungen des Streifenrollers darauf hingewiesen, bevor die Katzencrew von der Flut zur Floßfahrt gezwungen wurde. Allerdings waren sie nun auf der anderen Seite des Flusses gelandet, die Spur der Kumpels schien unwiederbringlich verloren.

„Wir werden sie wiederfinden, versprochen", versuchte Rotbart den verzweifelten Lalèze aufzumuntern und dabei auch sich und Verstekeling ein wenig Mut zuzusprechen.

Als sich der Tag dem Ende zuneigte, waren sie dem Mangrovendickicht endlich entkommen. Mächtige Bäume mit den an ihnen entlangkriechenden Schmarotzergehölzen und den ausladenden Ästen boten zahlreichen Tierarten auf mehreren Etagen vielfältige Lebensräume und Jagdreviere. Entsprechend laut war die Geräuschkulisse, die die meist unsichtbaren Waldbewohner mit ihrem Kreischen, Keckern, Zwitschern, Brüllen und Schnattern produzierten. Die Katzen fanden hier jede Menge Beute aber auch Unterschlupf und Deckung. Geschickt bewegten sie sich im Gewirr der Äste und längst waren sie selbstsicher genug geworden, um nicht mehr als dicht gedrängte Gruppe, sondern eher in lockerer Formation durch den Wald zu huschen. Und so kam es,

dass Lalèze nach einem gewagten Sprung vom Ast eines Baumes auf den des nächsten plötzlich in zwei große funkelnde Augen blickte.

„Na das ist doch mal ne Überraschung", brummte die tiefe Katzenstimme, „ein Hauskätzchen, weit weg von den Zweibeinernestern. Hast dich wohl verlaufen, Kleiner."

Geschmeidig und völlig lautlos löste sich der Körper, zu dem die Augen und die Stimme gehörten, aus dem Blattwerk: „Erstaunlich, dass du so weit gekommen bist."

Der Nebelparder bewegte sich geduckt und mit schlagendem Schwanz auf den Kater zu, der sich zu voller Imponiergröße auf- *Gefährliche Begegnung* baute. Auch wenn er dem Gefleckten, der weit mehr als das Dreifache seines eigenen Gewichts in den Ring werfen konnte, allein gegenüberstand, ein Rückzug kam für ihn nicht in Frage.

„Wenn ich mit dir fertig bin, weißt du, warum ich so weit gekommen bin", maunzte Lalèze so laut wie möglich, um die anderen auf seine missliche Lage aufmerksam zu machen.

„Lass mir noch was übrig von dem Angeber", tönte es vom Ast über dem Nebelparder, der irritiert stehen blieb.

„Lalin!" Lalèze war außer sich vor Freude und hätte darüber beinahe den großen Gefleckten vergessen.

„Noch ein Hauskätzchen", gurrte der belustigt, „jetzt wird es ja richtig brenzlich für mich."

Aber seine Angriffslust war einer gewissen Neugierde gewichen und als eine weitere Stimme durch das Blattwerk drang, setzte er sich hin und beobachtete gespannt die unerwartete Entwicklung um ihn herum.

„Hauskätzchen ist nicht korrekt", dozierte Newton, der nun aus dem Schatten des Laubes trat. „Wir sind Schiffskater. Auch wenn wir in deinen Augen nicht sonderlich bedrohlich wirken mögen, so merke: Oft gelingt mit Geisteskraft, was . . . ,"

„Geisteskraft hin, Geisteskraft her", Rotbart und Verstekeling waren inzwischen ebenfalls herbeigeeilt, „aber mit fünf kampferprobten Schiffsfelinen solltest du dich besser nicht anlegen. Gibt übrigens auch keinen Grund dazu, denn wir sind hier nur auf der Durchreise."

„Hmmm", brummte der Nebelparder und legte sich entspannt auf den Ast. „Erzählt."

Dazu brauchte die Großkatze die fünf Freunde gar nicht aufzufordern. Denn sofort maunzten, gurrten und schnatterten sie vor Wiedersehensfreude lautstark durcheinander. Und natürlich wollten alle die Geschichte zu Besten geben, wie es ihnen nach dem Schiffbruch ergangen war.

„Klappe da unten", kreischten die Affen aus den Schlafsälen der oberen Etagen und ein Hagel von Waldfrüchten prasselte auf die Katzenversammlung nieder. Das wiederum hatte zur Folge, dass die jagende oder schlafende Tierwelt aufgeschreckt wurde und geräuschvoll ihren Unmut über die Störung kundtat. Nachdem auch noch ein durch den Trubel alarmiertes Nashorn panisch durch das Unterholz krachte und die Gesellschaft dadurch beinahe aus dem heftig schwankenden Geäst geschüttelt hätte, schlug der Nebelparder erst mal einen Ortswechsel vor. Auf dem Weg in die oberen Etagen, abseits der Affenschlafplätze deckten sich die Katzen noch schnell mit Proviant ein.

Nach dem ausgiebigen Mahl ging es an die gemeinsame Fellpflege und als der Nebelparder schließlich durch ein entspanntes Gähnen die Gesprächsrunde einläutete, begann zunächst einmal Rotbart von seiner Strandung und dem Kampf mit dem Waran zu erzählen. Gemeinsam mit den Ergänzungen Lalèzes nahm die Geschichte eine Gestalt an, die in den Katzenspelunken der Welt ohne Zweifel als eine der spektakulärsten Auseinandersetzungen zwischen Katzen und Riesenechsen in der Geschichte der Schiffsfelinen die Runde machen dürfte. Vorausgesetzt wenigstens eines

der schiffbrüchigen Katzentiere würde das Abenteuer auf Sumatra überleben, um die Legende weiterzutragen. Der Waran jedenfalls wurde mit jedem Satz größer und bösartiger, gefährlicher und angriffslustiger, die beiden Kater immer verwegener, ihre Zähne und Krallen immer tödlicher und die Verletzungen, die sie dem Ungeheuer beigebracht haben wollten, sprachen dafür, dass es nach seiner übereilten Flucht vor den übermächtigen Katzenkriegern irgendwo in den Mangroven das zeitliche gesegnet haben musste.

Lalin lächelte nachdenklich in sich hinein. Er zweifelte keinen Augenblick an der Entschlossenheit und dem Mut seines großen Freundes. Aber genau das machte ihm auch Sorgen. Er wusste, Lalèze hätte sich auch mit dem Nebelparder angelegt, schon allein, um seine Kumpels zu schützen. Nachdem der aber beim

Aus dem Sumatra-Tagebuch des Reinier Sylvius Anno 1655

Diese große gefleckte Katze kommt wohl nur auf den beiden großen Sundainseln vor. Zwar hat der Parder auch in anderen Teilen Ostindiens seine Verwandten, dieser hier auf Sumatra ist jedoch etwas ganz Besonderes. Auffällig sind dabei die Reißzähne, deren Größe die seiner nächsten Verwandten in eindrucksvoller Weise übertrifft. Die Flecken des dunkelgelbbraunen Fells sind groß und noch einmal in sich gemustert, so dass sie wie Nebelschwaden anmuten. Fast könnte man die Katze, die mit ihren kurzen Beinen und den mächtigen Pranken für das behände Klettern im Geäst der Bäume geschaffen zu sein scheint, für eine große Ausgabe der kleinen Marmorierten halten. Einer näheren Betrachtung seiner Lebensweise entzieht sich das prachtvolle Thier ebenso wie seine anderen Verwandten.

162

Gähnen mal so nebenbei sein furchteinflößendes Gebiss mit den mächtigen Eckzähnen entblößt hatte, war nicht nur Lalin bewusst geworden, dass sie auch zu fünft nicht die geringste Überlebenschance gegen ihren wilden Verwandten gehabt hätten.

Es schien, als könne der Gefleckte Lalins Gedanken lesen. Freundlich tapste er mit seiner großen Pranke auf Lalèzes Schädel, der überrascht zusammensackte: „Du hättest dich wirklich auf einen Kampf mit mir eingelassen Hauskätzchen. Dumm aber mutig", schnurrte er beeindruckt. „Aber keine Sorge", der Parder warf einen anzüglichen Blick auf des Katers halblange Fell, „du bist viel zu fusselig für einen Happen zwischendurch. Da unten, das ist eher so meine Kragenweite", grunzte er und schnippte mit dem langen Schwanz in Richtung Boden auf eine Gruppe vorbeiziehender Bartschweine.

Nun war die Reihe an Lalin. Nachdem er seine beiden Kumpels so überraschend verlassen hatte, nahm er die Witterung der kleinen Bengalkatze auf, die hier ihr Revier hatte. Es würde nicht leicht sein, sie zu überzeugen, ihm zu helfen. Doch der abenteuerlustige Kater konnte sehr charmant sein. So fing er auf dem Weg zum Schlafplatz der zierlichen Wildkatze eine Maus, sozusagen als Gastgeschenk.

Natürlich hatte ihn die kleine Artgenossin bereits entdeckt, als er noch gar nicht wusste, wo er sie finden würde. Aber so, wie er mit erhobenem Schwanz auf dem Ast entlangtrippelte, konnte er nichts Böses im Sinn haben. Sie ließ den Kater mit der ungewöhnlichen Fellzeichnung also herankommen und stoppte ihn mit einem kurzen aber eindeutigen Fauchen in angemessener Distanz. Lalin legte die Maus behutsam vor sich auf den Ast, gurrte freundlich, um seine friedliche Absicht zu bekunden, trat ein paar Schritte zurück und setzte sich mit brav um die Pfoten gelegten Schwanz. Die kleine Bengalkatze war beeindruckt. Kater ihrer eigenen Art hatten da ein deutlich ruppigeres Werbungsverhalten.

Vorsichtig kam die Katze heran und schnappte sich die Maus. Man konnte sich das Anliegen des Fremdlings ja mal anhören.

„Und dann habe ich ihr die ganze traurige Geschichte unseres Schiffsbruchs, der verlorenen Kumpels und unserer verzweifelten Situation in diesem fremden Land mit den unbekannten Gefahren erzählt. Ich habe ihr ebenfalls gemaunzt, dass wir unbedingt unsere Kumpels wiederfinden wollten, um dann gemeinsam wieder von der Insel zu verschwinden." Lalin grinste in sich hinein: „Als ich dann so ganz nebenbei erwähnte, was für einen Beutebedarf beispielsweise Lalèze so hat, war sie bereit, uns nach Kräften dabei zu helfen, ihr Revier für immer zu verlassen."

Natürlich hatte sich im Dschungel längst herumgesprochen, wo sich die Fremden herumtrieben. Und so war es nicht schwer für die Katze, Lalin in Richtung Zweibeinersiedlung zu führen, dorthin, wo sich angeblich weitere Neuankömmlinge aufhalten sollten. Als plötzlich Verstekeling und Newton auftauchten, machte sich die kleine Bengalkatze aus dem Staub.

Auf den ersten Blick schien es naheliegend, dass es Lalins Aufgabe war, Lalèze und Rotbart zu holen. Aber Lalin befürchtete, dass sein großer Kumpel dann nicht dazu zu bewegen gewesen wäre, das relativ bequeme Leben am Strand aufzugeben und sich auf das unkalkulierbare Abenteuer Urwald einzulassen. Und natürlich würde Lalin auch in diesem Fall seinen Freund nicht allein zurücklassen. Aber Lalin wollte dieses Abenteuer und er wusste genau, dass Lalèze ihm folgen würde, wenn er nicht zurückkehrte. Also hatte er Verstekeling an den Strand geschickt und war zusammen mit Newton schon einmal vorausgegangen.

Es war mühsam gewesen, sich zur Zweibeinersiedlung durchzufragen. Die Primaten zeigten sich als recht begriffsstutzig und waren eher geneigt, den Katern üble Streiche zu spielen wie am Schwanz ziehen oder mit Früchten bewerfen. Die griesgrämigen Schleichkatzen brachten ohnehin kaum ein verständliches Wort

heraus und die wilden Artgenossen hatten sich zumeist unsichtbar gemacht. Letztendlich waren die beiden aber ebenfalls in den Mangroven gelandet und hatten weit oberhalb des Laufes den schmalen Fluss trockener Pfote mit wenigen Sprüngen durch das überhängende Geäst überquert. Bald waren sie im Revier des Nebelparders angekommen und in dem Augenblick, als sie auf die Duftmarken ihrer Kumpels stießen, hörten sie auch schon wie Lalèze dem Hausherrn lautstark eine gehörige Tracht Prügel androhte.

Nach Lalins Bericht war eine Pause eingetreten und alle blickten neugierig zu Verstekeling hinüber, um zu erfahren, wie es ihr beim Schiffbruch ergangen war. Aber die Katze war einfach eingeschlafen. Nun merkten auch die anderen, dass die Aufregungen der letzten Woche ihren Tribut forderten.

Der Nebelparder erhob sich: „Ich werde mich mal in meinem Revier umsehen. Vielleicht läuft mir ja ein leckeres Hirschferkel oder einer der rotpelzigen Waldmenschen vor die Pranken."
Die Katzen hatten sich bereits in eine bequeme Schlafposition begeben und maunzten etwas, das man als zustimmendes ‚bis später' interpretieren konnte.
Der Parder schaute auf die erschöpften Verwandten und brummte verhalten und ohne Erwartung, dass es noch einer hören würde: „Nu gut, hier seid ihr einigermaßen sicher. Irgendwann nach dem nächsten Lichtwechsel schaue ich wieder hier vorbei. Wenn ihr dann noch da seid, gebe ich euch noch ein paar wichtige Verhaltensregeln mit auf den Weg. Ist gar nicht so schwer, im Dschungel zu überleben."

„Ich weiß schon", murmelte Rotbart im Halbschlaf, „Erste Regel: Nicht in die auf der Poop angelegten Beete kacken, zweite Regel . . ."

Als die Katzencrew zwei Tage später dem Trampelpfad in die

Berge folgte hatte sie nicht nur jede Menge guter Ratschläge im Gepäck, sondern sie war auch ausgeruht und noch guter Dinge.

Irgendetwas hatte sich verändert. Der Dschungel war nicht mehr die fremde, undurchschaubare Umgebung, die zahllose unbekannte Gefahren barg. Er war nicht mehr ein Ort ständiger Anspannung und Hetze. Die Abenteuer und Erfahrungen der vergangenen Woche, die Ratschläge des Nebelparders und sicher auch die lange Ruhepause hatten wohl dazu beigetragen, die Instinkte der wilden Vorfahren an die Oberfläche zu holen und viele der Verhaltensweisen wieder mit Leben zu füllen, die in einer durch Menschen geprägten Umgebung eher zu Ritualen verkommen sind. In Verbindung mit den als Hauskatze entwickelten sozialen Fähigkeiten, hatten sie gute Überlebenschancen.

Es dauerte noch einmal fast eine Woche, bevor sie das Hochland der schier endlosen Bergkette erreichten, die sich an der Westküste Sumatras entlangzog. Sie waren vor allem Nachts gewandert, wenn die Räuber, die ihnen gefährlich werden konnten, ebenfalls unterwegs waren. So konnten sie nicht im Schlaf überrascht werden. Das war eine der Regeln, die ihnen der Gefleckte mit auf den Weg gegeben hatte. Dass es besser war, den Boden möglichst zu vermeiden, um den lästigen Blutegeln zu entgehen, hatten sie längst selbst herausgefunden. Und so bewegten sie sich vor allem in den unteren und mittleren Ebenen des Geästs. Immer wieder bot sich den Katzen nun ein faszinierender Ausblick. Etwa wenn ihr Weg an einem Hang entlangführte oder ein Flusslauf den Dschungel teilte und Vulkane in das Blickfeld gerieten. Steile Felsen ragten aus dem grünen Meer empor, das die von Bergketten eingekesselte Hochebene bedeckte. Die Temperaturen waren ein wenig moderater geworden, aber durch die hohe Luftfeuchtigkeit brachte das den Pelzträgern keine nenneswerte Entlastung. Die Stimmung der Katzen war auf dem Nullpunkt angelangt. Nicht nur, dass ihnen das Klima nach wie vor zu Schaffen mach-

te, inzwischen bezweifelte nicht nur Lalèze, dass es eine gute Idee gewesen war, sich auf das Dschungelabenteuer einzulassen. Niemand wusste, wo die Zweibeinersiedlung zu finden war. Ob Grote- und Kleinebroer dort auf sie warten würden, war auch nicht klar. Ja, es war nicht einmal sicher, dass die Kumpels die Siedlung überhaupt erreicht hatten. Letztendlich war die Katzencrew ja den Gerüchten entfernter eingeborener Verwandter gefolgt, bei denen nur sicher war, dass sie die Fremden so schnell wie möglich loswerden wollten. Rotbart seufzte, als er sich in der Abenddämmerung von seinem Ruheplatz erhob.

„Ich denke, wir sollten weitergehen, oder hat jemand eine bessere Idee?"

„Wenn du uns verrätst, wo es lang geht", maunzte Newton, „die Parderweisheit ‚Folgt einfach dem Trampelpfad' hilft uns hier auch nicht mehr weiter."

Tatsächlich hatte sich der Pfad bereits mehrfach verzweigt, seit die enge Schlucht in das weite Hochland übergegangen war. Die Katzen waren dann immer den breitesten, besonders ausgetretenen Wegen gefolgt. Und nun standen sie wieder vor einer Weggabelung in die auch noch ein weiterer Pfand von irgendwoher einmündete. Die Katzen setzten sich hin und starrten Rotbart erwartungsvoll an.

In der Ferne grummelte langanhaltender Donner und die Wolkenbänke, die die Berge am Horizont verdeckten, begannen rötlich zu leuchten. Gelegentliches Grollen und das leichte Zittern des Bodens hatte sie schon in den letzten Tagen begleitet. Irgendwo erklang das triumphierende Brüllen des Tigers, der damit vielleicht seinen Jagderfolg kundtat. All das konnte die Katzengesellschaft nicht mehr aus der Fassung bringen. Dafür aber der Aufschrei Rotbarts. Beim Beschnuppern des Bodens war er immer unruhiger geworden und nun kräuselte er flämend die Nase und zog dabei die Oberlippe hoch.

„Hast du eine Spur von ihnen?"

„Nein, nicht von ihnen", schnatterte Rotbart aufgeregt.

„Von wem dann?"

Rotbart kam nicht dazu, auf die Frage der Kumpels zu antworten, denn ganz in der Nähe erklang das Brüllen eines Tigers. Es klang drohend, wütend und es blieb nicht unbeantwortet. Wie auf Kommando stürmten Rotbart, Newton und Verstekeling los. Lalin und Lalèze schauten sich verständnislos an und rannten nach kurzem Zögern hinterher auf die Lichtung zu, auf der sich ein Drama ankündigte. Geduckt und fauchend näherte sich der Tiger vorsich-*Begegnung mit dem* tig seinem Gegenüber. Laut knurrend mit ge-*König des Dschungels* fletschten Zähnen wich Spiky McHatch widerwillig zurück. Noch hatte der Tiger Respekt vor dem zwar kleinen aber offensichtlich zu allem entschlossenen fremdartigen Gegner. Das Auftauchen der Katzencrew, die ihn auch noch von allen Seiten anfauchte, störte den König des Dschungels erheblich. Wütend schnellte er herum und schlug mit seinen mächtigen Tatzen nach seinen lächerlich kleinen Verwandten. Die flößten ihm naturgemäß keinen Respekt ein, er wusste, deren Mittel waren ihm gegenüber mehr als beschränkt.

„Bring dich in Sicherheit, Spiky", kreischte Rotbart und startete eine Attacke gegen den riesigen Gestreiften, „wir lenken ihn ab."

Von allen Seiten drangen die Katzen mit ihren Scheinangriffen auf den Tiger ein. Der sprang hin und her, drehte sich im Kreise, schlug mit den Tatzen nach den dreisten Samtpfoten und jagte sie ein ums andere mal in die umliegenden Bäume. Die kleinen Angreifer waren viel zu schnell und beweglich, um sich erwischen zu lassen. Und natürlich mischte auch Spiky mit. Ein McHatch brachte sich nicht in Sicherheit, während seine Leute kämpften. Wenn Spiky zuschnappte, war es für den Gestreiften durchaus schmerzhaft. Immerhin war das Gebiss des Schiffsterriers von einem ganz anderen Kaliber als das seiner felinen Arbeitskollegen.

Die Schmerzen, die Spiky der übermächtigen Katze mit seinen hinterhältigen Bissen in Schwanz und Hinterbeine zufügte und die Provokation seiner kleinen Verwandten machten den Tiger blind vor Wut. Während sich die Katzen und Spiky mit ihren Attacken abwechselten und damit Kräfte sparten, wurden die Bewegungen des Tigers immer langsamer, schwerfälliger. Schließlich blieb er mit bebenden Flanken und offenem Maul einfach stehen und schaute mit hängender Zunge in die Runde.

„Ich hab ihn mir ja größer vorgestellt", maunzte Rotbart großspurig und die andern stimmten ihm wild durcheinandermaunzend zu, während sie sich provozierend zu putzen begannen. Als der König des Dschungels mit einem letzten Fauchen im dichten Grün verschwand, fiel die Anspannung schließlich gänzlich von den schiffbrüchigen Bordvierbeinern ab. Ein wenig verlegen standen sich nun Spiky und die Katzen gegenüber.

„Ich kann dich immer noch nicht leiden", eröffnete Rotbart die Begrüßung, „aber du gehörst nun mal zur Mannschaft, konnten dich ja nicht vom Tiger fressen lassen."

„Euer albernes Rumgehüpfe hättet ihr euch auch sparen können", wuffte der Clansdog, „meint ihr etwa, ich wäre mit dem nicht fertig geworden? Ist doch nur eine Katze."

Trotzdem stieß Verstekeling wie aus Versehen dem Terrier ihren Schädel in die Seite, der leckte ihr spontan versehentlich über den Kopf, um sich dann schnell wegzudrehen. Newton ließ sich zu einem kurzen Blinzeln hinreißen, was Spiky knurrend mit einem flüchtigen Nasenstüber quittierte. Rotbart strich im Vorbeigehen ganz zufällig mit seinem Schwanz über den Rücken seines Bordrivalen und so sehr sich die Katzen auch bemühten, das Schnurren angesichts des unerwarteten Wiedersehens konnten sie einfach nicht unterdrücken. Und dann gingen Hund und Katzen ihrer Wege. Genau genommen nahmen alle den gleichen Weg, bemühten sich aber die jeweils andere Art demonstrativ zu ignorieren.

Rotbart hatte an der Weggabelung nicht nur Spikys Spur sondern auch noch andere Gerüche erschnüffelt. Die waren jedoch schon älter und viel schwächer. Die Katzen der Zeeland waren glücklich, dass hier Grote- und Kleinebroer entlanggegangen waren. Sogar den Geruch von Baronne und dem Schiffsarzt hatten sie ausmachen können. und es waren auch noch weitere Zweibeiner hier entlanggegangen, darunter ein paar Matrosen und der malaiische Steward.

Für die Katzen wäre es schwer gewesen, der schwachen und vielfach überlagerten Fährte zu folgen. Spiky allerdings hatte damit keine Mühe. Und so überließen die Samtpfoten dem Terrier großzügig den Vortritt und damit die Arbeit und schlenderten ihrem kläffenden Bordrivalen hinterher. Bald hatten sie den Waldrand erreicht und blickten auf ein Dorf, das in wasserüberflutete Reisfelder eingebettet war. Schmale Dämme trennten die Felder voneinander, offensichtlich die einzige Möglichkeit halbwegs trockener Pfote zu den Häusern mit den merkwürdigen Dächern zu gelangen. Irgendwie sahen die aus, wie die geschwungenen Hörner der Wasserbüffel, die sich in der braunen Brühe der Reisfelder tummelten und neugierig zur Katzenkolonne herüberglotzten.

„Was ist denn nun wieder los?" Grotebroer hatte einfach keine Lust, seine Augen zu öffnen, geschweige denn den gemütlichen Ruheplatz im schattigen halboffenen Gemeinschaftsraum des großen Clanshauses zu verlassen.

Kleinebroer, der laut maunzend auf seinem Mentor herumturnte, konnte dessen Gelassenheit nicht fassen. „Das musst du dir anschauen, Grotebroer, so etwas hast du noch nicht gesehen. König Rotbart zieht mit großem Gefolge in unser Dorf ein."

„Pah, König Rotbart, wieder so ein wichtigtuerischer Zweibeiner. Für mich gibt es nur einen Rotbart, und der ist nun wirklich kein König, sondern ein Schiffskater", Grotebroer seufzte vor sich

hin, „was wohl aus ihm geworden ist."

Kleinebroer hatte nicht die Geduld, sich das Genörgle seines Meisters anzuhören. Aufgeregt schnatternd stürmte er auf den Dorfplatz, auf dem sich tanzend und klatschend die Bewohner versammelt hatten, um den Einzug König Rotbarts zu feiern. Der ritt mit seinem Gefolge würdevoll hoch zu Büffel in die Siedlung des Volkes der Minangkabau ein. Hätte er geahnt, dass ihr Erscheinen einen solchen Aufstand unter den Zweibeinern hervorrufen würde, hätte er sich trotz des Schlamms im Schutze der Dämmerung an den Begrenzungen der Reisfelder entlang in das Dorf geschlichen. Angesichts der zunächst menschenleer erscheinenden Siedlung, war er jedoch auf die Idee gekommen, einfach auf den Rücken eines der gerade in Richtung Dorf trottenden Wasserbüffel zu springen. Seine Katzenkumpels fanden diese Idee geradezu genial und folgten kurzerpfot seinem Beispiel. Die Büffel störten sich nicht an ihren samtpfötigen Reitern, obwohl ihr großer Verwandter, der Tiger, sich nicht einmal hätte in ihre Nähe wagen dürfen, ohne um sein Leben fürchten zu müssen.

Als die ersten Bewohner die merkwürdige Prozession erblickten, schlugen sie sofort Alarm und schnell füllte sich der Dorfplatz mit begeisterten Minangkabau, denen die Mythen ihres Volkes lebendig geworden schienen. Schließlich gehörte eine Katze zu ihren mythologischen Vorfahren. Kabau, der Wasserbüffel, war sogar Bestandteil ihres Namens und ebenfalls ihrer Mythen. Die Katzen genossen die Aufmerksamkeit der Zweibeiner sichtlich und ließen sich gerne im Vorbeireiten streicheln. Nur Rotbart wurde immer kleiner, presste sich tief auf den Rücken seines Büffels und hielt die aufdringlichen Zweibeiner durch wütendes Fauchen und gelegentliche Pfotenhiebe auf Distanz. Schließlich sprang er mit einem wilden Satz in die Menge und flitzte auf der Suche nach einem Versteck zwischen den tanzenden Beinen hindurch in Richtung der Häuser.

„Hallo Rotbart, hier entlang, „kreischte Kleinebroer, um den panisch flüchtenden Kater auf sich aufmerksam zu machen. „Hier, im Haus, da ist auch Grotebroer."

Rotbart hörte den Kleinen gar nicht. Aber wenigstens war Grotebroer angesichts des Trubels nun doch stutzig geworden und begab sich widerwillig zur offenen Vorderseite des Hauses. Er staunte nicht schlecht, als er die ausgelassene Menschenmenge sah, in deren Mitte die Büffelgruppe mit Newton, Verstekeling, Lalin und Lalèze auf ihren Rücken über den Dorfplatz trotteten. „König Rotbart" hatte er gerade noch als roten Blitz in der Menschenmenge verschwinden sehen. Grotebroer hatte keine Zeit mehr, von der Veranda zu springen und seinem Bordkameraden entgegenzulaufen. Denn der war schon da und rannte ihn bei seiner Flucht ins schützende Haus einfach über den Haufen.

„Pfff", maunzte Grotebroer und versuchte, seine Gliedmaßen zu sortieren, um wieder auf die Pfoten zu kommen, „was für eine stürmische Begrüßung."

Bald trafen auch die anderen Kumpels ein. Die hatten einen weitaus würdevolleren Abgang hingelegt und waren mit den Worten „Lalin, Lalèze, kommt mit, da hinten sind unsere Kumpels" elegant von den Büffeln gesprungen, die stoisch ihren Weg durch die Menge in Richtung Weide fortsetzten.

Die Katzen machten es sich im gut durchlüfteten Gebälk des Hauses gemütlich. Dort waren sie auch vor Störungen durch die Zweibeiner sicher.

„Wo ist eigentlich Spiky?"

„Der ist gleich weiter, den Zweibeinern unseres Schiffes hinterher", maunzte Grotebroer.

„Und der Baroness", Kleinebroers Stimme klang traurig. Die Katzen sahen ihm an, dass er vor Tagen am liebsten auch gleich mit seiner Freundin mitgegangen wäre. Aber Grotebroer hatte unbedingt auf den Rest der Katzencrew warten wollen, auch wenn

die Hoffnung, sie wiederzusehen, mit jedem Tag geringer wurde.

„Die sind schon vor so vielen Lichtwechseln weitergegangen", Grotebroer spreizte die Zehen der rechten Vorderpfote, so dass jeder sehen konnte, wie viele Tage er meinte.

„Wie seid ihr überhaupt hier gelandet und wisst ihr, was aus den anderen geworden ist?" Mit dieser Frage läutete Rotbart die Erzählrunde ein.

Während Newton, Verstekeling und Rotbart beim Schiffbruch von Bord geschleudert und an unterschiedlichen Stellen der Küste angespült wurden, hatten sich Grotebroer und Kleinebroer an Deck halten können. Erstaunlicherweise war das große Beiboot in der Kuhl heil geblieben. Nach Abflauen des Sturms war es den Überlebenden gelungen, die Schaluppe mit Proviant und Ausrüstung zu beladen und an Land zu rudern, noch bevor die Zeeland gänzlich auseinanderbrach. Die Brüder, wie Grotebroer und Kleinebroer in Seefahrerkreisen genannt wurden, sprangen im letzten Moment ebenfalls an Bord.

„Übrigens Rotbart, dein Zweibeinerfreund war auch dabei."

Carl, war nun der ranghöchste Überlebende der Zeeland und hatte das Kommando übernommen, um an der Küste nach Süden zu segeln und so schnell wie möglich Batavia zu erreichen. Reinier Sylvius, der Schiffsarzt, verfolgte andere Pläne. Er wollte die Gelegenheit nutzen, die Insel zu durchqueren, um das Innere des den Europäern weitestgehend unbekannten Landes zu erforschen. Mit dem malaiischen Steward und ein paar wagemutigen Matrosen hatte er sich auf den Weg gemacht. Er würde, wenn alles gut ging, die Ostküste an der Straße von Malakka erreichen und von dort aus irgendwie nach Batavia reisen. Die Brüder hatten sich zunächst der Expedition angeschlossen, weil sie hofften, dabei auf ihre verschollenen felinen Freunde zu stoßen. Hier im Minangkabau-Dorf hatte sich Grotebroer dann entschlossen, zu warten. Sehr zum Leidwesen Kleinebroers. Aber auf ihrem

Weg hatten sie von ihren wilden Artgenossen das eine oder andere Gerücht über fremde Katzen aufgeschnappt und durften davon ausgehen, dass sich auch die Information über ihre Anwesenheit im Dorf unter den Dschungelfelinen herumsprechen und an die Ohren ihrer Kumpels gelangen würden. Der triumphale Einzug König Rotbarts gab ihnen Recht.

Natürlich hatten auch die Brüder ihre kleinen Abenteuer erlebt. So war Kleinebroer auf einen Nashornvogel gestoßen, der nach einer besonders leckeren Frucht suchend, auf dem Waldboden gelandet war. Kleinebroer fand es irgendwie lustig, wie er seitwärts herumhüpfte und mit seinem riesigen bunten Schnabel die Früchte aufklaubte. Obwohl der Kater schon zuvor Bekanntschaft mit den sehr wehrhaften wilden Hühnern gemacht hatte, die den Dschungel in kleinen Herden gackernd und krähend unsicher machten, hielt er den zwar größeren, aber tapsig wirkenden Nashornvogel für recht ungefährlich. Als der sich aber von Kleinebroers Annäherungsversuchen belästigt fühlte, ging er zum Angriff über. Mit ausgebreiteten Flügeln sprang er auf den Kater zu und versetzte ihm einen kräftigen Schnabelhieb auf den Schädel. Eigentlich war Kleinebroer ja sehr reaktionsschnell, hatte aber die Reichweite des schwarzweiß gefiederten Vogels sträflich unterschätzt. Wütend taumelte der Kater davon. Mit dem einheimischen Federvieh war einfach nicht gut Kirschen essen.

„Vielleicht solltest du es mal eine Nummer kleiner versuchen", schnurrte Grotebroer und leckte seinem Schützling beruhigend über den Kopf.

Aber auch Grotebroer hatte bei seinen Studien der Regenwaldfauna nicht immer ein glückliches Pfötchen. Staunend beobachtete er einmal eine große Gruppe riesiger Flattertiere, die sich in der Dämmerung auf einem Früchtebaum niederließ. Mit großen Augen setzte er sich unter den Baum und starrte nach oben, um die merkwürdigen Wesen genauer zu betrachten.

„Hunde, die fliegen können, was es nicht alles gibt. Und dann hängen sie auch noch kopfüber in den Ästen und fressen Früchte. Und wie die Schmatzen! Wenn das MacHatch sehen würde."

Ein Stück vermatschtes Fruchtfleisch traf den neugierigen Kater mitten ins Gesicht. Automatisch wischte er das Zeugs mit der Pfote weg: „Was soll das", maunzte er , „ich hab euch doch gar nichts getan."

Aber die Flughunde kümmerten sich nicht um den meckernden Kater, der so dumm war, sich direkt unter ihrem Fressbaum zu setzen. Da regnete es nun mal ausgelutschte Früchte und auch noch weit Unangenehmeres.

Aus dem Sumatra-Tagebuch des Reinier Sylvius Anno 1655

Die Wälder Sumatras beherbergen vielerlei ungewöhnlicher Wesen. So auch den Vampyrhund, ein großes Flederthier, dessen vielleicht gut zwei Ellen lange Flügel dem Vampyre, dessen Kopf jedoch dem eines Hundes gleicht. Gern hängen sich diese Thiere in großen Trauben an die Äste von Fruchtbäumen, denn sie ernähren sich nicht vom Blute anderer Thiere, sondern vornehmlich von Früchten, die sie auszusaugen und deren Reste sie ebenso wie ihren Kot unter den Bäumen anzuhäufen pflegen.

„Wohl neu hier", keckerte ein vorbeihuschender Fleckenmusang und verschwand schleunigst im Dickicht.

Natürlich waren das keine Geschichten, die die Brüder in der Katzenrunde zum Besten gaben. Stattdessen erzählte Kleinebroer in ausschweifendem Gemaunze, wie er erst kürzlich eine Kobra erlegt hatte. Kobras trieben sich des öfteren im Dorf herum, sogar in den Häusern, eine ständige Herausforderung für Mensch und Tier. Die Kobra, die Kleinebroer in bester Mungomanier bezwungen hatte, war noch recht klein gewesen, glücklicherweise. Aber natürlich wuchs sie in des stolzen Kleinebroers Erzählung zu einem wahren Monster heran, das nicht nur Katerchens Leben, sondern die Existenz des ganzen Dorfes bedrohte. Entsprechend groß war auch die Bewunderung und der Beifall der Katzengesellschaft, die selbstverständlich keinen Augenblick am Wahrheitsgehalt von Kleinebroers Geschichte zweifelte. Und das aus gutem Grund, denn es versteht sich von selbst, dass Lalèze und Rotbart inzwischen zu unerbittlichen Drachentötern geworden waren, Lalèze und Lalin den gefährlichen, mordgierigen Nebelparder allein durch ihre imposante Erscheinung zur Raison gebracht hatten und der Tiger um Gnade winselnd schließlich Hals über Kopf vor den Angriffen der Katzencrew in den Dschungel geflohen war.

„Wie hat es euch denn eigentlich hierher verschlagen?"

„Stimmt", ergänzte Rotbart Grotebroers Frage an Lalèze und Lalin, „von eurer Strandung habt ihr ja noch gar nichts berichtet, ist irgendwie immer untergegangen."

„Ach, da gibt es nicht viel zu berichten", druckste Lalèze in ungewohnter Bescheidenheit herum. „War halt stürmisch, und dann die Küste, na ihr kennt das ja, war aber halb so schlimm bei uns."

Die Geräusche, die vom Dorfplatz kamen, lenkten die Aufmerksamkeit der Katzenversammlung ab. Wie auf Kommando huschten die Samtpfoten durch das Gebälk ins Freie, um sich dort einen geschützten Beobachtungsplatz zwischen den Stützen eines klei-

nen Reisspeichers zu suchen.

Lalèze war froh. Wie hätte er auch aus ihrer Strandung eine legendäre Heldengeschichte machen sollen. Schließlich war der Sturm, der ihr Schiff an die Küste verschlagen hatte vorüber, das Schiff noch heil und manövrierfähig. Der Kapitän hatte in sicherer Entfernung zum Strand geankert und das Arbeitsboot ausgeschickt, um Wild zu schießen und die Fässer mit Frischwasser zu füllen. Lalèze war wie fast immer, seinem abenteuerlustigen Freund nur widerwillig in das Boot gefolgt. Am Strand angekommen, hatte er sich ein gut verstecktes, schattiges Plätzchen zum Dösen gesucht, während Lalin voller Neugier und Tatendrang die Gegend erkundete. Als der gemütliche Kater schließlich wieder aufwachte, waren Boot und Schiff verschwunden. Nur Lalin saß da und betrachtete ihn mit vorwurfsvollem Blick.

„Ich hab dich nicht rechtzeitig gefunden", brummte er, „aber ich konnte doch nicht einfach ohne dich absegeln."

Verstekeling und Newton hatten sich in der Zwischenzeit ein wenig umgesehen. Die Katze inspizierte das Haus und stieß in einem leeren Raum auf einen Stapel wunderbar weicher Tuche. Ein idealer Platz, sich so richtig einzukuscheln. Genüsslich tretend zupfte sie sich den Stoff zurecht, drehte und wendete ihn hin und her, zog hier und da mit akribischem Eifer einen Faden aus dem Stickwerk und krallte sich schließlich im Gewebe fest, um sich darin einzuwickeln, bis nichts mehr von ihr zu sehen war. Laut schnurrend döste sie in ihrem weichen Nest vor sich hin.

Newton folgte unterdessen einem speziellen Duft und stieß auf den Ort, wo eine Gruppe Frauen das Essen für das Fest vorbereitete. Newton war begeistert. Der vielversprechende Duft, dem er gefolgt war, materialisierte sich vor seinen Augen in Form eines Haufens in transportgerechte Stücke zerhackten Fischs. Es war ihm ein Leichtes, von den schwatzenden Frauen unbemerkt, eine

erhebliche Anzahl dieser Leckerbissen beiseite zu schaffen. Heute würde er einmal ein Gelage für die Katzencrew organisierten. Er suchte sich einen Katzenfestplatz am Waldrand aus, vor den Blicken der Menschen geschützt, aber noch nahe genug am Dorf, um vor den Räubern des Dschungels halbwegs sicher zu sein. Newton war überzeugt davon, an alles gedacht zu haben und gerade auf dem Weg, seine Kumpels zum Gelage einzuladen. Und dann ging das Spektakel los. Erst hätte ihn Verstekeling fast über den Haufen gerannt, als sie fluchtartig aus dem Clanshaus geschossen kam. Ihr stürzte die Chefin der Sippe wild gestikulierend und mit den zerrupften Festgewändern wedelnd hinterher und fast zeitgleich bemerkten die Frauen der dörflichen Kochgruppe den Fischdiebstahl. Als dann auch noch das Grollen des Tigers zu vernehmen war, schlug die zuvor recht ausgelassene Stimmung der Zweibeiner in eine Mischung aus Ärger und Furcht vor dem gestreiften Geist des Dschungels um. Für die Katzen wurde es nun ungemütlich. Plötzlich waren sie nicht mehr die gefeierten Verkörperungen der Ahnen. Vielmehr vermuteten die Minangkabau nun einen Zusammenhang zwischen den Streichen der merkwürdigen felinen Besucher und dem ehrfurchteinflößenden Geist des Tigers, dessen Grollen immer wieder ungewöhnlich nah am Dorf zu vernehmen war. Die Speere in den Händen der Männer und die Felle von Bengal- und Goldkatzen, die sie sich zur Feier des Tages um ihre Hüften geschlungen hatten, waren für die Katzencrew Anlass genug, sich in der Siedlung nicht mehr sicher zu fühlen. Enttäuscht murmelte Newton, nachdem sie sich tiefer in den Dschungel zurückgezogen hatten: „Ich glaube, aus unserem Gelage wird wohl nichts."

Es war kein Zufall, dass sich der Tiger so nahe am Dorf herumtrieb. Er konnte es nicht dulden, dass sich diese merkwürdigen und dreisten Verwandten seines Reviers bemächtigten. Natürlich hatte der Tiger keine Angst vor den Katzen und ihr recht respekt-

Vertreibung aus dem Paradies

178

loser Umgang mit dem König des Dschungels, den sie anlässlich der Rettung Spikys an den Tag gelegt hatten, beeinträchtigte sein Selbstbewusstsein nicht im Mindesten. Aber sie brachten Unruhe in sein Leben und wer weiß, was ihnen da noch alles nachfolgen würde. Dieser merkwürdige Kläffer, der sich vorübergehend der Gruppe von Rothunden angeschlossen hatte, die ihm immer mal wieder seine Beute streitig machten, war so ein Beispiel. Irgendwie brachten diese unberechenbaren Wesen, die wie aus dem Nichts in seine Welt eingedrungen waren, alles durcheinander. Man würde sie also auf jeden Fall im Auge behalten müssen und, wenn sich die Gelegenheit ergab, vielleicht auch töten.

Das entgangene Gelage war die kleinste Sorge der Katzencrew. Längst hatten sie gelernt, die Nahrungsressourcen des Regenwaldes zu nutzen. Verhungern würden sie sicher nicht. Wie aber allein der ganz in ihrer Nähe lauernde Tiger zeigte, ging es beim Überleben in dieser Wildnis nicht nur um die Nahrungsbeschaffung. Im Gegensatz zu ihren eingeborenen Verwandten, hatte die Natur nicht vorgesehen, dass sich Felis silvestris catus, also die gemeine Hauskatze, dauerhaft im tropischen Regenwald herumtreibt. Allein der häufige Regen und die Schwüle der Luft, die zunehmen würde, wenn sie sich aus dem Hochland in die Ebene hinabbegaben, machte ihnen schwer zu schaffen. Aber im Moment begaben sich die Katzen nirgendwo hin.

Es war nicht nur der heftige Regen, der sie wieder einmal Schutz unter dem Laubdach eines Waldriesen suchen ließ. Nachdem sie sich nun alle wiedergefunden hatten, die Abenteuer ausgetauscht waren und sie sich mehr oder weniger selbst der Gastfreundschaft der Dorfbewohner beraubt hatten, wussten sie nicht, wohin sie sich nun wenden sollten. Sie hatten schlichtweg keinen Plan. Und so hingen sie mehr oder weniger lustlos in den Ästen und warteten vor sich hindösend auf eine Eingebung oder doch wenigstens auf das Ende des Regens. Nur eine Etage tiefer mach-

te es sich, unbemerkt von der Katzencrew, der Tiger gemütlich. Die Nervensägen waren auf ihren für das gestreifte Schwergewicht zu dünnen Ästen im Moment zwar vor ihm sicher, aber irgendwann würden sie ja jagen müssen.

Recht lustlos streunten die Katzen im Dschungel umher. Dennoch bewegten sie sich dabei wohl eher unbewusst gen Osten. In diese Richtung waren auch die Zweibeiner der Zeeland gegangen, nachdem sie das Dorf verlassen hatten. Ihre Spuren und Mac-Hatchs Duftmarken waren jedoch nicht mehr auszumachen. Vielleicht waren die Katzen ja deshalb so unentschlossen. Es fehlte einfach eine Spur, ein deutliches Zeichen, irgendein Anlass, sich ein klares Ziel zu setzen. Und so kamen sie nur langsam voran, ruhten wann immer es sich ergab und jagten, wenn der Hunger sie dazu trieb. Trotzdem hatte niemand das Bedürfnis, den Rest des Lebens hier zu verbringen. Und das lag nicht nur am Klima, irgendwie fühlten sie sich immer beobachtet. Da waren natürlich die neugierigen Primaten, die den Katzen ständig auf die Nerven gingen. Da gab es aber auch die wilden Artgenossen, die meist unsichtbar für die Schiffsfelinen jede ihrer Bewegungen mit ihren Augen argwöhnisch verfolgten. Die Katzen wussten, dass auch die großen gut getarnten Schlangen ein Auge auf sie geworfen hatten und nicht zuletzt war da die unsichtbare aber immer spürbare Bedrohung durch den Gestreiften. Nein, auch wenn sie sich hier zu bewegen wussten, keiner von ihnen wollte dieses Leben auf Dauer führen. Sie sehnten sich zurück an Bord eines Schiffes. Dort waren sie zu Hause, dort waren sie die ungekrönten Herrscher. Es gab dort niemanden, vor dem sie sich verstecken mussten, dessen Revier sie zu respektieren hatten, dem sie nicht gewachsen waren. An Bord waren sie die Tiger, hier im Zweifelsfall eher die Beute. Und wenn Katz von der ständigen Bedrohung absah, wurde es im Dschungel mit der Zeit auch ziemlich

langweilig. Nicht, dass es nicht immer wieder neues Getier zu entdecken gab. Erst neulich hatte Rotbart kleine Frösche von Baum zu Baum fliegen gesehen. Käfer und andere Krabbeltiere bevölkerten Boden und Geäst. Vögel und Fledertiere oder große bunte Schmetterlinge sausten und flatterten durch die Gegend. Aber wozu sollte das alles gut sein, wenn Katz nicht einfach unbekümmert Spielen und Entdecken konnte, weil jede Unaufmerksamkeit tödlich enden konnte.

Halbherzig tatzelte Rotbart gegen das aufgeregte Hörnchen mit dem buschigen Schwanz, das sich schimpfend vor ihm aufgebaut hatte. Angeblich, so zeterte der recht große Baumflitzer, versperrte Rotbart den Weg zum Nest in den Baumwipfeln. Tatsächlich hätte das Hörnchen auch zahlreiche andere Wege nach Hause nehmen können, aber es war nun mal auf Krawall gebürstet und sich seiner Schnelligkeit bewusst. Normalerweise hätte es, Schnelligkeit hin, Schnelligkeit her, eine nette Mahlzeit abgegeben. Aber welche Katze will schon eine Mahlzeit, die sich geradezu von selbst aufdrängt. Für Rotbart war der respektlose Nager ein weiterer Grund, sich seinem Selbstmitleid hinzugeben.

Ungewohnte Geräusche rissen Rotbart aus seinen trübsinnigen Gedanken. Eine Karawane schwer beladener Wasserbüffel kämpfte sich ihren Weg durch die dichte Vegetation des abschüssigen Geländes. Während die Primaten und Vögel die Störung lautstark kommentierten, versteckten sich das Wild und seine Jäger sicherheitshalber im dichten Grün oder machten sich davon. Auch der Tiger scheute die Auseinandersetzung mit Mensch und Büffel und hatte sich kurzfristig entschlossen, andere Bereiche seines Reviers aufzusuchen. Um die kätzischen Fremdlinge konnte er sich später immer noch kümmern. Rotbart beobachtete gespannt, wie die Büffel dem kaum erkennbaren Pfad folgten und mit ihrer unbändigen Kraft zähes Pflanzenwerk durchbrachen. Auch die anderen Katzen hatten die Karawane bemerkt und waren zu Rotbart gesto-

ßen, um ihr gemeinsam zu folgen.

„Wenn Zweibeiner so viel herumschleppen, dann haben sie irgendein Ziel", maunzte Rotbart.

„Eine große Siedlung mit vielen Häusern und Lagerräumen vielleicht", brummte Grotebroer.

„Mit Wasser und Meer?" Kleinebroer klang hoffnungsvoll.

„Hafen und Schiffe auf denen man anheuern kann", spann Newton den Gedanken weiter.

„Und ne Katzentaverne", Lalin sah sich schon, umringt von staunenden Katzendamen, seine Abenteuer zum Besten geben.

„Worauf warten wir dann noch, lasst uns die Büffel entern", maunzte Lalèze und sprang ohne eine Antwort abzuwarten vom Ast direkt in einen der Transportkörbe, die den Rindviechern an der Seite hingen.

„Such dir gefälligst einen anderen Büffel, du Büffel", kreischte Verstekeling, die die Karawane lange vor den anderen entdeckt und als willkommene „Mitfahrgelegenheit" erkannt hatte.

Mit einem Satz war Lalèze wieder aus dem Korb geschossen und saß nun recht bedröppelt hinter dem Reiter auf dem Rücken des Lasttieres, während Verstekeling in ihrem Korb meckernd und spuckend versuchte, sich von Lalèzes Haarbüscheln zu befreien, die ihr zwischen den Zähnen und Krallen hingen. Der Zwischenfall blieb angesichts des Lärms, den die Baumbewohner veranstalteten, von den Zweibeinern unbemerkt. Die dösten auf den Schultern ihrer Büffel sitzend mehr oder weniger vor sich hin. Die Lasttiere schienen den Weg zu kennen und nahmen sowohl die Aufregung in den Baumwipfeln als auch zusteigenden felinen Passagiere mit der ihnen eigenen Gelassenheit. Und gelang es auch Lalin und Newton, ihre Transportkörbe zu finden. Rotbart konnte sich allerdings nicht mit dem Gedanken anfreunden, mit den Zweibeinern gewissermaßen auf Tuchfühlung zu gehen, auch wenn die davon gar nichts mitbekamen. Er verfolgte die Karawane in si-

cherer Entfernung, fing sich gelegentlich kleine Zwischenmahlzeiten, jagte vorwitzigen aber viel zu schnellen Hörnchen hinterher und freute sich, wenn aus vertrocknet herabhängenden Blättern plötzlich herumflatternde farbenfrohe Schmetterlinge wurden. Das Gefühl, ständig beobachtet zu werden, hatte seinen bedrohlichen Charakter verloren. Schließlich war er in Bewegung, es gab ein Ziel, die Lebensgeister waren wieder erwacht.

Nach ein paar Stunden erahnte Lalèze hingegen, dass der Vorteil, sich einen Büffel zu nehmen, durch gewisse Nachteile erkauft werden musste. Er hatte Hunger! Die Körbe, das mussten auch die die anderen Katzen feststellen, enthielten leider nur Güter ohne jeglichen Nährwert für Katzen. Um sich etwas zu erjagen müsste Katz das sichere Versteck ihres Transportkorbes verlassen und wieder unbemerkt zurückkehren. Die Gefahr, dabei entdeckt zu werden, war groß. Lalèze entschied allerdings, dass das Risiko, den Zweibeiner durch seinen laut knurrenden Magen auf sich aufmerksam zu machen, um ein Vielfaches größer war. Von der drohenden Gefahr des Hungertodes ganz zu schweigen. Tatsächlich gelang es ihm, seinen Büffel unbemerkt zu verlassen.

„Ah, ein bisschen Frischluft schnappen", spottete Rotbart. Aber statt zu antworten stürzte sich Lalèze auf eine kleine Echse, die die Schnelligkeit eines zwar nicht gerade heiligen aber außerordentlich hungrigen Birmamischlings sträflich unterschätzt hatte. Nachdem er sich satt gegessen hatte, fing er noch eine Maus und huschte zurück zur Karawane. Als sein Büffel direkt unter ihm war, sprang er auf dessen Rücken. Irgendwie musste er sich wohl verschätzt haben. Sei es, das er seine Gewichtszunahme nicht in die Berechnungen einbezogen hatte, sei es, dass ihm die Lichtverhältnisse einen Streich spielten. Vielleicht hatte der Büffel auch nur eine unerwartete Bewegung gemacht. Auf jeden Fall gestaltete sich die Landung alles andere als elegant und lautlos abgefedert. Stattdessen gab es ein lautes Plopp, als Lalèze mit dem

Bauch auf Büffels Rücken landete. Ein deutlich dezenteres Plopp ertönte, als ihm die Maus, die er für Lalin gefangen hatte, aus dem Maul schoss. Dem satten Platschen, als der Zweibeiner im morastigen Boden landete, war ein erschrockener Aufschrei vorangegangen. Denn Lalèze hatte bei seinem Versuch, sich nach der missglückten Landung auf dem Büffel zu halten, seine Krallen in den nackten Rücken des Reiters geschlagen. Es versteht sich von selbst, dass die Karawane ins Stocken geriet und die anderen Büffeltreiber dem verunglückten Kollegen zu Hilfe eilten. Lalèze versteckte sich schnell in seinem Korb bei Lalin und auch die anderen Katzen krochen noch tiefer in ihre Transportbehälter.

Die Zweibeiner studierten aufmerksam die Kratzer auf des Kollegen Rücken. Sie waren froh, dass es keine Schlangenbisse waren. Es sah schon verdächtig nach Katze aus, obgleich das wohl der erste Angriff einer Kleinkatze auf einen Menschen in der Geschichte der Minangkabau gewesen sein dürfte. Plötzlich wies einer mit ausgestrecktem Arm in das Dickicht. Halb verdeckt von Ästen und Blättern saß Rotbart im Baum und putzte sich demonstrativ seine krallenbewehrte Pfote. Und um kein Missverständnis darüber aufkommen zu lassen, wem der Büffeltreiber seine tiefen Kratzer zu verdanken hatte, schaute er den aufgeregten Zweibeinern frech in die Augen, ließ ein wildes Knurren hören und setzte noch ein wütendes Zischen obendrauf. Als einer der Männer jedoch seinen Speer hob, zog es Rotbart vor, sich unsichtbar zu machen.

Als die Büffelkarawane gegen Nachmittag unterhalb einer überhängenden Felswand Rast machte hatte es längst wieder zu regnen begonnen. Irgendeine Siedlung war nicht in Sicht. Es war ein gut ausgesuchter Ort, der wohl regelmäßig genutzt wurde. Jedenfalls gab es nahe dem trägen Wasserlauf nicht nur ausreichend Schlamm, in dem

Begegnung mit einem fischenden Artgenossen

184

sich die Büffel wälzen konnten, sondern auch verhältnismäßig festen Boden, auf dem Mensch und Ladung halbwegs trocken lagern konnten. Ein paar der Büffeltreiber nutzten die Zeit bis zum Sonnenuntergang, um Fische zu fangen, die sie zusammen mit dem Reis kochen würden. Andere suchten Holz für das Koch- und Lagerfeuer zusammen. Es war erstaunlich, dass sich im immerfeuchten Regenwald bei entsprechender Kenntnis tatsächlich brennbares Material finden ließ.

Die Katzen waren inzwischen aus ihren Körben geklettert und hatten sich, ein wenig entfernt von den Menschen, nahe dem Fluss zum Plaudern mit Rotbart getroffen. Natürlich war das geistesgegenwärtige Ablenkungsmanöver Rotbarts zunächst das Hauptthema der Katzengesellschaft. Lalèze gönnte Rotbart den Ruhm, denn je mehr sich das Gespräch auf „den Menschenfresser Rotbart" konzentrierte, desto mehr geriet der Anlass für Rotbarts Auftritt als „Schrecken des Dschungels" in den Hintergrund. Die Schiffskatzen der Zeeland schwelgten in Erinnerungen und Lalèze, Lalin und Verstekeling hörten den Geschichten um Rotbarts Auseinandersetzungen mit den Zweibeinern vor allem im ersten Teil der Reise gebannt zu. Dass zu den Zweibeinern Carl Carlszoon gehörte, dem der Schiffskater so manchen tiefen Kratzer verpasst hatte, ließ dem Roten wehmütig ums Herz werden.

„Vielleicht sollten wir uns um etwas zu Essen kümmern, die Zweibeiner haben bestimmt genug Fische gefangen, dass auch für uns noch etwas zu holen ist", maunzte Rotbart um sich von seinen trüben Gedanken zu lösen und sofort begannen die Mägen von Lalèze und Lalin vernehmlich zu knurren.

„Gute Idee", stimmte Grotebroer zu, „jetzt ist es auch dunkel genug, dass die Zweibeiner nichts mehr sehen können."

„Und ich dachte, ihr seid richtige Katzen", die brummigen, kaum verständlichen Worte, die zu ihnen heraufschallten, stammten von einem Raubtier das, einen großen zappelnden Fisch im

Maul, aus dem Wasser des Flusses an Land stieg. Die Katze mit den Längsstreifen, die vom flachen Kopf über den Rücken liefen und sich dort in der gepunkteten Zeichnung des Körpers verloren, legte ihre Beute ab und tötete sie mit einem kräftigen Biss. Provozierend schaute sie nach oben zu ihren kleinen Verwandten.

„Nach den Heldentaten, die ich mir die ganze Zeit anhören musste, hätte ich ja gedacht, dass ihr euch um euer Essen selber kümmern könnt. Essen stehlen von Zweibeinern, wie jämmerlich."

Natürlich wusste die Fischkatze, dass ihre kleineren Verwandten durchaus in der Lage waren, sehr erfolgreich zu jagen. Doch Fischkatzen sind nun einmal recht brummige Gesellen und meist auf Krawall gebürstet. Aber die Crew war nicht in der Stimmung, sich ausgerechnet mit einer Samtpfote, die im Wasser jagte, über katzenethische Fragen zu streiten. Katzen waren Landtiere, und damit basta. Und da Fisch natürlich trotzdem schmeckte, musste Katz sich den eben von den Lebewesen organisieren, die ihn zu beschaffen in der Lage und bereit waren, sich dabei die Pfoten nass zu machen. Newton hatte eine Idee.

„Ja, da hast du sicherlich recht, aber woher sollen wir den Fisch denn bekommen, wenn nicht von den Zweibeinern. Wir sind zu schwach und ungeschickt, um selbst welchen zu jagen."

Verstekeling begriff schnell, was Newton vorhatte und hängte sich an die Mitleidsmasche an. „Und immer nur Mäuse und Kriecher oder Krabbler, das reicht nicht. Schau uns an, wie klein und schwach wir sind. Wir brauchen Fisch, damit wir so kräftig und prächtig werden, wie du und nicht hier zugrunde gehen müssen."

Die anderen Katzen versuchten, durch ihre Körperhaltung und verhaltenes Fiepen, einen möglichst mitleiderregenden Eindruck zu vermitteln.

„Was interessiert mich, ob ihr hier zugrunde geht", grummelte die Fischkatze, die in Wirklichkeit ein gestandener Kater war und bereits begann, dem schnurrenden Charme der listigen Schiffs-

tigerin zu erliegen. Und als Verstekeling geschmeidig heruntersprang, ihr Köpfchen schnurrend und maunzend erst am Fisch und dann an der Flanke des Katers rieb und mit großen Augen klagte „Wir wollen doch bloß nach Hause", da drehte der sich um, sprang ins Wasser und grantelte: „Dann nehmt euch halt den Fisch, hier gibt's genug davon, dann hole ich mir eben einen neuen, wasserscheues Pack."

Mit Ausnahme Rotbarts wollte auch in den nächsten Tagen keine der Katzen auf die Annehmlichkeiten des gehörnten Verkehrsmittels gänzlich verzichten. Aber die Zeit in den Transportkörbern war doch ein wenig langweilig. Und so besprachen sich die Freunde bei dem ausgiebigen Fischmahl, wie sie die Tage gemeinsam ein wenig abwechslungsreicher gestalten konnten,

Aus dem Sumatra-Tagebuch des Reinier Sylvius Anno 1655

Katzen sind zweifelsohne ein merckwürdig Gethier. Als Beispiel mag jene Dschungelbewohnerin gelten, die ihre Nahrung vornehmlich aus dem Wasser zu beziehen und eine hervorragende Fischfängerin zu sein scheint. Der Kopf ist recht flach und die Ohren klein und es heißt, dass sie über Schwimmhäute zwischen den Zehen verfügen solle, um ihre Beute nicht nur vom Ufer aus zu fangen, sondern sie auch in deren Elemente, wie eine Otter zu verfolgen.

ohne von den Zweibeinern entdeckt zu werden.

Während die unausgelasteten felinen Büffelpassagiere trotz des fulminanten Fischgerichts anschließend noch jagend durch den Dschungel streiften, suchte sich Rotbart ein ruhiges Plätzchen in einem Baum am Fluss. Er hatte tagsüber genug Bewegung und musste keine aufgestaute Energie abreagieren.

Noch bevor die Siamangs ihren morgendlichen Gesang anstimmten, riss Rotbart ein kaum wahrnehmbares Geräusch aus dem Dämmerschlaf. Eigentlich nichts Besonderes in dem nächtlichen Dschungelkonzert, aber es reichte aus, um Rotbart in den Bereitschaftsmodus zu versetzen. Es war ein leises Plätschern, direkt unter ihm. Der Kater schob seinen Kopf vorsichtig über den Ast, um einen Blick nach unten zu werfen. Für seine Augen reichte das spärliche Licht, das die vom Mond erhellte Wolkendecke spendete, völlig aus. Der Fischkater, der auf einem Stein am Flussufer kauerte, hatte den Roten über sich gar nicht bemerkt. Vorsichtig tippte er mit seiner Pfote in regelmäßigen Abständen auf den Wasserspiegel. Das war das fast unhörbare Geräusch, das Rotbarts Aufmerksamkeit erregt hatte. Der Schiffskater wollte den in sein Wasserspiel vertieften Fischkater gerade mit einer spöttischen Bemerkung erschrecken, als der plötzlich mit einer blitzschnellen Bewegung seiner Pfote ins Wasser schlug, mit seinen Krallen einen Fisch packte und an Land hinter sich schleuderte. Rotbart entfuhr ein erstauntes und bewunderndes Maunzen, das den Fischkater herumschnellen ließ. Als er Rotbart wiedererkannte, knurrte er: „Diesmal falle ich auf eure Bettelei nicht herein. Fangt euch selbst was und vor allem stört mich nicht bei der Arbeit."

„Die anderen sind nicht hier", maunzte Rotbart und sprang von seinem Ast, „und ich habe genug gegessen. Aber ich würde gerne wissen, wie du das machst."

Abschätzend betrachtete der Fischklater seinen stämmigen aber deutlich kleineren Gegenüber, der weder Angst noch Aggression zeigte.

„Wenn du mir versprichst, dass ihr mir nicht immer wieder in die Quere kommt, dann verrate ich dir das Geheimnis."

Und so saßen ein kleiner und ein großer Kater in einem gewissen Abstand voneinander am Ufer und tatschten vorsichtig mit ihren Pfoten auf die Wasseroberfläche, so dass sich kleine Wellenringe ausbreiteten, die für die umherschwimmenden Fische den Eindruck vermittelten, als sei ein leckerer Käfer in den Fluss gefallen, der nun zappelnd versuchte, sich von der Wasseroberfläche zu retten. Es dauerte ein wenig, bis Rotbart den Dreh heraushatte und genau in dem Moment seine Pfote mit ausgefahrenen Krallen in das Wasser schlug, als der Schatten eines Fisches auf die vermeintliche Beute zuschoss. Rotbart war fasziniert, vor allem, weil sich Kater bei dieser Fangmethode kaum nass machen musste. Es war vor allem eine Frage des Timing und die Fische flogen wie von allein ans Ufer. Der Fischkater staunte nicht schlecht, wie schnell Rotbart lernte und gab ein anerkennendes Grunzen von sich. Aber es gab da noch einen Aspekt, den ein wasserscheuer Kater beim Fischen unbedingt beachten sollte. Als Rotbart allein aus Spaß den nächsten Fisch aus dem Wasser schlagen wollte, ging das gehörig schief. Der Fisch war für diese Art des Fangens und für Rotbart sowieso viel zu groß. Statt das Tier mit elegantem Pfotenschwung an Land zu befördern, zog sich Rotbart, verkrallt im missmutig dreinschauenden Gabelbart, eher unelegant selbst in den Fluss. Und während er am Fisch hängend, durch das Wasser gezogen wurde, gurrte der Fischkater begeistert: „Du kannst jetzt loslassen, das wird nichts mehr."

Aber Rotbart gab nicht auf, erst recht nicht, als er den milden Spott des Fischfangprofis aus dessen Maunzen heraushören konnte. Voller Wut schlug er auch noch die Krallen der anderen Pfote

in den Leib des Fisches und versenkte seine nadelspitzen Hauer im Kopf des Tieres, oberhalb der Kiemen. Rotbart war schon halb am Ertrinken, aber irgendwann wehrte sich der Fisch nicht mehr. Leblos trieb er an der Oberfläche und diente dem Kater als unfreiwillige Schwimmhilfe. Völlig erschöpft aber ungemein zufrieden und stolz, war Rotbart schließlich, seine übergroße Beute vor sich herschiebend, ans Ufer geschwommen, wo ihn der zutiefst beeindruckte Fischkater schon erwartete.

„Den kannst du haben, ich bin nicht hungrig", schnurrte Rotbart nach einer kleinen Erholungspause, „außerdem kann ich mir ja jederzeit einen neuen fangen."

Als die Siamangs bei Sonnenaufgang begannen, ihren Gesang anzustimmen, machten sich auch die Zweibeiner bereit, ihren Weg **Das Dorf am Fluss** fortzusetzen. Nachdem die Büffel wieder bepackt und die Menschen ihren Platz auf den Schultern eingenommen hatten, sprangen auch die Katzen unbemerkt in ihre Reiseabteile. Nach der ereignisreichen Nacht war für die nächsten Stunden auf jeden Fall Schlafen angesagt. Sollte etwas Außergewöhnliches passieren, würde Rotbart, der sich immer in der Nähe der Karawane aufhielt, seine Kumpels warnen. Gegen Mittag hielten es die ersten nicht mehr in ihren Transportkörben aus. Verstekeling und Lalin drängte es nach Bewegung. Ein wenig Hunger machte sich ebenfalls bemerkbar und natürlich musste sich Katz auch hin und wieder erleichtern. Vorsichtig steckten sie ihre Köpfe aus dem Korb und schauten suchend ins Geäst. Ein Rascheln zwischen den Blättern und ein kurzes Maunzen signalisierte ihnen, dass Rotbart sie bemerkt hatte. Jetzt hieß es, den richtigen Moment abzuwarten. Lange dauerte es nicht, und vom Anfang des Büffelzuges erklangen aufgeregte Stimmen „adik harimau, adik harimau" riefen die Büffeltreiber und zeigten ins Dickicht, wo sich Rotbart fauchend und brummend präsentierte,

als wolle er die ganze Karawane zum Mittagessen verspeisen. Schnell verließen Lalin und Verstekeling ihre Körbe und Rotbart verschwand vor den Augen der Zweibeiner als sei er nur ein böser Geist. Auf diese Weise konnten die Katzen im Laufe der nächsten beiden Tage ihre Büffel bei Bedarf und von den Treibern unbemerkt verlassen und wieder besteigen. Gelegentlich startete Rotbart einen Scheinangriff auf einen der Männer, damit seine Auftritte immer unberechenbar blieben und er sich der ständigen Aufmerksamkeit der Zweibeiner gewiss sein konnte. Es war für alle Beteiligten eine sehr kurzweilige Art zu reisen und die Tage vergingen wie im Fluge. Nachdem die Karawane schließlich in einer großen Siedlung am Fluss angekommen war, entstanden aus den Berichten über die Auftritte des kleinen wildgewordenen Schiffskaters blumige Geschichten über den Semangat harimau kecil, den Geist des kleinen Tigers, der harmlose Reisende in den Tiefen des Dschungels heimsucht.

„Es sieht so aus, als könnten wir auf dem Fluss weiterreisen", maunzte Newton am nächsten Morgen.

Tatsächlich lagen an den auf Pfählen ruhenden Häusern zahlreiche schlanke Boote, von denen einige gerade voll beladen ablegten und flussabwärts strebten.

„Wird nicht so einfach sein, ohne entdeckt zu werden", warf Lalin ein, „so wie bei den Büffeln wird es hier wohl kaum klappen."

„Ja, die Reise selbst wird vielleicht etwas langweiliger, wir können eben nicht einfach zwischendurch aus- und zusteigen", schnurrte Verstekeling beruhigend, „aber wenn wir erst mal an Bord sind, und uns gut versteckt haben, wird es wohl kaum Schwierigkeiten geben."

Keine Frage, die Katze wusste wovon sie sprach. Und so folgten alle ihrem Beispiel und beobachteten das Treiben am Fluss von einem sicheren Ort am Ufer außerhalb des Dorfes. Schnell

begriffen sie, dass es hier kaum anders zuging, als an irgendeiner anderen Lände oder Hafenanlage auf der Welt. Boote oder Schiffe wurden mit allerlei Kram beladen und wenn sie voll waren, sprangen Zweibeiner hinein und ruderten oder segelten davon. Hier waren es die langen schmalen Flussboote, die morgens mit Körben oder gut verschnürten Paketen gefüllt wurden. Wenn das erledigt war, palaverten die Zweibeiner noch eine Weile, so wie sie es immer taten, bevor sie etwas unternahmen. Danach setzten sich die Zweibeiner auf extra aus dem Rumpf herausgearbeitete Plattformen in Bug und Heck und paddelten davon. Die Ladung war erfreulicherweise mit Matten abgedeckt, als Schutz gegen Spritzwasser und den obligatorischen Regen. Für die Katzen ergaben sich damit hervorragende Versteckmöglichkeiten. Verstekeling war außerordentlich zufrieden.

„Wir nehmen die ersten beiden Boote", ordnete sie an. „Wenn die beladen sind, huschen wir einer nach dem anderen an Bord und verstecken uns, bevor die Zweibeiner kommen. Aber immer einer nach dem anderen, also erst, wenn klar ist, dass der erste sicher und unentdeckt an Bord gelangt ist, läuft der nächste los."

„Klasse Plan", hibbelte Kleinebroer, „und wer geht zuerst?"

„Na du jedenfalls nicht," brummte Grotebroer.

„Ich denke, als erste gehe ich", maunzte Verstekeling. „Dann Grotebroer, er ist von uns allen der Dienstälteste und Erfahrenste. Kleinebroer, du gehst als nächster. Und dann sollten sich nacheinander Lalin und Lalèze auf den Weg machen, aber das andere Boot nehmen. Newton und Rotbart können sich dann ja aussuchen, mit wem sie reisen wollen."

„Ich gehe als letzter", grummelte Rotbart, dem es gar nicht passte, so lange mit Zweibeinern auf so engem Raum zusammenzusein, auch wenn die ihn im Idealfall gar nicht bemerken würden. Auf jeden Fall wollte er die unangenehme Situation so lange wie möglich hinauszögern.

192

„Na gut, dann werde ich mich Lalin und Lalèze anschließen. Bin ja gespannt Rotbart, welches Boot du dir aussuchst, gurrte Newton mit einem Seitenblick auf Verstekeling."

Rotbart und die Tigerin ignorierten sowohl Newtons Worte als auch seinen Blick.

„Dann sollten wir heute noch mal richtig reinhauen, bevor es dann morgen losgeht", Rotbart gab sich großzügig, „kommt, ich spendier euch ne Runde Fisch."

Die Freunde staunten nicht schlecht, als sich der Kater auf einem Stein am Ufer niederlies, mit der Pfote aufs Wasser tatschte und nur wenig später mit einem schnellen Hieb einen Fisch zwischen die Katzen schleuderte. „Wollt ihr noch mehr?" fragte er voller Stolz und wartete die Antwort gar nicht erst ab. Fisch um Fisch landete vor den Pfoten der versammelten Katzschaft und es wurde ein wahrlich üppiges Gelage, von dem sie sich auch durch den bald einsetzenden Regen nicht abhalten ließen.

Am nächsten Morgen versammelten sich die Katzen wieder auf ihrem Beobachtungsposten am Rande des Dorfes. Die ersten beiden Boote waren schon bald fertig beladen und bereit zur Abfahrt. Das übliche Abschiedspalaver der Zweibeiner hatte gerade begonnen und Verstekeling machte sich wie besprochen als erste auf den Weg. Die Kater kamen nicht umhin, dann und wann ein anerkennendes Gemaunze auszustoßen, denn die Tigerkatze war tatsächlich eine Meisterin ihres Fachs. Geschmeidig, locker und jede Deckung nutzend, schlängelte sie sich zwischen Steinen hindurch, sprang, wenn sie sich sicher war, nicht von Zweibeinern oder ihren Hunden beobachtet zu werden, ins Geäst, um dabei mit dem Schatten des Blattwerks zu verschmelzen und schließlich für Sekundenbruchteile nur sichtbar, tief geduckt über den freien Streifen zwischen Waldrand und der Plattform zu schnüren, auf der das erste Haus am Wasser stand. Dort wurde sie gleich wieder eines mit den Schatten, die die Pfähle und die Wände des Hauses

warfen. Von ihrem Beobachtungsplatz aus konnten die Katzen gerade noch den schnellen Sprung von der Plattforn in eines der beiden Boote beobachten, dann war die flinke Katze auch schon unter den Reismatten, die die Ladung bedeckten, verschwunden.

„Ok, und jetzt du Grotebroer, gleich hinterher", kommandierte Rotbart, „das hat ja recht gut geklappt."

Katze um Katze schlichen sich die Crewmitglieder mal mehr, mal weniger geschickt an Bord der beiden Boote ohne von Mensch oder Hund entdeckt zu werden. Dass ihre Aktion dennoch aufmerksam beobachtet wurde, davon ahnten sie nichts.

Längst hatten die Zweibeiner ihre Plätze an Bord eingenommen und die Boote mit leichten Schlägen ihrer Paddel in die Mitte der träge dahintreibenden Fluten getrieben. Die Katzen hatten es sich gemütlich gemacht und waren in den Dauerdösmodus übergegangen, um die ereignislose Fahrt ohne großen Stress zu überstehen. Dass sie bei der einen oder anderen Stromschnelle die die Gleichförmigkeit der Reise unterbrach ein wenig durchgeschüttelt wurden, brachte sie nicht aus der Ruhe. An Bord ihrer Schiffe hatten sie ganz andere Turbulenzen schadlos überstanden.

Es war ein Leichtes für die blinden Passagiere, die zur Übernachtung an Land gezogenen Boote unbemerkt zu verlassen. Denn bevor die Menschen mit dem Entladen begannen, war ihre ganze Aufmerksamkeit der Herrichtung des Nachtlagers und dem Entfachen des Feuers gewidmet. Schnell waren die Katzen in das sichere Dickicht geflitzt, um sich dort nach der langen Ruhepause erst einmal so richtig auszutoben und sich natürlich auch der Produkte ihres vorabendlichen Gelages zu entledigen. Zwei Stunden später versammelten sie sich am Ufer abseits des Menschenlagers.

„So, Rotbart, walte er seines Amtes und liefere er uns Fisch, damit wir uns erquicken und laben können", maunzte Lalèze aufgeräumt und voller Vorfreude."

194

Aber nichts geschah. Die Katzen sahen sich um, aber Rotbart war nicht da. „Rotbart", maunzten sie im Chor, „Rotbart, wir haben Hunger!"

Rotbart meldete sich nicht und es dauerte eine ganze Zeit, bis die Samtpfoten ein mulmiges Gefühl zu beschleichen begann.

„Hat Rotbart irgendetwas gesagt, ob er vielleicht was vorhat, ist er sauer, habt ihr ihn geärgert?" Lalèze blickte die Crew des ersten Bootes fragend an.

„Woher sollen wir das wissen", antwortete Grotebroer verstimmt, „ich denke, er war bei euch an Bord."

Erst langsam dämmerte den Katzen, dass sie, wie immer es auch dazu kommen konnte, Rotbart beim Dorf zurückgelassen hatten.

„Vielleicht hat er ja ein eigenes Boot genommen", maunzte Kleinebroer hoffnungsvoll. Das heftige Putzen, dem sich die Kumpels nun geradezu zwanghaft hingaben, zeigte ihm jedoch, dass daran niemand so recht glaubte. Rotbart war ein zweites mal verschollen.

Nachdem die Schiffskatzen die neue Situation durch diverse Aktivitäten verarbeitet hatten, wie scheinbar sinnlos durch die Bäume flitzen, Löcher scharren oder wie Lalèze, einen Streifenroller verprügeln, stellte Grotebroer fest: „Es lässt sich nicht ändern, wir müssen weiter bis zur Küste. Dort gibt es sicherlich einen Hafen mit einer Katzentaverne. Dort wird sich auch Rotbart wieder einfinden, da bin ich ganz sicher. Wir müssen dort einfach auf ihn warten."

Bis dahin aber waren es noch mehrere Tage eintöniger Flussreise, die von dumpfen Trommelschlägen, aus den Tiefen des Dschungels begleitet wurden. Die Bootsmenschen wirkten recht angespannt auf der Fahrt, die sich Stunden um Stunden ohne besondere Ereignisse dahinzog. Dabei tasteten sie mit ihren Blicken

ständig die Flussufer ab, als erwarteten sie einen Hinterhalt oder andere Überraschungen. Plötzlich ertönten in Ufernähe laut dröhnende Klänge, als schlage jemand auf einen hohlen Baum: Tongtong tongtong tongtong. Aufgeregt rief der vordere Paddler seinem Kollegen im Heck etwas zu und zeigte mit dem Arm in die Richtung aus der das Signal kam. Eine kurze Antwort und die beiden paddelten mit schwungvollen Schlägen auf eine Uferlichtung zu, die einen idealen Lande- und Lagerplatz abzugeben schien.

Auch heute war es kein Problem für die Katzen, die Boote unbemerkt zu verlassen, im dichten Geäst des Dschungels zu verschwinden und das Geschehen im und um das schnell errichtete Lager herum zu beobachten. Diesmal waren sie allerdings nicht die einzigen Beobachter. Den spärlich bekleideten Menschen, die genauso geschmeidig und lautlos wie die Katzen durch das Dickicht huschten war die Flucht der Samtpfoten aus den Booten in den Dschungel nicht entgangen. Im Moment aber schien das Verhalten der Bootsleute für die Orang Kabu, wie das geheimnisvolle Waldvolk bei den sesshaften Bewohnern Sumatras genannt wurde, interessanter zu sein. Die hatten sich inzwischen die Waren angeschaut, die die Orang Kabu zum Tausch an den Waldrand gelegt hatten. Ein paar kleine Körbe mit Honig und Wachs, einen Bambusbehälter mit Drachenblut sowie einige Stücke Elfenbein von Elefant und Nashorn waren dabei, Produkte, die bei den einheimischen Händlern sehr begehrt waren. Natürlich folgte der Begutachtung des Angebots ein Palaver, bei dem die Bootsleute offensichtlich besprachen, was sie dem Waldvolk als Gegenwert anbieten sollten. Vorsichtig und mit misstrauischen Blicken in das Dickicht, legten sie einen Korb Reis, einen Parang, also eine malaiische Machete und ein Beutelchen Salz neben das Angebot der Orang Kabu. Dann zogen sie sich an ihr Lagerfeuer zurück und kochten sich mit dem Rücken zum Waldrand ihren abendlichen Reis. Interessiert beobachteten die Katzen, wie die

Kabu zu den Waren glitten, das Angebot prüften, nach kurzer gegenseitiger Verständigung durch Handzeichen im Dschungel verschwanden und dabei alles mitnahmen, was die Bootsleute niedergelegt hatten. Newton staunte nicht schlecht, als er begriff, dass auch Zweibeiner die Kommunikation ohne Worte beherrschten. Ja, sie konnten sich sogar verständigen, ohne einander direkt zu begegnen. Und der Kater war sich sicher, dass dabei nicht einmal Duftnachrichten ausgetauscht wurden. Newton war so fasziniert von dieser Erkenntnis, dass er gar nicht bemerkte, wie sich ihm unbemerkt einer des Waldvolkes bis auf wenige Meter näherte und bereits seinen Arm mit dem langen Speer zum Wurf erhob. Ganz sicher wäre er das Opfer des lautlosen Jägers geworden, hätte ihn nicht Verstekeling laut kreischend gewarnt. Als auch die anderen Katzen merkten, dass ihnen von diesen Zweibeinern zumindest im Dschungel mehr Gefahr drohte, als von all ihren wilden Verwandten zusammen, zogen sie sich schnell in die höheren Gefilde des Waldes zurück.

Nur langsam trauten sie sich wieder aus ihren Verstecken heraus und begannen in ungewohnter Vorsicht mit ihren Jagdzügen. Als sich aber die Dunkelheit über den Dschungel legte und in weiterer Ferne noch einmal das tongtong tongtong tongtong durch den Wald schallte, schien die Gefahr durch die zweibeinigen Jäger erst einmal vorüber. Für die Bootsleute bedeutete der dumpfe Trommelklang ebenfalls Entwarnung. Ohne große Hast schleppten sie nun die Waren der Kabu zu ihren Booten, um sie dort sorgfältig zu verstauen. Der Tausch war erfolgreich abgeschlossen.

Der nächste Tag begann mit Regen und so verschob sich die Abfahrt bis zum Mittag. Offensichtlich war das für die Zweibeiner kein Problem, denn sie trieben die Boote ohne Eile flussabwärts und ließen sich weder durch die im Wasserdampf verschwindenden Ufer noch die zahlreich auf Sandbänken ruhenden Krokodile aus der Ruhe bringen. Nicht einmal als die eine oder

andere Riesenechse bei ihrer Annäherung unerwartet flink ins Wasser glitt, und auf die Boote zuzusteuern schien. Auch die Katzen hatten sich von der Ruhe anstecken lassen und verspeisten genüsslich und laut schmatzend ihre vor der Abfahrt in den Booten eingelagerte Wegzehrung in Form von allerlei Kleingetier. Offensichtlich sind sich Katzen nicht im Klaren darüber, welche Lautstärke das genüssliche Schmatzen einer Samtpfote erreichen kann. Der hintere Bootsmensch jedenfalls zeigte sich immer irritierter und unruhiger. Immerhin hatte auch er die Geschichten vom gefährlichen Semangat harimau kecil gehört. Hier auf dem Boot würden ihm die Menschen hilflos ausgeliefert sein, wollten sie nicht über Bord springen und sich damit den Krokodilen zum Fraß vorwerfen. Als er schließlich all seinen Mut zusammennahm und - sein Paddel zum Schlag bereit - die Schutzmatte beiseite riss, starrte er direkt in die weit aufgerissenen Augen des vor Schreck erstarrten Lalèze, dem noch der Schwanz einer Eidechse aus dem Maul hing. Lalin und Newton machten kaum eine bessere Figur. Und da die Katzentiere alles andere als den fürchterlichen Geist des menschenfressenden kleinen Tigers verkörperten, löste sich die Anspannung des Zweibeiners in einem herzhaften Lachen, von dem auch sein Kollege im Bug des Bootes angesteckt wurde. Auch auf dem anderen Boot hatte man inzwischen die Katzentiere enttarnt und die Menschen amüsierten sich köstlich. Als einer von ihnen dem wackeren Lalèze freundlich über den Kopf streicheln wollte, legte der die Ohren an, hob abwehrend die krallenbewehrte Pfote und stieß ein wütendes Fauchen aus. Zumindest sollte es ein wildes, furchteinflößendes Fauchen werden. Stattdessen drang aus dem immer noch mit der Eidechse gefüllten Maul lediglich ein klägliches pffff pfff pfff, was erneutes Lachen verursachte. Lalèze gab auf, diese Menschen waren ohnehin harmlos und würden den Katzen nichts zuleide tun. Und als die Hand schließlich gekonnt Kopf und Kinn des

kräftigen Katers kraulte, spukte der endlich den Eidechsenschwanz aus, ließ sich entspannt zur Seite kippen und produzierte ein Schnurren, dass sich hinsichtlich der Lautstärke nicht hinter dem Schmatzen verstecken musste.

Bald war klar, warum die Bootsmenschen an diesem Tag keine Eile hatten, denn schon nach der nächsten Biegung des inzwischen recht breiten Flusses offenbarte sich den Katzen ein ermutigendes Bild. Vielleicht noch eine halbe Meile entfernt, mitten im Strom ankerten irgendwie fremdartig aussehende Schiffe mit einem oder mehreren Masten. Zwischen den Seglern und der Ufersiedlung krabbelten Boote hin und her. Auch diese Siedlung war auf Stelzen im morastigen Boden gebaut und die Hütten am Ufer wirkten nicht sonderlich eindrucksvoll. Mit den Hafenstädten, die die Schiffskatzen in aller Welt besucht hatten, konnte sich dieses große Urwalddorf nicht einmal ansatzweise messen. Trotzdem erkannten es die Samtpfoten sofort: Es war ein Hafen, ein richtiger Hafen. Hier musste es auch andere Schiffskatzen geben. Sie konnten es kaum abwarten, an Land zu gehen und die nächstgelegene Taverne zu suchen.

Als die Boote endlich an den Uferbauten festgemacht hatten, stürmte die Katzencrew unter Beifall der Zweibeiner an Land, um sich erst einmal ein geeignetes Versteck zur Orientierung zu suchen. Katzen waren hier aus den gleichen Gründen gern gesehen, wie an Bord der großen Schiffe. Die besondere Freude der Einwohner resultierte vor allem daraus, dass der Besuch von Schiffskatzen an Land hier eher selten und die Aufenthaltsdauer meist recht kurz war. Im Gegensatz zu vielen anderen Hafenmetropolen der alten und neuen Welt war dieser fieberverseuchte, morastige und schwüle Teil der Insel auch für Katzen nicht wirklich attraktiv. Das erkannten auch die Schiffsfelinen recht schnell.

„Ich fürchte", maunzte Grotebroer verhalten, „so eine richtige Katzentaverne werden wir hier nicht finden." Die wenigen und

schwachen Duftmarken waren eindeutig.

„Eine richtige Katzentaverne gibt es hier auch nicht", schnurrte es aus dem Schlagschatten eines nahegelegenen Hauses, „aber es gibt hier schon einen Ort, an dem sich die wenigen Kumpels, die sich aus welchen Gründen auch immer hierher verirrt haben, meist aufhalten."

„Schiffbrüchige beispielsweise", gurrte eine andere Stimme. „Oder unfreiwillig Abgemusterte", purrte eine Dritte. „Kommt mit, und erzählt."

Aus dem Schatten traten ein stattlicher, rabenschwarzer Kater mit abenteuerlustig funkelnden Bernsteinaugen, eine flauschige schwarze Katze mit weißem Latz und Pfoten und eine langhaarige, Schönheit, ebenfalls schwarz mit weißem Latz und Pfoten.

„Gestatten, mein Name ist El Mariniero Negro und das sind meine Freundinnen Crazy Lady und Cat Racoon", stellte er sich und seine Begleiterinnen vor, als sie den Treffpunkt erreichten. Offensichtlich erwarteten sie die Ankunft der Schiffbrüchigen bereits, denn zu aller Freude hatten die drei Gastgeber in Form von erlesenen Fleisch- und Fischstücken aus der legendären indonesischen Küche bereits etwas vorbereitet.

„Wo ist eigentlich Rotbart", fragte El Mariniero Negro seine verblüfften Gäste.

Rotbart beobachtete Newtons Weg zu den Booten mit größter Aufmerksamkeit. Auch der Kater mit der Geisteskraft, konnte sich sehr geschickt und für Menschenaugen nahezu unsichtbar bewegen und landete sicher und unbemerkt in einem der Boote. Gerade wollte sich Rotbart auf den Weg machen, als ein Hund zwischen den Hütten auftauchte und aufgeregt auf der Plattform oberhalb der Kanus herumschnüffelte. Immer wieder hob er den Kopf und blickte in die Richtung aus der die Katzen gekommen waren. Rotbart fühlte sich entdeckt und duckte sich noch tiefer, obwohl

er wusste, dass ihn der Hund nicht sehen konnte. Sicher, der Kläffer würde ihn nicht daran hindern können, an Bord eines der Boote zu gelangen. Eher würde der sich eine gehörige Tracht Prügel einfangen. Aber damit wäre der ganze Plan, als blinde Passagiere den Fluss hinabzuschippern, über den Haufen geworfen. Rotbart wurde klar: Er würde zurückbleiben müssen, um die anderen vor der Entdeckung zu bewahren. Vielleicht könnte er den Booten ja an Land folgen und irgendwo später wieder zu seinen Kumpels stoßen. Jetzt aber musste er alles daransetzen, um den Hund davon abzubringen, seine Freunde aufzustöbern.

Tief geduckt und jede Deckung nutzend machte er sich auf den Weg, zum Dorf. Der Hund hibbelte inzwischen auf der Plattform über den Booten hin und her und blickte irritiert auf den Fluss und die Kanus unter sich, weil die Katzenspuren an der Kante einfach abgerissen waren. Rotbart konnte sehen, wie es im Hirn des Caniden auf Hochtouren arbeitete. Es war nur eine Frage der Zeit, bis er darauf kommen würde, dass sich die Katzen direkt unter ihm befanden. Dann musste Rotbart wieder seine Rolle als furchtbarer Geist des kleinen Tigers übernehmen, um den Hund von den Booten wegzulocken. Gerade hatte er sich in Position gebracht, um die letzten Meter in zwei drei schnellen Sprüngen zu überwinden, als er ein kurzes, raues Bellen vernahm. Ohne zu zögern drehte sich der Hund um, trollte sich und verschwand irgendwo zwischen den Hütten. Nur wenig später hatten die Zweibeiner ihr Palaver beendet, bestiegen die Boote und paddelten davon. Jetzt war es am Kater, sich sein Gehirn darüber zu zermartern, was gerade geschehen war und vor allem warum.

„Nun sind wir quitt", blaffte Spiky MacHatch, der zusammen mit der Baronesse auf die Plattform trat. Bevor der Kater noch etwas erwidern konnte, sprangen die beiden Bordhunde in das nächste abfahrbereite Boot, um ebenfalls ihre Reise flussabwärts anzutreten. „Du warst mir nie etwas schuldig, blöder Kläffer",

maunzte Rotbart dem Boot hinterher.

Lustlos schlich Rotbart um das Dorf herum und versuchte, dem Flusslauf zu folgen. Die Boote waren bereits hinter der nächsten Biegung verschwunden und der Kater erkannte schnell, dass er zu Pfote durch den Dschungel nicht den Hauch einer Chance hatte, sie einzuholen. Also versuchte er es erst gar nicht, sondern bemühte sich, einfach nur irgendwie dem Flusslauf zu folgen. Das erwies sich jedoch als schwieriger als erwartet. Dass der Boden immer modriger wurde, sich der Fluss teilweise bis weit in den Dschungel ausbreitete, war noch das geringste Problem. Schließlich musste Kater nur selten das Geflecht der Äste verlassen, um seinen Weg fortzusetzen. Manchmal aber hätte Rotbart auch schwimmen müssen, um wenigstens in der Nähe des eigentlichen Flusslaufes zu bleiben. Dann wich er weiter ins Innere des Waldes aus, bis er angesichts der Verzweigungen und vielen kleinen Seitenarme begann, die Orientierung zu verlieren.

Erschöpft und frustriert ließ er sich in einer breiten Astgabelung nieder. Togtong tongtong tongtong, die Trommeltöne schienen von überall zu kommen. Rotbart machte sich keinen Kopf um die neuen Geräusche. Die schienen noch weit genug entfernt, um keine direkte Bedrohung darzustellen. Was allerdings seine Aufmerksamkeit erregte, war die kleine Gruppe nahezu lautloser zweibeiniger Gestalten, die sich mit unheimlicher Gewandtheit durch den Dschungel bewegten. Rotbart kam nicht umhin, sie zu bewundern. Sie waren so ganz anders als die langarmigen, rothaarigen Wesen, die sich ab und an über ihm durch das Geäst hangelten. Auch die bewegten sich erstaunlich lautlos für ihre Größe, aber es waren verhältnismäßig friedliche Gesellen, die sich vor allem auf Pflanzenkost spezialisiert hatten. Die Zweibeiner, die mit ihren langen Speeren in der Hand durch den Regenwald glitten, waren dem Kater allerdings mehr als unheimlich. Besonders als er beobachten musste, wie geschickt sie sich an einen im Unter-

holz versteckten Hirsch heranzupirschen verstanden. Ein schneller Stoß mit dem Speer und das ahnungslose Tier war erlegt. Rotbart wusste, wie aufmerksam die Muntjaks waren. Selbst Tiger oder Nebelparder hatten ihre liebe Mühe dieses Wild zu überraschen.

Es waren immer wieder kurze Begegnungen mit diesen Menschen und Rotbart war sich jedes Mal sicher, dass sie ihn nicht entdeckt hatten. Dennoch hatte er ein ungutes Gefühl, selbst dann, wenn sie tagelang gar nicht auftauchten. Tongtong tongtong tongtong, der heimliche Beobachter Rotbarts zog sich sicherheitshalber in die Tiefen des Dschungels zurück, dorthin, wo ihm die Zweibeiner nach seiner Erfahrung nicht folgen würden.

Längst hatte Rotbart begriffen, dass die Streifzüge der Menschen und das Trommeln irgendwie in Zusammenhang standen. Und so suchte auch er sich wieder einen sicheren Unterschlupf in der Krone eines kleinen Baumes und wartete, bis die Gefahr vorüber war. Als die Waldmenschen sein Versteck passiert hatten, folgte er ihnen vorsichtig. Diesmal schienen sie nicht auf Beute aus, denn sie bewegten sich verhältnismäßig schnell und gaben sich keine allzu große Mühe, unbemerkt zu bleiben. Gelegentlich hielten sie an und machten sich am Boden, im Gestrüpp oder an Ästen zu schaffen. Genau konnte Rotbart nicht erkennen, was sie da trieben, aber heute Nacht würde er das in aller Ruhe inspizieren. Denn nachts waren die Waldmenschen nie unterwegs.

Vorsichtig näherte sich Rotbart einer Stelle an der sich die Waldmenschen sowohl am Boden als auch im Geäst zu schaffen gemacht hatten. Das schwache Sternenlicht, das es durch das Blätterdach bis zum Boden schaffte, reichte für seine Augen *In der Falle* vollkommen aus, um zu erkennen, dass es nichts zu erkennen gab. Alles schien in seinem natürlichen Zustand. Keine abgebrochenen Äste, abgerissenen Blätter oder irgendwelche Spuren auf dem

vom Wild ausgetretenen Trampelpfad. Nur eine rote Ratte saß, auf irgendeinem Insekt herumschmatzend, auf dem Boden. Rotbarts Aktionen erfolgten beinahe automatisch. Mit allen Sinnen fixierte er seine Beute, brachte sich mit dem Hinterteil wackelnd in eine gute Position und sprang. Die Ratte hatte keine Chance, aber auch Rotbart nicht. Kaum hatte er das Opfer mit seinen Vorderpfoten am Boden fixiert, flog er unversehens hoch in die Luft.

Auf dem Boden landete er allerdings nicht mehr, denn das Netz, das ihn nun so fest umschloss, dass er sich kaum noch bewegen konnte, hing schaukelnd etwa zwei Meter über der Erde. Die Ratte war durch die Maschen entkommen und zog sich blitzartig in ihren Erdbau zurück. Die anderen Tiere des Waldes gingen nach einer kurzen Schrecksekunde ihrer gewohnten Tätigkeit nach. Im Gegensatz zu Rotbart kannten sie die hinterhältigen Netzfallen der Waldmenschen ebenso wie deren Schlingen und Schlagfallen.

Rotbart war gefangen und nicht nur den mörderischen Waldmenschen hilflos ausgeliefert. Mit aller Kraft stemmte er sich gegen die Maschen, aber er hatte keine Chance. Seine Krallen vermochten den starken Naturfasern nichts anzuhaben und auch mit seinen Zähnen ließ sich nichts ausrichten. Rotbart wütete und tobte, aber das Netz hielt ihn unerbittlich umschlungen.

„Nicht so zappeln, sowieso tot", kommentierte ungerührt ein vorbeihuschender Streifenroller. Aber Rotbart hörte ihn nicht. Er versuchte weiter, den kaum vorhandenen Bewegungsspielraum zu nutzen, um sich irgendwie zu befreien. Dabei verfing er sich nur noch mehr in den Maschen und schließlich verließen ihn die Kräfte. Sein Herz hämmerte und seine Glieder schmerzten, der Speichel tropfte aus seinem Maul und langsam glitt er in eine Art Bewusstlosigkeit, die ihn zunächst vor weiterem sinnlosem Kräfteverschleiß bewahrte.

Als er wieder zu sich kam, war der Tag längst angebrochen.

Wieder bemächtigte sich des Katers Panik. Aber er war inzwischen viel zu schwach, um seinen ohnehin vergeblichen Kampf gegen das unerbittliche Netz wieder aufzunehmen. Es war nicht nur der Befreiungsversuch in der Nacht, dem der Schiffskater Tribut zollen musste. Seit gestern Nachmittag hatte er nichts mehr gefressen, sein Flüssigkeitshaushalt war aus dem Gleichgewicht geraten und die Maschen des Netzes schnürten ihm seine Gliedmaßen ab, die bereits begannen, sich taub anzufühlen. Rotbart hatte keine Ahnung, wie lange er das noch aushalten würde. Aber am Ende war das wahrscheinlich egal, denn die einzigen, die ihn befreien konnten, waren die Waldmenschen und von denen hatte er wohl kaum etwas Gutes zu erwarten. Selbst der kleinen Elefantengruppe, die auf ihrem Streifzug durch den Wald am Nachmittag vorbeikam, war es nicht gelungen, das Netz vom Ast zu reißen, als sie es voller Neugierde mit ihren Rüsseln untersuchte. Aber vielleicht wollten sie sich ja auch nur nicht allzu sehr anstrengen, schließlich steht Katzenrollbraten nicht unbedingt auf dem Speiseplan von Elefanten. Und auch die große Python, die sich in der beginnenden Dämmerung auf die Jagd machte und endlos lange auf dem starken Ast über Rotbart entlangzugleiten schien, scherte sich nicht um die vermeintlich leichte Beute. Sie hätte zwar nichts gegen einen Katzensnack gehabt, wusste aber aus Erfahrung, dass Beutetiere, die in einem Netz der Waldmenschen hingen, einfach nicht in den Schlangenmagen zu bekommen waren. Vor den wilden Tieren schien Rotbart also weitgehend sicher. Und so versuchte er sich einzureden, dass er schon viel schlimmere Situationen gemeistert hatte. Tatsächlich konnte er sich aber nicht daran erinnern, jemals in einer so ausweglosen Situation gewesen zu sein.

Rotbart war viel zu erschöpft, um einen klaren Gedanken zu fassen. Er musste Kräfte sparen, um sich gegen die Waldzweibeiner zu wehren, wenn sie ihn abholten. Tongtong tontong tong-

tong, die Trommelklänge kamen aus weiter Ferne. Noch keine Bedrohung, redete sich Rotbart ein und glitt langsam in das Reich der Träume ab.

Über dem Dschungel braute sich ein gewaltiges Unwetter zusammen. Das Licht der Blitze drang flackernd durch das dichte Blätterdach und nach dem ersten krachenden Einschlag, prasselte der sturmgepeitschte Regen auf den Wald ein. Rotbart riss das Maul auf, um möglichst viele der Regentropfen einzufangen, die den Weg bis in die unterste Etage der Vegetation gefunden hatten. Er hätte sich auch gerne den durchnässten Pelz geleckt, um seinen Durst zu stillen, aber nicht einmal das ließ das enge Netz zu. Rotbart konnte beobachten, wie sich der Boden unter ihm mit Wasser füllte. Die Flussläufe, die den Regenwald wie ein weitverzweigtes Netz durchzogen, schienen über die Ufer getreten. Der Wald begann in den Fluten zu versinken.

Im Tosen der Elemente glaubte Rotbart Menschenstimmen zu hören. Lautes Fluchen, Hilferufe, Verzweiflung und zwischendurch das Krachen, Rauschen, Bersten, das der Schiffskater schon einmal irgendwann vernommen hatte. Rotbart traute seinen Augen nicht, als mitten durch den Dschungel der Holländer auf ihn zugesegelt kam. Wie damals auf der Zeeland trieb das Schiff an ihm vorbei und ganz oben auf der Poop erblickte er wieder den großen roten Kater, der ihm etwas zuzumaunzen schien. Rotbart glaubte so etwas wie ‚Tiger' herauszuhören, bevor sowohl des Katers Stimme als auch der Fliegende Holländer mit seinem fürchterlichen Unwetter im Wasserdampfnebel des sonnenbeheizten Regenwaldes verschwanden.

Als Rotbart wieder zu sich kam, fühlte er sich ein wenig erfrischt. Es musste in der Nacht wohl tatsächlich geregnet haben, vom in den Fluten untergegangenen Wald konnte allerdings keine Rede sein. Die Trommelklänge drangen nur langsam zu Rotbart vor. Noch hing er in Gedanken der zweiten Begegnung mit sei-

nem Artgenossen vom Fliegenden Holländer nach. ‚Tiger' hatte
der gesagt. Jedenfalls glaubte Rotbart das verstanden zu haben.
Sollte es eine Warnung sein? Rotbart überlegte. Tatsächlich dürfte
der Gestreifte neben den Orang Kabu der einzige Waldbewohner
sein, der ihm gefährlich werden konnte. Kein Problem für die
Großkatze, das Netz in einem lockeren Sprung zu erreichen, mit
den mächtigen Klauen zu zerreißen und Rotbart wahrscheinlich
gleich mit.

Tongtong tong tong, die Waldmenschen mussten ganz in der Nähe
sein, Rotbart konnte sie geradezu körperlich spüren. Schon sah er
ihre Schatten durch das Dickicht huschen und dann standen sie
unter ihm.

Das Brüllen des Tigers ging offensichtlich nicht nur Rotbart
durch Mark und Bein. Auch die Orang Kabu erstarrten kurz, bevor sie sich langsam und vorsichtig rückwärts bewegten. Nur
wenige Meter entfernt trat der schreckliche Gestreifte aus dem
Grün des Dschungels, während die Waldmenschen wie vom Erd-
boden verschluckt zu sein schienen. Brüllend blieb der Tiger vor
dem verzweifelten Rotbart in seiner Netzfalle stehen und starrte
sein Opfer an.

„Wo ist eigentlich Rotbart", fragte El Mariniero Negro seine
verblüfften Gäste. Und an Lalin und Lalèze gerichtet: „Und was
macht ihr eigentlich hier?"

Kleinebroer war tief beeindruckt. El Mariniero Negro, der
schwarze Seefahrer, was hatte er nicht schon alles über ihn gehört. Und die beiden Schönheiten an seiner Seite passten so
richtig ins Bild, das er sich von dem legendären Schiffskater gemacht hatte. Nie hätte er gedacht, dass er ihm einmal persönlich
gegenüberstehen würde. Erst der große Seetiger und jetzt auch
noch dieser verwegene Kater, von dem man sagte, dass er gerne
bei Freihändlern und Schmugglern anheuerte und dadurch mit

den Gewässern, Inseln und Küsten Indonesiens vertraut war, wie kein zweiter Artgenosse. Und natürlich kannte er so ziemlich jeden Schiffsfelinen, der jemals hier gesegelt war, selbstverständlich auch Grotebroer und nicht zuletzt Lalin und Lalèze. Die offensichtlich sogar recht gut.

„Willst du dich mit mir anlegen, Kleiner?" El Marinieros gelassene Frage riss Kleinebroer aus seinen Gedanken. Schnell schloss er seine Augen und wandte beschwichtigend den Kopf zur Seite. Ihm war gar nicht bewusst, dass er den schwarzen Seefahrer anstarrte. Als er die Augen wieder öffnete, schaute er direkt in das Gesicht Cat Racoons, die ihn verführerisch anzwinkerte. Kleinebroer war verunsichert, vor allem, als ihn Crazy Lady mit einem abschätzenden Blick bedachte, so als habe er in der Runde Erwachsener eigentlich gar nichts zu suchen. Der Kater, der nach den bisher bestandenen Abenteuern ja beileibe kein Greenhorn in der Schiffskatzengilde mehr war, wünschte sich Rotbart an seine Seite. Der hätte gewusst, wie man sich gegenüber dieser offensichtlich besonderen Kategorie Schiffsfeliner verhalten musste, der ließ sich nicht so leicht ins Bockshorn jagen. Aber Rotbart war nun einmal nicht da und niemand konnte sagen, warum und was aus ihm geworden war. El Mariniero war sichtlich bestürzt, als er erfuhr, dass Rotbart ausgerechnet im Land der Orang Kabu verloren gegangen war. Dabei schien zunächst alles recht überschaubar.

Vor kaum einer Woche hatten der schwarze Seefahrer und seine Damen in der Katzenspelunke im Hafen von Malakka Großtatze getroffen. Der war mit der Texel vor rund drei Monaten in Batavia angekommen und wartete dort vergeblich auf die Zeeland mit seinen Kumpels. Wochen später hatten eine Handvoll Zweibeiner von der Zeeland mit einem Boot Batavia erreicht und vom Schiffbruch an der Westküste Sumatras berichtet. Daraufhin heuerte Großtatze auf einem Segler nach Malakka an, um El Mari-

niero dort zu treffen und ihn zu bitten, ihm bei der Suche nach der felinen Zeelandcrew zu helfen. Beide waren sich darin einig, dass sich die Kumpels, wenn sie den Schiffbruch überlebt hatten, zur Ostküste durchschlagen würden. Dort galt es, sie zu finden und ihnen dabei zu helfen, einen der holländischen Stützpunkte Indonesiens zu erreichen, um neue Schiffe zu finden, auf denen sie wieder anheuern konnten.

„Wie gut, dass Lalin und Lalèze bei euch waren", bemerkte El Marinero mit einem Seitenblick auf die beiden Kater, die sich während des Gespräches merkwürdigerweise ein wenig abseits gehalten hatten. Die beiden Katzendamen gurrten vergnügt. „Aber vielleicht darf ich euch jetzt ja wieder in meiner Mannschaft begrüßen. Unser Schiff liegt da drüben, falls ihr es noch nicht gesehen haben solltet."

Natürlich hatten die beiden Schiffskater ihren englischen Freihändler längst entdeckt. Schließlich hatten sie auf der „Adventurer", gemeinsam mit El Mariniero, Cat Racoon und Crazy Lady seit über einem Jahr die indonesischen Küsten abgeklappert, bevor sie auf etwas unrühmliche Art an der Westküste Sumatras unfreiwillig abgemustert hatten. Der Kapitän der „Adventurer" trieb an der Holländischen Ostindienkompagnie vorbei einen lukrativen Handel mit den Einheimischen, die sich nicht dem Diktat der VOC unterwerfen wollten. Für die Holländer galten Kapitäne und Besatzungen von Schiffen wie die der „Adventurer" als Freibeuter und Schmuggler. Deren feline Mannschaftsmitglieder waren in Katzenkreisen jedoch als besonders verwegene Artgenossen geschätzt. Für Piraten hatten anständige Schiffskatzen hingegen nicht allzuviel übrig, obwohl die Grenzen zwischen Freihandel und Freibeuterei oftmals fließend waren.

„Morgen segelt unser Schiff wieder ab", maunzte der schwarze Freihändlerkater. „Ich denke, ihr beiden solltet rechtzeitig an Bord gehen, und wenn jemand von euch anderen Lust hat, kann er La-

lin und Lalèze gerne begleiten und die Katzencrew verstärken, denn wir werden hier bleiben, um auf Rotbart zu warten oder wenigstens Erkundigungen zu seinem Verbleib einzuziehen."

Die Mitglieder der Zeelandcrew rümpften die Nasen, vielmehr, sie flehmten, weil ihnen irgendwie bekannte Gerüche in die Nasen drangen.

El Mariniero missverstand das Verhalten der VOC-Katzen gründlich: „Wir sind Freihändler und keine Piraten, an unserem Dienst ist nichts unehrenhaftes. Aber wenn ihr nicht wollt . . ."

„Baroness, Baroness," kreischte Kleinebroer und stürmte auf seine hündische Freundin zu, die soeben aus dem Halbschatten der abgelegenen Hütte trat.

„Wuff, alter Kumpel", antwortete die Hündin des Schiffsarztes und schleckte ihren Freund voller Inbrunst ab.

„Oh je, ein Kläfferfreund", der Freihändlerkater gab sich pikiert und gähnte ausgiebig.

„Schau mal Crazy, ist doch sooo süüüüß", schnurrte Cat Racoon. Aber Crazy Lady brummte nur missmutig und startete eine ausgiebige Putzaktion.

Als Spiky MacHatch im Schlepptau der Beagledame in die Katzenrunde trat, hielt sich die Begeisterung aller Felinen in Grenzen. Immerhin, die beiden Kläffer hatten Neues zu berichten, nicht nur über den Grund, weshalb Rotbart im Dorf am Fluss zurückgeblieben war.

Als sich Spiky auf die Verfolgung der Expeditionsgesellschaft unter der Führung des Schiffsarztes begeben hatte, stieß er auf verstörende Spuren. Ein Begleiter des Schiffsarztes nach dem anderen war auf dem Weg ins Innere der Insel auf mysteriöse Art verstorben. Und die Spuren, die MacHatch an den Leichen der Matrosen erschnüffeln konnte, deuteten darauf hin, dass der Steward der Zeeland dabei seine Hand im Spiel hatte. Der Malaie aus Malakka war seit vielen Jahren der persönliche Sklave des Kapi-

täns der Zeeland und nutzte nun die Gelegenheit des Schiffbruchs, um sich aus der Sklaverei zu befreien. Mit Sicherheit spielten auch Rachegelüste des temperamentvollen Indonesiers eine Rolle, als er mit List und Tücke einen nach dem anderen so geschickt hinterrücks ermordete oder beispielsweise in Großwildfallen der Orang Kabu tappen ließ, dass niemand dem quasi einheimischen Führer misstraute. Schließlich war Spiky zu einer riesigen Tempelanlage mitten im Dschungel gelangt, wo er seine heimlich verehrte Baroness antraf, die um ihren sterbenden Reinier Sylvius trauerte, dem letzten Zweibeiner der Expedition. Der einsame Priester hatte den Schiffsarzt in der Nähe seines Tempels gefunden, bereits halbtot von Malaria und Ruhr, bewacht von Baroness. Der Mönch konnte nicht wissen, dass der Steward seinem letzten Opfer als vermeintlichen Heiltrank noch Gift eingeflößt hatte, bevor er im Dschungel verschwand.

„Ich habe so einiges von diesem Tempelzweibeiner gehört", maunzte El Mariniero, „er soll mit einem Tiger zusammenleben."

„Richtig", wuffte Baroness, „aber auf dem Tempelgelände ist jeder vor dem furchtbaren Gestreiften sicher. Der Brabbler duldet keine Feindseligkeit."

„Aber er muss doch jagen und fressen", warf Newton ein.

„Dazu geht er in den Dschungel", blaffte Spiky, „und dort kennt er kein Erbarmen, selbst Elefanten sind da nicht vor ihm sicher. Hab ich selbst gesehen!" Spiky schaute mit einem ehrfurchtgebietenden Gesichtsausdruck in die Runde.

„Hoffentlich begegnet ihm Rotbart nicht", wuffte er mit einer Miene, der zu entnehmen war, dass er genau das Gegenteil meinte. Kurz darauf jaulte er schmerzerfüllt auf, weil ihm Baroness kräftig in die Seite gezwickt hatte. Das wütende Fauchen und den einen oder anderen Tatzenhieb der aufgebrachten Schiffsfelinen steckte er allerdings gelassen weg. Das war ihm seine Gehässigkeit wert gewesen.

Noch bevor sich der Tiger aufrichtete, um seine Pranken in das Netz zu schlagen, wich Rotbarts Panik einer gnädigen Bewusst-*Im Reiche Raja-Kucins* losigkeit. Als er wieder zu sich kam, war er sich sicher, sein erstes Leben verloren zu haben und im legendären paradiesischen Zwischenreich gelandet zu sein, wo sich Katz auf ihr nächstes irdisches Dasein vorbereiten kann. Aber damit hatte es der Kater nicht eilig. Es war wunderbar, das weiche Fell in das er eingebettet war, zu spüren, das kräftige Schnurren zu vernehmen, in das er genüsslich einstimmte und die Zunge zu spüren, die ihm zärtlich, wie einst die seiner Mutter, den Kopf bürstete. Die Ängste und Schmerzen waren von ihm gewichen und es gab keinen Grund, an dieser Situation irgendetwas zu ändern. Er war glücklich. Die Stimme, die in sein Bewusstsein drang, klang gelassen und freundlich. Für Rotbart gab es keinen Anlass, die Augen zu öffnen, um die Herkunft der Worte auszumachen. Die hatten für ihn ohnehin keine Bedeutung. Es war einfach nur angenehm, der Stimme zu lauschen. Langsam gesellte sich jedoch das allzu bekannte tongtong tongtong tongtong aus der Ferne hinzu und Rotbart wurde bewusst, dass er sich doch nicht im Katzenhimmel befand. Nun meldete sich auch sein Magen mit einem fordernden Knurren zu Wort und als eine weitere tiefe Stimme direkt über ihm schnurrte „Hallo Rotbart, willkommen zurück, du hast sicher Hunger", öffnete er widerwillig die Augen und blickte direkt in das friedliche Gesicht des Tigers. Rotbarts halbherziger Versuch, zu fliehen, scheiterte gründlich. Die Beine versagten ihm ihren Dienst und das nicht etwa aus Angst, sondern vor Schwäche.

„Ja", maunzte der Kater kaum vernehmbar.

„Warte einen Moment."

Der Tiger nahm Rotbart mit unendlicher Behutsamkeit in sein Maul und legte ihn in den Schoß des Priesters, der mit gekreuzten Beinen am Boden saß und beruhigend seine Mantras vor sich hin

murmelte. Es kostete Rotbart enorm viel Kraft, seinen Kopf wenigstens so weit zu heben, dass er den Brei schlabbern konnte, den ihm der Priester in einer Tonschale präsentierte. Mit dem Futter kehrten langsam seine Lebensgeister wieder zurück und nach kaum einer Stunde war er schon in der Lage, vom Schoß des Mönchs zu springen und zum Tiger, der sich in den Schatten eines Baumes zurückgezogen hatte, zurückzutorkeln. Schwankend stand er vor dem großen Gestreiften, der freundlich seine Augen schloss. „Was ist das hier für ein merkwürdiger Ort", maunzte er den Tiger noch an, bevor er einfach auf die Seite fiel und in einen tiefen Erholungsschlaf sank.

Über Rotbart erstreckte sich der sternenklare Himmel. Ein ungewohnter Anblick, versperrten sonst doch meist die Baumkronen den Blick nach oben. Aber Rotbart saß auf dem Dach der halb vom Dschungel überwachsenen und zerbröselnden Stupa. Neben ihm der große Getigerte, der dem Kater schnurrend den merkwürdigen Ort zeigte, an dem er gelandet war. Rotbart fühlte sich hervorragend. Die drückende Schwüle war klarer frischer Luft gewichen und seine Glieder hatten all ihre Schwere verloren. Selbst das tongtong tongtong tongtong war hier nicht zu vernehmen und ein tiefes Gefühl der Sicherheit und Zufriedenheit hatte sich in ihm ausgebreitet. Raja-Kucing, der Gestreifte, wies mit einem beiläufigen Schwanzschnippen in die Ferne. Rund um den Tempel erstreckte sich der Dschungel in sanften Wellen bis zum Horizont. Und je weiter der Blick in die Ferne schweifte, desto mehr glich der rauschende Regenwald einer wogenden silbriggrünen Graslandschaft. Und dann konnte Rotbart erkennen, was Raja-Kucing meinte. Gelassen schlenderten die Klabautermiez und der Kater vom Fliegenden Holländer über das Gras. Sie schienen sich angeregt zu unterhalten. Ab und an warfen sie einen Blick zu den beiden Beobachtern herüber und Rotbart meinte sogar seinen Namen zu hören. „Reden die über mich und wer ist der rote Kater?"

Aber der Tiger antwortete nicht und bald verblassten die Bilder der beiden geheimnisvollen Katzentiere und andere tauchten aus den unergründlichen Tiefen des Grasmeeres auf, in dessen Mitte der Tempel wie eine einsame Insel ruhte. Zu Rotbarts Erstaunen waren es nicht nur Schiffsfeline, die da durch die Weiten streiften, sondern auch zahlreiche kleine und große Vertreter seiner wilden Verwandten. Da streunte ein kräftiger Leopard mit einer zierlichen Schwarzfußkatze durch die Gegend oder putzte eine Sandkatze hingebungsvoll einen riesigen Löwen, der sich genüsslich auf den Rücken gerollt und alle Viere von sich gestreckt hatte. Und immer wieder vernahm er seinen Namen.

„Rotbart!" Raja-Kucing stupste den Kater an. „Rotbart, es ist Zeit."

Rotbart war zwar ganz anderer Meinung und wäre gerne noch im Traumland geblieben, aber als er sich aufrichtete, spürte er, dass er wieder so richtig zu Kräften gekommen war. Er reckte und streckte sich, spreizte genüsslich seine Pfoten und ließ die Krallen aus- und einfahren.

„Hunger", maunzte er und sah sich nach möglicher Beute um. Tatsächlich trippelten zahlreiche wohlgenährte Nager über den Tempelhof, verschwanden in den Rissen des Gemäuers und tauchten an anderer Stelle wieder auf. Bunte Vögelchen hüpften überall herum und riefen dem Kater zu „fang mich, friss mich". So jedenfalls interpretierte Rotbart das fröhliche Tschilpen der Flattertiere, die ebenso wie die Nager so gar keine Scheu vor der aufgeregten Samtpfote zu haben schienen. Der Brei, an den sich Rotbart mit Grausen erinnerte, würde nun jedenfalls kein Thema mehr sein, frohlockte er innerlich während er sich mit wild schlagendem Schwanz sprungbereit machte.

„Nein", brummte der Tiger gutmütig und legte dem Kater seine schwere Pranke auf den Rücken. „Wann immer du Hunger hast, darfst du dich aus den Schälchen bedienen, die der Sami für uns

bereitgestellt hat. Aber hier im Tempelrevier wird niemandem ein Leid zugefügt, Niemandem!" Raja-Kucing verlieh seiner Stimme Nachdruck, „nicht einmal einer Ameise!"

Verzweifelt schnüffelte Rotbart an der Schale mit dem Brei, selbst mit Ameisen hätte er sich vielleicht zufrieden gegeben oder einem dicken Käfer, einer Spinne, oder . . . „Nein!" Raja-Kucings Tigermaunz war eindeutig.

Rotbart schaute sich um: „Bin bald wieder da", maunzte er entschlossen, obwohl sich bereits wieder die Trommeln der Orang Kabu aus der Ferne meldeten. „Muss mal kurz in den Wald."

Ehe ihn der Tiger davon abhalten konnte sprang Rotbart davon. Raja-Kucing gurrte begeistert, setzte aber eine grimmige Miene auf, um seinem Zweibeiner zu signalisieren, dass er als Tempeltiger die mörderische Katzennatur auf keinen Fall billigte. Aber natürlich konnte er Rotbart nicht allein lassen, irgendwer musste ja auf den Kater aufpassen und außerdem, im Dschungel war er kein Tempeltiger mehr!

Satt und zufrieden kehrte das ungleiche Katzenpaar in den Tempel zurück und gesellte sich zum Mönch, der sich zum Meditieren auf einem Steg am Fluss vor der Tempelanlage niedergelassen hatte. Das monotone Mantragebrabbel machte so schön schläfrig und Rotbart hoffte, einzudösen und zu seinem Traum von der geheimnisvollen Katzenwelt zurückkehren zu können. Aber es gelang ihm nicht. Stattdessen kehrten seine Gedanken nach Texel zurück, zu seiner Mutter, zu Seetiger und Goldlocke. Gerne hätte er mal seinen Vater kennengelernt. Dessen Tod in einer Seeschlacht war ja der Grund, warum ihn seine Mutter nicht zur See fahren lassen wollte. Merkwürdigerweise waren ihm selbst kaum irgendwelche legendären Abenteuer seines Vaters zu Ohren gekommen, obwohl alle voller Ehrfurcht und Anerkennung über einen als Roter Seebär bekannten Schiffskater sprachen. In Mutters Katzenspelunke war der Rote Seebär nie ein Thema gewesen,

jedenfalls nicht, wenn Rotbart auch nur in der Nähe war. So manchem Besucher, der eines seiner legendären Abenteuer zum Besten geben wollte, war Mutter barsch über den Mund gefahren, offensichtlich wissend, dass ihr Kleiner lauschte. Rotbart grübelte. Auch der alte Seetiger hatte immer sofort eingegriffen, wenn die Sprache auch nur zufällig auf seinen Vater zu kommen drohte. Rotbart dachte immer, sein Mentor wollte gar nicht erst den Verdacht aufkommen lassen, dass Rotbart sein Sprössling sei. Aber jetzt, wo er einmal in Ruhe in sich gehen konnte, gelangte Rotbart zur Überzeugung, dass es da irgendein Geheimnis um seinen Vater geben musste, von dem er nichts erfahren sollte. Sollte etwa der Kater vom Fliegenden Holländer sein Vater sein? War dann vielleicht seine Mutter auch gar nicht seine Mutter?

„Weißt du eigentlich etwas über meinen Vater, Raja-Kucing?"

„Hmmmm", brummte der Tiger, „vielleicht, vielleicht aber auch nicht. Was weißt du denn über ihn?"

„Nun, meine Mutter sagt, dass er in einer Seeschlacht umgekommen ist, noch bevor ich geboren wurde. Roter Seebär hieß er."

„Na wenn das deine Mutter sagt wird es wohl stimmen", schnurrte der Raja nachdenklich. „ Aber vielleicht kann dir ja dein Onkel mehr erzählen, lange genug war er ja mit ihm unterwegs. Auf jeden Fall kannst du stolz auf deinen Vater sein."

„Meinen Onkel? Ich habe einen Onkel?"

„Du hast sogar mehr als einen Onkel, aber in diesem Fall meine ich Seetiger."

Niemand außer Spiky MacHatch hatte es über sich gebracht, den unattraktiven Flusshafen zu verlassen. Die meisten Katzen waren davon überzeugt, dass Rotbart früher oder später hier auftauchen würde. Zumindest die Samtpfoten, die den Roten persönlich kennengelernt hatten. El Mariniero und seine Begleiterinnen hatten

da so ihre Zweifel. Sie wiederum kannten zwar nicht Rotbart, wussten dafür aber um die Gefahren des Dschungels und der Orang Kabu.

„Ich denke, wenn wir hier länger bleiben müssen, sollten wir das Quartier wechseln." El Mariniero stakste mit steifen Beinen über den schlammigen Boden und steuerte zielsicher auf das größte Haus im Ort zu. Die anderen folgten und schüttelten ebenso angewidert bei jedem Schritt irgendeines ihrer Beine. Nur die Baronesse nahm wieder das kleine Päckchen, das sie von ihrem sterbenden Herrchen bekommen hatte, ins Maul und platschte ungerührt durch den Schmadder.

Der Schwarze Seefahrer hatte das Haus des örtlichen Statthalters des Sultans von Siak nicht zufällig ausgewählt. Hier in den überdachten Räumen, auf den Veranden oder im Gebälk der Dächer gab es für Katzen jede Menge trockener Plätze. Und beinahe wichtiger noch: Der Palast war ein Umschlagplatz für Informationen aus der ganzen indonesischen Welt. Schließlich musste jeder Schiffer, der den Flusshafen anlief, seine Aufwartung beim Statthalter machen und Auskunft über Woher, Wohin, Ladung und Neuigkeiten geben. Und natürlich waren Gebühren und Abgaben fällig, um in den Genuss des vor allem von den Freihändlern und Schmugglern begehrten Schutzes vor den Nachstellungen der Holländer und der mit ihnen verbündeten einheimischen staatlichen Autoritäten zu gelangen.

Das große, windschiefe Gebäude als Palast zu bezeichnen erschein allerdings ein wenig anmaßend. Aber im Vergleich zu den schlampig wirkenden Hütten der Flusshafenstadt, durfte man die Statthalterbehausung mit viel gutem Willen als prächtig bezeichnen. Außerdem stand einem Statthalter des mächtigen Sultans schlichtweg ein Palast zu, weshalb das Gebäude ungeachtet seiner tatsächlichen Architektur eben auch so genannt wurde.

Rund zwei Wochen harrten die Vierbeiner bereits im Palast aus

und warteten auf das Eintreffen Rotbarts. Die Geduld El Marinieros und seiner Begleiterinnen neigte sich ihrem Ende zu. Irgendetwas würde Katz unternehmen müssen. Die Verpflegungslage war hier im Palast zwar beileibe nicht schlecht, aber in den letzten Tagen betonte der Schwarze Seefahrer immer öfter, dass er eigentlich ein Schiffskater und das Warten an diesem ungemütlichen Ort weder Rotbart noch irgendwem sonst besonders hilfreich sei. Auch die Berichte seiner felinen Informanten, die dem Schwarzen gelegentlich einen Besuch abstatteten, brachten keine Erkenntnisse über den Verbleib Rotbarts. Und so war die Stimmung unter den Schiffsvierbeinern recht gereizt.

„Würde mich mal interessieren, was die da immer mit sich herumschleppt", Crazy Lady rümpfte ihre Nase und blickte anzüglich in Richtung Baronesse.

„Das ist ein Andenken an ihr Herrchen", erklärte Kleinebroer, „Hunde sind da etwas sentimentaler als wir."

„Herrchen!" Cat Racoon maunzte dieses Wort mit einer Mischung aus Belustigung und Verachtung. „Herrchen, na ja, wer's braucht."

Kleinebroer achtete nicht weiter auf das kätzische Gemotze und tippelte auf Baroness zu, die das Päckchen abgelegt hatte und aufmerksam die Luft prüfte. Ein böses Knurren drang aus ihrer Kehle, während sie sich vorsichtig Schritt für Schritt auf den Empfangssaal des Statthalters zubewegte. Die Worte der Zweibeinerunterhaltung gingen beinahe im Knurren der Baroness unter. Natürlich verstanden die Vierbeiner ohnehin nicht, was die Menschen redeten, aber der Klang der Stimmen sagte eine ganze Menge über Stimmung und Inhalt ihrer Gespräche aus. Inzwischen wusste auch Kleinebroer, was seine hündische Freundin so aufregte. Er kannte eine der Stimmen und den Geruch des malaiischen Stewarts der Zeeland konnte er jetzt auch wahrnehmen. Kleinebroer gefiel das überhaupt nicht. Er konnte den Namen

Sylvius heraushören, des vom Steward ermordeten Schiffsarztes der Zeeland.

Während sich seine Freundinnen über die Treue der Baroness gegenüber dem Schiffsarzt lustig machten, hatte sich El Mariniero einmal mehr in der Stadt umgesehen. Im Gegensatz zu den quirligen Handelsstädten Malakka oder Batavia war dieser Ort einfach tiefste Provinz. Es fehlte der große Markt, mit seinem geschäftigen Treiben und den ausgefallenen Leckereien, die für erfahrene Katzentiere wie von selbst abfielen, die festen Häuser und vor allem das ständige Kommen und Gehen großer und kleiner Schiffe Es fehlten die zahllosen emsig zwischen Land und Schiffen hin- und herrudernden Boote, die es Katz erlaubten fast ganz nach Belieben das Schiff ihrer Wahl zu besuchen oder spontane Landgänge zu unternehmen. Natürlich herrschte auch hier ein gewisser Verkehr, aber spontan lief nur sehr wenig Jeder Land- oder Bordgang musste sorgfältig geplant werden. Kommunikation zwischen den verschiedenen Schiffskatzencrews war eine zeitraubende Angelegenheit und der Warenaustausch fand hier nur in recht kleinem Rahmen und meist innerhalb oder bestenfalls vor den Häusern der wenigen Händler statt. Und so staunte der Schwarze nicht schlecht über den Trubel, der plötzlich in der Stadt aufbrandete. Aufgeregt schreiend rannten die Menschen hin und her. Und während die einen versuchten, sich und ihre Kinder in den Hütten in Sicherheit zu bringen, stürmten andere aus ihren Behausungen, bewaffnet mit Speeren, Macheten und Messern und rannten scheinbar ziellos durch die Gassen. Der erfahrene El Mariniero schaute flussabwärts. In solchen Situationen waren meist drohende Piratenüberfälle die Ursache. Dann formierte sich, wie jetzt auch, die Palastwache, um den Statthaltersitz zu verteidigen, während die Bevölkerung eher sich selbst überlassen blieb. Aber irgendetwas stimmte nicht. Statt zum Ufer zu eilen, um den Piraten einen heißen Empfang zu bereiten, schienen sich die Bewohner

uneines darüber, woher die Gefahr kam. Der Fluss jedenfalls war ruhig, kein einlaufendes Schiff weit und breit und auch die Schiffe, die vor Anker lagen zeigten keinerlei Aktivitäten, die auf eine maritime Bedrohung schließen ließen. Das Brüllen vom Stadtrand brachte schließlich Klarheit. Es war ein Tiger, der drohte, die Stadt heimzusuchen Wohl der Menschenfresser der seit Wochen sein Unwesen in der Gegend zu treiben schien. Immer wieder waren Stadtbewohner einfach verschwunden, wenn sie zur Jagd in den Wald gingen. Für die Bewohner war klar, dass sie einem Tiger zum Opfer gefallen sein mussten, obwohl es keinerlei Beweise dafür gab. Aber mit dem Erscheinen des malaiischen Stewards, begannen auch die Gerüchte über den Menschenfresser im Flusshafen zu kursieren und auch die rätselhaften Todesfälle in der Stadt wurden dem geheimnisvollen Gestreiften angelastet. Nun also war das Phantom leibhaftig in die Stadt gekommen, löste bei den Menschen Todesangst aus und trieb die Hunde mit eingekniffenen Schwänzen unter die Hütten, um . . . ja warum eigentlich?

Im Empfangssaal saßen sich währenddessen der Steward und der Statthalter gegenüber und unterhielten sich angeregt. Als Baroness in Begleitung Kleinebroers knurrend auf den mörderischen Malaien zuschlich, lachte der Statthalter und wies seine Wache mit einem lässigen Wink an, den Hund aus dem Saal zu werfen. Der Steward aber wurde kreidebleich. Er sprang auf, seine Augen weiteten sich, als sehe er ein Gespenst. Wirres Zeug stammelnd, taumelte er rückwärts aus dem Saal über die breite Veranda auf den Vorplatz des Palastes und als er sich umdrehte, stand er dem mächtigen Raja-Kucing und seinem Freund Rotbart gegenüber.

El Mariniero staunte nicht schlecht, als er das ungleiche Katzenpaar erblickte, das gelassen auf den Palast zusteuerte. Die Menschen hatten sich schnell beruhigt, als sie begriffen, dass

Ihnen von der ruhigen und würdevollen Erscheinung des Tigers keinerlei Gefahr drohte. Auf dem Platz vor dem Palast hatten sich schließlich alle versammelt, um Zeuge eines ungewöhnlichen Ereignisses zu werden. Dem am ganzen Körper zitternden Steward standen Raja, Rotbart, Baroness und die ganze Katzencrew gegenüber. Der Tiger versenkte seinen Blick in die Augen des Mörders und schien ein lautloses Zwiegespräch mit dem Malaien zu führen. Der begann sich zu entspannen und nachdem Raja-Kucing seinem roten Freund kurz zugenickt hatte, verschwand er in Begleitung des Malaien im Regenwald. An diesem Tag endete die Serie der unheimlichen Todesfälle in der Stadt. Vom Malaien ward nie wieder etwas gehört. Tongtong tongtong tongtong.

Obwohl die Katzen und Baronesse vor Neugierde nahezu platzten, ließen sie sich das nicht anmerken. Sie hatten sich in den Schatten eines Pfahlhauses gelegt, und beobachte- ***Endlich zurück*** ten das Treiben auf dem Fluss. Es war wichtig, den ***auf See*** richtigen Mo-ment abzupassen, um an Bord eines der wenigen für die Weiterreise in Frage kommenden Schiffe zu gelangen. Baronesse, Grotebroer und Kleinebroer, Newton und Verstekeling hatten sich dazu entschlossen, den Holländer zu entern. Der würde, so erklärte El Mariniero wichtigtuerisch, ganz sicher nach Batavia mit der angesagtesten Katzenspelunke der indonesischen Gewässer segeln. Er und seine Leute wollten hingegen zusammen mit Rotbart den Kater Großtatze in Malakka abholen und dann nachkommen. Das Schiff, das sie zum ehemals portugiesischen, längst jedoch holländischen Stützpunkt auf der malaiischen Halbinsel bringen sollte, hatte er auch schon ausgesucht. Es war eine Javanische Prau, mit zwei Masten die je ein großes Mattensegel trugen, ein im Vergleich mit den europäischen Seglern merkwürdig anmutendes Schiff, das Rotbart mit gemischten Gefühlen betrachtete.

221

Betont gleichgültig schauten die Katzen in der Gegend herum, irgendwann würde Rotbart schon anfangen zu erzählen. Der bemerkte zwar die Anspannung seiner Freunde, aber ihm war überhaupt nicht danach, seine Erlebnisse im Tempel und mit Raja Kucing mit irgendjemandem zu teilen.

„Jetzt", rief Grotebroer und seine Crew setzte sich unvermittelt in Richtung eines mit Einheimischen besetzten Bootes in Bewegung, in das gerade ein Holländischer Seemann eingestiegen war.

„Wir sehen uns", maunzten und wuffften sie während sie dem Matrosen ins Boot folgten, das schnell ablegte und tatsächlich auf den auserwählten Segler zupaddelte.

„War ne gute Entscheidung", brummte El Mariniero und die beiden Ladies stimmten gurrend zu.

Als Rotbart mit der Crew El Marinieros vorsichtig das Deck der Prau betrat, wusste er, warum der schwarze Seefahrer die Aufteilung der Schiffsvierbeiner als gute Entscheidung bezeichnet hatte. Für alle Katzen wäre der Platz an Bord einfach zu klein gewesen und übrigens auch die Nagerpopulation. Auch sieben Katzen wa-

Mannigfaltige Schiffstypen, die in den malaiischen Gewässern anzutreffen sind. Auf der linken Seite eine javanische Prau, derer sich nicht nur die Malaier, sondern auch Chinesen oder gar Europäer für ihre Handelstätigkeiten zwischen den großen Inseln gelegentlich gerne zu bedienen pflegen

ren eigentlich viel zu viel für dieses Schiff, aber Kater Babyface, der sie an Bord empfangen hatte, beruhigte Rotbart. Die Reise würde nicht lange dauern und an Nahrung, so maunzte er zwinkernd, würde es hier sicher nicht mangeln. Aber Rotbarts Hauptproblem war nicht die Nahrung. Vielmehr befürchtete er, dass es kaum Rückzugsmöglichkeiten vor den Menschen gab. Die lebten alle mehr oder weniger ohne Unterschied auf dem Hauptdeck. Abgesehen von einer offenen Bambushütte, die sich über fast zwei Drittel des Schiffes erstreckte, und vor Regen Schutz bot, gab es keine Kabinen, Kojen oder abgetrennte Bereiche in die sich Mensch oder Tier zurückziehen konnten. Rotbart merkte schnell, dass auf diesem Schiff vieles anders war als auf der Zeeland. Er hatte sich von den Menschen unbehelligt auf das Dach der Bambushütte gelegt und beobachtete. Kaum mehr Zweibeiner als er Krallen an seinen vier Pfoten hatte, bewegten sich auf dem Deck. Die meisten ähnelten mit ihrer dunklen Haut und dem Tuch, das sie sich um den Kopf gewickelt hatten, dem Steward der Zeeland. Mit freiem Oberkörper und weiten Hosen bedienten sie die Segel und die großen Steuerruder an beiden Seiten des Hecks, ohne dass der Kapitän oder andere Oberzweibeiner ständig in der Gegend herumbrüllten.

„Na, du stehst wohl nicht so auf Zweibeiner."

Der flauschige rote Kater mit dem runden Gesicht, der kurzen Nase und den großen Augen ließ sich neben Rotbart nieder. Der knurrte zustimmend.

„Ach, die können ganz nützlich sein, aber na ja . . ." Babyface schnurrte belustigt.

Rotbart schaute träge in die Gegend. Das Schiff glitt bei ablaufender Tide flussabwärts, begleitet vom ungewohnten Knistern der Mattensegel. Die Geräusche des Dschungels trieben von den Ufern herüber und ganz in der Ferne glaubte Rotbart noch einmal das tongtong tongtong tongtong zu vernehmen. Aber es hatte au-

ßer in seiner Erinnerung nichts Bedrohliches mehr an sich. Er war wieder an Bord eines Schiffes. Er fühlte sich sicher. Auch die großen Krokodile, die regungslos auf den Sandbänken im Fahrwasser lagerten, konnten seine Zufriedenheit nicht mindern. Mit seinen Blicken folgte er Crazy Lady und Cat Racoon, die zwischen den Zweibeinern herumstolzierten. Viele von ihnen hatten sich mal wieder auf die Knie geworfen und klappten mit erhobenen Händen murmelnd ihre Oberkörper auf und ab. Glücklicherweise waren nicht nur Moslems an Bord, sodass das Schiff trotz der Gebete sicher durch das schwierige Fahrwasser gesteuert wurde.

Die beiden Katzen waren inzwischen beim Koch des Schiffes angekommen, der auf dem Vordeck eine kleine Feuerstelle betrieb. Und während die Ladies gebannt auf das fachmännisch zerlegte Huhn starrten, wanderte der Blick des Kochs zu den Samtpfoten. Ein gieriges Glimmen schlich sich in seine Augen, während er mit dem Daumen die Schärfe der Klinge seines großen Messers prüfte.

„Siehst du den Zweibeiner da drüben, den mit dem Kopfschwanz? Der würde uns Katzen gerne fressen, kein guter Umgang für unsereins."

Rotbart war sofort hellwach und wollte bereits vom Dach springen, um den Katzendamen zu helfen. Aber Babyface rollte sich auf den Rücken, ließ seinen Kopf entspannt von der Kante des Daches hängen und gurrte: „Kein Grund zur Panik, schau einfach zu."

Mit einem eleganten Satz sprang El Mariniero aus dem Bug auf das Vorschiff und steuerte lässigen Schrittes den Ort des Geschehens an. Die beiden Katzendamen traten ein wenig beiseite. Nur ein wenig, so dass der Chinese mit dem langen Zopf freien Blick auf den schwarzen Kater mit den unergründlichen bernsteinfarbenen Augen hatte. Zwei Meter vor dem Katzenfresser setzte sich

der Schwarze, bohrte seine Blicke in die Augen des Kochs und ließ ein mächtiges Brummen ertönen.

„Verschwinde, du schwarzer Teufel", schimpfte der Koch verunsichert und schlug mit dem Messer nach dem Kater. Der zuckte nicht einmal, offensichtlich hatte er den Abstand genau so gewählt, dass ihn sein Gegenüber nicht erreichen konnte. Nun gesellte sich auch Lalèze brummend und starrend zu El Mariniero, während Lalin wie zufällig hinter den Rücken des Smutje schlenderte. Die Muslime des Schiffes hatten inzwischen ihr Gebet beendet und betrachteten belustigt die Szene. Von ihnen hatten die Katzen nichts zu befürchten. Im Gegenteil, gehörten Samtpfoten doch zu den Lieblingstieren des Propheten. Und so konnte Lalin seine heimtückische Attacke auf den Zopf - oder Kopfschwanz wie Babyface ihn nannte - unter Beifall und großem Gelächter der Zweibeiner unternehmen. Der erschrockene Kopfschwanzträger verlor, nachdem er sich gehörig in den Finger geschnitten hatte, sein Messer und flüchtete schließlich nach achtern.

Babyface richtete sich auf: „Wir sollten uns jetzt auf den Weg machen."

Lässig sprang er auf das Deck und stolzierte, gefolgt von Rotbart, in Richtung Bug. Hinter dem Schanzkleid auf einer Art Galion schmatzen die anderen Katzen bereits an den fachgerecht zerlegten Hähnchenteilen, die Crazy Lady und Cat Racoon im allgemeinen Trubel unbemerkt davongeschleppt hatten. Selbst Rotbart war der Raubzug der Katzendamen durch das grandiose Ablenkungsmanöver der drei Kater völlig entgangen.

„Und morgen gibt's Fisch", maunzte Babyface und schickte einen kräftigen Katzenrülpser nach, bevor er sich zufrieden und pappsatt auf den Rücken rollte.

Getrieben vom leichten Südost erreichte die Prau bereits am Nachmittag die Stelle, an der der Fluss in einen Meeresarm zwi-

schen Festland und den vorgelagerten Inseln überging. El Mariniero und seine Crew wussten, dass die Zweibeiner bald eine geschützte Bucht aufsuchen würden, um das Schiff dort auf einem Sandstrand trockenfallen zu lassen. Als sich die Gewitterwolken über den Küsten der Straße von Malakka höher und höher türmten, ahnte auch Rotbart, dass diese Reise nicht so beschaulich wie erwartet weitergehen würde.

Die Zweibeiner hatten die Landestelle gut gewählt. Als der Sturm losbrach bogen sich die Palmen des kleinen Strandes zwar *Taifun und Piraten* bedrohlich über das Deck der Prau und drohten das Schiff zu entmasten. Trotzdem wüteten die Elemente an der durch das Land geschützten Leeküste der Bucht bei weiten nicht so stark wie direkt gegenüber, wo das Wasser über den Strand bis in den dichten Wald hinein brodelte. Der sintflutartige Regen jedoch war erbarmungslos. Längst war das Dach der Bambushütte knallend und knatternd davon gesegelt und Mensch und Tier waren den peitschenden Fluten hilflos ausgeliefert. Zentimeterhoch stand das Wasser auf dem Deck, dessen Speigatten der Massen nicht Herr wurden, zumal die Menschen die Luken noch rechtzeitig abgedichtet hatten, damit die Landung keinen Schaden nehme. Die Katzen hatten sich eng aneinandergekuschelt an das Schanzkleid geschmiegt, um dem Unwetter möglichst wenig Angriffsfläche zu bieten. Sie sahen aus, wie ein großer Haufen nasser Lumpen, den irgendjemand in eine Pfütze geworfen hatte.

„Hätten wir nur einen Holländer genommen", klagte Crazy Lady dezent und die anderen brummten zustimmend.

Den Zweibeinern schien das alles gar nichts auszumachen. Teilnahmslos saßen sie zusammengekauert im knöcheltiefen Wasser während der Regen auf sie einprasselte. Sie versuchten nicht einmal, sich zu schützen. Sie warteten einfach geduldig ab, bis das Unwetter vorüber war. Hauptsache Schiff und Ladung waren sicher, alles andere ließ sich ohnehin nicht beeinflussen.

Rotbart konnte dieser Haltung durchaus etwas abgewinnen. Jedenfalls empfand er sie als wesentlich angenehmer, als das hysterische Jammern und Beten, das die niederländischen Zweibeiner an den Tag legten, wenn es mal brenzlig wurde. Mit Grauen dachte er an die Begegnung mit dem Fliegenden Holländer, dem dabei irre herumkreischenden und -tanzenden Pfaffen und der konfusen Mannschaft.

Rotbart war ganz in seine Tagträume vertieft, und merkte gar nicht, wie das Unwetter nachließ. Erst als die anderen begannen, sich aus dem Katzenknäuel zu schälen tauchte auch er wieder in die reale Welt ein und suchte sich ebenfalls ein sonniges Plätzchen, um sein Fell zu trocknen. Das Schiff lag noch fest und sicher auf dem Strand aber die ersten kleinen Wellen der Flut leckten bereits am Heck.

Die Zweibeiner waren längst dabei, das Dach der Bambushütte zu reparieren und die vor dem Wegwehen sicher an Land untergebrachten Mattensegel wieder anzuschlagen. Und während Rotbart zufrieden über den glimpflichen Ausgang des Unwetters schnurrend über die Bucht schaute, machte sich unter den anderen Katzen eine gewisse Unruhe breit.

„Wenn das mal keinen Ärger gibt", maunzte El Mariniero und Lazèze ließ kampfbereit seine beachtlichen Krallen ausfahren.

„Die scheinen uns nicht bemerkt zu haben", Cat Racoon planschte mit ihren Vorderpfoten im seichten Wasser herum und beobachtete aufmerksam den schmalen Eingang der versteckten Bucht.

„Das sind Piraten", klärte Babyface seinen roten Kollegen auf und schnippte mit dem Schwanz in die Richtung in der gerade noch das Heck eines vorübertreibenden Schiffes zu sehen war. „Hoffentlich haben unsere Zweibeiner die auch bemerkt."

Aber die Zweibeiner hatten genug mit der Instandsetzung ihres Schiffes zu tun und rechneten so kurz nach dem Sturm nicht mit

einem Überfall.

„Kommt mit!" El Mariniero stürmte auf die kleine Landzunge zu, die den Eingang zur Buch verdeckte, jedoch einen weiten Blick über den Meeresarm bot.

Tatsächlich war genau das geschehen, was die erfahrene El Mariniero-Crew befürchtet hatte. Irgendjemand an Bord des Piratenschiffes musste im letzten Moment einen Blick auf die trockengefallene Prau erhascht und sie als willkommene Beute erkannt haben. Die Mannschaft war dabei, das mächtige Segel niederzuholen, während das Schiff fast eine Meile entfernt bei noch kräftigem Südostwind schon in der Straße von Malakka in Richtung Norden trieb. Plötzlich streckte der Pirat an beiden Seiten lange Riemen aus, begann sich wie ein Käfer auf seinen dünnen Beinen umzudrehen und gegen den Wind in Richtung Bucht zurückzukrabbeln.

Die Katzen stimmten ein lautes Gekreische und Gemaunze an, um ihre Mannschaft zu warnen, obwohl solche Auseinandersetzungen zwischen Zweibeinern eigentlich keine Katzenangelegenheit waren. Sollten die sich doch gegenseitig die Köpfe einschlagen, wenn ihr Verstand nichts anderes hergab. Aber hier ging es auch um ihre eigene Mitfahrgelegenheit. Und die Katzen waren nicht daran interessiert, auf dieser Insel festzusitzen, bis sich ein anderes geeignetes Schiff hierher verirrte. Auf dem Piraten anheuern kam nicht in Frage. Der würde ganz sicher nicht nach Malakka, dem wehrhaften Stützpunkt der Holländer segeln und außerdem dürften eine ganze Reihe Kopfschwanzträger unter den Mannschaftsmitgliedern sein, keine guten Aussichten für Samtpfoten.

Langsam aber unaufhaltsam näherte sich das Piratenschiff der Bucht. Der Malaie, der neugierig zu den kreischenden Katzen geeilt war, erkannte die Gefahr sofort. Wild gestikulierend und Plappernd rannte er zurück und dann verschwanden die Zweibeiner im

Wald und überließen ihr Schiff seinem Schicksal.

„Jetzt heißt es Abwarten", maunzte Babyface, „das kann dauern. Und den Fisch können wir für heute wohl vergessen."

Tatsächlich brauchten die Piraten eine geraume Zeit, um gegen den Wind die Bucht zu erreichen. Die Flut hatte die Prau schon fast wieder aufschwimmen lassen, sodass das Piratenschiff direkt an seiner Bordwand festmachen konnte. Sorgfältig durchsuchten die Räuber die Ladung der Prau und ließen Elefantenzähne, Nashornhörner und Gold im Bauch ihres Schiffes verschwinden. Stunden nachdem das Piratenschiff mit seiner Beute wieder aus der Bucht gerudert war, trat die Besatzung der Prau aus dem Wald. Die Männer staunten nicht schlecht, als sie an Deck bereits von der Katzencrew erwartet wurden, die trockener Pfote über die kräftigen Seile, mit denen das Schiff am Ufer vertäut war, längst an Bord gelangt waren.

„Vielleicht gibt es ja heute doch noch Fisch", maunzte Lalin und schaute die Zweibeiner mit großen Augen erwartungsvoll an.

Und es gab Fisch. Gedünstet mit Reis und allerlei Gewürzen für die Mannschaft. Für die Katzen gab es saftige, rohe Filets, die der Kopfschwanz tragende Smutje unter den strengen Blicken der Mannschaft in Katzengerechte Stücke schneiden musste. Die Männer waren den Samtpfoten dankbar. Ohne ihr warnendes Gekreische wären sie nicht nur der wertvollen Ladung verlustig gegangen. Wenigstens ebenso begehrt wie Elfenbein und Gold waren bei den Piraten nämlich Sklaven. Und so sah selbst der Smutje die Katzen nicht mehr als Bereicherung des Speiseplanes an.

Durch einen kräftigen Kopfstoß signalisierte ihm Babyface, dass er nunmehr den Status eines Futtersklaven für die Katzen erreicht hatte. In den Augen des roten Briten die höchstmögliche Position eines Kopfschwanzträgers in seinen Diensten. Gleichzeitig war der Kopfstoß aber auch ein Signal, dass der Smutje durchaus ein wenig zügiger arbeiten könnte, wollte er nicht seiner ge-

rade erreichten Stellung wieder verlustig gehen.

Der Kopfschwanzträger war gerührt. Er streckte die Hand aus, um den Kater zu streicheln. Sekunden später hatte er nicht nur viel Blut verloren, sondern auch seine Karriere als Futtersklave der Katzencrew beendet. Auch seine Position als Smutje für die Zweibeiner musste für den Rest dieser Reise mit jemand anderem besetzt werden. "Kaum reicht man ihnen eine Zehe, werden sie auch schon aufdringlich", brummte Babyface und stolzierte erhobenen Schwanzes davon.

Als sie die Bucht am folgenden Morgen verließen, herrschte ein schwacher aber stetiger Südwestwind. Die Katzen machten es sich auf dem Bambusdach und im Bug gemütlich und beobachteten das Meer. Tümmler zogen ihre Bahn und trieben Schwärme fliegender Fische über die Wellen. Fregattvögel segelten gelassen über der See und bedienten sich der fischigen Beute, zu der sich auch fliegende Kalmare gesellten. Hin und wieder tauchten Segel auf, die aber meist schnell wieder zwischen Inseln oder hinter dem Horizont verschwanden. Für die Katzen wurde es doch noch eine gemütliche Reise. Gelegentlich holten sie sich eine kleine Zwischenmalzeit ab, wenn einer der Seeleute einen Fisch gefangen hatte. Dass sie von den Zweibeinern auch zu deren Hauptmahlzeiten mit Huhn oder Schildkröte eingeladen waren, verstand sich von selbst. Außer Rotbart erbrachten die Samtpfoten allerdings auch unschätzbare Gegenleistungen, indem sie sich von den Männern, die gerade nichts zu tun hatten, ein wenig streicheln und intensiv bespielen ließen. Meist aber hatten die Männer zu tun, denn die gut 100 Seemeilen die das Schiff durch die Malakkastraße segeln musste, waren kein einfaches Revier. Dabei stellten die Piraten, die mit ihren Pirogen zwischen den Inseln und in den Buchten lauerten, nicht die einzige Gefahr dar. Unberechenbare Strömungen, die wechselnden Winde und die zahlreichen Gewitter, die sich über den Landmassen Sumatras und der

Malaiischen Halbinsel bildeten waren für Mensch und Material eine echte Herausforderung. Nur gut, dass Kapitän und Steuerleute der Prau mit diesen Gewässern bestens vertraut waren. Und so dauerte die Reise nach Malakka, wegen der ständig drehenden Winde, Sturmböen und Flauten, ganze vier Tage bevor das Schiff in den Hafen des holländischen Stützpunktes einlaufen konnte.

Die Katzen hatten es nicht eilig. Erst in der Dämmerung verließen sie die Prau und schlenderten über die Schiffslände in die Stadt. Sie nahmen den Weg über die Dächer der das nörd- ***Abenteuer in*** liche Ufer des Flusses Malakka säumenden Häuser. ***Malakka*** Hier wohnten die arabischen, chinesischen oder indonesischen Händler, Handwerker, Seeleute, Diener und Sklaven. Gegenüber, auf der südlichen Seite der Flussmündung erstreckte sich die Mauer der Festung, die die Verwaltungsgebäude, Lagerhäuser, Kontore und Domizile der Holländischen Ostindienkompagnie barg. Zusammen mit der Festung auf der vorgelagerten Insel bildeten die Bastionen des Stützpunktes einen guten Schutz vor Angriffen aller Art. Auf dem Berg, den die Festung umschloss, stand weithin sichtbar die Kirche, die bereits die Portugiesen errichtet hatten.

Aber die Katzen interessierten sich nicht für die Festung. Die Stadt mit ihren unzähligen Düften und Gerüchen, dem bunten Treiben und den überall herumhuschenden Nagern war viel spannender. Natürlich gab es hier auch einheimische Samtpfoten und es war jedesmal ein Gebrumme und Gemaunze, wenn die Schiffskatzen deren Reviere durchquerten. Gelegentlich kam es auch zu kurzen aber heftigen Raufereien mit indigenen Katzenbanden, bei denen, wenn es gar zu eng zu werden drohte, auch Lalèze seine gewichtigen Argumente in den Ring warf. Aber eigentlich war klar, dass die Schiffskatzen nur auf Durchreise waren und den Einheimischen ihre Reviere gar nicht streitig machten. Trotzdem

gehörte wenigstens eine Prügelei zu einem gelungenen Landgang. Darin waren sich Schiffsfeline und einheimische Samtpfoten einig. Das Größte dabei war, dass von dem Katzenlärm die herumstreunenden Hunde zum ununterbrochenen Kläffen animiert wurden, was wiederum die um ihren Schlaf gebrachten Zweibeiner auf den Plan rief. Natürlich wurden die Hunde in allen Sprachen dieser Welt angebrüllt und zum Teufel gewünscht, ein großartiges Unterhaltungsprogramm, das die kätzischen Kontrahenten nach absolvierter Prügelei Seite an Seite auf den Dächern sitzend, gemeinsam genießen konnten. Der Höhepunkt war immer, wenn die Zweibeiner wütend ihre Fäuste schüttelnd und schimpfend nach oben schauten. Das gab den Katzen die Gelegenheit, unendlich herablassend auf sie hinunterzuschauen, um sich dann, ihrer Aufmerksamkeit gewiss, aufreizend langsam mit erhobenem Schwanz davonzutrollen.

Es war wohl so um Mitternacht, als die Crew den Tempel am südöstlichen Ende der Stadt erreichte.

„Na, da habt ihr ja kaum etwas ausgelassen", maunzte Schiffskater Großtatze vergnügt. „Wenn ihr Lust habt, könnt ihr euch gerne an den Leckereien bedienen, die die Zweibeiner immer für ihre brabbelnden Artgenossen hier vorbeibringen. Hab da etwas für euch beiseite gelegt, und bevor es verdirbt . . . . Ansonsten läuft hier natürlich auch jede Menge Frischfleisch herum."

Rotbart blickte sich um und erwartete jeden Augenblick Raja Kucing zwischen den Säulen hervortreten zu sehen. Aber vieles an diesem Tempel war anders als an dem geheimen Ort auf Sumatra und das Bild des Königs der Katzen verblasste schnell wieder.

Großtatze dachte gar nicht daran, von seinem gemütlichen Platz im Schoße des vergoldeten Buddha aufzustehen. Freundlich schnurrend betrachtete er Rotbart. „Na dann sollten wir mal überlegen, wie wir nach Batavia kommen, dein Zweibeiner wird Au-

gen machen, wenn er dich wiedersieht."

Aber erst einmal war natürlich großes Katzenpalaver angesagt. Schließlich wollte Großtatze über alle Abenteuer seiner Kumpels seit dem Schiffbruch informiert werden. Auch El Mariniero und seine Crew mussten natürlich unbedingt ihre Heldentaten zum Besten geben.

Die Katzen erzählten noch, als Großtatze längst eingeschlafen war und durch sein Schnarchen signalisierte, dass der Rest der Geschichten wohl bis morgen warten könnte. Und dann machte sich doch noch Aufregung bei den Samtpfoten breit, als Lalin beunruhigt maunzte: „Wo ist eigentlich Lalèze?"

Lalèze hatte keine Lust auf Katzenpalaver. So neu waren die

Abenteuer für ihn ja nun auch wieder nicht. Und auf Geschichten wie beispielsweise seine „Strandung" auf Sumatra war er auch nicht unbedingt wild. Da zog er es doch vor, sich im hinteren Teil des Tempels ein ruhiges Plätzchen zu suchen und den Tag gemütlich ausklingen zu lassen.

„Hallo schöner Kater." Aus dem Dunkel trat gurrend eine blauäugige Tempelkatze.

Lalèze war wie elektrisiert. Was für eine Katze, dachte er bei sich, diese Augen, dieser Gang und dieses wunderschöne seidige Fell, mit dem dezenten goldbraunstich. Und wie es sich gehört, waren Gesicht, Ohren, Schwanz und Pfoten von einem eleganten Schwarz. Einfach vollkommen, schwärmte Lalèze innerlich, während er versuchte, sich nach außen unbeeindruckt zu geben.

„Hallo Mademoiselle, man nennt mich Lalèze, also eigentlich heiße ich L'ami balèze. Ich bin hier auf Durchreise. Und du?" Des Katers Stimme schwankte zwischen Gurren, Schnurren und Schnattern.

„Oh, ein ami balèze", die Katze schmiegte sich schnurrend an ihn, „einen starken Freund kann ich hier gut gebrauchen. Vor allem, wenn er so ein stattlicher und eleganter Tempelkater ist, wie du."

„Wie, Tempelkater", maunzte Lalèze verwirrt, „ich bin ein Schiffskater, reise um die Welt und bestehe gefährliche Abenteuer, muss meinen Freunden aus der Klemme helfen und . . . was macht denn so ein Tempelkater und wie heißt du eigentlich?"

„Oh, wie aufregend", die Tempelkatze schaute Lalèze mit einem bewundernden Blick an. „Davon musst du mir unbedingt erzählen, wenn wir hier gemeinsam den Tempel hüten, du bleibst doch noch eine Weile hier? Ich heiße übrigens Monddiamant, findest du nicht, dass mir der Name steht?"

Die Katze setzte sich in Position und schaute Lalèze mit ihren saphirblau funkelnden Augen an. Der war Monddiamant längst

hilflos ausgeliefert. Und so fanden die anderen Katzen die beiden Blauaugen schließlich schnurrend aneinandergekuschelt in einer Nische des Tempels.

„Möchte mal wissen, was der an ihr findet", maunzte Crazy Lady missmutig. Es schien als klinge da ein Hauch Eifersucht mit.

„Oder sie an ihm", konterte Cat Racoon belustigt.

„Na sie ist doch eine sehr attraktive Erscheinung, da kann Kater schon schwach werden", El Mariniero ignorierte Crazy Ladies Fauchen und schlenderte gelassen zurück zu Großtatze. Und auch für Babyface war es Zeit für einen erholsamen Schlaf. Aber er konnte sich natürlich eine Bemerkung nicht verkneifen: „Immerhin passen sie farblich ja wirklich hervorragend zusammen."

„Ich fürchte, der Dicke hat sich da von einer Katzenlady mal wieder so richtig einwickeln lassen", brummte Lalin resigniert.

Rotbart leckte seinem Kumpel tröstend über den Kopf: „Lass sie doch, irgendwann setzt bei Laléze der Verstand auch wieder ein und die Freudenkatze findet ein neues Opfer, das ihr die Mäuse fängt."

Lalin blickte Rotbart zweifelnd an: „Verstand? Lalèze?"

Natürlich kannte Lalin seinen Freund besser als Rotbart. Am Morgen jedenfalls weigerte sich Lalèze den Tempel zu verlassen, um sich zusammen mit den anderen ein neues Schiff zu suchen. Er brauche nach der Anstrengung der letzten Wochen einfach mal ein wenig Ruhe. Außerdem habe er als Nachfahre berühmter Tempelkatzen die heilige Pflicht, zusammen mit Monddiamant den Tempel von bösem Nagetier freizuhalten und, so habe ihm seine Freundin versichert, die brabbelnden Männer brauchten ihn, damit er, wenn es soweit war, zwecks Wiedergeburt ihre Seele in sich aufnehmen könne.

„Und natürlich liebt dich Monddiamant und kann ohne dich beziehungsweise deine Mäuse nicht sein", unterbrach Crazy Lady das wirre Geplapper und Lalin ergänzte, „so wie die Tigerin bei

Lucky Lady's in Nieuw Amsterdam oder die bunte Schönheit bei Chéz Henry auf Tortuga."

„Ach, das war etwas ganz anderes", versicherte Lalèze.

Selbstverständlich wollte Lalin seinen Freund nicht allein zurücklassen und so machten sich die anderen nach langem vergeblichen Gemaunze, das selbst die ansonsten so geduldigen Mönche an den Rand ihrer sprichwörtlichen Selbstbeherrschung brachte, auf den Weg zum Hafen. Großtatze übernahm die Führung und Rotbart beobachtete den Schiffskater der Texel genau, wie er da selbstbewusst und zielsicher durch Gassen, über Dächer und auf Mauern auf den Fluss zusteuerte, der die Stadt vom Fort trennte.

Das Engagement des schwarzen Katers mit dem weißen Latz, den weißen Pfoten und der originellen Zeichnung im Gesicht, gab dem Roten Rätsel auf. Warum hatte er nach ihm suchen lassen und warum wollte er ihn unbedingt persönlich nach Batavia geleiten? Immerhin war Rotbart ja nicht der einzige gestrandete Schiffsfeline der Zeeland und eigentlich waren sie sich damals bei dem Gelage auf der Texel ja nur flüchtig begegnet. Warum also Großtatze und nicht beispielsweise Graubart, mit dem ihn ja ein wenig mehr verband als nur eine gemeinsame Mahlzeit. So sehr Rotbart auch grübelte, er fand einfach keine Antwort. Und so gab er, wie es sich für ein kluges Katzentier gehört, das Grübeln einfach auf und widmete sich ganz den gegenwärtigen Herausforderungen.

Das war auch höchste Zeit, denn Großtatze hatte die Crew in der Zwischenzeit direkt zum Markt geführt. Rotbart war verunsichert. Klar, so ein Markt mit seinen verführerischen Düften und überall offen präsentierten Leckereien war kein schlechter Ausgangspunkt für eine längere Seereise. Aber hier trieben sich fast nur Kopfschwanzträger herum. Für einen vergnüglichen Raubzug ein viel zu gefährliches Pflaster, selbst für die verwegene Crew El Marinieros.

236

„Wir sind nicht zum Vergnügen hier", brummte Babyface. Großtatze hatte einen hervorragenden Beobachtungsposten auf einem Dach direkt gegenüber den Marktständen ausgesucht. Von hier aus konnten sie direkt auf das vielfältige Angebot schauen, das sich nicht nur in Fisch, Gewürzen, Fleisch oder lebenden Tieren erschöpfte. Zahlreiche Garküchen ergänzten das Angebot, das von den eifrig hin und her wuselnden Kopfschwanzträgern gerne angenommen wurde.

„Wenns losgeht, halte dich einfach an mich", maunzte Babyface verhalten, „und lass dich bloß nicht erwischen!"

Rotbart spürte die Spannung, die die Mitglieder der Katzencrew ergriffen hatte. Unwillkürlich duckte auch er sich, sein Schwanz peitschte aufgeregt hin und her und seine Sinne wurden in höchste Alarmbereitschaft versetzt. Und dann konnte er es aus der verwirrenden Geräuschkulisse des Marktgeschehens heraushören, ein vielstimmiges Maunzen und Klagen gepeinigter Artgenossen. El Mariniero und Großtatze stimmten ein tiefes, weittragendes Brummen an und das Maunzen und Klagen wurde lauter, so laut, dass die Katzencrew die Position der gequälten Kreaturen genau orten konnte.

„Jetzt!"

El Mariniero und Großtatze schossen in verschiedene Richtungen vom Dach. Dem Schwarzen Seefahrer folgten seine beiden Ladies und Babyface und Rotbart schlossen sich dem Texelkater an. Als Großtatzes Gruppe die Bambuskäfige mit den darin eingepferchten Katzen erreichte, waren die anderen bereits in voller Aktion. Lauthals kreischend, mit Krallen und Zähnen und einer unglaublichen Wut traktierten sie alle Zweibeiner, die sich auch nur in die Nähe der Käfige wagten und verschafften ihren Kumpels damit die nötige Zeit, um die Stifte aus den Halterungen zu ziehen, mit denen die Deckel verschlossen waren.

So überraschend wie sie gekommen waren, verschwanden die

Katzen nach erfolgreicher Mission wieder. Das ganze hatte kaum eine Minute gedauert in dieser Zeit hatte die Crew unter den Kopfschwanzträgern ein Blutbad angerichtet und wenigstens zehn Artgenossen befreit.

Zügig führte Großtatze seine Crew über die Brücke zum Fort und dort an Mauer und Bastionen entlang zur Küste, bis sie auch die Festung hinter sich gelassen hatten. In einer nahegelegenen Bucht legten sie eine Rast ein.

„Auch wenn jede Katze für sich selbst verantwortlich ist, aber von Zweibeinern gefressen oder eingesperrt zu werden, hat keine Samtpfote verdient", brummte Großtatze und blickte gedankenverloren direkt an Rotbart vorbei in die Ferne. „Aber jetzt lasst uns unsere Reise antreten, da vorne liegt unser Boot."

Tatsächlich war es nichts weiter als ein großes Boot, das da neben den anderen am Strand vor dem Dorf lag. Unter einem runden Bambusdach, das sich über die Mitte des Rumpfes erstreckte saß eine fünfköpfige Orang Laut Familie gerade beim Essen. Orang Laut, so wurde jene Volksgruppe genannt, die als Piraten und Seenomaden aber auch als Mitglieder der Marine des Sultans von Johor ihr Unwesen an den Küsten Malaysias und Sumatras trieben. In Rotbart machte sich Panik breit. Schon die javanische Prau war im Vergleich zur Zeeland recht klein gewesen. Auf diesem Boot würde er keine Rückzugsmöglichkeit vor den Zweibeinern haben. Er würde ihnen auf Gedeih und Verderb hilflos ausgeliefert sein. Rotbart wollte gerade entschlossen protestieren, aber Großtatze kam ihm zuvor.

„Ich dachte, du hast deine Lektion bei Seetiger gelernt. Es gibt Zweibeiner, denen Katz vertrauen kann! Die hier gehören dazu, meine Pfote drauf."

Babyface merkte, dass Rotbart nicht überzeugt war und maunzte: „Meine auch."

Und nachdem auch die anderen ihren Maunzer dazugegeben

hatten und sich Rotbart noch einmal die frisch zurückliegende Befreiungsaktion ins Gedächtnis zurückrief, war er bereit, sich auch auf dieses Abenteuer einzulassen.

Es war früh am Morgen, als die Flotte der großen Kanus die Bucht verließ. Die Seenomaden verstanden es, die scheinbar unberechenbaren Strömungen geschickt auszunut- *Unterwegs mit den* zen. Sie schienen die Oberfläche des Meeres wie *Seenomaden* eine Straßenkarte lesen zu können, trieben mit Tide und wechselnden Winden, unterstützt von sparsam eingesetzten Paddelschlägen, beinahe mühelos in südlicher Richtung die Küste entlang, zwischen Inseln hindurch, an gefährlichen Riffen und Untiefen vorbei. Immer wieder konnte Rotbart Schiffe beobachten, die in der Meerenge zwischen Sumatra und der malaiischen Halbinsel ihre Bahn zogen. Der Kater war sich sicher, dass sie die Flotte der Orang Laut nicht bemerkten. Die wussten die Inseln und die Muster, die Sonne, Wolken und Wind auf die Meeresoberfläche zeichneten, hervorragend als Tarnung zu nutzen. Und wenn sich einer der Handelssegler nahe genug an die Inseln wagte oder aber in einer Flaute festhing, wurde er zur leichten Beute der Seenomaden. Wie aus dem Nichts tauchten ihre Kanus auf, umringten ihr Opfer und boten Früchte und Fische zum Tausch gegen Güter an, mit denen sich in den Küstendörfern und Inselsiedlungen Handel treiben ließ. Selbst wenn der Segler frischen Proviants nicht bedurfte, war es allein aufgrund der Übermacht der Seenomaden doch klug, sich auf den Handel einzulassen.

Gegenüber den Katzen waren die Zweibeiner tatsächlich sehr freundlich und einfühlsam. Sie merkten schnell, dass nicht nur Rotbart keinen Wert auf menschliche Nähe legte und ließen, so gut es unter den Gegebenheiten ging, den Bepelzten ihren Freiraum. Für das leibliche Wohl der Schiffskatzen war auch gesorgt. Von jedem Fisch, den die geschickten Seenomaden mit ihren

Speeren aus dem Wasser spießten, gab es einen ansehnlichen Anteil für die vierbeinigen Passagiere. Trotzdem war die Reise für die Felinen eine echte Herausforderung. Fünf Menschen und sechs Katzen auf einem vielleicht zehn Meter langen Boot schränkte den Bewegungsdrang der vierbeinigen Nagerjäger doch stark ein. Ratten oder Mäuse waren ohnehin nicht vorhanden, überschüssige Energie musste also anders abgebaut werden. Und so kam es nach wenigen Tagen immer wieder zu Gefauche und Geknurre, gelegentlich auch zu pfotenfesten Prügeleien unter den kätzischen Seefahrern. Mehr als einmal meinten die Zweibeiner ihre vierbeinigen Passagiere mit Wasser voneinander trennen zu müssen. Aber so gefährlich es auch aussah, so laut das Gekreische war und soviel Fellbüschel auch umherflogen, die Schrammen, die sie sich gegenseitig zufügten, blieben oberflächlich und harmlos. Es ging um Stressabbau, nicht um Leben und Tod. Trotzdem war die Situation nicht nur für die Katzentiere schwer zu ertragen. Denn irgendjemand war immer auf Krawall gebürstet. Wollten sich beispielsweise Rotbart und Babyface aufs Bambusdach zurückziehen, um sich nach einem wilden Kampf gemeinsam und versöhnlich ihre Wunden zu lecken, fühlte sich mit Sicherheit eine der Katzendamen oder El Mariniero genau davon provoziert und sahen sich genötigt, das pfotengreiflich kundzutun. Und so kamen die Samtpfoten kaum einmal zur Ruhe. Selbst für die Menschen wurden die Vierbeiner mit der Zeit unberechenbar.

Großtatze hingegen hatte seine eigene Methode, mit der Situation klar zu kommen. Für die anderen schien er offensichtlich unantastbar und auch er machte keine Anstalten, sich mit seinen Artgenossen anzulegen. Rotbart staunte immer wieder über den Respekt, die dem Schwarzen mit dem weißen Latz und der freundlichen Zeichnung im Gesicht entgegengebracht wurde. Großtatze hatte die geflochteten Schilde der Orang Laut für sich entdeckt, an denen er sich mit großer Hingabe abarbeitete. Und

dann gab es noch die prächtigen Federspiele, mit denen sich die Zweibeiner zu besonderen Anlässen behängten. Die ließen sich wunderbar in die Luft werfen, fangen und fetzen. Richtig toll wurde es, wenn ein verzweifelter Mensch versuchte, dem Kater das Spielzeug wieder abzunehmen.

„Vielleicht hätten wir uns auf mehrere Boote verteilen sollen", maunzte Cat Racoon gereizt, als sie tatsächlich einmal alle friedlich beieinander lagen.

„Das nächste mal sind wir klüger", brummte El Mariniero.

„Klüger wäre, wenn es kein nächstes Mal geben würde", fauchte Crazy Lady ihren Kumpel an.

Babyface tatzte der Katzendame auf den Kopf und zischte drohend: „Kannst ja aussteigen, statt zu nerven."

Bevor Lady reagieren konnte und eine erneute Prügelei in Gang kam, setzte sich Rotbart auf, gähnte ausgiebig und gurrte freundlich: „Ach Leute, es hätte schlimmer kommen können. Stellt euch vor, Lalèze wäre doch mitgekommen. Der hätte uns alle über Bord geworfen."

Beim Gedanken an einen missmutigen und streitsüchtigen Lalèze an Bord dieses überfüllten kleinen Gefährts mussten die Katzen innerlich grinsen.

Rund eine Woche waren sie nun unterwegs, hatten Temasek, das heutige Singapur und nach Überquerung der Meerenge die als Piratennest verschriene Insel Batam erreicht. Als die Flotte in eine der versteckten Buchten einlief, die Piraten, Schmugglern, Freihändlern und Jahors Marine Schutz boten, liefen sie direkt auf einen vor Anker liegenden holländischen Segler zu. Dessen Stückpforten waren nicht nur geöffnet, um Luft durch die Zwischendecks zirkulieren zu lassen. Durch die Luken starrten der Flotte der Seenomaden die geladenen und ausgefahrenen Kanonenrohre eines gefechtsbereiten Kriegsschiffs entgegen.

Zum dritten Mal zündete sich Abel Janszoon Tasman seine Tonpfeife an und beendete den Satz, den er vor gefühlten fünf Minuten mit den Worten „Zum Teufel mit Eurem Doktor Sylvius, soll *Die Schiffskatzen* er doch bei den Wilden schmoren" begonnen hat-*der Ontdekker* te. „Aber ich will verdammt sein, wenn ich auf ein letztes Abenteuer verzichten sollte, nur weil mich meine Krankheit allzusehr plagt. Schlagt ein, Carl, ich werde mit Euch segeln, damit Ihr nicht auch noch bei den Menschenfressern landet."

Carl Carlszoon war froh darüber, den Entdecker Neuseelands und Kartographen der Nordwestküste Australiens mit an Bord zu haben. Er würde auf die Schnelle kaum jemand anderen finden, der die indonesischen Gewässer besser kannte als sein Gastgeber.

Bontetijger, Argeloos und ihr Streunerkumpel Bigbont beobachteten aufgeregt die beiden Männer. Vor rund zwei Wochen war der Fremde hier in Batavia angekommen und von Tasman als Gast in seinem Anwesen an der Tigers Gracht aufgenommen worden. Seitdem war hier richtig was los. Boten eilten hin und her, Offiziere stellten sich vor und Tasman und sein junger Freund besuchten regelmäßig die Pinas Ontdekker, um den Verlauf der Arbeiten zu überprüfen, die Tasmans kleines bewaffnetes Handels- und Expeditionsschiff seeklar machen sollten. Jeden Abend saßen die beiden Männer bis tief in die Nacht auf der Veranda zum Garten hinter dem herrschaftlichen Hause beisammen, um wichtige Dinge zu besprechen.

„Ich sag euch, morgen geht's los", verkündete Bontetijger.

Die beiden Katzendamen waren Überlebende des Wurfs einer Schiffskatze Tasmans, die 1653 den Entschluss gefasst hatte, sich wie ihr Kapitän hier zur Ruhe zu setzen. Die Katzen hatten sich schnell in Batavia eingerichtet. Das Anwesen war ihr festes Revier, von dem aus sie ihre Streifzüge zum Fischmarkt und zum

242

Hafen unternahmen. Aber Batavia war auch ein weltoffenes Pflaster. In Samiras Spelunke beispielsweise trafen sich die reisenden Felinen aus aller Welt und gaben bei opulenten Fischgelagen ihre kleinen und großen Abenteuer preis. Spätestens als die ersten Legenden von Rotbart die Runde machten wuchs in den Katzen ein gewisses Fernweh. Die Ankunft Carls tat schließlich ein Übriges. Die Katzen, allen voran der kleine Streunerkater Bigbont, den die Damen adoptiert hatten, konnten es kaum noch erwarten, selbst an Bord eines Schiffes zu gehen und die große weite Welt kennenzulernen. Und nun war es wohl so weit, die Menschen hatten ihre Pfoten aneinandergeschlagen. Erfahrungsgemäß war damit die Entscheidung gefallen.

Eine leichte, kühlende Brise strich über die Stadt. Von der Tigers Gracht wehte die Musik der Malaien herüber, die sich und die auf den breiten Promenaden flanierenden Anlieger mit ihren exotischen Klängen unterhielten. Von der Krokodils Gracht hinter den Gärten war das Planschen und Singen der Sklavinnen zu vernehmen, die dort ihr nächtliches Bad nahmen. Und aus dem chinesischen Viertel trieb der verlockende Duft der Garküchen herüber. Ein großer Teil des gesellschaftlichen Lebens in Batavia spielte sich des Nachts ab, weil der abendliche Regen meist ein wenig Abkühlung brachte, die nicht sofort wieder von der tropischen Sonne zunichte gemacht wurde. Wenn in diesen Nächten auch noch der von den Wolken unverhüllte Mond Grachten und Gärten in sein mildes Licht tauchte, dann ließ sich zumindest in den guten Quartieren schon einmal vergessen, dass das Leben für Europäer in Batavia alles andere als romantisch war. Ein ganzes Spektrum an Tropenkrankheiten und, abgesehen von den kriegerischen Auseinandersetzungen mit den einheimischen Mächten, nicht zuletzt das tropische Klima raffte so manchen dahin, der sich wegen des erhofften Gewinns oder der Karriere in den Dienst der Kompagnie begeben hatte. Auch Abel Tasman wusste, dass die kleine Expedition mit Carl Carlszoon wahrscheinlich seine letzte sein würde.

Kurz nach Tagesanbruch hatte die Ontdekker ihre Anker gelichtet und die kräftige Südwestbriese nutzend Kurs auf Sumatra genommen. Die Katzen waren einfach mit in die Schaluppe gesprungen, die an der Promenade der Gracht direkt vor dem Anwesen wartete, um Tasman und Carl zum Schiff zu bringen. Carlszoon freute sich über die kätzischen Begleiter, mit denen er bereits in den vergangenen Tagen Freundschaft geschlossen hatte. Aber er dachte auch voller Wehmut an Rotbart, den er für immer verloren glaubte. Tasman blickte Bontetijger und Argeloos nachdenklich an und brummte mehr zu sich selbst: „Hab mir gedacht,

dass ihr mal in die Fußstapfen eurer Mutter treten würdet."

Als sie dann an Bord des Schiffes waren, ging es den drei Samtpfoten fast wie damals dem kleinen Rotbart. Alles fremd, alles anders als erwartet. Dennoch, die Decks waren bei weitem nicht so mit Menschen und Gepäck überfüllt, wie es bei den Ostindienfahrern der Fall war. Die hektische Betriebsamkeit, die mit dem Ankerholen, Segelsetzen und anderen Manövern verbunden war, konnten sie jedoch noch nicht einschätzen. Daher drohten sie, ständig unter die Füße der hin und her eilenden Matrosen zu geraten. So zogen sie sich erst einmal in die ruhigeren Bereiche unter Deck zurück.

Im Gegensatz zu Rotbart hatten sie vor ihrer ersten Reise keine Gelegenheit gehabt, ein richtiges großes Schiff kennenzulernen und es gab keinen Artgenossen an Bord, von dem sie hätten lernen können. Entsprechend langsam ging die Erkundung des Schiffes vonstatten. Für die freigängerischen Landkatzen, deren Flucht-Jagd- und Patrouillenwege auf Bäume über ewig lange Mauersimse, Dächer oder durch riesige Gärten führten, verursachten die begrenzten, schwankenden Räumlichkeiten des Schiffes anfangs beinahe klaustrophobische Anfälle. Nur gut, dass sie sich gegenseitig ein wenig Sicherheit geben konnten, bis sie die speziellen Bedingungen der kurzen Wege und die Besonderheiten der Jagdgründe im Bauch des Seglers verstanden und verinnerlicht hatten. Wenigstens eine Woche dauerte es, bis sie sich wieder einmal an Deck trauten, natürlich achtern, wo sie auf ihren Beobachtungsposten auf der Poop weitgehend ungestört waren.

Eine Etage tiefer auf dem Halbdeck standen Tasman, Carlszoon und der Navigator Visscher beisammen, bewacht von einem stoisch dreinblickenden Samurai und besprachen das weitere Vorgehen. Trotz des vorherrschenden Nordostmonsuns waren sie erstaunlich gut vorangekommen. Vor allem deshalb, weil der Wind in den letzten Tagen auf Ost gedreht und erheblich an Stärke zu-

genommen hatte. Nun, drei Wochen nach Verlassen der Reede von Batavia, steuerte die Ontdekker, mühsam gegen einen mäßigen Nordost ankreuzend, zwischen den Inseln Kundur und Sugi auf den Eingang der Malakkastraße zu. Der Segler, der ihnen entgegenkam, hatte ebenfalls Mühe, gegen den Monsun anzusegeln. Wild flatterten seine Segel und die herumschwingenden Rahen zeigten an, dass das fremde Schiff gerade eine Wende versuchte.

Visscher nahm einen tiefen Zug aus seiner Tonpfeife: „Merkwürdiges Manöver, es will mir scheinen, dass es nicht nur dem Winde geschuldet ist."

„Wohl wahr, wohl wahr", entgegnete Tasman, "ein wenig hastig, als wolle man ein Zusammentreffen mit uns vermeiden."

„Und nun haben sie sich festgesegelt."

„Klar Schiff, wir setzen ihnen einen Schuss vor den Bug, Carlszoon, wollt Ihr das Kommando über die Schaluppe übernehmen, um die Fleute zu inspizieren?"

Interessiert beobachteten die Katzen, wie das große Boot aus der Kuhl gehoben und über Bord gefiert wurde, während Carl eine Entermannschaft zusammenstellte, zu der sich auf einen Wink Visschers hin auch der Samurai gesellte. Die nur schwach bewaffnete und bemannte Fleute hatte keine Chance, sich gegen die gut bestückte Ontdekker zu behaupten. Als die Bugkanone feuerte, strich die Fleute die Flagge. Ihre Segel waren aufgrund des missglückten Wendemanövers ohnehin backgebrasst, das Schiff bewegungsunfähig.

Die Katzen waren beim Knall, der Kanone völlig verstört unter Deck verschwunden. Und so bekamen sie die folgenden Ereignisse gar nicht mit.

Als sie nahe genug herangekommen waren, ließ Tasman ein wenig anluven, um die letzte Fahrt aus der Ontdekker zu nehmen. Dann setzte Carlszoon mit seiner Prisencrew über und inspizierte das Schifft. Dabei bestätigte sich der Verdacht, den Tasman und

Visscher hegten. Der Kapitän war ein holländischer Freihändler, der am Monopol der V.O.C. vorbei mit seiner wild zusammengewürfelten Mannschaft aus Indern, Chinesen, Malaiien und Afrikanern seinen Geschäften nachging. Auch wenn Tasman bereits seit Jahren seinen Dienst bei der V.O.C. gekündigt hatte, die Kompagnie würde es begrüßen, wenn er diesem Schmuggler das Handwerk legte. Und so wurden Kapitän und Mannschaft gefangengenommen und auf die Ontdekker überstellt, die wertvolle Landung von Gold, Elfenbein und Gewürzen aus Sumatra beschlagnahmt, das Schiff selbst jedoch seinem Schicksal überlassen.

Als Carlzoon nach der Inspektion der Fleute wieder in die Schaluppe stieg, die ihm zur Ontdekker zurückbringen sollte, maunzten ihn Kleinebroer und Grotebroer, Newton und Verstekeling voller Begeisterung aus dem Bug an. Sie hatten ihn bereits an seiner Art, die Jakobsleiter emporzuklettern, wiedererkannt und waren sofort ins Boot gesprungen, um die Reise mit dem vertrauten zweibeinigen Crewmitglied der Zeeland fortzusetzen. Die Baronesse war ihnen ohne lange zu zögern gefolgt und schaute, das Tagebuch ihres Herrchens im Maul, Carlszoon mit großen Augen an. Bontetijger, Argeloos und Bigbont, die sich gerade wieder auf die Poop gewagt hatten, bekamen gerade noch mit, wie die Schaluppe an der Ontdekker anlegte und die vier Katzen wie der Blitz aus dem Boot die Bordwand emporschossen und unter Deck verschwanden. Deutlich langsamer kletterte Carlszoon mit Baroness auf dem Arm an Bord. Das Tagebuch hatte er in seine Jackentasche gesteckt, die Hündin hatte es ihm widerstandslos überlassen.

„Ich glaube, wir stecken bereits mitten in unserem ersten großen Schiffskatzenabenteuer", maunzte Bontetijger aufgeregt, als sie die Poop verließen, um die vierbeinigen Neuankömmlinge in Augenschein zu nehmen.

Auf dem Zwischendeck, achtern, dort wo die Ruderpinne durch

Notiz aus Carl Carlszoons Tagebuch vom Januar 1655

30. Januar 1655 zwischen den Inseln erblickten wir eine Fleute, die es offensichtlich vorzog, den Kontakt mit uns zu vermeiden. Der Fluchtversuch erwies sich jedoch als recht erfolglos, denn bei der hastigen Wende, die dazu dienen sollte, unseren Kanonen zu entkommen, schlugen deren Segel back, so dass es uns ein leichtes war, das Schiff, das sich als holländischer Schmuggler entpuppte, zu stellen.

Wohl kaum jemand vermag es, meine Freude zu ermessen, als ich neben anderen einige der guten alten Zeeland-Katzen an Bord des Piraten begrüßen durfte, die unverzüglich mit mir auf die Ontdekker wechselten und sich zu der befellten Mannschaft meines Freundes Tasman gesellten. neben den Katzen barg die Fleute weitere wertvolle Überraschungen, die die Reise durchaus lohnenswert erscheinen ließ. Das Schiff selbst überließen wir seinem Schicksal, da wir für unsere weiteren Vorhaben keinen Mann unserer Besatzung für die überführung der Prise nach batavia entbehren konnten.

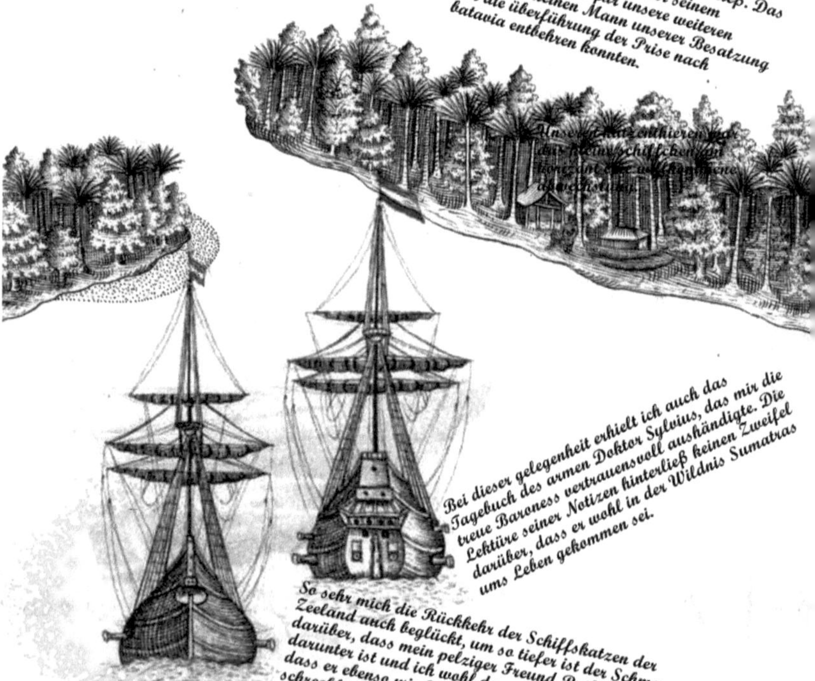

Unsere Haustiere und das holländische Schiff konnten keine Zuneigung zueinander gewinnen

Bei dieser gelegenheit erhielt ich auch das Tagebuch des armen Doktor Sylvius, das mir die treue Baroness vertrauensvoll aushändigte. Die Lektüre seiner Notizen hinterließ keinen Zweifel darüber, dass er wohl in der Wildnis Sumatras ums Leben gekommen sei.

So sehr mich die Rückkehr der Schiffskatzen der Zeeland auch beglückt, um so tiefer ist der Schmerz darüber, dass mein pelziger Freund Rotbart nicht darunter ist und ich wohl davon ausgehen muss, dass er ebenso wie Sylvius sein Leben auf der schrecklichen Insel verloren habe.

das Plattgatt führte, trafen sich die vierbeinigen Neuankömmlinge mit der felinen Stammbesatzung. Die Begegnung verlief ausgesprochen friedlich. Kein Wunder, denn Grotebroer und seine Crew waren mit Seglern dieser Art natürlich vertraut und mussten ihr neues Revier nicht erst vorsichtig erkunden. Außerdem gehörten sie ohnehin zur verträglichen Sorte der maritimen Samtpfoten. Bontetijger, Argeloos und Bigbont waren hingegen froh, nun erfahrene KollegInnen an Bord zu haben, von denen sie die Feinheiten des Schiffskatzenhandwerks lernen konnten. Außerdem waren sie wild darauf, sich in den gelegentlich ereignislosen Segelzeiten durch die Abenteuergeschichten der weitgereisten Fellnasen unterhalten zu lassen. Zumindest von Grotebroer hatten sie in Samiras Taverne schon so einiges gehört. Während Bontetijger und Argeloos ehrfürchtig den braungetigerten Kater anschauten, schmachtete Bigbont Verstekeling an, die sich ungerührt einer sorgfältigen Fellputzaktion widmete und den kleinen Kater mit Missachtung strafte.

Grotebroer merkte schnell, dass er es bei seinen Gegenübern mit sehr unerfahrenen KollegInnen zu tun hatte. Spätestens nach der gegenseitigen Vorstellung hätte eigentlich die Einladung zu einem gemeinsamen Gelage oder wenigstens eine Revierführung kommen müssen. Stattdessen erwartungsvolle Blicke der Stammbesatzung, was die Neuankömmlinge denn nun tun würden.

„Na gut, Leute, schlage vor, ihr schaut euch mal an Bord um und sucht euch eure Quartiere", maunzte Grotebroer zu seiner Crew. Und an alle gerichtet schnurrte er: „ Ich werde mal meine Kajüte inspizieren und für nachher seid ihr alle zum Essen eingeladen."

Als Grotebroer mit Kleinebroer im Schlepptau den kleinen Salon seiner Kapitänskajüte betrat, saßen Tasman, der Navigator und Carl bereits beim Abendessen. Grotebroer war natürlich Zweibeiner in seiner Kajüte gewohnt. Ihre Duldung brachte ja

auch gewisse Vorteile mit sich, vor allem, wenn sie die Regeln begriffen hatten, die ein einvernehmliches Miteinander sicherstellten. So sprangen die beiden Katzen auch diesmal wieder auf den Tisch und erwarteten ihren Anteil an den leckeren Speisen. Tasman wollte sie vom Tisch jagen, aber Carlszoon lachte: „Die sind von der Zeeland. Gebt ihnen einfach ihren Tribut und sie werden den Tisch von ganz allein wieder verlassen."

Tatsächlich sprangen die beiden Katzen bereits nach einer Runde von der Tafel. Kurze Zeit später war ein lautes Scheppern und das Fluchen des Stewards aus der Richtung in der die Pantry lag zu vernehmen. Newton und Verstekeling machten sich mit freudig erhobenen Schwänzen auf den Weg nach achtern.

„Kommt mit, es dürfte angerichtet sein."

Für Bontetijger, Argeloos und Bigbont war es das erste große Gelage an Bord eines Schiffes. Sie fühlten sich großartig und genossen es, von den anderen als Ihresgleichen akzeptiert zu werden. Laut schmatzend machten sie sich über Hühnchen, Käse, Pastete und Fisch her. Bontetijger fragte sich, wie die Schiffskatzen solche Leckereien in solchen Mengen beschaffen konnten. Sogar Baronesse hatte sich hinzugesellt und trotzdem reichte es für alle. Klar, auch die drei Neulinge hatten ab und an vom Smutje ein paar Happen zugeworfen bekommen, wenn sie, dem Geruch folgend wie zufällig in der Nähe der Kombüse herumgelungert und den Koch mit großen Augen und schiefgelegtem Kopf angeschaut hatten. Aber das waren eben nur ein paar Happen und Huhn, Pastete oder feiner Käse war nie dabei gewesen.

„Ist schon dumm für die Zweibeiner, dass sie im Dunkeln so schlecht sehen können. Immer wieder stolpern sie über unsererereines, besonders dann, wenn sie gerade ihren Oberzweibeinern die leckere Beute bringen wollen." Die Katzen quittierten Grotebroers Gemaunze mit lautem Gurren.

„Und dann lassen sie auch noch die Tür zum Beuteraum auf und

wir müssen dann so viel wie möglich vor dem üblen Raubzeug in Sicherheit bringen. Und statt uns dafür dankbar zu sein, brüllen sie auch noch wütend herum." Verstekeling hätte sich fast verschluckt vor Lachen.

„Das schlimmste Raubzeug seid doch ihr!"

Das Pfeifen der fetten Ratte, die das Katzengelage aus der Dunkelheit voller Neid beobachtete, klang ehrlich empört.

„Klappe", wuffte Baroness, „sei froh, dass wir satt sind."

Als immer mehr Nager meinten, das vergnügliche Prassen der Schiffsfelinen kommentieren zu müssen, meinte Newton, der unschlüssig war, ob er als nächstes vom Hähnchen- oder Fischfilet kosten sollte: „Ich denke, wir sollten hier nachher mal gründlich aufräumen."

Ein wildes Rascheln und Trappeln folgte diesen Worten und das Pfeifen verstummte augenblicklich.

Im Salon war unterdessen eine Entscheidung gefallen. Carlszon hatte am Nachmittag das Tagebuch des verschollenen Schiffsarztes gelesen und wusste nun um dessen tragisches Ende. Statt direkt nach Batavia zurückzukehren, beschlossen die drei Männer, zunächst zur Pirateninsel Batam zu segeln. Dort ließe sich möglicherweise der eine oder andere illegale Freihändler überraschen und die Expedition damit wenigstens wirtschaftlich zu einem guten Abschluss bringen.

Es war zweifellos ein gewagtes Unterfangen, nicht durch die Straße von Singapur, sondern zwischen den Inseln, die sich von Sumatra bis unter die Südspitze der malaiischen Halbinsel erstreckten, hindurchzusegeln. Diese Gewässer waren mit ihren Untiefen, Riffen und Strömungen und teilweise denkbar engen Wasserstraßen außerordentlich gefährlich. Carl hatte da so seine Zweifel bezüglich des Kurses, aber Tasman konnte seinen Freund beruhigen: „Keine Sorge, unser Freund Frans Visscher weiß ge-

nau, wie man die Strömungen und Winde zwischen den Inseln nutzen kann, um gegen den Monsun zu segeln. Und wie Ihr wisst, befahre auch ich diese Gewässer nicht zum ersten Mal, werter Carl."

Ja, dieser Visscher, Carl hatte sich sehr gewundert als ihm Tasman seinen legendären Navigator an Bord der Ontdekker vorstellte. Denn nach den lange zurückliegenden Reisen mit dem Entdecker und der anschließenden Teilnahme an der einen oder anderen V.O.C. – Expedition verlor sich die Spur Visschers in den Weiten Südostasiens. Seit 1647 hatte man nichts mehr von ihm gehört, er galt offiziell als verschollen. Und nun stand er hier leibhaftig mit seinem Samurai neben Carl auf dem Halbdeck und gab gelassen und selbstbewusst seine Segelanweisungen.

Tasman schien die Gedanken seines jungen Freundes zu erraten: „Hört zu Carl, wenn wir zurück in Batavia sind, hat es unseren Freund nie hier an Bord gegeben. In der Musterrolle ist der Name unseres Navigators mit Peerszoon angegeben und dabei wollen wir es auch belassen, versprecht mir das!"

Carl war von der Sicherheit, mit der Visscher und Tasman die Ontdekker durch die Inselwelt steuerten beeindruckt. Die beiden schienen hier tatsächlich mit jeder Küste, jeder, auch der kleinsten Durchfahrt vertraut zu sein. Nicht ein einziges Mal hatten sie einen Blick auf die Karte werfen müssen. Aber das, so wusste Carl, würde hier sowieso nichts helfen, manche der Inseln und Wasserstraßen waren dort gar nicht verzeichnet, andere viel zu ungenau. Angaben zu Wassertiefe oder Bodenbeschaffenheit fehlten meist völlig. Carl wurde den Verdacht nicht los, dass die beiden Seeleute häufiger in diesen Piratengewässern gesegelt waren und sich dabei einiges von den Seenomaden abgeschaut hatten. Allein durch das Salär, das Tasman im Dienste der V.O.C. erhalten hatte, ließ sich sein Reichtum jedenfalls nicht erklären.

Auch diese Gedanken schien der alte Seebär erraten zu haben:

252

Aus dem persönlichen Segelhandbuch Visschers

Der Zeichner dieser Charte dürfte diese
Gegend wohl kaum jemals selbst zu Angesichte
bekommen haben. Jedenfals weichet die
Wirklichkeit sehr von den hier gezeichneten
Inseln und Ländern in Größe, Form und auch
hinsichtlich ihrer Position zueinander allzusehr
ab, so dass der Nutzen dieses Werkes für die
Seefahrt ernsthaft in Zweifel gezogen werden
darf.

Die auf dieser Charte nicht verzeichnete Bucht im
Nordosten des Eyelandes Bantam beherberget nicht nur
Wilde sondern dienet auch als Versteck für Schmuggler,
Piraten und allerley seefahrenden Volckes

„Was glaubt Ihr wohl. Jedenfalls sind wir der Compagnie nicht das Geringste schuldig angesichts der Missachtung, mit der sie unsere Mühen und Entdeckungen gewürdigt haben."

Die Katzen hatten sich auf dem Schiff verteilt und betrachteten ein wenig schläfrig die vorüberziehenden Ufer der Inseln. Baroness hatte es sich auf dem Halbdeck in der Nähe Carls gemütlich gemacht und beobachtete misstrauisch den Samurai, der wiederum Visscher nicht von der Seite wich. Kleine Boote verschwanden in versteckten Buchten, wenn die Ontdekker in Sicht kam und am Ufer versammelten sich immer wieder Menschen, um zu beobachten, ob das Schiff mit den offenen Stückpforten vorüberzog oder eine Bedrohung für ihr Dorf darstellte. Wenn die Inseln gelegentlich den Blick auf die Straße von Singapur freigaben, konnten die Katzen die größeren und kleineren Schiffe verfolgen, die sich vom Monsun auf Sumatra beziehungsweise die Straße von Malakka zutreiben ließen.

Das mit dem gründlichen Aufräumen hatten die Samtpfoten auf später verschoben. Selbst heute waren sie nach dem gestrigen opulenten Mahl noch pappsatt und außerdem war es an Deck trotz des wolkenfreien Himmels doch etwas angenehmer als in den stickigen Laderäumen. Unter der Anleitung ihrer neuen Kumpels hatten Bontetijger, Argeloos und Bigbont schnell heraus, wo an Deck sie sich ungestört aufhalten konnten, ohne von der Arbeit der Matrosen gestört zu werden. Und so hatten sich die Schiffskatzen in kleinen Gruppen auf der Poop, dem Handlauf des Halbdecks und im Mars des Bugspriets niedergelassen und ließen es sich gut gehen, während die Männer damit beschäftigt waren, permanent zu loten und zahllose Segelmanöver und Kurswechsel auszuführen.

Nach rund 12 Stunden segelte die Ontdekker, mühsam gegen den Wind kreuzend, in die Straße von Singapur ein und quälte sich an der buchtenreichen Nordküste Batams ostwärts. Nach

zwei weiteren Stunden liefen sie gefechtsbereit und mit ausgefahrenen Kanonen in die östlichste Bucht der Insel ein und ließen die Anker fallen. Eigentlich hatten sie gehofft, hier den einen oder anderen Freihändler zu überraschen, aber die Bucht war leer. Lediglich ein paar Feuer am Ufer wiesen darauf hin, dass hier Menschen wohnten.

Die Katzen spürten die angespannte Stimmung an Bord. Grotebroer glaubte, zu wissen warum: "Wir sitzen hier in der Falle. Wir kommen hier nicht mehr heraus."

Der erfahrene Schiffskater wusste, dass ein Schiff nicht direkt gegen den Wind segeln konnte. Und der kam wie in diesen Monaten üblich relativ beständig genau aus der Richtung in die sich die tiefe Bucht zum Meer hin öffnete. Aber Tasman machte das keine Sorge. Im Gegenteil, das gehörte zum Plan. Die Ontdekker würde sich hier auf Lauer legen und warten, bis ein meist nur schwach bewaffneter Schmuggler oder Freihändler die Bucht anlief, um sich beispielsweise vor den Schiffen der V.O.C. zu verstecken oder Proviant und Wasservorräte zu ergänzen. Die Ontdekker saß in der Bucht wie die Spinne im Netz. Denn der gleiche Wind, der sie in der Bucht festhielt, würde auch ihre Opfer daran hindern, den drohenden Kanonenrohren zu entkommen.

Die Anspannung an Bord hatte einen anderen Grund. Niemand wusste genau, wer sich da an Land herumtrieb. Die Gefahr war groß, dass die Ontdekker selbst Opfer von Enterversuchen kriegerischer Inselbewohner wurde. Entsprechend schwor Tasman die Mannschaft unter Androhung drastischer Strafen auf besondere Wachsamkeit ein. Wer auf Wache oder im Ausguck einschlief, sollte mit Schlägen und Verlust eines Monatslohns bestraft werden. Niemand, auch keine Frauen durften ohne Erlaubnis des Kapitäns oder eines Offiziers an Bord gelassen werden und insbesondere Nachts sollte jeglicher Lärm oder Licht vermieden werden, um heimliche Annäherungsversuche zu bemerken.

Newton, Versteckeling und Bigbont hatten es sich auf dem Mars des Bugspriets gemütlich gemacht und dösten vor sich hin. Der milde Wind versetzte die Schnurrhaare in beruhigende Schwingungen und ab und zu glitzerte das windgekräuselte Wasser, wenn die Wolken den vollen Mond für ein paar Augenblicke freigaben. Sanft wiegte sich die Ontdekker im Monsun und schwang mit der Tide um die Ankertrosse. Die Verbände des Schiffes und die mächtige Pinne knarrten, wenn das Ruderblatt in der Strömung gemächlich hin- und herschwang. Aus dem Dschungel trieben die Stimmen der Nacht über die Bucht. Die Katzen der Zeeland kannten ihre Bedeutung nur zu genau und sie lauschten den Geschichten und Dramen, die sich auf der Insel abspielten und Erinnerungen wachriefen.

Die Freiwache hatte sich zum Schlafen auf den Decks der Kuhl und der Back niedergelassen, unter Deck war es viel zu stickig, zumal die Stückpforten wegen der Entergefahr auf Anweisung der Schiffsführung geschlossen bleiben mussten. Bald war von überall her das Schnarchen der Männer zu vernehmen. Aber die Samtpfoten konnten das ebenso ausblenden wie die Schritte des wachhabenden Offiziers, der auf dem Halbdeck auf und ab ging.

Bigbonts Ohren drehten sich und versuchten ein Geräusch zu orten, das hier irgendwie nicht hingehörte. Langsam verdrängte das Bewusstsein des Katers die Bilder der Traumwelt. Die Schritte des Offiziers waren verstummt und irgendwo von achtern war ein leises Knurren zu vernehmen. Aber es war nicht Baroness, die in ihren Träumen wohl die Abenteuer auf Sumatra verarbeitete, deren Laute den Kater aus dem Schlafmodus geholt hatten. Das Geräusch kam irgendwo von außerhalb des Schiffs, wie ein leichtes Kratzen an der Bordwand. Bigbont beschloss, eine Runde zu drehen und lief den Bugspriet hinab auf die Galion. Hier nahm er gewissenhaft Maß, brachte sich hibbelnd in die richtige Position und sprang mit einem mächtigen Satz lautlos auf die Back.

256

Auf dem Wasser der Bucht trieben plätschernd Schatten auf die Ontdekker zu. Es waren Boote, für Menschenaugen kaum zu erkennen. Aber selbst wenn jetzt der Mond zwischen den Wolken hervorgebrochen wäre, um die Angreifer in sein mildes Licht zu tauchen, außer Bigbont gab es niemanden an Bord, der das hätte bemerken können. Trotz Tasmans drastischer Strafandrohungen, lag die ganze Mannschaft im Tiefschlaf.

Der unerfahrene kleine Schiffskater war sich der Gefahr, die der Ontdekker drohte, nicht bewusst. Und so beobachtete er interessiert, wie die lautlose Bootsflotte näherkam und balancierte auf dem Handlauf der Kuhl Richtung achtern. Irgendwo von dort war dieses Kratzen hergekommen und tatsächlich hörte er es wieder, direkt unter sich.

Der Kater wollte gerade nach unten schauen, als plötzlich direkt vor ihm ein Gesicht über der Bordwand auftauchte. Bigbont fuhr ein gehöriger Schrecken in die Glieder und er reagierte augenblicklich. Laut kreischend fuhr er dem Enterer mit seinen Krallen durch das Gesicht, so dass der vor Schreck und Schmerzen aufschrie und mit einem lauten Platschen rücklings ins Wasser fiel. Unter den Angreifern entstand ein heilloses Durcheinander. Für die einen war es ein Zeichen für den Angriff, für andere das Signal zum Rückzug. Den aus dem Schlaf gerissenen Verteidigern an Bord verschaffte dieses Chaos ausreichend Zeit, ihre Waffen zu ergreifen, wild auf die Schatten der Bucht zu feuern und denen, die gerade dabei waren, über die Reling zu klettern oder bereits das Deck geentert hatten, mit Messern, Belegnägeln und Piken den Garaus zu machen. Verstört wanderte Bigbont mitten im Getümmel weiter nach achtern und kreischte jeden wütend an, der es wagte, ihm den Weg zu versperren.

Der kleine Kater verstand nicht wirklich, was da gerade geschah. Sein so heldenhaft erscheinendes Verhalten, war einer totalen Verunsicherung geschuldet, die ihn jegliche vernünftige Kat-

zenreaktion vergessen ließ. So waren es schließlich seine Kolleg-Innen und Baroness, die ihm zu Hilfe eilen, ihn vor den blind-wütig kämpfenden Zweibeinern abschirmen und in Sicherheit bringen mussten.

Am nächsten Morgen hatte Bigbont die Schrecken des nächt-lichen Abenteuers längst verdaut. Nachdem er seinen Kumpels das Erlebte wieder und wieder erzählt hatte, war klar, dass er sei-ne erste Heldentat als Schiffskater vollbracht hatte. Mit erhobe-nem Schwanz stolzierte er auf der Reling hin und her, in der Über-zeugung, dass auch die Zweibeiner seinen Einsatz für Leib und Leben der Mannschaft zu würdigen wussten.

Tasman griff hart durch. Der gesamten Wache wurde die Heuer für die Reise gestrichen, sie mussten nun mit ihrem mageren An-teil an der erhofften Beute zufrieden sein, die allerdings immer noch auf sich warten ließ. Wahrscheinlich hätte er in seinem Zorn sogar den wachhabenden Offizier auspeitschen lassen. Aber der war bei dem Angriff getötet worden und konnte somit nicht mehr zur Rechenschaft gezogen werden.

„Im Grunde haben wir unser Überleben einer der Katzen zu ver-danken, hätte die nicht so laut geschrien . . . ." Tasman blickte nachdenklich auf den kleinen Bigbont und schickte nach seinem Steward. Der war von Tasmans Auftrag alles andere als begeistert, wagte jedoch keinen Widerspruch.

Es dauerte nicht lange und Bontetijger entdeckte bei ihrem Streifzug durch das Zwischendeck die Leckereien aus des Kapi-täns Privatvorräten, die der Steward dort plaziert hatte. Bald wa-ren alle Schiffskatzen um das Buffet versammelt und schnüffelten misstrauisch an den erlesenen Speisen. Eine Samtpfote nach der anderen wandte sich gelangweilt ab. Newton sprach aus, was alle dachten: „Was sollen wir damit, das ist doch kein richtiges Gela-ge, wenns nicht geklaut ist. Ich sag Baroness bescheid, soll die sich damit den Bauch vollschlagen, bevor es die Ratten fressen."

Aus dem Tagebuch Tasmans Februar 1655

Heute Nacht ereignete sich eine üble Geschichte. Die Wilden oder Piraten hatten einen Angriff auf die Ontdekker gestartet, ohne dass die von mir durch Androhung von empfindlichen Strafen zu besonderer Aufmerksamkeit ermunterten Wachen irgendetwas bemerkt hatten.

Einzig die Schiffskatzen waren auf der Hut und alarmierten die Mannschaft durch gar grausliges Gekreische mit dem sie wohl auch die Angreifer in Panik zu versetzen in der Lage waren, wodurch es unseren Leuten gelang, unter nur wenigen Verlusten den Angriff zurückzuschlagen. Mein Wachoffizier hatte dabei den Tod gefunden, was zu bedauern mir angesichts der sträflichen Vernachlässigung seiner Pflichten kaum gelingen mag.

Die Angreifer hatten sich in den folgenden Tagen nicht wieder blicken lassen. Weder Tasman noch die Piraten hatten Interesse an einer erneuten, zweifellos für beide Seiten verlustreichen, Konfrontation. Niemand würde dabei gewinnen können. Nachdem der Überraschungseffekt verpufft war, konnte die gut bewaffnete Ontdekker nicht mehr erobert werden. Und um das im Dschungel versteckte Piratennest auf der anderen Seite der Bucht, etwa hundert Meter oberhalb einer Flussmündung zu vernichten, fehlten Tasman die Leute. Dennoch musste natürlich jederzeit mit einem Angriff auf die Crew gerechnet werden, die täglich mit der Schaluppe an Land ruderte, um dort für den täglichen Bedarf der Mannschaft frisches Wasser zu besorgen, Ziegen, Wildschweine und Enten zu jagen und Früchte einzusammeln. Und natürlich nutzte Tasman die Gelegenheit, um auch Brennholz für den Smutje und den Schmied oder Bauholz für den Schiffszimmermann besorgen zu lassen. Denn auf einem Schiff gab es immer etwas auszubessern oder zu ersetzen.

Der Kapitän hatte zur Sicherung der Landungscrew das Beiboot mit zwei kleinen Kanonen ausrüsten und mit sechs Musketieren und Ruderern mit Seitenwaffen und Piken bemannen und zwischen der Ontdekker und dem Ufer patrouillieren lassen. Die Zeelandkatzen betrachteten das Treiben mit mäßigem Interesse, die feline Dreierbande Tasmans allerdings beobachtete den regen Bootsbetrieb zwischen Schiff und Land aufgeregt und mit peitschenden Schwänzen. Zu gern würden sie ihren ersten Schiffskatzenausflug unternehmen, aber sie trauten sich noch nicht und keine der erfahrenen Samtpfoten machte auch nur Anstalten, in die Schaluppe zu springen.

„Das ist zu gefährlich und lohnt das Risiko nicht", maunzte Grotebroer und legte tröstend seinen Schwanz auf den Rücken Bontetijgers. „Wenn die Zweibeiner plötzlich angegriffen werden, haben wir wahrscheinlich keine Chance, rechtzeitig ins Boot und

zurück an Bord zu kommen. Glaub mir, ihr habt ganz sicher keine Lust, hier auf der Insel zurückgelassen zu werden und auf ein anderes Schiff zu warten. Ich weiß, wovon ich maunze."

Tag um Tag verging und weder wurde die Landungscrew angegriffen noch verirrte sich ein Freihändler oder Schmuggler in die Bucht. Während die Katzen die Gelegenheit nutzten, einmal ordentlich unter dem Nagergetier an Bord aufzuräumen, machte sich unter den Zweibeinern Langeweile breit. Streitereien entbrannten in der Mannschaft und auch die tägliche Ration Arrak konnte nicht zur Verbesserung der Stimmung beitragen. Tasman hätte längst Anker gehievt und Segel gesetzt, wenn der Wind die Ontdekker nicht am Verlassen der Bucht gehindert hätte.

„Morgen früh werden wir die Schaluppe vor das Schiff spannen und aus der Bucht warpen", rief Tasman den Männern zu und erntete dafür erwartungsgemäß Beifall.

Die Entscheidung des Schiffsrates, dieses letzte, außerordentlich mühsame Mittel zum Verlassen der Bucht anzuwenden, war längst überfällig. Auch wenn der Mannschaft angesichts der tropischen Hitze dabei Äußerstes abverlangt wurde, die Aussicht auf Abwechslung hob die Stimmung schlagartig. Tasman wollte gerade noch eine Zusatzration Arrak spendieren, da tönte es aus dem Fockmars: „Praus etwa eine Meile querab!"

Eine Meile querab bedeutete im Klartext, am Eingang der Bucht. Sollte ihnen doch noch Beute in die Falle gehen? Schnell wurden Beiboot und Schaluppe zur Ontdekker zurückgerufen.

Während ein großes Kanu nach dem anderen in die Bucht einlief und direkt auf Tasmans Schiff zusegelte, rannten die Männer die Kanonen aus. Neugierig beobachteten die Katzen von der Pop aus das Geschehen und ließen sich auch durch das Rumpeln der Stücke nicht aus der Ruhe bringen.

Carl setzte sein Fernrohr ans Auge. Fassungslos setzte er es

wieder ab und rieb sich die Augen. Für einen Moment war das Bild einer Gruppe Katzen auf der Bambushütte eines der Boote durch das enge Gesichtsfeld des Glases gezogen. Carl war sicher, dass er Rotbart unter den Samtpfoten erkannt hatte, die mit großen Augen der Ontdekker entgegenstarrten.

„Ihr seht aus, als hättet Ihr einen Geist gesehen", bemerkte Visscher belustigt, „aber keine Sorge, das sind Seenomaden, von denen haben wir nichts zu befürchten."

Bald hatten die Boote die Ontdekker erreicht und Visscher wechselte ein paar Worte mit dem Anführer der Flotte, den er recht gut zu kennen schien. Nun waren auch die Katzen auf dem Seenomadenboot deutlich zu erkennen, vor allem aber zu hören. Begeistert maunzten und kreischten sie, als sie ihre KollegInnen auf der Poop entdeckten und auch auf der Ontdekker war das Katzenkonzert nicht zu überhören. Völlig außer sich kläffte Baroness die Zweibeiner auf dem Halbdeck an und sprang wie eine Wilde am Schanzkleid hin und her, als die Flotte der Seenomaden in Richtung Piratennest abdrehte. Aber ihre Aufregung war gar nicht nötig, denn Visscher hatte das Boot mit den Katzen bereits herangerufen. Kaum hatte es an der Bordwand angelegt, sprangen El Mariniero, Crazy Lady, Cat Racoon, Babyface, Großtatze und Rotbart mit geradezu lässiger Eleganz an Bord. Verzweifelt schlug der Kapitänssteward die Händeüber dem Kopf zusammen.

Carlszoon glaubte, dass es ihm gelungen sei, seine Freudentränen über das Auftauchen des verloren geglaubten Rotbart zu verbergen. Aber Visscher nahm ihn beiseite: „Ich weiß, wie Ihr Euch fühlt, Carl. Es sind auch ein paar von meinen vierbeinigen Freunden dabei von denen ich glaubte, dass ich sie nie wiedersehen würde."

Die Katastrophe, die der Steward angesichts der Katzenschwemme hatte auf sich zukommen sehen, blieb diesmal aus. Es gab kein gemeinsames Gelage der nunmehr dreizehn Schiffs-

262

katzen an Bord. Grotebroer und Kleinebroer forderten wie üblich ihren überschaubaren Tribut von der Tafel der abendlichen Offiziersgesellschaft, El Mariniero, Babyface und die schwarzen Damen erhielten ein paar Leckereien aus den privaten Vorräten des Navigators. Carl hatte ein wenig Entenfleisch auf seine Seekiste gelegt, falls Rotbart den Weg in seine Kammer finden sollte. Aber der und die übrigen Katzen hatten sich einen der großen Fische aus der Kombüse besorgt, die der Smutje den Seenomaden abgekauft hatte. Der Schiffskoch tat so, als bemerkte er den Diebstahl nicht und die Katzen ließen sich ihre vermeintliche Beute schmecken. Zufrieden verteilten sich die Samtpfoten dann grüppchenweise über das Schiff und genossen die friedliche Tropennacht.

Als Carlszoon nach der Morgenwache in seine Kajüte kam, lag statt des Entenfleisches der rote Kater auf seiner Seekiste. Carl lachte erleichtert als Rotbart ihn zur Begrüßung anfauchte, mit einem Satz aus der Kammer sprang und dabei Carlszoons Bein wie versehentlich mit seinem Kopf streifte. In sicherer Entfernung setzte sich der Kater noch einmal hin und schaute Carlszoon direkt in die Augen.

„Hallo mein kleiner roter Freund, willkommen zurück."

Rotbart schloss kurz die Augen und schnurrte vernehmlich bevor er mit erhobenem Schwanz und fröhlich gurrend davonlief.

Rund fünf Stunden später hatte die Schaluppe ihr Mutterschiff aus der Bucht und von der Leeküste Batams freigeschleppt. Dann nahm die Ontdekker bei nun querachterlichem Nordnordost zwischen Batam und Bintan hindurch Kurs auf die Westküste Borneos.

Natürlich waren eine ganze Reihe Kreuzschläge erforderlich, um das Ziel, das Visscher vorgegeben hatte, zu erreichen. Der direkte Kurs nach Batavia wäre zweifellos einfacher und schneller gewesen. Aber der Navigator hatte nicht die Absicht, jemals wie-

der seinen Fuß auf den Boden eines holländischen Stützpunktes zu setzen.

Rotbart war es egal, wohin die Reise führte. Er war froh, wieder an Bord eines richtigen Schiffes zu sein und er genoss es in vollen Zügen. Herrlich, wenn die Wale scheinbar unbeirrbar ihre Bahnen durch das Meer zogen, wenn die Tümmlerschulen in weiten Sprüngen vorüberrauschten und die räuberischen Seevögel sich über Schwärme fliegender Fische hermachten oder im Überflug Tintenfische aus dem Wasser klaubten. Aufregend auch die Segelmanöver, wenn die Zweibeiner auf das Brüllen der Offiziere reagierend zwischen dem Gewirr von Seilen scheinbar wild durcheinanderliefen. Rotbart hatte längst das System hinter den chaotischen Aktivitäten verstanden und war jedesmal begeistert, wenn die daraus resultierenden Bewegungen der Segel oder des Schiffes seinen Erwartungen entsprachen. Tropengüsse, sengende Sonne, geheimnisvoller Nebel, Stürme, welch wunderbare Abwechslung. Selbst die heftigen Tropengewitter über der wilden See mit ihren gleißenden Blitzen und dem ohrenbetäubenden Donner, die die neuen Schiffskatzen noch in Angst und Schrecken versetzten, wie hatte er das vermisst. Rotbart liebte es, seine Katzenkumpels bei ihren wilden Spielen mit den Leinen von Log und Lot zu beobachten, die die Zweibeiner regelmäßig zur Verzweiflung brachten. Besonders Verstekeling und Crazy Lady hatten es dabei zu einer gewissen Perfektion gebracht. Und natürlich war es toll, mit seinen Kumpels irgendwo an Bord gemeinsam abzuhängen oder wie ein Wahnsinniger über Decks, Handläufe, Fässer, Kisten und Kanonen zu toben. Selbst das Rigg war vor ihm nicht sicher.

Rotbart war glücklich!

Spätestens bei der Entdeckung des Entenfleisches auf der Seekiste, als er misstrauisch und mit aller Vorsicht Carls kleine Kabine inspizierte, wurde ihm bewusst, dass er auch diesen Zweibeiner vermisst hatte. Nun gut, man würde sich wieder an ihn ge-

Meine Freude über die Rückkehr des Roten ist unermesslich auch wenn er wieder zu seiner alten Vorsicht mir gegenüber zurückgekehrt ist. Aber wer weiß schon, wass der Kater in der Zeit seiner Abwesenheit so alles erlebt und hat über sich ergehen lassen müssen.

Immerhin scheint er sich meiner Friedfertigkeit zu erinnern und nachdem er meinen fleischlichen Willkommensgruß angenommen und sich sogar auf meiner Seekiste zur Ruhe zu legen entschlossen hat, bin ich zuversichtlich, dass das alte Vertrauensverhältnis sich wieder einstellen wird.

Auch wenn er bei meinem Erscheinen doch eiligst die Flucht ergriffen und mich lediglich aus der Distanz zu betrachten geneigt war, so werte ich dennoch seinen freundlichen Gesichtsausdruck der durch das Schließen der Augen doch eine gewisse Annäherungsbereitschaft zu signaliesieren scheint, als gutes Zeichen.

Dieser Gesichtsausdruck, den ich mich hier sorgfältigst wiederzugeben befleißigt habe, scheint mir durchaus vielversprechend, was die Bereitschaft Ratbarts, unsere Freundschaft zu erneuern, betrifft.

265

wöhnen müssen, aber Rotbart war bereit dazu.

Wenn die Schiffskatzen beim gemeinsamen Abhängen über ihre kleinen und großen Abenteuer berichteten, konnten sie sich der Bewunderung ihrer Zuhörer sicher sein. Vor allem Tasmans Dreierbande lauschte den Geschichten ihrer erfahrenen KollegInnen voller Ehrfurcht. Natürlich hatte die Zeeland-Crew die meisten Abenteuer ihrer bisherigen Reise gemeinsam erlebt. Aber Rotbarts unfreiwilliger Ausflug in die Tiefen des Regenwaldes von Sumatra zum Tempel mit dem merkwürdigen brabbelnden Zweibeiner und dem geheimnisvollen Tiger, machte aus dem Roten doch etwas Besonderes. Selbst El Mariniero und seine verwegene Crew brachten dem Kater großen Respekt entgegen.

„Und Raja Kucing ist tatsächlich Dein Freund?" Für den kleinen Bigbont war Rotbart schlichtweg der größte Held aller Schiffskatzen, sein Idol, dem er seit dessen Ankunft auf der Ontdekker nicht von der Seite wich. Wie allen Katzen Indonesiens, war Raja Kucing, der legendäre König aller Katzen auch dem Rotbunten ein Begriff. Kaum eine Samtpfote hatte den geheimnisvollen Schutzgeist aller Felinen jemals zu Gesicht bekommen. Seinen Freund hatte den gespenstischen Tiger bislang noch niemand nennen dürfen.

Irgendwie mochte Rotbart den kleinen Kater, aber mit seinem ständigen Geplapper ging er ihm auch gehörig auf die Nerven. Nicht nur einmal hatte er die rotgefleckte Nervensäge weggeschickt, um seine Ruhe zu haben. Aber seine brummigen Maunzer wirkten immer nur für kurze Zeit.

„Du solltest dich mit dem Gedanken anfreunden, dass du einen Schüler hast, ob du nun willst oder nicht", gurrte Großtatze, „denk daran, Seetiger konnte sich dich auch nicht aussuchen."

Eigentlich hatte Rotbart Seetigers Bruder um einen Rat gebeten, wie er sich des kleinen Klettenkaters auf freundliche Art wieder

entledigen könnte und so empfand er Großtatzes Antwort nicht gerade als hilfreich. Andererseits erfüllte ihn der Vergleich mit einem gewissen Stolz. Je länger er darüber nachdachte, desto mehr dämmerte ihm, dass er jetzt tatsächlich zu den echten Schiffskaterlegenden gehörte, jenen gestandenen Bordfelinen wie Grotebroer oder auch Großtatze selbst, deren Erfahrungen es Wert waren, an die nächste Generation der Schiffsfelinen weitergegeben zu werden. Dabei hatte er noch nicht einmal eine vollständige Reise hinter sich.

Großtatze grinste innerlich, als Rotbart nach ausgiebiger Putzarbeit mit erhobenem Schwanz in Richtung Bugspriet stolzierte und nach Bigbont maunzte: „He, Jungspund, komm her, heute bekommst du deine erste wichtige Schiffskaterlektion."

Knapp drei Wochen war die Ontdekker Richtung Südosten gesegelt, bis eines Morgens das endlos erscheinende Wolkenband über dem Horizont die nahe Küste Borneos anzeigte. Carlszoon war beeindruckt, nach etwa 1000 Seemeilen hatte Visscher sein Ziel, das vielarmige Mündungsdelta des Stromes Kapuas, perfekt getroffen. Auch die Einfahrt in den mit gut einer Seemeile breitesten der Flussarme schien dem Nautiker keine Schwierigkeiten zu bereiten. Dabei kam ihm allerdings zugute, dass der Wind inzwischen auf Nord gedreht hatte und dem Navigator damit kompliziertes Kreuzen in den engen Fahrrinnen zwischen Sandbänken und Untiefen erspart blieb. Etwa zehn Seemeilen flussaufwärts, dort wo sich der Strom in seine zahlreichen Deltaarme aufteilte, ließ Visscher Anker fallen.

Die Ontdekker war hier nicht allein. Kaum 100 Meter entfernt ankerte eine kambodschanische Dschunke und nahe dem Ufer lag eine Siedlung der Dajak mit ihren auf Stelzen gebauten Langhäusern. Von dort machten sich bereits die Kanus der berüchtigten Kopfjäger auf, um die Neuankömmlinge zu empfangen.

„Ich denke, hier trennen sich unsere Wege", maunzte El Mari-

niero in die große Katzenrunde. „Da drüben liegt unser Schiff."

„Ich komme mit euch mit", maunzte Verstekeling bestimmt.

„Nun ja", der schwarze Spanier gurrte, „ein wenig Verstärkung . . .."

„. . . ist völlig überflüssig", fauchte Crazy Lady und überraschenderweise stimmte ihr Cat Racoon zu. Babyface, der gerade so etwas wie ‚willkommen in der Crew' schnurren wollte, widmete sich unverzüglich ganz der Körperpflege.

„Äh, oh, ich denke, wir sind komplett oder so, tut mir leid", stammelte El Mariniero und tat es Babyface nach.

„Was der Chef ausdrücken will: Du fährst nicht mit uns! Es sind genug Katzen an Bord! Wir könnten allerdings noch ein paar Kater gebrauchen."

Die Körpersprache der beiden Ladies war eindeutig und mit einem schnippischen ‚ach so ist das', trollte sich Verstekeling von dannen.

„Bin ich froh, dass sie bei uns bleibt", maunzte Bigbont seinem Mentor ins Ohr, „ich hätte sie doch sehr vermisst."

Irgendwie klang Rotbarts abgehacktes Schnurren wie Kichern und Newton keckerte: „Sie hätte sich ja wenigstens von uns verabschieden können."

Zu Bigbont maunzte Rotbart leise, so dass es die Gang El Marinieros nicht verstehen konnte: „Ich würde mir an deiner Stelle keine allzugroßen Hoffnungen machen."

Wenn sich die Wege von Schiffsfelinen trennen oder kreuzen, machen sie kein großes Aufhebens darum. Das gehörte einfach dazu. Wenn Katz nicht gerade einem Schiffbruch, Arbeitsunfall, Krankheit, Abenteuer, Kopfschwanzträger oder anderen Ereignissen zum Opfer fiel, dann würde man sich ohnehin immer mal wieder in einer Katzentaverne oder an Bord eines Schiffes treffen. Und so setzte die El Mariniero-Crew nach einer Reihe freundlicher Kopfstöße wenige Minuten später zusammen mit Visscher

auf die Azie Koningin über.

Auf der Ontdekker herrschte indes reges Treiben. Die geschäftstüchtigen Dajak hegten keinerlei feindliche Absichten. Im Gegenteil, ihre Kanus versorgten das Schiff mit Frischfleisch, Früchten und Getreide. Im Gegenzug erhielten die Bewohner der Ufersiedlung Werkzeuge, Perlen und auch ein Fässchen Arrak. Eine Landgang der Ontdekker machte sich daran die Fässer mit Frischwasser zu füllen und nachdem alles nötige organisiert war, folgten Tasman und Carlszoon der Einladung Visschers zu einem gemeinsamen Mahl an Bord der Dschunke.

Am nächsten Morgen, im Dampfe des verdunstenden Morgenregens, segelten die beiden ungleichen Wasserfahrzeuge durch den südlichen Arm des Kapuas in die Java-See. Während die Ontdekker Kurs auf Batavia nahm, drehte die Azie Koningin nach Osten ab, um durch die Makassar-Straße die Philippinen anzusteuern.

Einen ganzen Tag lang durchsuchte Bigbont die Ontdekker nach Verstekeling. Aber schließlich musste er einsehen, was er seinem Mentor einfach nicht hatte glauben wollen. Sie hatte sich an Bord der Azie Koningin geschmuggelt. Den Rest der Reise stiefelte der kleine Kater missmutig durch das Schiff und auch Rotbarts spannende Schiffskaterlektionen konnten ihn kaum aufmuntern. Erst als die Ontdekker auf der Reede von Batavia Anker warf, hellte sich Bigbonts Stimmung schlagartig auf. Was würde er in Samiras Katzenspelunke alles zu erzählen haben, der verwegene Kater, der durch Mut und Entschlossenheit sein Schiff davor bewahrt hatte, Piraten zum Opfer zu fallen. Er, der sich als Vertrauter des legendären Rotbart bezeichnen konnte. Na ja gut, eher als Schüler.

Während der Jungspund noch überlegte, wie er seine Rolle als Rotbarts Schützling nach außen ein wenig aufwerten könnte, war bereits die Schaluppe längsseits gekommen, die Schiffsführung und Katzencrew an Land bringen sollte.

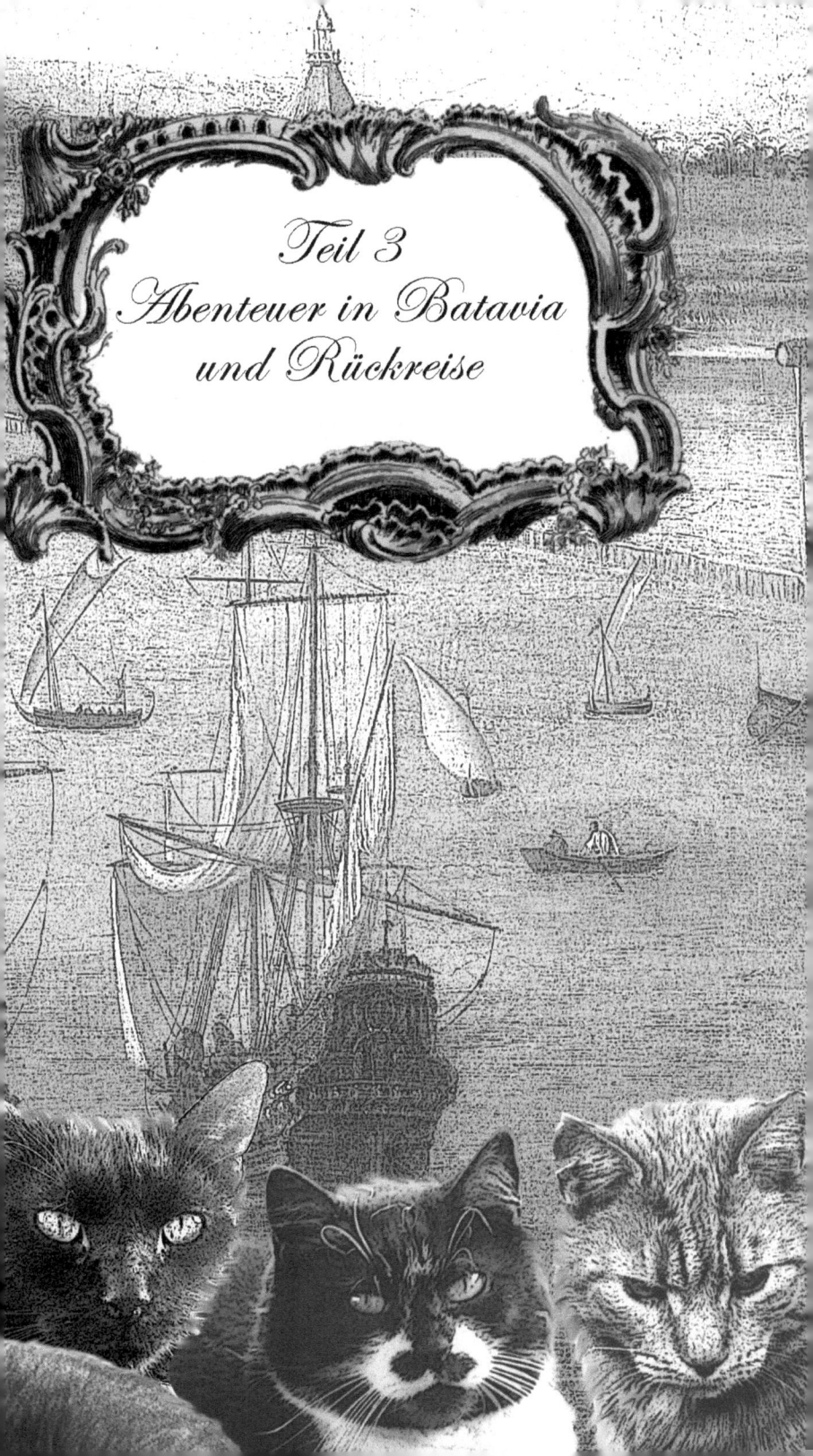

Teil 3
Abenteuer in Batavia und Rückreise

„Na Shary, hast du gut auf unser Revier aufgepasst?“

Bontetijger stiefelte mit Argelos im Schlepptau selbstbewusst auf die Streunerkatze zu, deren Kratz- und Duftmarkierungen überall im weitläufigen Garten des Anwesens erkennbar waren.

Carlszoon beobachtete die Szene amüsiert. Er hatte es sich auf der Veranda gemütlich gemacht und wartete auf Tasman, der dem Gouverneur auf der Festung Bericht über ihre Reise erstattete. Baronesse hatte sich zu ihm gesellt und zeigte wenig Interesse an **Die Katzenbanden** den Katzenangelegenheiten. Carlszoon war ge-***von Batavia*** spannt, wie sich die Situation entwickeln würde.

Shary hatte schon vor der Abreise der drei Tasmankatzen immer wieder versucht, ihnen ihr Revier abspenstig zu machen. Nicht zuletzt wohl, um von der Bereitschaft der zweibeinigen Anwohner zu profitieren, ihre Katzentiere mit gelegentlichen Streicheleinheiten zu verwöhnen. Jedesmal hatte es heftige Auseinandersetzungen gegeben, bei denen Shary am Ende gegen die Revierinhaber zwar immer den Kürzeren gezogen, sich aber nie hatte entmutigen lassen.

Nun war die Situation eine ganz andere. Shary konnte mit Fug und Recht das zwischenzeitlich verwaiste Revier als ihr Eigen betrachten, hatte sie es doch unmissverständlich markiert und gegen die anderen Streuner des Quartiers erfolgreich verteidigt. Nun waren Bontetijger, Argeloos, Bigbont und ihre Gäste die Eindringlinge und Shary hatte einen deutlichen Heimvorteil.

„Klar, ist ja jetzt meins, ihr wollt es doch nicht etwa wiederhaben?“

„Wiederhaben? Wieso wiederhaben?“ Bontetijger fauchte ungehalten und Argeloos machte sich brummend bereit, ihrer Schwester falls notwendig beizuspringen.

„Brauchst Du Hilfe, Shary?“ Auf dem Mauersims streckte sich eine kräftige Tigerkatze und nahe bei ihr saß, halb unter einem Strauch versteckt, ein imposanter schwarzer Kater.

„Ihr mischt euch besser nicht ein, wenn ihr es nicht mit Rotbart und Großtatze zu tun bekommen wollt", maunzte Bigbont die Beiden entschlossen an.

„Wer ist denn Rotbart", knurrte Salem der schwarze Kater unbeeindruckt und brachte Bigbont damit augenblicklich zum Schweigen. Völlig unvorstellbar für den Kleinen, dass es Feline geben könnte, die noch nichts von seinem Idol gehört hatten und bei Nennung des Namens nicht wenigstens in Ehrfurcht erstarren würden. Bigbont sah sich verunsichert um. Sein Held hatte es sich im Schatten eines Pfefferstrauches gemütlich gemacht und maunzte: "Lass gut sein, Jungspund, für eine Prügelei ist nicht die richtige Tageszeit, viel zu heiß und außerdem lohnt es den Anlass nicht."

„Gut gesprochen, Roter, wir sehen uns irgendwann." Seite an Seite mit der schönen grauweißen Streunerin Gypsy schlenderte Großtatze, jeden Schatten ausnutzend, durch den Garten, um im hinteren Teil über den Mauersims zu springen, die Brücke über die Kaaiman-Gracht zu überqueren und mit seiner Freundin in der Grünanlage am Stadtwall zu verschwinden.

Bontetijger war verunsichert, weil keiner der Crew bereit zu sein schien, ihr bei der Verteidigung ihres Reviers zur Seite zu stehen.

„Das Revier gehört jetzt Shary, es sei denn, ihr wollt euer Schiffskatzendasein wieder aufgeben. So sind nun mal die Regeln. Schiffskatzen haben keine Reviere, weder an Land noch an Bord!"

Rotbart hatte sich nun doch erbarmt und sich zwischen die Streithähne gesetzt. „Ich bin sicher Shary wird euch immer Gastrecht gewähren, wenn es euch von großer Fahrt wieder einmal hierher verschlägt. Ach ja, und wenn ihr euch abreagieren wollt, dann können wir gerne mal einen Zug durch die Quartiere machen und uns mit den Streunerbanden prügeln, gehört sowieso zu je-

Notizen zu Batavia, verfasst im November 1655

Die Katzenbanden von Batavia

Es ist ja allseits bekannt, dass Batavia neben den Nederländern so allerley verschiedenen Volkes aus allen Theilen Oostindiens beherberget. So nehmet es kein Wunder, daß Malaer, Chineser, Japanesen, Bandaneser oder Mardijkers nebst ihrer Sklaven die auf den Märkten, in den Straßen und auf den Grachten ihren Geschäften nachgehen in großer Zahl anzutreffen seyn.

Es treibet sich jedoch auch zahlreich streunendes Katzenvolk aus aller Welt in den Quartieren Batavias herum, die unserem vierbeinigen Schiffsvolke nicht immer wohlgesonnen scheinen. Bei meinen Erkundungen der Stadt sind mir gar Katzenbanden aufgefallen, die sich wohl in bestimmten Quartieren festgesetzet und diese gegen Eindringlinge, als die wohl unsere Schiffskatzen angesehen werden, zu verteidigen suchen. Dabei ist doch davon auszugehen, das auch die Streuner Batavias einst der Zunft der Seefahrenden Katzenthiere angehört haben und sich hier niedergelassen haben.

Im folgenden habe ich mich bemühet, einige der streunenden Katzenthiere zu skizzieren und aufzuzeigen, welcher Quartiere sie sich bemächtigt haben. Dabei habe ich mir erlaubet, meiner Fantasia freien Laufe zu lassen und einzelnen Streunern nach Gutdünken Namen zu verleihen, obwohl sie wohl kaum gewohnt sein dürften, jemals mit einem anderen Worte als eben Katz, allerdings in den verschiedenen Sprachen, beleget zu werden.

dem ordentlichen Landgang." Mit einem Blick zur Tigerin Cleopatra und dem schwarzen Salem auf dem Mauersims fügte er hinzu: "Aber natürlich erst Nachts, wenn es nicht gar so heiß ist."

„Na Kleiner", maunzte Salem belustigt zu Bigbont, „vielleicht sollte Katz sich den Namen Rotbart ja tatsächlich merken."

Bigbont suchte sich ein ruhiges Plätzchen im Schatten eines Pfefferstrauches. Der Konflikt war auf unerwartete Weise gelöst und Bigbont hatte begriffen, dass das Schiffskaterdasein wohl mehr bedeutete, als einfach nur Abenteuer mit Kumpels. Und als Rotbart an ihm vorbeischlenderte, fragte der Kleine: „Gibt es noch mehr Regeln?"

Fröhlich gurrend antwortete Rotbart: „Klar doch: nicht ins Beet auf der Poop kacken."

Kaum war Rotbart im Schatten der Veranda verschwunden, raschelte es unter dem Pfefferstrauch als der kleine Kater Blacky vorsichtig auf Bigbont zurobbte und verunsichert maunzte: „Wenn du jetzt ein berühmter Schiffskater bist und kein Revier mehr hast, können wir dann trotzdem noch Freunde sein?"

Bigbont überlegte nicht lang. Er hatte zwar keine Ahnung, ob das gegen irgendwelche Regeln verstoßen würde, konnte es sich aber auch nicht vorstellen. Außerdem dachte er nicht im Traum daran, ihre Freundschaft in Frage zu stellen. Und so hingen sie gemeinsam in der relativen Kühle der frühen Morgenstunden auf dem Dach eines Hauses der Tygers- Gracht ab, um die erwartete Prügelei zwischen den Schiffskatzen und der Streunerbande des Kaaiman-Quartiers zu beobachten.

Es war die Zeit, als sich die Zweibeiner gerade zur Ruhe begeben hatten und die Straße weitgehend frei von ihnen war. Stolz und selbstbewusst marschierten Rotbart, die beiden Katzendamen Tasmans, Grotebroer, Kleinebroer, Newton und Großtatze über die breite Promenade an der Gracht. Von der anderen Seite näherten sich Shary, Cleopatra, Gypsy und Salem mit einer Handvoll

weiterer Kaaiman-Streuner. Das Kläffen der Hunde hinter den Häusertüren störte sie nicht im Geringsten und die Streunerhunde hatten sich sicherheitshalber aus dem Staub gemacht. Die wussten aus leidvoller Erfahrung, dass die Samtpfoten in dieser Stimmung, wenn sich ihnen die Gelegenheit bot, lieber gemeinsam über allzu vorwitzige Hunde herfallen würden, statt sich untereinander zu prügeln.

Wenige Schritte voneinander entfernt setzten sich die Katzengruppen und begannen, wie es Brauch war, sich erst einmal lautstark gegenseitig anzupöbeln. Die beiden Beobachter auf dem Dach konnten weitere Schatten erkennen, die zwischen den Häusern und auf Simsen umherhuschten, bereit in das Geschehen einzugreifen.

„Ihr seid doch viel weniger, hast du keine Angst um deine Kumpels?"

Bigbont maunzte im Brustton der Überzeugung: „Mit Rotbart sind die unschlagbar, er ist immerhin mit seinem Freund Raja-Kucing durch den Dschungel gestreift. Und die anderen sind auch nicht ohne. Ich könnte dir Geschichten erzählen . . ."

Bevor Bigbont weiter schwärmen konnte, waren die Gruppen aufeinander losgegangen. Es gab ein wildes Gekreische, wenn sich zwei Katzentiere ineinander verkrallten und wild mit Zähnen und Klauen beharkten oder wenn sie einander jagend über Mauern und Dächer tobten. Als dann noch Mitglieder der Streunerbande von der anderen Seite der Tygers-Gracht in das Geschehen eingriffen, wurde die ganze Geschichte sehr unübersichtlich. Da entwickelten sich unerwartete Bündnisse zwischen Schiffsfelinen und Kaaiman-Katzen oder Kaaiman-Streunern und Tygers-Banditen.

Es war eine prächtige Prügelei bei der es keine Gewinner oder Verlierer gab und die mit dem üblichen Höhepunkt endete; dem lautstarken Schimpfen der des Schlafs beraubten Zweibeiner, die

Die Katzenthiere der Kaaimans-Bande

Die Kaaimans-Bande kontrollieret die östliche Stadt zwischen Stadtwall und dem Oostufer der Tygers Gracht. Dazwischen lieget die Kaaimans Gracht, nach der ich die Katzen-Bande benamst habe. Östlich der Kaimaans Gracht sind die Häuser und Werkstätten der Handwerker und die Baracken der Sklaven gelegen. Zwischen Kaaimans- und Tygers Gracht liegen die Residenzen und Gärten der wohlhabenden und angesehenen Bewohner Batavias, vornehmlich Ratsmitglieder und Kaufleute, darunter auch das Anwesen meines väterlichen Freundes Tasman zu finden.

Shary

Shary lässt sich des öfteren auf dem Anwesen Tasmans sehen, um wohl mit den Katzen des Hauses um Revierfragen zu streiten oder suchet, ihnen gar die Zuneigung ihrer Zweibeiner streitig zu machen.

Cleopatra

Eine sehr dominante Katzendame, die wohl über die Fähigkeit, wenn auch nicht unbedingt den Willen verfügen dürfte, die gesamte Katzenbande des Viertels anzuführen. Selbst die wilden Straßenköter aber auch die Schoßhündchen der feinen Damen des Viertels zollen der gefräßigen Katze tunlichst ihren Respekt.

Gypsy

Eine wahre Schönheit, die sich verdächtig oft auf dem Anwesen Tasmans herumtreibt, vornehmlich, wenn der gute alte Großtatze hier zu Besuch ist. Dann machen die beiden als unzertrennliches Paar nicht nur das Revier der Kaaimans-Bande unsicher.

Blacky

Ein recht schüchternes Katzenzhier, das Veränderungen und den Menschen in seinem Revier eine außerordentlich skeptische Haltung entgegenbringt.

Salem

trägt auch mit seinen Bandenmitgliedern so mach Händel aus. Auch ihm sind die Aufmerksamkeit von Menschen und ihre Activitäten nicht genehm, weshalb es ein wenig Geduld erfordert, ihn zu Gesichte zu bekommen.

Die Katzenthiere der Tygers-Bande

Die Tygers-Bande verdanket ihren Namen der Tygers Gracht. Ihr Revier erstrecket sich von der Westseite der Gracht bis zum Ostufer des Großen Flusses und wird, ebenso wie das Territorium der Kaaimans-Bande nach Norden hin von einem Stichkanal begrenzet, der sich vom Großen Flusse bis zur Stadtmauer erstrecket. Hier wohnen etwas weniger wohlhabende Bewohner aus allen Theilen Oostindiens, aber auch Chineser und Holländer. Der südliche Theil des Quartieres wird zudem durch öffentliche Gebäude, die dem Wohle der Allgemeinheit dienen, beleget.

Katze Mimi und Kater Mailo sind offensichtlich unzertrennliche Geschwister, von denen Mailo wohl der ältere, weil umsichtigere ist. Es hat schon seinen guten grund, warum der Kater sein Schwesterchen auf Schritt und Tritt folgetum es vor allzugroßem ungemach zuschützen.

Katze Mimi

Kater Mailo

Kater Grobi

Kater Grobi gehöret zu jenen Katzenthieren, deren gelegentlich unbedachte Anwendung ihrer beachtlichen Kräfte so manchem Menschen auf Distace zu gehen geraten erscheint.

Kater Felix

Kater Felix erscheinet mir für das Alter, das sein Charakter und Verhalten auszudrücken scheint, recht klein von Wuchse. Doch sollte dies niemanden dazu verführen, den Schwarzen zu unterschätzen.

Little Joe

Das grimige Gesicht dieses Katzenthieres sollte über den sanften Charaktere des Gentlemans zweifelsohne englischer Herkunft nicht hinwegtäuschen. Bei den Katzendamen Batavias, die wohl ruppigere Annäherungsversuche gewohnet sind, hat es der in Wahrheit große und kräftige kleine Joe nicht immer leicht.

mit wildem Klatschen oder gar Schüssen versuchten, die Katzen zu vertreiben. Irgendwann saßen alle Samtpfoten gemeinsam bei Blacky und Bigbont auf dem Dach, von wo aus sich das Gewimmel der aufgeregten Zweibeiner wunderbar betrachten ließ, während man sich die Wunden leckte, gegenseitig Anerkennung zollte oder Revanche einforderte.

„Du hattest recht, Bigbont, dein Rotbart ist schon ein harter Knochen", maunzte Salem und putzte sich mit der Pfote das Blut vom Ohr.

„Allerdings", bestätigte die wilde Cleopatra, „aber die anderen möchte ich auch nicht zu richtigen Feinden haben."

„Ich kann euch ja noch auf eine kleine Plauderei in unser Revier einladen, dann erzähle ich euch von den unglaublichen Abenteuern, die ich und meine Mannschaft bestanden haben", bot Bigbont in einem Anflug von Größenwahn an und kassierte dafür einen kräftigen Hieb von Shary. „Euer Revier? Ihr seid meine Gäste, kleines Großmaul, schon vergessen? Wenn hier jemand einlädt, dann ich. Also, wer Großmauls Geschichten hören möchte . . .."

In den folgenden Wochen zeigte Bigbont seinem Mentor die Stadt. Rotbart ließ das notgedrungen über sich ergehen, denn der Kleine bestand darauf zu zeigen, dass er sich hier in Batavia ebenso gut auskannte, wie Rotbart im Dschungel von ***Gefangen beim*** Sumatra oder an Bord eines Schiffes. Der Jung- ***Chineser*** spund war überzeugt davon, dass der große Rotbart ohne ihn den Nachstellungen bestimmter Zweibeiner, dem Geflecht der Grachten und Straßen und den Anfeindungen der wilden Katzenbanden recht hilflos ausgeliefert sein würde.

Bigbont kannte sich wirklich hier aus und Rotbart konnte tatsächlich so einiges über die Gefahren und Besonderheiten der Stadt lernen. Aber der kleine Kater nervte auch gewaltig. Vor allem, weil er es darauf anlegte, Rotbart voller Stolz ganz beson-

ders den Mitgliedern der Katzenbanden vorzustellen, die auch nur anzuschauen er allein nie gewagt hätte. Normalerweise wäre es jedesmal zu einer wilden Prügelei gekommen, denn Rotbart war bis zur großen Straßenschlacht und der anschließenden Plauderstunde in Tasmans Garten in Batavia eine eher unbekannte Größe, die sich bei jedem Durchqueren eines Reviers erst einmal hätte Respekt verschaffen müssen. Inzwischen war dem Roten jedoch sein sagenhafter Ruf vorausgeeilt und die Begegnungen verliefen weitestgehend friedlich. Mit den Katzen der Tygers-Bande gab es nach besagter Nacht ohnehin keine Probleme mehr. Inzwischen grüßte man sich sogar mit einem kurzen Schwanzschnippen. Selbst der getigerte Grobi, der Kater mit den überschüssigen und gelegentlich etwas unbedacht eingesetzten Kräften, der kleine aber kampfkräftige schwarze Kater Felix oder Little Joe, der grimmige Engländer, ignorierten das ungleiche Paar mit großzügiger Geste. Katze Mimi und Kater Mailo, die jugendlichen Katzengeschwister allerdings freuten sich immer, wenn Bigbont mit Rotbart im Schlepptau auftauchte und begleiteten die beiden spielend und balgend von einer Reviergrenze zur anderen.

Als die beiden Schiffskater die Brücke über den großen Fluss überquerten, die in das Revier der Chineser- Bande führte, wurden sie von Juliette, Ole und dem Tigerkater Pieth, der den Beinamen das Raubtier trug, empfangen.

„Wo sind denn Lilly und Lucy?"

Bigbont hatte eigentlich seine quirligen Spielgefährtinnen erwartet und nicht die Delegation von gestandenen Revierfelinen.

„Im Haus des Oberkopfschwanzes", erklärte Juliette betrübt und wischte sich mit der Pfote über Ohr und Kopf.

„Haben sich fangen lassen." Oles buschiger Schwanz zuckte wütend hin und her.

„Wollt ihr sie nicht befreien?" Rotbart schaute seine Gegenüber erwartungsvoll an.

Die Katzenthiere der Chineser-Bande

Der Name der Chineser-Bande bedarf wohl keiner ausufernden Erklärung. Westlich des Großen Flusses bis zur westlichen Stadtmauer und im Norden bis zum Kanale, der auf gleicher Höhe wie der Stichkanal des östlichen Stadttheiles verläuft, erstrecket sich das Revier dieser Katzenthiere, das vornehmlich von Chinesern bewohnet ist, aber auch Einrichtungen wie das Waisenhaus oder Hospital vorweisen kann.

Juliette

Eine echte Streunerin, welche sich durch ein großes Selbstbewusstsein und Unabhängigkeit auszeichnet. Wohl kaum ein anderes Katzenthier der Chineser-Bande scheint mit seinem Revier so vertraut.

Lilly

Diese junge Katze hat wohl den Teufel im Leibe, denn sie wird nicht müde, die Menschen gegen sich aufzubringen indem sie ohne Skrupel wertvolle Tuche, die von den Tischen der chinesischen Händler herabhängen mit ihren scharfen Krallen zerfetzet.

Lucy

Auch dieses Katzenthier findet sein Amusement in recht zerstörerischen und anderen Handlungen, welche von den Menschen als unmoralisch, gar verbrecherisch erachtet werden. Gemeinsam mit ihrer freundin Lilly, deren Namen ich mir erlaubet habe, von der finsteren biblischen Gottheit Lilith abzuleiten, gelten sie als der Schrecken der Menschen des Quartiers.

Ole

Diesem Kater gereicht ein Revier wie es das Chineser-Quartier darstellt nicht um seinem Bewegungsdrange zu genügen, grenzen sind seine Sache nicht und so verursacht er allerley Unruh in der Batavianischen Katzenpopulation

Pieth das Raubthier

Ein unerbittlicher Jäger, der sein Handwerk nicht nur wegen des täglich Brot sondern fürnehmlich aus Leidenschaft in Vollendung zu treiben bemühet ist.

Die Katzenthiere der Kali Bezar-Bande

Kali Bezar ist die Malaer Bezeichnung für das Viertel, das sich im Norden an das Chineser-Quartier anschließet und von diesem durch den namentlichen Kanal des südwestlichen Stadtheiles begrenzt wird. Der Malaer Begriff bedeutet nicht mehr als Großer Fluss. Hier finden sich vor allem die Werften der Holländer und Chineser und nicht zuletzt der Fischmarkt mit einem beliebten Platze, an dem sich Katzen aller Quartiere mehr oder weniger umgänglich zu treffen pflegen.

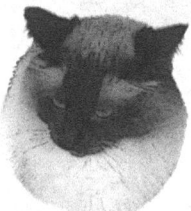

Kater Dini

Ein freundlicher Kerl, der nicht müde zu werden scheint, Menschen und Artgenossen über die Neuesten Ereignisse in seinem Revier in Kenntnis zu setzen. Welche Bedeutung diesen Informationen innewohnt, wird in Ermangelung meiner Kenntnisse der gesprochenen Sprache der Felinen wohl sein Geheimnis bleiben, seine Artgenossen jedenfalls scheinen seinem Geplapper nicht immer allzu große Beachtung zu schenken.

Aramis

Ein rechter Haudegen, der vor gelegentlichen Händeln mit seinen Artgenossen oder denen der anderen Banden nicht zurückschreckt. Dabei scheint es ihm eher um den Spaß am Raufen zu gehen, denn er zeigt sich unabhängig vom Ausgang der Kämpfe weder nachtragend noch besonders engagieret beim Verteidigen der Reviergrenzen.

Minka

Eine Katze deren Charakter für eine weibliche Feline wohl typischer nicht sein könnte. Der Kater oder Mensch, mit dessen Ambitionen sie sich zufrieden geben würde, muss wohl erst noch erschaffen werden.

Timmy   Rambo

Timy und Rambo würden mit ihrer Abenteuerlust und gewissen Unverfrorenheit selbst den Straßenkatern Amsterdams oder Londons zur Ehre gereichen. Auch einen Vergleich mit erfahrenen Schiffskatern brauchen die beiden so harmlos dreiblickenden Bandenmitglieder nicht zu scheuen.

„Am besten, bevor die Kopfschwanzträger sie fressen!" Großtatze trabte entschlossenen Schrittes auf die Gruppe zu.

„Die fressen uns doch nicht", brummte Piet, „die brauchen uns
in ihren Häusern zum Rattenfangen. Als ob wir das nicht sowieso
machen würden. Aber diese Kopfschwanzträger müssen ja alles
einsperren oder festbinden, was ihnen nützlich erscheint oder ge-
fällt. Und jetzt hat es eben die beiden erwischt . . ."

„Ich hab ihnen immer gesagt, geht nicht zum Spielen in die
Häuser', aber sie wollten ja nicht hören." Juliette putzte sich die
Pfote. „Das wären mal zwei tolle Straßenkatzen geworden."

Großtatze wiederholte Rotbarts Frage: „Wollt ihr sie nicht
befreien?"

„Wenn ihr wisst wie, sind wir dabei", maunzte Juliette und warf
einen auffordernden Blick auf Pieth und Ole. Die waren zwar
nicht sonderlich begeistert, an einer aussichtslosen und dabei gefährlichen Aktion teilzunehmen, willigten aber brummend ein.

„Na dann mal los", Bigbont hüpfte begeistert hin und her. Nach
seiner Meinung erwartete ihn wieder einmal ein tolles Abenteuer
mit Rotbart und Großtatze, dessen Ergebnis für ihn von vornherein feststand. Aber die Situation stellte sich komplizierter dar
als auf dem Markt in Malakka.

Die schwarze Lilly und die getigerte Lucy waren mit ihren zwei
Jahren nicht nur ausgesprochen neugierig, sondern auch wild und
frech. Sie liebten es, die Zweibeiner zu provozieren und hielten
sich in ihrem jugendlichen Übermut für unbesiegbar. Die tapsigen
Menschen waren viel zu langsam für die beiden quirligen Katzen
und auf die diversen Versuche, sie in mit Leckerbissen sorgfältig
präparierte Fallen zu locken, fielen die gewitzten Katzentiere
nicht herein.

Eines ihrer Lieblingsopfer war Herr Tsung. In dessen Küche
veranstalteten Lucy und Lilly in unregelmäßigen Abständen wah-

re Treibjagden auf Ratten. Dann legten sie ihre Strecke voller Stolz und mit Vorfreude auf die spitzen Schreie der Küchensklavin sauber in Reih und Glied aus. Gut sichtbar aber in sicherer Position an der offenen Tür zum Hof, beobachteten Lucy und Lilly dann die Reaktion des herbeigeeilten Herrn Tsung. Schnatternd rief er jedesmal einen seiner schwarzen Haussklaven herbei, der die Kadaver der Nager entsorgen und sich wildes Geschimpfe über seine Unfähigkeit anhören musste, die Katzen endlich einzufangen.

Lucy und Lilly wussten nicht, dass sich Herr Tsung keineswegs über die toten Ratten aufregte. Im Gegenteil, die imposanten Mengen an Nagern, die die beiden Wildfänge zur Strecke brachten, verstärkten in ihm das Bedürfnis, die Katzen einzufangen und ganz in seine Dienste zu nehmen. Das würde sein Ansehen in der Gemeinde erheblich steigern. Erfolgreiche feline Rattenfänger wurden bei den Chinesen als beliebte und gelegentlich sogar verhätschelte Haustiere gehalten und auf dem Markt konnten sie einen sehr hohen Preis erzielen. Herr Tsung hatte sich für die Beiden sogar schon angemessen blumige Namen ausgedacht und die ersten Gedichte verfasst, die er seinen Gästen vortragen wollte, wenn er der Katzentiere endlich habhaft würde.

Juliette hatte die Beiden noch gewarnt: „Geht da nicht wieder rein, da lebt jetzt ein Hund, mit dem ist nicht zu spaßen." Aber Lilly und Lucy hörten gar nicht zu.

Und so kam es, wie es kommen musste. In ihrem Jagdeifer bemerkten sie nicht, wie sich nach und nach nahezu geräuschlos die Fenster und Türen zum Innenhof schlossen. Als sich die Katzen hinsetzten und voller Vorfreude ihre säuberlich aufgereihte Jagdstrecke betrachteten, trat nicht die Sklavin in die Küche, sondern ein lächelnder Herr Tsung. Sein Haussklave folgte mit einem stoisch dreinblickenden Hund, der unaufgeregt seine blaue Zunge aus dem Maul hängen ließ, sich in die Tür zum Inneren des Hau-

ses setzte und damit den letzten Fluchtweg versperrte. Völlig orientierungslos rasten die beiden Samtpfoten in der Küche umher, rannten gegen die geschlossenen Fenster, bis sie sich schließlich erschöpft und ratlos in einer Ecke zusammenkauerten.

Aufmerksam betrachtete Lilly den Hund: „Wenn wir schnell sind und ihm im vorbeispringen ein paar Hiebe auf die Nase geben, müssten wir es eigentlich schaffen", maunzte sie leise.

„Denkt nicht mal dran", knurrte der verhalten, fast teilnahmslos und schnappte sich mit dem Maul demonstrativ eine Fliege aus der Luft, „glaubt mir, ich bin schneller als ihr."

Lucy und Lilly erstarrten vor Schreck. Sie hatten schon einiges von diesen ungewöhnlichen Hunden mit der blauen Zunge gehört, die die Chinesen Wolfs- oder Bärenhund nannten und die bei den Europäern als Chow Chow bekannt waren. Wahrscheinlich hatten sie tatsächlich keine Chance, aber das würden sie wohl nie herausfinden. Denn während sie sich auf den Hund konzentrierten, legten die beiden Zweibeiner den Katzen gekonnt Schlingen um den Hals. Lucy und Lilly mochten toben und um sich schlagen so viel sie wollten, durch die Stöcke an denen die Schlingen befestigt waren, hielten die Menschen die wütenden Felinen mühelos auf Distanz und bugsierten sie recht unsanft in einen soliden Bambuskäfig. Es gab kein Entkommen mehr.

Juliette führte Rotbart und Großtatze auf Schleichwegen über Dächer und Simse an einen Ort, von dem aus sie einen hervorragenden Einblick in den Hauptraum des Hauses hatten. Ole und Pieth bezogen auf dem Dach eines Seitenflügels Position, um den Hund zu beobachten, der den Hof bewachte, während Grobi, Little Joe und Felix von der Tygers-Bande im Schatten des Hauses auf der Promenade des Großen Flusses patrouillierten.

Herr Tsung hatte zu einem lyrischen Abend eingeladen, um der Gemeinde seine „Neuerwerbungen" zu präsentieren.

Lilly und Lucy kauerten verschüchtert in ihrem Käfig, den unverhohlenen Blicken der zahlreichen Gäste hilflos ausgeliefert, während Herr Tsung voller stolz sein Gedicht vortrug.

„Die Tigerin der Nacht hat auf weißen Wolkenpfoten
zusammen mit Bambuswald im Schnee
ihren Weg zu mir gefunden,
mein Haus von den Ratten zu befreien
und mir beim Streicheln ihres seidigen Fells
Trost und Freude zu spenden. "

Der aufbrandende Beifall gab den Beobachtern Gelegenheit, von Mensch und Hund unbemerkt, wie sie glaubten, ihre Erkenntnisse auszutauschen.

„Da muss nur das Hölzchen heraus geschoben werden, dann ist die Klappe auf", stellte Großtatze fest.

„Das könnten die vielleicht sogar alleine, ihre Pfoten passen durch das Gitter. Wir müssen nur für Ablenkung sorgen."

Auf den ersten Blick schien die Befreiungsaktion also recht einfach. Als die Beiden allerdings das warnende Maunzen von Ole und Pieth vernahmen und der Hund direkt unter ihnen gefährlich zu Knurren begann, wussten sie, dass eine echte Herausforderung auf sie wartete. Großtatze maunzte zum Rückzug. Man würde wohl einen richtigen Plan brauchen und den besprach man vielleicht am besten bei Samira.

Die bunte Spelunkenbetreiberin des Kali-Bezar-Viertels staunte nicht schlecht, als Großtatze und Rotbart mit Mitgliedern von drei verschiedenen Katzenbanden im Schlepptau im Revier ihres Etablissemets hinter dem Fischmarkt eintrafen. Dabei war heute sowieso die Klabautermiez in der Kaschemme los. Mehr als zwanzig Samtpfoten hatten sich bereits bei Samira versammelt, um

sich über die duftenden Reste des Marktes herzumachen, die gierigen Ratten zu jagen und anderen Vergnügungen nachzugehen. Rotbart freute sich mächtig, als er die Texelcrew unter Samiras Gästen entdeckte. Als auch noch Lalin und Lalèze begeistert maunzend auf den Roten zustürmten und eine freundschaftliche Rauferei anzettelten, hätte er fast vergessen, weshalb sie eigentlich hier waren.

„Ist er das? Ist er das? Ist das Rotbart?" fiepste der winzige Kater Lalèze aufgeregt hibbelnd an und schaute mit großen Augen auf den Roten.

„Ja, das ist er, Kleiner", maunzte Lalèze zurück, „das ist der Kater, mit dem zusammen ich den Drachen besiegt und . . ."

Aber der Kleine wollte sich die Geschichten nicht noch einmal von Lalèze erzählen lassen, der war ab sofort bei ihm abgemeldet.

„Erzähl doch mal, Rotbart, wie ist denn Raja-Kucing so, warst du auch dabei, als er einen Elefanten gefressen hat und stimmt es, dass . . . .?"

„Ich denke, Lalèze hat da wohl ein wenig dick aufgetragen", gurrte Samira entschuldigend und schob sich zwischen ihren Ziehsohn und Rotbart. „Und ganz sicher hat Rotbart gerade Wichtigeres zu tun, als einem Kitten Schiffskatergeschichten zu erzählen. Vielleicht kommt er ja in den nächsten Tagen noch einmal vorbei, wenn nicht so viel Trubel ist, mein kleiner Sharky."

Samira leckte dem Katerchen liebevoll über das Köpfchen und zwinkerte Rotbart zu. Der zwinkerte verständnisvoll, vor allem aber erleichtert zurück. Er hatte mit dem Jungspund Bigbont genug zu tun, mit einem Kitten wusste er schon gar nichts anzufangen. Irgendwie fühlte er sich aber auch geschmeichelt, zumindest von der Bewunderung, die ihm der Jungspund und das Kitten entgegenbrachten. Mit Samiras Bemerkung allerdings konnte er nichts anfangen. Wie hätte Lalèze bei den unglaublichen Abenteuern, die sie erlebt hatten, denn ‚zu dick auftragen' können?

„Warte", Rotbart maunzte den kleinen Sharky an, „ich muss dir unbedingt meinen Schüler Bigbont vorstellen, der ist gerade erst mit mir von einer gefährlichen und abenteuerlichen Reise zurückgekehrt und kann dir Geschichten erzählen, von denen noch nicht einmal Lalèze etwas weiß."

Sharky war begeistert und auch Bigbont freute sich, einen aufmerksamen Zuhörer für seine ersten kleinen Abenteuer als Schiffskater gefunden zu haben. Samira gurrte belustigt, als sie sich wieder ihren anderen Gästen zuwandte. Als erfahrene Tavernenbetreiberin mit entsprechender Katerkenntnis hatte sie die Verunsicherung Rotbarts hinsichtlich des Umgangs mit dem Katzennachwuchs durchaus bemerkt. Aber sie war sich sicher: Der Rote würde ein guter Mentor für Bigbont sein, so, wie es Seetiger für Rotbart gewesen war. Und wer weiß, vielleicht würde ja eines Tages auch der kleine Sharky mit Rotbart segeln und dabei sogar den alten Seetiger in seiner Taverne kennenlernen. Mit etwas Wehmut dachte die bunte Katze an ihre Zeiten mit Rotbarts Mentor zurück.

„Wir müssen unbedingt den Hund ablenken", maunzte Rotbart, als sich endlich die Truppe zur Befreiung von Lilly und Lucy, mit gut bestücktem Katzenbuffet versorgt, an einem ruhigeren Plätzchen von Samiras Revier zusammengefunden hatte.

„Das übernehme ich! Und Graubart ist bestimmt auch dabei", preschte Lalèze vor und wetzte schon einmal seine Krallen an den Brettern eines hölzernen Verschlags: „Wer noch?"

In Erwartung einer prächtigen Prügelei meldeten sich, ohne auch nur eine Sekunde zu zögern, Salem von den Kaaimans, Aramis von den Kali-Bezars, der Chineser Ole und Grobi von den Tygers.

„Das funktioniert so nicht", Großtatzes Reaktion wirkte auf einige der felinen Kraftprotze ernüchternd, „dieser Hund lässt sich nicht provozieren und wenn er Ernst macht, verspeist er euch alle

zusammen zum Frühstück. Ich kenne diese Art von Kläffer, da muss man mit Köpfchen ran."

"Hast recht, Großtatze und ich wüsste da auch schon jemanden", gurrte Graubart vergnügt während er mit dem Schwanz in Richtung eines eleganten Kuhkaters schnippte, der gerade eine Runde Katzendamen mit gepflegter Unterhaltung beglückte.

Großtatze keckerte: „Oh ja, der gute Molière, der scheint mir für diese Aufgabe hervorragend geeignet." An die anderen gewandt maunzte er: „Und keine Sorge, eure Kraft wird an anderer Stelle sicherlich dringend benötigt."

Langsam aber sicher reifte der Plan zur Befreiung der beiden vorwitzigen Katzentiere. Eigentlich war es kein richtiger Plan, zumindest wenn man menschliche Maßstäbe zugrunde legt. Aber was verstehen Menschen schon von Katzenlogik. Aus Sicht der Samtpfoten war das Vorhaben jedenfalls geradezu genial angelegt. Jeder würde das machen, was er für richtig hielt und was er besonders gut konnte. Und wenn Katz dabei ihren Spaß hatte, würde das alles schon irgendwie zusammenpassen und zum Erfolg führen. Die zentralen Aufgaben waren allen klar: Der Hund musste beschäftigt und Türen geöffnet werden, damit der Fluchtweg über den Hof frei war. Herr Tsung musste ebenfalls abgelenkt werden und durfte keine Gelegenheit bekommen, andere Zweibeiner zu Hilfe zu holen. Besonders wichtig aber: Die Aktion sollte deutliche Spuren hinterlassen, damit klar war, wer im Quartier das Sagen und nach wessen Regeln sich das Verhältnis zwischen Katz und Mensch zu richten hatte.

Zwei Tage später, in den frühen Morgenstunden, huschten die Samtpfoten von allen Seiten wie flüchtige Schatten auf das Anwesen Herrn Tungs zu, nahmen ihre Positionen ein und warteten auf das Zeichen von Großtatze. Es war nur ein kurzes, eindringliches Maunzen und die Offensive begann.

Herr Tsung hatte bis weit in die Nacht an weiteren Gedichten gearbeitet und schlief nun tief und fest. Er träumte davon wie sich die ‚Tigerin der Nacht auf weißen Wolkenpfoten' und ‚Bambus-wald im Schnee' freundlich schnurrend zu ihm ins Bett gesellten und auf seinem Bauch zusammen-rollten. Für ihre Größe waren sie recht schwer und sie wurden im-mer schwerer. Langsam, ging das Schnurren in ein tiefes Brum-men über und aus den beiden halbwüchsigen Katzen wurde ein großer kräftiger Kater, der mit seinen Pranken begann, Herrn Tsungs Brust zu malträtieren. Mit seinen scharfen Krallen riss der Kater, der sich inzwischen in einen veritablen Tiger verwandelt hatte, tiefe Wunden in Herrn Tsungs Haut. Schon öffnete das Un-geheuer seinen mächtigen Rachen und ein bestialischer Fischge-stank schlug dem verzweifelten Chinesen entgegen. Mit eisernem Willen versuchte Herr Tsung, aufzuwachen, um dem Albtraum zu entgehen. Er wollte sich aufrichten aber immer noch drückte ein Gewicht auf seinen Burstkorb und nahm ihm beinahe den Atem. Er öffnete die Augen und starrte in das grimmige Gesicht von Little Joe, der im spärlichen Mondlicht, das seinen Weg durch das Gitter des schmalen Fensters fand, aussah, wie eines der Bilder des mythlogischen chinesischen Tigergeistes auf den sündhaft teu-ren seidenbespannten Wandschirmen. Herr Tsung wollte um Hilfe schreien, aber etwas Schweres, Weiches legte sich auf sein Ge-sicht und erstickte seine Rufe im Keim.

„Lass ihm noch etwas Luft zum Atmen, Rotbart", brummte Großtatze bevor er laut fauchend seine Krallen in die Hand des Chinesen schlug, die nach der Klingel tastete, um nach seinen Sklaven zu läuten.

„Apropos Atmen", stöhnte Rotbart Little Joe an, „ich hab das Gefühl, der Fisch, den du bei Samira gegessen hast, war nicht gerade erste Wahl."

Herr Tsung hatte aufgehört, sich zu wehren, so dass die Katzen

Der Feldzug der Katzen

290

ihre Drangsaliererei ein wenig lockern konnten. Rotbart setzte sich neben das Gesicht des Chinesen, ließ aber keinen Zweifel daran, dass er jeden Versuch Herrn Tsungs, auch nur einen Ton von sich zu geben, mit aller Härte unterbinden würde. Großtatze bewachte weiterhin die Klingel, was ihm übrigens eine große Selbstbeherrschung abverlangte. Die kleine Glocke, die da an der seidenen Kordel von der Decke hing, war doch allzu verführerisch. Little Joe gab des Chinesen Brust frei, machte aber allein durch seinen grimmigen Blick deutlich, dass er keine unbedachte Bewegung zulassen würde.

Herr Tsung richtete sich vorsichtig auf. Das, was sich jetzt in seinem Schlafzimmer abspielte, erschien ihm noch schlimmer, als der Albtraum, dem er gerade entronnen war. Im Dämmerlicht, das den nahenden Sonnenaufgang ankündigte, sah Herr Tsung Lilly und Lucy sichtbar wütend, mit zurückgelegten Ohren und entblößten Reißzähnen durch die offene Tür zum Hauptraum auf sich zuspringen. Wo eben noch der stabile Bambuskäfig gestanden hatte, lag nun ein völlig zerfetzter Trümmerhaufen. Graubart, Lalèze, Salem, Aramis, Ole und Grobi hatten ganze Arbeit geleistet und sich mit dem einfachen Öffnen der Tür des Katzengefängnisses nicht zufrieden gegeben.

„Oh, meine Tigerin der Nacht auf weißen Wolkenpfoten, mein Bambuswald im Schnee . . .“

Herr Tsung war fassungslos und wusste gar nicht, was er sagen sollte. Womit hatte er diese Wut nur verdient? Die Katzen hätten es doch so gut bei ihm gehabt, es hätte ihnen an nichts gefehlt.

Lilly und Lucy sprangen auf das Bett und hielten kurz inne. Dann machten sie sich an die Arbeit. Als der Hund im Hof wütend kläffte und die Stimmen der Zweibeiner aus den Seitenflügeln signalisierten, dass es höchste Zeit für den Rückzug war, existierten vom seidenen Bettzeug nur noch Fetzen. Die sündhaft teuren Wandschirme in Schlafzimmer und Hauptraum, die Wand-

behänge, die Lackmöbel, das Porzellan: zerrissen, zerkratzt, zerstört. Nun konnte sich auch Großtatze nicht mehr beherrschen und pfotelte zum krönenden Abschluss der Aktion begeistert nach der Klingel. Der eine oder andere Kater setzte noch einmal seine kräftigste Urinmarke auf Bodenmatten oder Sitzmöbel ab. Dann stürmten die Katzen in den Hof, den einzigen Fluchtweg, direkt den bereits wartenden Zweibeinern und dem mächtigen Hund mit der blauen Zunge entgegen.

Seit die Crews von der Texel und der Zeeland in Batavia gastierten, herrschte in der ohnehin gut besuchten Spelunke Samiras Hochbetrieb. Auch in der Nacht nach der Befreiungsaktion trafen sich die felinen Helden natürlich bei Samira, um sich demonstrativ die Wunden zu lecken und vor der geneigten Zuhörerschaft ihre Abenteuer zum Besten zu geben.

„Man sollte nicht immer danach urteilen, was man sieht und Shùnzhì ist sehr wohl ein Geist von dem Stoffe, aus dem ein Philosoph sich schnitzen lässt " Molière setzte sich in Pose, um den gebannten Zuhörern von seiner Rolle bei der Befreiungsaktion zur Stunde des Tigers zu berichten.

„Als ich mich zwar im Wissen um seine Möglichkeiten dem Hunde des Kopfschwanzträgers näherte, hätte ich dennoch seiner rohen Kraft erliegen können. Aber ein wahrhaft tapfrer Kater macht kein Geschrei und so trat ich dem blauzüngigen Monster mit der mir eigenen Gelassenheit entgegen. Wie es einem gebildeten Kater geziemt, stellte ich mich als Molière der Dichterkater vor und senkte dabei höflich mein Haupt. Daraufhin hielt der Hund, der eben noch in wildem Eifer auf mich zugestürmt war, abrupt inne. Vielleicht war es meine ausgesuchte Höflichkeit, vielleicht aber auch meine Standhaftigkeit, denn ich wich vor dem heranbrausenden Ungeheuer nicht um eine Krallenlänge zurück, jedenfalls legte sich der Blauzüngige nieder und setze mich artig

über seine Person in Kenntnis. Und so fanden wir in der Kunst der Poesie unsere Gemeinsamkeit und parlierten aufs erbaulichste über unsere Leidenschaft, die uns alles um uns herum vergessen ließ."

Juliette gurrte belustigt: „Deine Standhaftigkeit in allen Ehren, aber war der Hund nicht angekettet und saßest du nicht gerade außerhalb seiner Reichweite, an der Stelle, die ich zuvor erkundet und extra für dich markiert hatte?"

Solche Kleinigkeiten konnten Molière nicht aus der Fassung bringen: „Gewiss doch, werte Juliette, nur hast du wohl das Risiko nicht bedacht, dass die Kette unter der groben Kraft des Löwenhundes hätte brechen können wie . . . wie . . ."

„ . . . Mäuseknochen im Maul von Lalèze", half Newton aus und erntete für diesen wenig poetischen Vergleich einen abschätzigen Blick des Dichterkaters.

„Wie dem auch sei, die Blauzunge erzählte mir, dass er vom Hofe des chinesischen Kaisers Shùnzhì stamme, der ein großer Freund der Literatur seines Landes sei und dass er nicht nur dessen Namen, sondern auch seine Leidenschaft für die Poesie übernommen habe. Ich hingegen berichtete über meine Vergangenheit als Begleitkater einer französischen Schauspielertruppe, deren Anführer sich Molière nannte und von dem ich meinerseits Name und Passion übernahm."

„Und während sich die beiden Spinner anwufften und –maunzten, leise natürlich, um die Zweibeiner nicht zu wecken, schoben wir ungestört die Haustür auf und befreiten Lucy und Lilly. Rotbart, Großtatze und Little Joe befassten sich derweil mit dem Kopfschwanzträger", maunzte Graubart in die Runde.

Die Katzen gurrten und schnatterten vergnügt, als die Kater in allen Einzelheiten berichteten, wie sie Herrn Tsung das Fürchten gelehrt und die Einrichtung von Schlafzimmer und Hauptraum fachgerecht zerlegt hatten.

„Und dann kläffte der kaiserliche Dichterflohbeutel die Zweibeiner aus dem Haus zusammen und als wir in den Hof stürmten,
standen die alle schon bereit, um uns einzufangen oder Schlimmeres anzutun. Mann, was haben wir denen für eine Schlacht geliefert", grummelte Little Joe und schaute grimmig in die Runde.

Wie auf Kommando leckten sich die Kater noch einmal die
längst verheilten oder auch gar nicht vorhandenen Kratzer. „Unter
Ablenken verstehe ich etwas anderes, Molière."

„Na bei dem Lärm, den ihr gemacht habt, mussten die Zweibeiner ja aufwachen, da war das Kläffen des Hundes gar nicht mehr
nötig", maunzte Lalin fröhlich. „War aber ne gute Ablenkung für
unsere Aktion."

Die Schiffskatzen, die nicht an der Befreiungsaktion beteiligt
waren, hatten sich nämlich zusammen mit Bandenmitgliedern in
den Quartieren auf Rattenfang begeben. Eine nach der anderen
schleppten sie in die Küche des Anwesens, genauer gesagt in die
Speisekammer. Dort ließen sie sie frei, damit sie sich an den
Vorräten gütlich tun konnten.

„Die konnten es gar nicht fassen, dass wir sie mitten in die
leckersten Futtereien verfrachtet haben. Na ja", Piet das Raubtier
schmunzelte, „wenn sie sich so richtig rund gefressen haben . . .
wer weiß."

„Das sollte dem Kopfschwanz eine Lehre sein, beim ehrenwer-
ten Shùnzhì jedenfalls bedurfte es lediglich des kurzen Hinweises,
dass kurz gesagt, den Katzen jeder Zwang verhasst sei. Drum ist's
gewagt, wenn man mit Argwohn uns verfolgt und gar versucht,
uns einzusperren", meldete sich Molière nach einer kleinen Zwi-
schenmahlzeit in die Gesprächsrunde zurück.

„Nicht nur den Katzen ist die Freiheit Lebenselexier, auch den
Hunden meiner Art behagt es nicht, den Launen Anderer zu dienen."

Würdevoll trat Shùnzhì hinter einem Stapel Kisten hervor und

jagte damit den Katzen, die nicht an der Befreiungsaktion beteiligt waren, einen gehörigen Schrecken ein. In Erwartung, dass es ihm die anderen gleich tun würden, stürzte sich Bigbond todesmutig auf den mächtigen Löwenhund. Der jedoch nahm nicht einmal Notiz von dem Katerchen, das ihm im Nacken saß und knurrend versuchte, mit Krallen oder Zähnen wenigstens das dichte Fell zu durchdringen.

Ungerührt legte sich der Kaiserliche nieder und berichtete von seiner Rolle bei den Ereignissen in Herrn Tsungs Anwesen: „Molières Worte haben mich bewegt. Und ich erinnerte mich der Verse des weisen Huong Shu . . . ."

Nicht alle Katzen waren in der Lage, den Worten des Hundes zu folgen, schließlich handelte es sich bei der Kläfferei um eine Fremdsprache, die nicht jeder Feline beherrschte und seine verschwurbelte Ausdrucksweise machte es ihnen auch nicht gerade leichter, ihn zu verstehen. Während also die einen gebannt den Worten Shùnzhìs lauschten, sich die anderen seine Geschichte von sprachbegabteren KollegInnen übersetzen ließen, ging der wütende Versuch Bigbonts, die Blauzunge niederzuringen, in ein wildes aber fröhliches Spiel über, an dem sich nun auch Sharky beteiligte.

🐾

Die Worte Molières hatten tatsächlich etwas in dem chinesischen Wach- und Schutzhund ausgelöst. Er musste an die beiden Katzen denken, die mit seiner Hilfe nun im Bambuskäfig seines Besitzers gelandet und in Hungerstreik getreten waren. Die Kette wurde ihm unendlich schwer und das stählerne Halsband enger und enger. Freiheit! Was zum Himmelshund machte er hier eigentlich, was hatte er mit dem Zweibeiner zu schaffen, der ihn hier im Hof ankettete wie einen seiner Sklaven.

Shùnzhì schnellte herum und bellte automatisch, als er das Poltern und Krachen aus dem Haus vernahm. Alarmiert stürmten die

Menschen in den Hof und als schließlich die Klingel aus Herrn Tsungs Schlafzimmer ertönte, standen alle parat, um den Eindringlingen bei ihrer Flucht einen heißen Empfang zu bereiten.

Als Shùnzhì die Katzentruppe in den Hof stürmen sah, allen voran Lilly und Lucy, fasste er einen Entschluss: Freiheit! Die Menschen sollten die Katzen nicht noch einmal einfangen, dafür würde er sorgen und wenn es das letzte war, was er in seinem Leben tat.

Es war ein herrlicher Anblick, wie der in der Morgensonne rotgolden strahlende Löwenhund vor Kraft strotzend, die schwere Kette hinter sich herziehend, um den Hof jagte. Wie eine gigantische Sichel riss die Kette die überraschten Zweibeiner von den Füßen. Die Katzentiere hatten die Situation schnell erfasst, setzten elegant über die zappelnden Menschenknäule hinweg und konnten mühelos über die Dächer entfliehen. Mit der Kette im Maul setzte sich Shùnzhì knurrend vor den fassungslosen Herrn Tsung, der gerade in den Hof getreten war und sich seine blutende Hand hielt. „Freiheit", wuffte er, „Freiheit!"

Natürlich verstand Herr Tsung Shùnzhìs Gekläffe nicht, wohl aber die Geste. Wie in Trance nahm er das Kettchen mit dem Schlüssel vom Hals und öffnete das Schloss des stählernen Halsbandes, so dass es samt der Kette klirrend zu Boden fiel.

„Nun ja", wuffte der Löwenhund, „eine alte chinesische Hundeweisheit sagt: Alle Menschen sind klug; die einen vorher, die anderen nachher. Dieser dürfte wohl zur zweiten Gruppe gehören."

Während die versammelte Katzenschaft vergnügt und recht schadenfroh maunzte und gurrte, war Rotbart heute sehr ruhig geblieben. Er musste immer wieder an das große Tigerfell denken, das im Hof des Anwesens zum Trocknen aufgespannt war.

In den folgenden Monaten entwickelten sich bei den Schiffskatzen gewisse Routinen, die ein längerer Landaufenthalt so mit sich

bringt. So gingen die Mitglieder der Crews meist ihrer eigenen Wege, mal allein, mal zu zweit, mal in kleinen Gruppen. Dabei bildeten sich auch gewisse Vorlieben für bestimmte Quartiere. Die drei Tasmankatzen hielten sich nach wie vor in erster Linie im heimatlichen Kaaimans-Viertel auf, nutzten Sharys Gastfreundschaft und besuchten, wie die anderen auch, gelegentlich Samiras Katzenreff. Bigbont machte immer wieder einen Abstecher in das Tygers-Viertel, um sich dort mit Mimi, Mailo, Lucy und Lilly zum Toben zu treffen. Kleinebroer und Grotebroer hatten sich mit Grobi, Felix und Little Joe angefreundet und übernahmen ab und an auch deren Revierkontrollgänge, wenn die Bandenkatzen mal Wichtigeres zu tun hatten. Newton stromerte meist mit Lalin im Chineser-Viertel herum, schon allein, um zu überprüfen, wie nachhaltig sie mit der Befreiungsaktion Herrn Tsung beeindruckt hatten. Der aber reagierte gar nicht erst, wenn die Katzen provozierend im Hof des Hauses herumstolzierten und offensichtlich hatte er auch seine Diener und Sklaven angewiesen, sich auf keinen Fall mit den Felinen anzulegen. Großtatze streifte die meiste Zeit mit seiner Freundin Gypsy innerhalb und außerhalb der Stadtbefestigungen herum und Graubart machte sich, wenn er nicht gerade mit Timmy, Rambo oder Aramis raufte oder vergeblich mit der eigenwilligen Minka flirtete, bei Samira als Türsteher nützlich. Dort unterhielt er sich dann ausgiebig mit Kater Dini, der immer etwas zu erzählen hatte. Dini freute sich, endlich mal einen Artgenossen gefunden zu haben, der sein Gemaunze zu würdigen wusste. Denn für die Batavia-Katzen hatten Dinis Informationen meist keinen großen Stellenwert, sie bezogen sich vor allem auf das Geschehen in Werft und Hafen. Für einen Schiffskater waren seine Informationen jedoch von großer Bedeutung.

Rotbart und Lalèze hatten die Festung für sich entdeckt, wenn auch aus sehr unterschiedlichen Gründen. Da die Festung nicht nur der Verteidigung Batavias, sondern auch als holländisches

Die Katzenthiere der Vesting-Bande

Die Vesting-Bande residieret auf der im Nordosten an der Küste gelegene Feste Batavia und kontrollieret jene Areale, die sich um die Feste herum zwischen dem nämlichen Stichkanal der östlichen Quartiere und dem Großem Flusse erstrecken. Die Festung beherbergt die großen Lagerhäuser, das Kontor der Vereinigten Niederländischen Compagnie, den Sitz des Gouverneurs, die Garnisonen und ebenfalls einen beliebten Treffpunkt der Katzenthiere der Stadt, die, anders als wir Menschen, ungeachtet ihrer territorialen Rivalitäten ihre Feindseligkeiten in gutem Zaume zu halten vermögen und zwar des öfteren miteinander raufen, dabei jedoch darum bemüht sind einander keinen großen Schaden zuzufügen.

Katze Clarisse

für ein Bandenmitglied erscheinet sie mir doch sehr unabhängig, die größeren Versammlungen der Streuner meidet sie wohl meist. Dafür ist sie wohl überall im Quartier anzutreffen, wo freundliche Menschen sie nach ihrem gutdünken zu streicheln belieben, zu denen ich auch mich zähle.

Kater Filou

Mit seinem Charme vermag der Kater nicht nur die einheimischen Katzendamen um seine Pfote zu wickeln, auch manche Schiffsfeline ist seiner eindrucksvollen Persönlichkeit erlegen. Bei allfälligen Raufereien mit anderen Banden oder vergnügungssüchtigen Schiffskatzencrews ist er zudem an vorderster Front der Vesting-Bande anzutreffen.

Die beiden Katzen, denen wohl gemeinsam die Aufsicht über den Katzentreff der Veste obliegt, dürften schon viele Jahre hinter sich gebracht haben. An Erfahrung im Umgange mit den renitenten Schiffsfelinen aber auch den streunenden Batavia-Katzen mangelt es ihnen jedenfalls nicht im mindesten.

Pascha

Der schwarze Kater scheint das vierpeinige pendant zum Kommandanten der Feste zu sein. Er daselbst zeigt jedenfalls seine presece allerorten mit einem selbstbewusstsein, dass einem Herren angemessen ist, obgleich die anderen Felinen sich weder seiner noch irgendwelchen befehlen anderer Wesen znterzuordnen bereit sind.

Susi

Lizzy

Handels- und Verwaltungszentrum Ostindiens diente, befand sich hier, im Kontor der Kompagnie, auch der Arbeitsplatz Carl Carlszoons. Großtatze hatte dem Roten erklärt, worauf er achten musste, wollte er das Schiff nicht verpassen, mit dem Carl irgendwann im Laufe des Jahres die Heimreise antreten würde. Und so saß Rotbart nach seinen ausgiebigen Streifzügen ins Umland der Stadt regelmäßig auf der Brustwehr der nordwestlichen Bastion von der aus er Reede, Hafen, Werft und den Großen Fluss im Blick hatte. Seine Stippvisiten in Susis und Lizzys Festungstaverne gaben ihm nicht nur Gelegenheit, das Treiben der Zweibeiner zu beobachten, sondern auch das eine oder andere Pläuschchen mit Lalèze zu halten.

„Und dann habe ich gemerkt, dass die nur meine Mäuse wollte. Von wegen stattlicher und eleganter Tempelkater oder gemeinsam den Tempel hüten. Außerdem wurde es selbst mir auf Dauer zu langweilig. Aber attraktiv ist Monddiamant schon. Jedenfalls habe ich mir drei Lichtwechsel nachdem ihr uns verlassen habt Lalin geschnappt, auf einem dieser kleinen Segler angeheuert und bin hierhergekommen. Wusste ja, dass ich dich hier treffen würde.“

„Und ich dachte, Monddiamant ist ganz anders als die anderen“, spottete Rotbart.

„Na ja, was soll's, dafür habe ich hier gleich zwei ganz bezaubernde Ladies kennengelernt, Lizzy und Susi. Die betreiben die Spelunke und sind ganz verschossen in mich, ganz anders als Monddiamant. Könnte mir vorstellen, mich hier niederzulassen.“

„Schiffskater“, maunzte Pascha verächtlich. Der schwarze Kater, der gerade auf seinem Kontrollgang durch die Zitadelle vorbeikam, fühlte sich als Hausherr des Festungsviertels und hatte gegenüber seinen seefahrenden Artgenossen so seine Vorbehalte. Die allerdings kümmerten seine Ambitionen wenig. Statt sich seinen Regeln zu unterwerfen und Ruhe und Ordnung zu wahren, prügelten sie sich mit den Einheimischen herum, vergnügten sich

mit den Damen und störten die nächtliche Ruhe durch hemmungsloses Herumgemaunze.

Filou, Mitglied der Vesting-Bande und ebenfalls schwarz wie die Nacht, ließ sich nicht nur begeistert in die Schlägereien verwickeln, sondern versuchte, ihm mit seinem Charme auch noch die schmusige Clarisse auszuspannen. Pascha fauchte in sich hinein. Dieser Lalèze war auch so ein Kandidat, den er wie den Roten gerne wieder aufs Meer hinausjagen würde. Sich hier niederlassen, in seinem Revier. Bestimmt würde es nicht lange dauern und der Blauäugige machte sich auch noch an seine Clarisse heran. Und Lazèze war nicht nur ein sehr kräftiges Exemplar, er hatte auch noch eine Menge Freunde, sogar bei den Batavia-Banden. Und dann war da noch dieser unheimliche blauzüngige Hund, den sich der Festungskommandant erst kürzlich zugelegt hatte. Mit dem war Lalèze ganz dicke, mit einem Kläffer!

Irgendwie war das bisher ein richtig schlechtes Jahr für Pascha gewesen und er wünschte sich sehnlichst, dass die Schiffskatzen bald ihr Retourschiff nach Holland erwischen würden. Wenigstens dieser Molière mit seinem Freund Roi de Merguez waren schon wieder abgereist, auf einem Schiff Richtung Osten wo, wie Pascha wusste, Muskat und Gewürznelken wachsen. Die beiden Kater hatten ihn mit ihren Scherzen und dem Geschwätz fast zur Verzweiflung getrieben, selbst Susi und Lizzy war gelegentlich der Geduldsfaden gerissen.

Rotbart und seine Freunde würden, wenn es soweit war, wohl nach Norden segeln, dahin, wo der Pfeffer wächst. Dann sollte endlich wieder Ruhe in sein Quartier einkehren und er den Respekt zurückgewinnen, der ihm gebührte. Für Pascha eine schöne Vorstellung, zumal es erste Anzeichen gab, dass die Zweibeiner eine solche Reise vorbereiteten. Aber würde danach tatsächlich wieder alles so sein wie vorher? Pascha kam ins Grübeln.

Auch Graubart hatte die Zeichen erkannt und sich zu Rotbart gesellt, der zusammen mit Großtatze auf der Bastion saß.

„Lange kann es nicht mehr dauern." Graubart blickte auf die beiden Schiffe, die von der Insel Onrust im Nordwesten auf die Reede zusteuerten. Es waren zwei große Ostindienfahrer, ganz ähnlich der Zeeland, die da frisch überholt von der rund neun Meilen entfernten Werftinsel Batavias heransegelten. Eines davon war die Texel.

Rotbarts Schwanz schlug aufgeregt hin und her. Fast wäre er von der Zinne gestürzt, als er die Stimme Carls vernahm, der nur wenige Meter neben den Katzen an die Brustwehr trat und seine Hände auf das Sims legte. „Nun, alter Freund, gehen wir beide doch wieder gemeinsam auf Fahrt?"

Rotbart maunzte zustimmend und glitt vorsichtig auf den Zweibeiner zu. Ein kurzer Kopfstoß gegen die Hand und dann beeilte sich der Kater, wieder zu seinem Artgenossen zurückzukehren. Endlich würde es wieder auf See gehen. Trotz der Freunde unter den Mitgliedern der Katzenbanden und trotz der kleinen Abenteuer mit seinen Schiffskatzenkumpels, war es ihm hier inzwischen doch recht langweilig geworden. Eigentlich hatte er es nur so lange in Batavia ausgehalten, weil er wieder mit Carl segeln wollte. Immer wieder hatte es ihn in den Pfoten gejuckt, einfach irgendwo anzuheuern und viel länger hätte ihn Carlszoon auch nicht warten lassen dürfen. Aber jetzt war die Welt für den Roten wieder in Ordnung.

Während der folgenden Tage herrschte rege Betriebsamkeit in der Festung und auf der Reede. Natürlich war hier immer etwas los. Schiffe, ganze Flotten kamen aus allen Ecken Indonesiens und segelten wieder ab, Soldaten wurden aus- und eingeschifft, Salut geschossen, Kapitäne oder fremdartig gekleidete Gesandtschaften machten ihre Aufwartung beim Kommandanten. Und immer gab es irgendwelche Waren und Gerätschaften, die hin und

her geschleppt wurden, Menschen, die unter ständigem Gebrüll eines Oberzweibeiners in großen Gruppen im Hof der Zitadelle auf und ab marschierten und vieles mehr. Jeden Abend machte zudem der Festungskommandant seine Runde über die Wehranlagen, seit kurzem gefolgt von Shùnzhì, der Rotbart jedesmal mit einem verhaltenen Wuff begrüßte, das der Kater mit gebührender Distanz freundlich ignorierte. Auch Pascha grüßte den Roten, wenn er auf seinen Runden an ihm vorbeikam. Aber trotz des höflichen Schwanzzuckens des Festungskaters war Rotbart dessen Abneigung gegen Schiffsfeline durchaus bewusst. Rotbart machte sich nichts draus, bald würde er sich mit diesem arroganten Schnösel nicht mehr abgeben müssen.

Die vom menschlichen Brüllaffen angetriebenen Zweibeiner stampften seit der Ankunft der beiden Retourschiffe auch auf dem

großen Exerziergelände zwischen Kastell und Stadt hin und her. Massen von Wasser- und Proviantfässern, Säcken und Kisten mit Handelswaren aus allen Teilen Indonesiens wurden im Hafen unterhalb der Festung bereitgestellt, um mit den Versorgungsschiffen zur Texel und der Gouden Eend gebracht zu werden. Neue Mannschaften wurden rekrutiert und gleich auf die Schiffe verteilt, damit sie nicht desertieren konnten und auch die Katzen begannen, sich zu neuen Crews zu formieren.

Rotbart hatte natürlich den Segler gewählt, auf dem auch Carl seine Heimreise antreten würde. Dessen Gepäck war, wie er beobachtet hatte, bereits zum großen Teil an Bord der Texel gebracht worden. Dass Bigbont seinem Mentor folgen würde, war klar. Aber dass sich auch Großtatze ganz bewusst für ihn entschieden hatte, erfüllte den Roten schon mit einem gewissen Stolz. Richtig erstaunt und gerührt war Rotbart aber, als auch Lalin und Lalèze auf der Texel anheuern wollten, ausdrücklich wegen Rotbart. „Warum sind wir wohl sonst nach Batavia gekommen."

Graubart hatte sich für die Gouden Eend entschieden. Zu ihm waren neben Grotebroer, Kleinebroer und Newton auch Bontetijger und Argeloos gestoßen. Baroness wollte vor allem wegen Kleinebroer ebenfalls an Bord der Gouden Eend gehen und hatte sich zu diesem Zweck bereits erfolgreich an deren Kapitän herangemacht.

Längst waren die Schiffe beladen und die Soldaten, die für die Belagerung des portugiesischen Stützpunktes Colombo auf Ceylon bestimmt waren, im Zwischendeck zusammengepfercht. Auch die Katzen hatten bereits begonnen, sich *In letzter Sekunde* an Bord einzurichten. Nur Rotbart war noch an Land geblieben, hatte in der Nacht eine letzte Runde durch die Reviere gedreht und saß nun im Lichte der aufgehenden Sonne unterhalb der Festungsmauer auf dem breiten Kai und wartete darauf, dass Carl und

der Kapitän die Schaluppe bestiegen, um zur Texel zu segeln. Aufmerksam registrierte er jeden Hund, der mit oder ohne Herrchen über den Kai streunte. Aufgeregt und voller Vorfreude peitschte der Schwanz. Er würde wie damals auf Texel im letzten Moment losspurten und mit einem gewaltigen Satz an Bord des gerade ablegenden Bootes springen. Und wie damals würden die Hunde hinter ihm herjagen. Rotbart schnatterte vor Vergnügen; die konnten einfach nicht anders. Rotbart dachte keine Sekunde daran, dass irgendetwas nicht klappen könnte und er am Ende allein in Batavia zurückbleiben musste. So könnte er den richtigen Zeitpunkt verpassen und in großartiger Pose ins Wasser klatschen, ohne dass Carl es auch nur bemerkte. Einer der Hunde könnte ihm den Weg abschneiden oder gar erwischen. Es gab so viele offensichtliche Faktoren, die Rotbarts Plan hätten scheitern lassen können. Mit dem was tatsächlich passierte, hätte selbst der Rote nicht rechnen können.

Gerade in dem Moment, in dem Carl und der Kapitän aus dem Tor traten, stampfte Pascha entschlossen auf den Kater zu und maunzte etwas, das im Quietschen der Klappbrücke unterging. Rotbart war entsetzt. Eine Prügelei war das letzte, was er sich jetzt leisten konnte, denn die Zweibeiner hatten schon fast die Schaluppe erreicht. Nur noch wenige Augenblicke und es würde alles zu spät sein. Rotbart fauchte den Schwarzen wütend an und duckte sich. Der fauchte zurück und nahm seinerseits Kampfposition ein. Rotbart war verzweifelt. Es durfte einfach nicht sein, dass der arrogante Festungskater ihn daran hinderte, an Bord seines Schiffes zu gelangen. Es durfte nicht sein, dass er wieder von seinem einzigen zweibeinigen Vertrauten getrennt wurde.

Schon waren die beiden Menschen an Bord geklettert, die Matrosen lösten die Leinen und das Segel begann knirschend den Mast emporzuklettern.

„Wenn du was von mir willst, musst du schon mitkommen",

kreischte Rotbart und schoss wie ein Pfeil auf die ablegende Schaluppe zu. Alles, was ihn daran hindern konnte, sein Ziel zu erreichen, blendete er aus. Er sah und hörte weder die kläffende Hundemeute, die angesichts des flitzenden Katers automatisch die Verfolgung aufnahm, hörte nicht Paschas Antwort und nahm auch nicht die Kommandos wahr, mit denen der vom Tumult aufgeschreckte Carl versuchte, wenigstens das Hissen des Segels zu verhindern. Rotbart war ganz auf das Boot fixiert, dass inzwischen fast fünf Meter von der Kaimauer entfernt auf dem Wasser trieb. Mit aller Kraft stießen sich der Rote und wenig später der Schwarze von der Kaimauer ab.

Für Klaes Vandermeer, den Kapitän der Texel, kam Carls Warnung zu spät. Mit voller Wucht landete Rotbart in seinem Rücken und ließ den Seemann zu Boden gehen. Für den Schiffskater ein durchaus akzeptables Ergebnis seiner durch den Schwarzen doch arg gestörten Aktion. Mühsam rappelte sich der Zweibeiner wieder auf und bedachte Rotbart mit einem bitterbösen Blick. Der saß inzwischen im Bug des Schiffes und beobachtete gelassen, wie sich Carl über Bord beugte, um den tropfnassen Pascha aus dem Wasser zu fischen.

Voller Stolz ließ er seinen Blick über den Hafen und den Kai schweifen. Wieder einmal war es ihm gelungen, die Hunde auszutricksen. Ein paar von den Kläffern paddelten hektisch an der Kaimauer entlang, um irgendwo eine Stelle zu finden, an der sie wieder festen Boden unter die Pfoten bekamen. Andere schlichen mit eingeklemmtem Schwanz in großem Bogen um den mächtigen Shùnzhì herum, der zu Rotbart herüberblickte und ihm mit aus dem halboffenen Maul hängender Zunge zuzulächeln schien. Rotbart ahnte, dass er und Pascha ohne den Einsatz des Chinesenhundes der Kläffermeute diesmal wohl nicht entkommen wären.

Pascha hatte sich inzwischen zu dem Roten gesellt und leckte sich sein Fell trocken. Rotbart ignorierte den Schwarzen und da es

Mein pelziger Freund scheint eine große Freude an besonderen Auftritten zu verspüren, vornehmlich dann, wenn er sich dabei Hunde und Zweibeiner zu Feinden machen kann. So hat er sich beim Einschiffen auf der Schaluppe, die uns zur Texel bringen sollte, unserem Kapitän wie schon zur gleichen Gelegenheit dem unseligen Oberkaufmann der Zeeland nicht gerade durch besondere Sensibilität gegenüber Vorgesetzten empfohlen. Unseren wackeren Schiffsführer streckte er bei seinem wahrlich eindrucksvollen Sprunge über wenigstens zweieinhalb Klafter, mit dem er das Wasser zwischen dem Kai und unserem bereits davontreibenden Boote überwand, sogar darnieder.

Den Schwarze Kater, der meinem Roten aus Gründen, die mir nicht bekannt sind, nacheiferte, musste ich aus dem Hafenbecken fischen. Ich bin gespannt, wie sich das Thier, das mir als auf der Veste ansässig erschien, an Bord der Texel einfügen mag. Meine Neugierde auf die Reactio des Popen auf den pechschwarzen Kater jedenfalls bin ich kaum in der Lage, im Zaume zu halten.

der Schwarze putzte sich noch, als längst kein Tröpfchen Wasser mehr sein Fell benetzte. Es schien ganz so, als sei ihm seine unrühmliche Landung in den Fluten des Hafenbeckens in Anwesenheit seines Roten Artgenossen in hohem maße peinlich.

im Moment nichts weiter zu tun gab, widmete auch er sich seiner Fellpflege. Die Schaluppe nutzte den ablandigen Wind des Morgens und gelangte mit zusätzlicher Unterstützung durch den Gezeitenstrom schnell auf die Reede der Bucht von Batavia. Beim Kurswechsel, der das Schiff auf Backbordbug und höher an den Wind brachte, wäre Pascha beinahe wieder ins Wasser gefallen.

„Was willst du eigentlich hier?" Rotbart konnte seine Neugierde nicht mehr beherrschen.

„Auch Schiffskater werden."

Rotbart schaute den Schwarzen skeptisch an. Dessen Fell war längst trocken und glänzte wie Pech in der Sonne. „An Bord läuft das aber anders, als in deinem Revier", brummte der Rote, „den Kommandantenkater kannst du jedenfalls vergessen."

Paschas Antwort bestand ebenfalls aus einem missmutigen Brummen. Ihm war längst klar geworden, dass er auch in seinem Festungsrevier nicht wirklich etwas zu sagen hatte. Und daran waren nicht nur die gelegentlichen Besuche der wilden Schiffsfelinen schuld. Es waren Katzen wie Susi und Lizzy, die sowohl die Mitglieder der Batavia-Banden als auch der Schiffscrews fest im Griff hatten. Auch Filou oder Clarisse ließen sich nicht die Mäuse aus den Pfoten klauen. Klar, er war nach wie vor einer der schönsten Kater, wenn nicht der Schönste überhaupt und er hatte keinerlei Zweifel an seiner Bedeutung. Und wenn er bei seiner Rückkehr auch so spannende und legendäre Abenteuergeschichten zum Besten geben könnte, wie seine seefahrenden Artgenossen, würden die Anderen ihm sicherlich den Respekt entgegenbringen, den er verdiente.

„Und was soll dein Schiffskatername sein? Pascha scheint mir doch recht unangebracht."

Natürlich hatte sich der Schwarze darüber überhaupt keine Gedanken gemacht. Nun gut, irgendetwas Heldenhaftes sollte es schon sein. Oder wenigstens etwas, das seiner eindrucksvollen Er-

scheinung Ausdruck verlieh, etwas Verwegenes natürlich.

Als die Schaluppe an der Bordwand der Texel anlegte, war ihm noch immer kein angemessener Name eingefallen. Leichter Pfote huschte er hinter Rotbart her, der den Weg durch die geöffnete Stückpforte wählte, um den Zweibeinern nicht in die Quere zu kommen und Pascha nicht gleich zu überfordern.

Erwartungsvoll sah die auf der Poop versammelte Schiffskatzencrew den Neuankömmling an. Großtatze hatte die für das Aufnahmeritual so entscheidende Floskel gemaunzt: „Hier haben nur Schiffskater Zutritt. Du bist doch ein Schiffskater, oder?"

„Ah, nun ja, ob ich ein Schiffskater bin, ich denke . . ." Hilfesuchend wanderte sein Blick zu Rotbart. Der widmete sich hingebungsvoll seiner Fellpflege. Plötzlich erinnerte sich der Schwarze an die Geschichte, die Graubart mal in der Festungstaverne erzählt hatte. Die handelte davon, wie Rotbart zu seinem Schiffskaternamen gekommen war.

„Ah, aah, na klar bin ich ein Schiffskater. Mein Name ist Zwartbaard, Schiffskater Zwartbaard. Ich bin sogar schon mit Rotbart gesegelt."

„Und im Wasser gelandet", ergänzte Rotbart nicht ohne eine gewisse Schadenfreude. „Aber es stimmt, ihr habt es selbst gesehen, er ist mit mir gesegelt. Willkommen in der Crew, Schiffskater Zwartbaard."

Schon nach einer guten Woche hatte sich der Schwarze recht gut an Bord eingelebt. Es war ihm sogar gelungen, die Kajüte des Ka- *Piratenüberfall in* pitäns als gelegentlichen Rückzugsort in Besitz *der Malakkastraße* zu nehmen. Andere Zweibeiner standen Zwartbaard deutlich skeptischer, ja sogar feindselig gegenüber. Allen voran natürlich Hendrik Willemsen der unvermeidliche Schiffsprediger, der den Kater beruflich bedingt als Leibhaftigen identifizierte. Wann immer sich die Gelegenheit bot, versuchte er, ihn mit

Taufwasser zu besprenkeln, auf dass der vierbeinige Teufel gottes-fürchtig verdampfen möge. Aber weder verdampfte Zwartbaard, noch löste er sich in nach Schwefel stinkenden Rauch auf. Auch die inbrünstigsten Gebete halfen da nicht weiter.

Für einige der europäischen Seeleute galt ein pechschwarzes Katzentier zwar nicht als Verkörperung des Teufels, wohl aber als Unglücksbringer. Viele der asiatischen Besatzungsmitglieder hiel-ten schwarze Minipanther hingegen für Glücksboten. Den Meis-ten jedoch waren Fellfarbe und Zeichnung der vierbeinigen See-fahrer egal. Trotzdem, eine pechschwarze Katze an Bord führte in brenzligen Situationen oft zum Streit innerhalb der Mannschaft. Eine Flaute in der Straße von Malakka war für vollbeladene VOC- Retourschiffe immer eine brenzlige Situation.

Natürlich hatten die Kapitäne, entsprechend den Segelanweisun-gen für diese Gewässer, die Kanonan laden lassen. Die Bei- und Arbeitsboote waren ebenfalls bereits bei der Einfahrt in die Ma-lakkastraße in Schlepp genommen worden. Als sich schließlich et-wa dreißig Seemeilen nördlich von Malakka der Wind legte, gab Vandermeer Anweisung, die Anker fallen zu lassen, um nicht mit der kräftigen Meeresströmung wieder nach Süden getrieben zu werden. Zum Schutz gegen die Sonne war das Großsegel nach vorn über der Kuhl aufgegeit worden Dennoch war die Hitze un-erträglich und schon nach wenigen Tagen der Flaute begannen die ohnehin vorhandenen Konflikte zwischen Seeleuten und Soldaten in ernsthafte Streitereien auszuarten, die der Profos nur mit Mühe unter Kontrolle halten konnte.

Auch die Gefechtsbereitschaft konnte nicht darüber hinwegtäu-schen, dass die großen Pirogen der Piraten von Sumatra mit ihren Buggeschützen und bis zu 150 Mann Besatzung für die manö-vrierunfähigen Segler ein echtes Problem darstellen konnten. Wie gesagt, eine Flaute in der Straße von Malakka war immer eine brenzlige Situation.

Unter den stechenden Blicken Zwardbaards zelebrierte Willemsen vor versammelter Mannschaft den täglichen Morgensegen. Die Anwesenheit des Schwarzen Katers, der im Rücken des Pfaffen auf dem Pfosten einer Nagelbank saß, schien ihm Höllenqualen zu bereiten. Vor allem das und weniger die zu erwartenden Strafen bei Abwesenheit waren der Grund, weshalb sich die Seeleute auf dieser Reise kaum vor den Andachten drückten. Auch die Reaktionen des Predigers auf die unflätigen Rufe aus dem Zwischendeck hatten einen gewissen Unterhaltungswert.

Am liebsten hätte der Geistliche all diese exotischen Tiere, die auf den Rückreisen der Ostindienfahrer nicht nur das Zwischendeck bevölkerten, von Bord verbannt. Ganz besonders störten ihn die oft gotteslästerlich fluchenden Papageien und die ständig zwitschernden Äffchen, die den Menschen an Bord zur Unterhaltung dienten und in Amsterdam hohe Preise erzielten. Vor allem Letzteres machte den Wunsch des Popen jedoch unerfüllbar. Schließlich führten auch die Achterdecksgäste, neben den bei der holländischen Oberschicht und den europäischen Fürstenhäusern so beliebten „Mohren", so manch fremdländisches Tier als Handelsware mit sich. Allein der Schiffsarzt Sebastiaan van den Broek nannte zwei Papageien, einen Silbergibbon, einen Leguan und einen Gecko sein Eigen. Zu Forschungszwecken, wie er immer betonte. Kapitän Vandermeer hatte sogar einen schwarzweißen Tapir im Gepäck, gekauft im Auftrag eines Nassauischen Grafen für seine Menagerie.

„Feind in Sicht! Alle Mann an die Geschütze! Schickt die verfluchten Bastarde auf den Meeresgrund!"

Das Kreischen des bunten Papageis auf van den Broeks Schulter ließ Zwartbaard beinahe von seinem Beobachtungsposten stürzen und Rotbart, der eben noch träge auf dem Schanzkleid des Halbdecks gedöst hatte, duckte sich erschrocken zum Sprung, bereit dem schrillen Federknäuel den Garaus zu machen.

Der Pfaffe fuhr wütend herum. Aber der Papagei, der seine etwas ungehobelte Ausdrucksweise wohl bei Piraten gelernt haben musste, hatte recht. In gleichmäßigem Rudertakt steuerten drei große schlanke Schiffe auf die beiden Ostindienfahrer zu. Der Morgensegen war vergessen. Die Signalflagge für die Goude Eent wurde am Besan gehisst und der dazugehörige Kanonenschuss abgefeuert. Binnen kürzester Zeit waren nicht nur die Geschütze bemannt und ausgefahren, auch die Soldaten verteilten sich, mehr oder weniger den Befehlen der brüllenden Unteroffiziere folgend, über die Decks, um den Angreifern einen heißen Empfang zu bereiten.

Zwartbaard war begeistert. Die meisten Katzen flüchteten sich beim Signalschuss auf die Poop und beobachteten das Geschehen aus sicherer Entfernung. Der schwarze Kater jedoch war mitten im Gewühl auf dem Pfosten der Nagelbank so richtig in seinem Element. Maunzend erteilte er den hin und hereilenden Zweibeinern seine Befehle, wies unfolgsame Untergebene mit kräftigem Fauchen zurecht und drohte gelegentlich brummend mit empfindlichen Disziplinarstrafen, ganz so, wie er es sich vom zweibeinigen Festungskommandanten auf Batavia abgeschaut hatte.

Pfarrer Willemsen hatte die Situation gar nicht erfasst. Er war wütend über die Störung des Morgengebets und wähnte sich mitten in einer Meuterei gegen den Allmächtigen. Dafür konnte nur der schwarze Kater verantwortlich sein, der mitten im Durcheinander die gottlosen Horden zu kommandieren schien. In seinem heiligen Zorn stürmte der Geistliche auf Zwartbaard zu, packte den völlig überrumpelten Kater im Genick und kämpfte sich zum Schanzkleid, um die Teufelsbrut über Bord zu werfen. Der kräftige Stoß eines Soldaten, dem er dabei in die Quere kam, ließ ihn jedoch das Gleichgewicht verlieren und samt seinem Erzfeind über Bord stürzen. Der Soldat sah sich nicht einmal um, als der Pope geräuschvoll ins Wasser klatschte. Auch sonst schien

niemand den Vorfall bemerkt zu haben. Und selbst wenn, es gab Wichtigeres zu tun als ausgerechnet den unbeliebten und in dieser Situation völlig nutzlosen Willemsen aus dem Wasser zu ziehen.

Auch Rotbart und Bigbont hatten nichts von des Pastors und Zwartbaards Unglück mitbekommen. Sie waren damit beschäftigt, den wild herumkreischenden Papagei zu belauern, den der Bordarzt auf dem Schanzkleid des Halbdecks zurückgelassen hatte, um tief im Schiffsbauch sein Hospital einzurichten. Fluchend hüpfte der große bunte Vogel vor den Katzen her. Er schien sich einen Spaß daraus zu machen, ihren Jagdinstinkt herauszufordern. Bald schien er hoffnungslos in die Enge getrieben. Aber kurz bevor Rotbart zum entscheidenden Sprung ansetzte, breitete der Papagei seine Schwingen aus, um sich mit „Hold dich der Teufel!" und „Fahr zur Hölle!" in die Lüfte zu erheben und einen enttäuschen Jäger zurückzulassen. Rotbart und Bigbont sahen entgeistert zu, wie der Piratenvogel wild flatternd in einer flachen Kurve auf die Wasseroberfläche zutorkelte und am Ende fluchend mit der Strömung davontrieb. In der Aufregung hatte er ganz vergessen, dass ihm die Menschen längst die Flügel gestutzt hatten.

Als die Pirogen das Feuer eröffneten, begaben sich auch Rotbart und Bigbont auf die Poop, wo nun alle Katzen versammelt waren und die Ereignisse mehr oder weniger kompetent kommentierten. „Wo ist eigentlich Zwartbaard?"

Rotbarts Frage ging im Pfeifen der Kugel unter, die über sie hinwegsauste, ohne Schaden anzurichten. Da sich die Angreifer im toten Winkel der Geschütze der Zeeland näherten, ersparte es sich Vandermeer, das Feuer zu erwidern. Großen Schaden würden die Piraten sowieso nicht anrichten, schließlich ging es ihnen ja um ordentliche Beute. Das Feuer der beiden Buggeschütze der querab liegenden Goude Eent, die einzigen, die überhaupt die Piraten hätten treffen können, blieb ebenfalls recht wirkungslos. Zu schnell näherten sich die Pirogen für die unerfahrenen Kanoniere

des Handelsschiffs und als sie die Texel erreichten, konnte die volle Macht der Breitseite der Goude Eent nicht mehr eingesetzt werden, ohne Gefahr zu laufen die Texel dabei in Grund und Boden zu schießen. Laut hallte das siegesgewisse Gebrüll der Angreifer in den empfindlichen Ohren der Schiffskatzen.

Als die ersten Gewehrsalven der hinter dem Schanzkleid aufgereihten Soldaten in die dichtgedrängten Piraten knatterten, ging das Siegesgeschrei in ein verzweifeltes Heulen über. Das massive Musketenfeuer zeigte eine verheerende Wirkung und noch bevor einer der überraschten Angreifer auch nur die Bordwand erreicht hatte, trieben die Pirogen mit zahlreichen Toten und Verletzten schon wieder mit der Strömung davon. Deren Elend allerdings war den tränenden Blicken der Verteidiger durch den Pulverdampf, der in der Flaute wie eine Nebelbank über den Bordwänden schwebte, gnädig verborgen.

Der Hauptmann der rund 200 Soldaten, die für die Belagerungstruppen General Hulfts auf Ceylon bestimmt waren, konnte seinen Stolz nicht verbergen: „Damit haben die Piraten wohl nicht gerechnet. Mit Euren zwanzig eigenen Musketieren hättet Ihr dem Angriff wohl kaum standhalten können, werter Vandermeer."

„Da habt Ihr sicher recht, van Leeuwen, aber ohne Eure Truppe wären wir auch nicht durch die Straße von Malakka in die Flaute gesegelt, sondern hätten den direkten Rückweg durch die Sundastraße gewählt. Da war Euer Einsatz wohl nur recht und billig."

Vandermeer machte keinen Hehl daraus, dass ihm der Auftrag, die Soldaten nach Colombo zu bringen, so gar nicht passte. Das hatte nicht nur mit der Gefährlichkeit der Gewässer oder der geradezu unerträglichen Enge an Bord zu tun. Es war schon ohne die Anwesenheit der Strangbolzen oder Bockfüße, wie die Soldaten im Matrosenjargon hießen, nicht einfach, die Disziplin an Bord aufrecht zu erhalten. Denn zwischen den Strangbolzen und den von den Soldaten als Teerjacken, Hottentotten oder Teufel be-

schimpften Matrosen herrschte so etwas wie eine natürliche Feindschaft.

Verstört blickten die Katzen hinter den davontreibenden Pirogen her. Das Jammern und Stöhnen, das der aufkommende Südwest herübertrug, bereitete ihnen tiefes Unbehagen. Rotbart sah sich wieder einmal in seinen Vorurteilen gegenüber den Zweibeinern bestätigt. Nicht nur dass sie Tiere quälten, töteten, gefangen hielten oder verstümmelten, einfach so, oft genug nur aus Spaß, mit Ihresgleichen gingen sie nicht anders um.

„Lasst uns Zwartbaard suchen", maunzte er, „hoffentlich haben sie ihn nicht totgetrampelt."

Während die Katzen das ganze Schiff bis in die hintersten Winkel nach ihrem Kumpel durchsuchten, ließ der Kapitän Anker hie- **Zwartbaard und eine** ven und Segel setzen, um den ungewöhnlich **wundersame Rettung** günstigen Wind auszunutzen.

„Südwest zu Süd", stellte Vandermeer fest, „stetig zunehmend und böig, da braut sich etwas zusammen, meine Herren."

Ruhig und entschlossen erteilte er seine Befehle. Die Soldaten, die nicht an den Brassen und Fallen gebraucht wurden, verschwanden wieder unter Deck. Matrosen enterten in die Wanten, um bei Bedarf Reffs in die gerade erst gesetzten Segel zu stecken und die Boote wurden wieder an Bord genommen, damit sie im erwarteten Sturm nicht verlorengingen.

Als die Schaluppe über dem Schanzkleid der Kuhl auftauchte, sprang Zwartbaard unter einer Ducht hervor an Deck und stolzierte mit erhobenem Schwanz wie an einer Ehrenformation an den erstaunten Seeleuten vorbei nach achtern. Der Pope wirkte deutlich weniger selbstbewusst, als er ein wenig derangiert dem Kahn entstieg.

„Ich sag euch, dieser Zweibeiner mit dem weißen Lätzchen um den Hals ist schon sehr merkwürdig." Zwartbaard genoss es sicht-

lich, der achtern im Zwischendeck versammelten Katzencrew sein erstes richtiges Schiffskaterabenteuer zu maunzen.

Als der Pope mit dem verhassten Katzentier im Wasser gelandet war, hatte er seinen pelzigen Widersacher automatisch losgelassen, um mit verzweifelten Armbewegungen um sein erbärmliches Leben zu kämpfen. Gottvertrauen war, wenn es um sein eigenes Schicksal ging, offensichtlich nicht seine Stärke. Dabei bestand durch die große Luftblase, die sich unter dem Talar gebildet hatte, gar keine Gefahr, unterzugehen. Dessen war sich auch Zwartbaard bewusst, der den rücklings dahintreibenden Geistlichen erklomm und es sich auf dessen Bauch gemütlich machte. Die Abwehrversuche Willemsens waren nur von kurzer Dauer, denn jede unbedachte Bewegung führte dazu, dass ein wenig Luft aus der Blase unter dem Talar entwich und er doch noch abzusaufen drohte. Und so trieb Zwartbaard auf seinem menschlichen Floß langsam aber sicher auf das an langer Leine hinter dem Heck der Texel hängende Beiboot zu. Er konnte sogar noch beobachten, wie der fluchende Papagei auf dem Wasser landete, bevor der geistliche Schädel den Bug der Schaluppe rammte. Leichter Pfote sprang der Kater ins Boot, und schaute interessiert zu, wie der schwerfällige Zweibeiner ächzend und stöhnend versuchte, sich über den Bordrand zu ziehen.

Zwartbaard war nicht nachtragend und so spornte er den Popen mit lautem Gemaunze und Geschnatter an, nicht aufzugeben. Und das aus gutem Grund, denn längst zogen die markanten dreieckigen Rückenflossen der gefräßigen Haie ihre immer enger werdenden Kreise um das Boot mit der verführerisch zappelnden Beute an der Bordwand. Als der Gottesmann schließlich begriff, in welcher Gefahr er sich befand, mobilisierte er seine letzten Kräfte. Er konnte sich gerade noch rechtzeitig in die Schaluppe retten. Sekundenbruchteile später schlug ein mächtiger Hai seine Zähne in die Bordwand.

„Auch wenn ich dem Zweibeiner das Leben gerettet habe, Freunde werden wir wohl nie werden, denke ich."

Zwartbaard sollte Recht behalten, denn in den späteren Predigten des wackeren Gottesmannes sollte der freundliche Kater zum *Der Tiger von Colombo* Teufel werden, der ihn rittlings durch die Fluten getrieben und die furchtbaren Haie auf ihn gehetzt hatte. Nur durch Gottes Hilfe und das unerschütterliche Vertrauen des Popen in die Gnade des Allmächtigen, konnte die böse Macht des Schwarzen gebannt und er schließlich errettet werden.

In den nächsten Tagen gab es jedoch keine Gelegenheit für den Geistlichen, seine Erkenntnisse unter die Leute zu bringen, die Morgenandachten und Abendgebete fielen bis auf Weiteres wegen der schweren Stürme, die die Schiffe vor sich hertrieben, aus.

Als die Segler auf Höhe des 10. Breitengrades auf Westkurs gingen, kündete nur noch der schwere Seegang von dem Ausläufer des Wirbelsturms, der an der Westküste Sumatras entlang in Richtung Koromandelküste gezogen war und dabei Ceylon nur knapp verfehlt hatte. Der Wintermonsun hatte sich wieder durchgesetzt und blies den kleinen Konvoi zwischen den Inselgruppen der Nikobaren und Andamanen hindurch auf Ceylon zu. Abgesehen von den ständigen Streitereien zwischen Soldaten und Matrosen verlief die Reise recht ereignislos. Routinen stellten sich ein. Zwartbaard beispielsweise versäumte weiterhin keinen Gottesdienst „seines" Popen, während Lalin und Lalèze die religiöse Vollversammlung der Seeleute regelmäßig zum Durchstöbern der Kombüse nutzten. Wirklich aufregende Beute gab es dabei nicht zu holen, aber Katz konnte ja nie wissen. Rotbart und Großtatze verbrachten ihre dienstfreie Zeit vor allem im Mars des Bugspriets und Bigbont vertrieb sich die Zeit unter anderem damit, den Makaken des Schiffszimmermanns zu ärgern und sich von ihm spielerisch jagen zu lassen. Klautermannetje war dem Seemann aus seiner Werkstatt entwischt, turnte nun in der Takelage herum, half

Lalin und Lalèze gelegentlich beim Durchstöbern der Kombüse und dachte nicht daran, sich wieder einfangen zu lassen. Auch wenn Klautermannetje gelegentlich etwas nervig sein konnte, gemeinsam mit dem ebenfalls frei an Bord herumtollenden Kakadu des Kaufmanns van de Velden brachte er einige Abwechslung in den sonst recht eintönigen Bordalltag der Katzencrew.

Aufmerksam beobachteten Großtatze und Rotbart den Küstenstreifen, dem sich die Texel unaufhaltsam näherte. Bigbonts Schwanz schlug aufgeregt hin und her und über ihnen kreischte der Kakadu dem Land sehnsüchtig entgegen. Nach dem Schrei des Ausgucks „Land in Sicht" war er fluchtbereit auf den Kopf der Sprietmarsstenge geflattert.

„Nach einem Landgang sieht es aber nicht aus", brummte der erfahrene Großtatze, „dürfte wohl nur ein kurzer Zwischenstopp werden."

Bigbont war enttäuscht und suchte nach Klautemannetje, um sich abzulenken. Der aber saß, unerreichbar für den frustrierten Kater, ganz oben auf der Großbramsailing und schaute ebenso sehnsüchtig auf das Land wie der Vogel.

Tatsächlich verbrachten die Texel und die Goude Eent nur einen Tag auf der Reede vor Punte Galle an der Südwestspitze Ceylons. Claes Vandermeer erhielt seine Befehle vom Gouverneur der V.O.C., die Schiffe wurden mit dem nötigsten Proviant für die Weiterreise versorgt und gut drei Tage später hatten sie sich an der Küste nach Norden in Richtung Colombo gekämpft und ein wenig oberhalb der belagerten Hafenstadt ihre Anker fallen lassen. Der Kakadu nutzte die Gelegenheit und flatterte fröhlich kreischend an Land. Klautermannetje konnte dem glücklichen Vogel nur traurig hinterherblicken. Er musste wohl auf eine andere Gelegenheit warten, falls es eine solche für ihn jemals geben würde.

Das Krachen der Kanonen, das Knattern des Gewehrfeuers, das

Isle de CEYLAN

MER

INDE

INDES

INDES

Kriegsgeschrei der Söldner, das aus den Gräben der Belagerer und den Bastionen der Hafenfestungen über die Reede hallte, bedeuteten, dass auch hier ein Landgang für die Katzen nicht in Frage kam. Und auch der unglückliche Makake dachte nicht daran vom sicheren Schiff ins tödliche Schlachtengetümmel zu flüchten. Es dauerte immerhin vier Tage, bis die Soldaten, die Feldgeschütze und die Munition an Land gebracht waren. Frisches Wasser wurde an Bord genommen, der Proviant um ein paar Ziegen und Schweine ergänzt und bevor General Hulft noch auf dumme Gedanken hinsichtlich der weiteren Verwendung der Retourschiffe kommen konnte, hatte der Schiffsrat, bestehend aus den Kapitänen und Offizieren der Texel und Gouden Eent beschlossen, unverzüglich die Heimreise anzutreten.

Sie waren bereits seit einigen Stunden wieder auf See als der getigerte Kater, der sich unbemerkt mit einem Versorgungsboot an Bord der Texel begeben hatte, wie selbstverständlich die Kajüten und Kojen der Achterdecksgäste inspizierte.

„Wo kommst du denn her?" Carlszoon schaute den Stubentiger an, der sich bereits über die Besitzverhältnisse in Carls Kabine informiert hatte und erhobenen Schwanzes wieder hinausstolzierte. Er wusste bereits, dass die Kapitänskajüte das Domizil Zwartbaards war und dass sich Lalin und Lalèze beim Navigator einquartiert hatten. Als er vor Carls Kabinentür unvermutet auf Rotbart stieß, setzte er sich brav hin, senkte den Blick zu Boden und schnurrte: „Hallo Kumpel, man nennt mich den Tiger von Colombo, ist hier noch ein Kämmerchen für mich frei?"

Rotbart war zwar überrascht aber nicht aufs Maul gefallen. „Versuchs doch mal beim Zweibeiner mit dem weißen Lätzchen um den Hals, da wohnt ganz sicher noch niemand von unserer Crew."

Colombo quartierte sich tatsächlich in der engen Kabine des Geistlichen ein und wartete entspannt auf seinen zweibeinigen

Untermieter, den zu dulden er durchaus bereit war. Schließlich war der Tiger ein erfahrener Klosterkater, der wusste, wie Katz mit den zweibeinigen Schwarzfellen umzugehen hatte.

Vor Jahren, als er mit einem englischen Freihändler auf Ceylon gelandet war, hatte er das Kloster San Sebastian vor den Toren Colombos zu seinem Domizil gemacht. Es war nicht schwer für ihn gewesen, die portugiesischen Mönche um die Pfote zu wickeln. Und so ließ er sich von den Brüdern mit Streicheleinheiten und Leckereien verwöhnen und führte ein sorgloses und beschauliches Dasein in den Gemäuern und auf den Feldern der Missionare. Der Gedanke, dieses Leben noch einmal gegen die unstete Existenz als Schiffskater einzutauschen, war ihm nicht gekommen, obwohl er gelegentlich mit Wehmut an die abenteuerlichen Zeiten an Bord zurückdachte.

Als allerdings die Holländer begannen, Colombo zu belagern und sich General Hulft mit seinen Truppen in den umliegenden Klöstern einquartierte, war es mit der beschaulichen Zeit vorbei. Die ständigen Gefechte der Kanonendonner und das Lärmen der Soldaten gingen dem Kater gehörig auf die Nerven. Und angesichts der Anlandung weiterer Truppen und Material von der Texel und Goude Eent, fasste der Tiger von Colombo den Entschluss, der Insel den Rücken zu kehren. Tapfer schlug er sich zwischen den Linien zur Küste durch und setzte unbemerkt von Mensch und Katz mit dem Arbeitsboot auf die Texel über.

Für den durchaus nicht wohlwollend gemeinten Tipp Rotbarts, sich beim Bordgeistlichen einzuquartieren, war Colombo durchaus dankbar. Hier machte er offensichtlich keinem seiner Artgenossen seinen Platz streitig und außerdem war ihm der Umgang mit dieser speziellen Art der Zweibeiner ja vertraut.

„Auch wenn sie noch so verlockend sind, die Raschelblätter der Brabbler sind Tabu!"

Der Tiger hatte kein Problem damit, seine Erfahrungen mit Brabblern, also Pfarren, Mönchen und anderen Betbrüdern mit der Katzencrew zu teilen. Im Gegenteil, er genoss es, mit seinem Spezialwissen bei den gelegentlichen geselligen Abenden im Mittelpunkt zu stehen. Als Hendrik Willemsen vom Segelmacher auch noch eine kleine Hängematte für seinen ‚pelzigen Freund' anfertigen ließ, war die vierbeinige Mannschaft von den manipulativen Fähigkeiten des gemütlichen Katers schwer beeindruckt.

Ja, die Raschelblätter, Zwartbaard dachte mit Wehmut an seine heimlichen Stippvisiten in des Popen Kabine zurück. Es hatte einen riesigen Spaß gemacht, die Raschelblätter, die meist offen auf der Seekiste lagen, mit den Pfoten zu traktieren. Wie bereits die kätzische Bezeichnung für Bücher verrät, ist es besonders das Geräusch beim Umblättern und schließlich dem Reißen der Seiten, das Katz geradezu in Extase versetzt. Damit war es nun allerdings vorbei, denn der Tiger von Colombo hatte es sich zur Aufgabe gemacht, des Popen Bücher, allen voran Bibel und Gesangbuch vor den Übergriffen der anderen Schiffsfelinen aber auch der vorwitzigen Nager zu schützen. Dank und Zuneigung des Brabblers waren dem gewitzten Katertier damit gewiss.

Natürlich hatte Colombo in Abwesenheit des Pfarrers seinen Kumpels die Hängematte gezeigt und sie probeliegen lassen. Auch Zwartbaard war hellauf begeistert: „Meinst du, der Brabbler würde mir auch so einen tollen Lagerplatz schenken? Ich habe ihm schließlich das Leben gerettet."

„Keine Chance, du bist doch ein Schwarzer." Laléze räkelte sich genüsslich im hin- und herschwingenden Segeltuch. „Da wirst du wohl deinen eigenen Zweibeiner umschmeicheln müssen, werde Meinem jedenfalls mal ein paar dezente Andeutungen machen."

Und so kam es, dass der Segelmacher im Laufe der folgenden Tage unter dem Siegel der Verschwiegenheit von Kapitän Vandermeer, dem Schiffsarzt, dem Navigator Martensen und natürlich

Carl Carlszoon geradezu mit Aufträgen für Katzenhängematten bombardiert wurde. Laléze hatte gezeigt, wie es funktioniert.

Während der Pope mal wieder seelsorgerisch vor dem Mast unterwegs war, lockte der blauäugige Kater seinen Zweibeiner schnurrend, maunzend und gurrend mit erhobenem Schwanz zur Kabine des Geistlichen. Er öffnete die nur angelehnte Tür und sprang mit einem Satz in die über der Seekiste angebrachte Hängematte. Laut schnurrend räkelte er sich genüsslich darin, sprang wieder hinaus und rieb seinen Kopf fordernd an des Navigators Bein. Dreimal musste er die Prozedur wiederholen, dann hatte Jens Martensen verstanden.

Bei Carl Carlszoon ging das natürlich noch schneller. Aber selbstverständlich war es nicht Rotbart, der seinen Zweibeiner zwecks Hängemattenbeschaffung umschmeichelte, sondern sein Schüler Bigbont. Für den eingefleischten Katzenfreund reichte bereits der Anblick der Hängematte, um zu wissen, was er zu tun hatte. Als er die kleine Werkstatt im Vorschiff der Texel betrat, schaute ihn nicht nur der ob des florierenden Nebengeschäftes erfreute Segelmacher an. Über seinem Kopf schwankte, die weichen Bewegungen des Schiffes im Monsun ausgleichend, gewissermaßen der Prototyp aller Katzenhängematten, von deren Rand ihn zwinkernd das freundliche Gesicht Großtatzes anblickte.

Im stetigen Nordost segelte der kleine Konvoi durch den indischen Ozean. Es war eine ruhige Reise. Als sie die Malediven passierten, tauchten beiderseits gelegentlich die Schemen einiger der unzähligen Inseln am Horizont auf. Ab und an brachte ein Regenschauer ein wenig Erfrischung und Erholung von den doch recht hohen Temperaturen des indischen Ozeans und abgesehen von den überschaubaren dienstlichen Pflichten gab es für Mensch und Tier nur wenig zu tun. Wenigstens blieben sie von einer Flaute verschont und so näherten

Massaker auf Mauritius

sich die Schiffe stetig dem angestrebten niederländischen Stützpunkt auf Mauritius. Auf der geschützten Reede unterhalb von
Fort Frederick Hendrick gingen sie schließlich vor Anker.

Bigbont war furchtbar aufgeregt. Endlich, endlich würde er zu
seinem ersehnten ersten Landgang kommen. Natürlich waren die
Ermahnungen Rotbarts auf mehr oder weniger taube Ohren gesto-

Notiz aus Carl Carlszoons Tagebuch vom März 1656

Der Tiger, der sich an Bord eingeschlichen hat, als wir vor Colombo lagen,
scheint eine erstaunliche Vertrautheit mit unserem Popen zu pflegen. Aber
auch der Katerfreund meines Roten hat es wohl hinsichtlich des Umgangs
mit Menschen faustdick hinter den Ohren. Es war nicht schwer zu ergründen,
was den Rotgefleckten wohl bewogen haben könnte, mich zur Kammer des
Popen zu lenken, als diese verwaist war.

Dennoch scheint mir weniger der Tiger von Colombo noch der Schüler meines
Rotbart die Idee eines schwebenden Katzenlagerplatzes aus sich heraus
entwickelt zu haben.

Wenn ich das Zwinkern des Katers, der sich beim Segelmacher einquartiert
hat, richtig deute, war er es, der seinem Mitbewohner als erstes diesen
Gedanken des hängenden Katzenbetts irgendwie angetragen hatte.

ßen. „Halte dich immer an mich, da draußen ist es gefährlich, höre auf meine Anweisungen und wenn ich maunze . . .“

„Klar doch, klar“, lautete Bigbonts Antwort während er geistesabwesend auf das Ufer der Bucht starrte und ungeduldig wartete, bis endlich das Boot aus der Kuhl gehoben und zu Wasser gelassen war.

Noch bevor die Rudergasten das Boot besetzt hatten, war schon der kleine Bigbont in den Bug gestürmt. Rotbart folgte seufzend, das mahnende ‚Warte!‘ hätte er sich auch sparen können. Wenn er an den Landgang mit seinem Mentor in Südafrika zurückdachte, tat ihm Seetiger schon beinahe leid. Aber ganz so ungeduldig und undiszipliniert wie sein Jungspund war er selbst bestimmt nicht gewesen.

„Doch“, maunzte Großtatze, der aus eigener Erfahrung genau wusste, was dem Roten gerade durch den Kopf ging.

Rotbart war froh, dass sich Großtatze bereit erklärt hatte, sie zu begleiten. Die Verantwortung für seinen nahezu unkontrollierbaren Schutzbefohlenen machte ihm mehr Angst, als die unbekannten Gefahren, die auf dieser Insel wohl lauern mochten. Da war er für jede Unterstützung dankbar. Im Gegensatz zu Rotbart kannte Großtatze die Insel und wusste recht gut, wo man dem Jungspund ein wenig mehr Spielraum geben konnte und in welcher Situation konsequentes Durchgreifen erforderlich war. Im Grunde, so beruhigte Großtatze seinen Neffen, gebe es hier keine großen Gefahren. Das wichtigste sei, dass man den schwarzen Zweibeinern, die im Innern der Insel wohnten, aus dem Weg gehe, die seien immer hungrig.

„Aber lange werden wir hier sowieso nicht bleiben“, versicherte Großtatze und schlenderte gemeinsam mit Rotbart dem herumspringenden Bigbont hinterher.

Tatsächlich gab es wenig Anlass, länger, als irgend nötig auf der Insel zu bleiben. Und wären die Schiffe aufgrund der übereilten

Abfahrt von Colombo nicht sehr knapp an Proviant und Frischwasser gewesen, Klaes Vandermeer hätte versucht, Kapstadt ohne Zwischenstopp zu erreichen.

Die holländische Siedlung gab ein elendes Bild ab. Gerade einmal hundert Menschen schlugen sich hier mit Not und Mühe durch. Nicht nur, dass erst vor kurzem wieder ein Wirbelsturm die Ostküste der Insel heimgesucht hatte, die verzweifelten Versuche, eine funktionierende Landwirtschaft aufzubauen, wurden regelmäßig Opfer der Rattenplage und nicht zuletzt der Tatsache, dass die von Madagaskar importierten Sklaven massenhaft in das unzugängliche Innere der Insel flüchteten. Versorgungsschiffe liefen den Posten nur noch selten an und Besucher wie die Texel und Gouden Eent waren nicht gerade gern gesehene Gäste. Denn die schmälerten mit ihrem Proviantbedarf noch zusätzlich die Lebensgrundlage der Kolonisten, die sich von Jagd und Fischfang ernähren mussten.

Der Schiffsrat hatte nicht mehr als drei Tage angesetzt, um den Proviant mit erjagten Ziegen, Schweinen, Dodos, Grausittichen und anderen Vögeln aufzufrischen. Daneben wurde eine größere Gruppe ausgeschickt, um Ebenholzbäume zu schlagen. Platz für die lukrative Handelsware gab es nach dem Ausschiffen der Soldaten und ihrer Ausrüstung in Ceylon genug an Bord.

Die drei Kater machten sich einen Spaß daraus, die schwerfälligen und flugunfähigen Riesenvögel im Wald aufzustöbern und zu ärgern. Auch die großen graublauen Papageien ließen sich hervorragend necken, deren Flugkünste waren ebenfalls außerordentlich beschränkt. Die Katzen jagten den Geckos hinterher, pöbelten schnatternd die Javaneraffen in den Baumkronen an und erlegten für ein gemütliches Picknick ein zwei Sittiche, die sich völlig unbedarft den felinen Ausflüglern näherten. Mit großen Augen verfolgten sie die nächtlichen Züge der Flughundschwärme, die zur Futtersuche aus ihren Baumhöhlen flatterten. Gelegentlich prügel-

ten sie sich mit vorwitzigen Mangusten.

Von den Feldern mit den zahllosen Ratten hielten sie sich fern, schließlich waren sie nicht zum Arbeiten hier. Auch den Zweibeinern, die die Insel nach Proviant, Wasser und Holz durchstreiften gingen sie möglichst aus dem Weg. Als sie jedoch wieder auf dem Rückweg zum Schiff waren, ließ sich die Begegnung mit einer Jagdgruppe nicht vermeiden.

Angesichts des Massakers, dass die Seeleute unter den völlig unbedarften Vögeln der Insel anrichteten, gerieten die felinen Jäger in Panik. Völlig verschreckt, im Dickicht Zuflucht suchend, beobachteten sie, wie die Männer die vertrauensvoll herbeiflatternden Sittiche mit Knüppeln erschlugen und die teilweise noch zuckenden Leiber auf große Haufen warfen. Auch Rallen, ein paar der riesigen Dodos und der großen Papageien fielen dem Blutrausch der Zweibeiner zum Opfer. Als die Schiffe schließlich die Reede verließen und Kurs auf Kapstadt nahmen, da war ein weiterer Schritt zur Ausrottung des größten Teils der einheimischen Arten der Insel getan.

Nicht nur für Rotbart war der Ausflug eine Enttäuschung. Natürlich hätte er seinen Schüler gerne mit wilden Verwandten und aufregenden Abenteuern beeindruckt, die das Zeug für Legenden hatten. Vor allem aber hatte er nicht mit diesem verstörenden Massaker der Zweibeiner gerechnet.

Auch Bigbont hatte mehr erwartet. Wie Rotbart damals bei seinem ersten Landgang, wollte er Elefanten jagen, hoffte auf ein Treffen mit Löwen und Tigern und auf spektakuläre Heldentaten. Natürlich hatten sie trotzdem ihren Spaß gehabt und sicherlich wäre der Ausflug ohne die Begegnung mit der menschlichen Jagdgesellschafft auch bei Bigbont in guter Erinnerung geblieben. So aber war sein Vertrauen in die zweibeinigen Schiffskameraden erst einmal erheblich gestört und seine Lust auf weitere Land-

Illustration von 1602 zur
Proviantbeschaffung auf Mauritius

gänge zunächst recht gedämpft.

„Dein Jungspund wird das schon verkraften", tröstete Großtatze, „und wenn wir Zwischenstopp bei Seetiger machen, wirst du schon dafür sorgen, dass der Kleine auf seine Kosten kommt. Du weißt doch selbst, dass so etwas dazugehört. Eine Lektion eben, eine Lektion, so gut wie jede andere."

Großtatze hatte Recht. Rotbarts Sorgen über das Gefühlsleben

seines Schützlings waren unbegründet. Nach ein paar Tagen hatte Bigbont die Ereignisse auf Mauritius weggesteckt und ging mit seiner Plapperei über die Abenteuer, die er auf Ausflügen mit seinem Mentor am Kap erleben würde, nicht nur dem Roten auf die Nerven. Bei Rotbart hingegen drängten sich immer wieder Bruchstücke von Erinnerungen in seine Träume, Erinnerungen an hilflos fiepende Katzenbabys, an den Geruch eines Zweibeiners und an das wütende und verzweifelte Fauchen seiner Mutter. Irgendwann war alles vorbei und es gab nur noch ihn, den warmen Körper und die raue Zunge der großen Katze sowie das zappelnde kleine Etwas neben ihm.

Alle Gefahren, Mühsale, Ängste und Schmerzen der Reise waren vergessen, als die Schiffe in die Bucht von Kapstadt einliefen. Der Tafelberg, das Fort, das kabbelige Wasser der Reede, ja selbst der Wind, alles Vertraute, die Rotbarts Herz höher schlagen ließen. Der Kater hatte jetzt kein Ohr für seinen Jungspund, der ihn mit Fragen bombardierte. Er starrte auf den Strand, wo drei Katzen wie Tonfiguren regungslos nebeneinandersitzend die Ankunft der Schiffe beobachteten. Rotbarts Schwanz schlug aufgeregt hin und her und als das Beiboot klar gemacht wurde, um den Kapitän und seine Begleitung an Land zu bringen, da war es nicht Bigbont, sondern Rotbart, der vor allen anderen seinen Platz im Bug eingenommen hatte und dem Strand entgegenfieberte.

Die stürmische Begrüßung artete sofort in eine freundschaftliche Rauferei aus, an der sich sogar der alte Seetiger beteiligte. Nie hätte er es offen zugegeben, aber es war ihm durchaus anzumerken, wie sehr er seinen Jungspund in den letzten Jahren vermisst hatte. Jack Tiger hatte ein wenig zugelegt, was darauf hinwies, dass er seinen Job in Seetigers Taverne mit großem Eifer erledigte. Teerpfote hatte seine scheinbar angeborene Griesgrämigkeit fast vollständig abgelegt. Mit seinen phantasievoll ausge-

schmückten Abenteuergeschichten galt er nun als Attraktion, die Katz bei einem Besuch in Kapstadt nicht verpassen sollte.

Bigbont verfolgte die stürmische Begrüßung mit großen Augen. So eine Ansammlung von Schiffskaterlegenden und er mittendrin, na ja, zumindest irgendwie dabei. Bigbont kam sich gleichzeitig winzig klein und großartig vor. Und dann stand plötzlich er selbst im Mittelpunkt, als Seetiger fragte: „Ist das . . . ?"

„Mein Lehrling", beeilte sich Rotbart zu maunzen, „mein Lehrling Bigbont."

Natürlich gab es am Abend in Seetigers Katzentaverne ein großes Treffen mit Festschmaus, legendären Geschichten, der einen oder anderen Prügelei und weiteren Vergnügungen. *Familien-* Dabei hatten auch die Crews von der Texel und *angelegenheiten* der Gouden Eent erstmals seit ihrer Abfahrt von Batavia Gelegenheit, sich über ihre Abenteuer an Bord ihrer Schiffe auszutauschen.

Mit seiner Einschätzung zum Potenzial der Taverne lag Seetiger vollkommen richtig. Auch wenn die Entwicklung des Stützpunktes selbst noch ein wenig schleppend voranging und das Fort immer noch eine Dauerbaustelle war, Seetigers Laden brummte. Immerhin war die Bucht nahezu ständig mit Retourflotten und anderen Schiffen gefüllt, die hier nach langer Reise Zwischenstation machten. Und da die Meisten hier wegen notwendiger Reparaturen oder dem Warten auf bessere Winde doch längere Zeit vor Anker lagen, war die Taverne von Schiffsfelinen, die ein wenig Abwechslung vom harten Bordleben suchten, immer gut besucht. Mehr noch als Samiras Spelunke in Batavia galt der Katzentreff am Kap zudem als einer der wichtigsten Informationsknotenpunkte, an dem Nachrichten aus aller Welt zusammenliefen. So war es kein Wunder, dass Seetiger sowohl über Rotbarts Schiffbruch, einige seiner Abenteuer als auch über seine Rückkehr nach Kap-

stadt informiert war, lange bevor die kleine Retourflotte hier vor Anker ging.

„Man sagt, du hättest Raja Kucing getroffen." Die Frage klang auffällig beiläufig.

„Ja, und er hat mir gesagt, ich soll dich nach meinem Vater fragen." Rotbart schaute seinen Mentor direkt an: „Bist du vielleicht mein Vater?"

Seetiger maunzte entrüstet: "Nein, natürlich nicht, ich bin dein Onkel, der Bruder deiner Mutter, aber doch nicht dein Vater!"

„Und Großtatze?"

„Der ist mein Bruder, also auch dein Onkel. Aber das hat dir Raja Kucing doch bestimmt schon erzählt."

„Und mein Vater? Kennst du ihn, ist er tatsächlich während einer Seeschlacht umgekommen, wie Mutter mir erzählt hat?"

Seetiger seufzte: „Wer von uns weiß schon wer sein Vater ist, und welcher Vater kennt schon seine Kinder. Warum ist dir das denn so wichtig, was spielt das für uns Katzen denn für eine Rolle?"

Rotbart hatte nicht das Gefühl, dass Seetiger seiner Frage auswich, jedenfalls nicht der nach seinem Vater. Trotzdem, irgendetwas schien er vor ihm zu verbergen. Und so erzählte er von seiner Begegnung mit dem Fliegenden Holländer und dem roten Kater, der ihm irgendetwas zugemaunzt hatte. „Das muss doch etwas bedeuten, er sah genauso aus, wie ich."

Seetiger putzte sich auffällig intensiv und brummte dabei wie zu sich selbst: „Hätte nicht gedacht, dass du ihm mal begegnest, aber dein Vater ist auch er nicht. Mehr kann ich dir nicht sagen, du solltest Goldschopf, deine ääh Mutter fragen, wenn sie bereit ist . . ." Der Schwarztiger gurrte verlegen und wechselte das Thema.

„Übrigens, wenn du mit deinem Jungspund einen Ausflug unternehmen willst, du weißt schon Schiffskaterlektion und so, Zwartie würde sich über deinen Besuch sicherlich freuen, du hast

sie damals ganz schön beeindruckt."

„Na ich weiß nicht, unter beeindrucken stelle ich mir etwas anderes vor."

„Nun, diese kleinen Wildkatzen ticken schon etwas anders als wir. Aber glaub mir, sie mag dich. Aber wenn du willst, kann ich ja mitkommen und dich beschützen, Jack und Teerpfote können den Laden für ein paar Tage auch mal ohne mich schmeißen."

„Nein, nein, den Ausflug möchte ich mit Bigbont allein machen", maunzte Rotbart entschlossen. Den Spott des alten Katers überhörte er dabei geflissentlich.

Bigbont freute sich ein Loch in den Bauch. Er allein mit Rotbart in der Wildnis zwischen den großen Gelben Katzen, den riesigen grauen Rüsseltieren und unglaublich gefährlichen Artgenossen. Er hatte sich von den Besuchern der Taverne viel *Besuch bei Freunden* über dieses Land und seine Bewohner erzählen lassen. Ihm war klar, dass es diesmal keine Vergnügungstour wie auf Mauritius werden würde. Aber er war begierig zu lernen, wie man sich hier bewegte, versteckte und natürlich Beute machte, auf die heroischen Kämpfe mit wilden Artgenossen und die Abenteuer, die am Ende in den Tavernen die Runde machen würden.

Die mahnenden Worte Rotbarts klangen da allerdings eher ernüchternd: „Schreib dir hinter die Ohren: Die wirklichen Gefahren sind nicht die, die du siehst. Was immer du tust, du musst vorsichtig sein, aufpassen, lernen. Und vor allem: trau keinem größerem Verwandten, keinem kleinen Krabbeltier und schon gar keinen Schlangen! Geh ihnen möglichst aus dem Weg."

Rotbart musste innerlich grinsen. Er hatte genau die Worte gewählt, die ihm damals Seetiger ans Herz gelegt hatte. Und er war sich sicher, Bigbont würde sie genauso wenig befolgen wie er es getan hatte.

Natürlich sprang der Jungspund immer wieder kleinen Echsen,

Nagern, Vögelchen oder Krabbelgetier hinterher. Aber nach und nach gelang es Rotbart, den Kater auf die wichtigen Dinge des Landes zu lenken. So lernte Bigbont zu erkennen, wann die großen Jäger satt und verhältnismäßig ungefährlich waren oder wie Katz es vermied, ein wehrhaftes Straußenpaar aufzuscheuchen. Rotbart stellte erstaunt fest, wie viel ihm der alte Seetiger damals beigebracht hatte und welche Erfahrungen auf seiner Reise hinzugekommen waren. Was konnte er inzwischen nicht alles an den Nachwuchs weitergeben. Und es machte richtig Spaß. Rotbart bereute keinen Augenblick, dass er sich mit Bigbont allein auf den Weg gemacht hatte. So wurde er nicht durch Geplauder über alte Zeiten abgelenkt und konnte sich ganz seiner Aufgabe widmen.

Aus der Deckung heraus beobachteten die beiden Kater einen Karakal, der fast unsichtbar im Busch des weiten Landes pirschte. Plötzlich machte die Katze einen Satz und wild flatternd stieg ein Schwarm Perlhühner auf.

„Daneben", maunzte Bigbont.

„Klappe", antwortete Rotbart leise knurrend, wohl wissend, was nun folgen und den Kleinen in Ehrfurcht erstarren lassen würde.

Blitzschnell duckte sich der Luchs, um sofort anschließend wie eine Sprungfeder steil in die Höhe zu schnellen. Höher und höher stieg die Katze mit den kräftigen Hinterbeinen, als fliege sie geradezu schwerelos dem Vogelschwarm hinterher. Fast lässig angelte sie sich ihre Beute, um elegant abgefedert wieder auf dem Boden zu landen.

„Was für ein Sprung", schnatterte Bigbont aufgeregt und verfolgte den stolzen Jäger mit den Blicken, bis der mit seiner Beute im Fang mit einen eleganten Satz auf den untersten Ast einer Akazie sprang und sich dort genüsslich seinem Mahl hingab.

„Komm mit, wir statten der Katze einen Besuch ab. Aber halt dich genau an mich und meine Anweisungen und vor allem die Klappe, wenn du nicht als Nachspeise dienen möchtest."

del in die Seite.

„Mein kleiner Roter", gurrte Goldschopf glücklich. Wen hast du denn da mitgebracht, ist das dein . . . ?"

„Mein Schüler, das ist Bigbont, mein Schüler. Habe ihn auf Batavia aufgelesen."

„Was für ein Süßer", schnurrte Goldlocke, die aus dem Dunkel des Lagerhauses geschmeidigen Schrittes auf den Rotgescheckten zutrat und Rotbart dabei zuzwinkerte. „Soll ich dir mal die Insel zeigen, Kleiner?"

Die Galerie der felinen Seefahrer dieses Buches

Im Buch heißen sie Großtatze, Graubart oder eben Rotbart und sie erleben ihre Abenteuer im 17. Jahrhundert. Aber hinter fast allen diesen befellten Helden verbergen sich als Vorlage reale Stubentiger aus unserer Zeit.

Nicht wenige davon stammen aus dem Tierschutz, von Pflegestellen oder aus dem Freundes- und Familienkreis des Autors. Einige dieser liebenswerten Geschöpfe haben im Laufe der letzten Jahre ihren Weg über die Regenbogenbrücke angetreten. Besonders Ihnen sei dieses Buch gewidmet.

Benno - Großtatze

Bienchen - Verstekeling

Cassandro - Lazéze

Chico - Babyface

Django - El Mariniero

Filou - Crazy Lady

Flori - Rotbart

Graubart

Jack - Jack Tiger

Mila - Argeloos

Mona - Bontetijger

Max - Grotebroer

Max - Roi de Merguéz

Nibbler - Molière

Nino - Bigbont

Pascha - Zwartbaard

Peppy - Tiger von Colombo

Sally - Cat Racoon

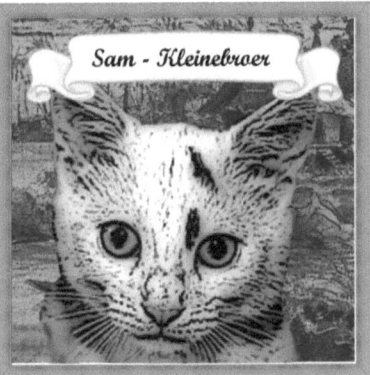

Sam - Kleinebroer

Seetiger

Sharky - Sharky

Skai - Newton

Speedy - Lalin

Susi - Samira

Teerpfote

Tommy - Blackcastle

Statt eines Glossars

Statt der üblichen Aneinanderreihung von Erklärungen der im Buch verwendeten maritimen Fachbegriffe, sollen die Gegebenheiten an Bord hier anhand zeitgenössischer Darstellungen vermittelt werden. Die Auswahl geeigneter Zeichnungen ist allerdings beschränkt und so habe ich als Gesamtansicht unten die Abbildung eines Ostindienfahrers vor Malakka um ca. 1660 und auf den folgenden Seiten Ausschnitte aus einer Skizze des niederländischen Malers Willem van de Velde d.J. verwendet.

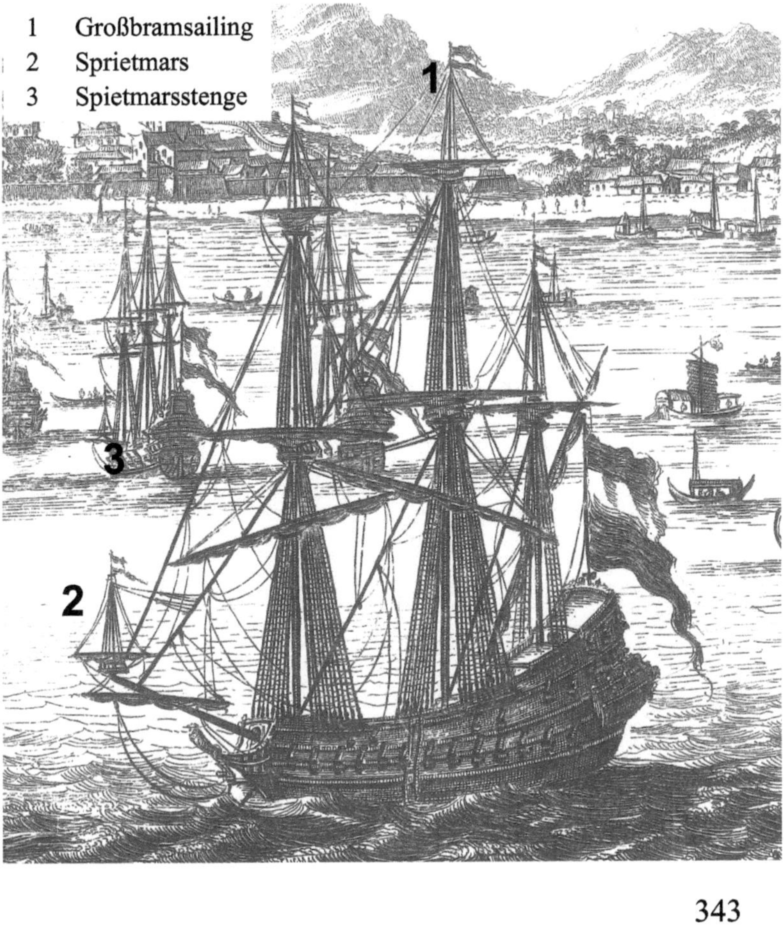

1   Großbramsailing
2   Sprietmars
3   Spietmarsstenge

Das Achterschiff

1:    Poop
2:    Schanzkleid
3:    Halbdeck
4:    Kapitänskajüte und Salon
5:    Kabinen der Achterdecksgäste
6:    Zwischendeck und Batterie
7:    Hauptdeck

344

Das Mittelschiff

1:   *In der Kuhl*
2:   *Auf dem Bergeholz*
3:   *Vor der Jakobsleiter*

Das Vorschiff

1:   *Das Backdeck*
2:   *Die Back*
3:   *Rüstbrett zum Befestigen der Wanten*
4:   *Segelkammer*
5:   *Galion*
6:   *Bugspriet*

Bisher erschienene Bücher zur Rotbartsaga

Rotbartsaga Band1

Es war reiner Zufall, dass ich auf die Geschichte des legendären Schiffskaters Rotbart gestoßen bin. Ein alter Holländer hatte damit zu tun, dass ich Carlszoons Cottage an der Mündung des MysticRiver an der Nordwestküste Connecticuts, USA entdeckte. Dort fand ich auf dem Dachboden Dokumente, Tagebücher und eine Unmenge Souveniers des holländischen Kapitäns Carl Carlszoon. In diesem Buch erzähle ich, wie ich auf die Rotbartgeschichte gestoßen bin und wie aus dem Sohn der Katzenspelunkenbetreiberin auf der holländischen Insel Texel der legendäre Schiffskater Rotbart wurde. Einzelne Episoden dieser Reisen sollen einen Vorgeschmack davon geben, was den Leser in den folgenden fünf Bänden der Rotbartsaga erwartet.

Rotbart & Friends:

Ein Bildband zum "Vermächtnis des Kapitäns Carl Carlszoon" Hier werden im Farbdruck die Katzen- und Hundekumpels

des legendären Rotbart mit ihren Ehrenportraits vorgestellt, Das Geheimnis der Seekisten von Schiffskatzen- und Klabautermiezen gelüftet, die Poster der *Captn's Cat Ltd, the Food for Seafaring Cats Company* und prächtige historische Dokumente aus dem goldenen Zeitalter der Schiffskatzen präsentiert. Auf 108 Seiten im Format 21,6 x 27,9 cm findet der Betrachter knapp hundert meist ganzseitige Vierfarbdrucke über Rotbart & Friends und ihre Geschichten.

Mehr Literatur zu Schiffskatzen

Wolfgang Schwerdt: Forscher, Katzen und Kanonen. Über Leben und Arbeit von Forschungsreisenden im 18. und 19. Jahrhundert.
Reihe: Kleine Kulturgeschichten.
Berliner Vergangenheitsverlag 2012

ISBN: 978-3-86408-094-4
http://www.vergangenheitsverlag.de

Wolfgang Schwerdt: Die Schwarzbaerflotte: wahre Geschichten über seefahrende Katzen. CreateSpace Independent Publishing Platform 2012
ISBN-13: 978-1478328841

Der Autor Wolfgang Schwerdt

Geboren 1951 in Berlin. Seit 1982 freier Journalist für Hörfunk und Printmedien. Seit 1988 spezialisiert auf Themen der Schifffahrts- und Kulturgeschichte. Seit 2002 auch Buchautor.

Auf die Katz ist Schwerdt erst etwa 2002 gekommen, als er auf einem Reiterhof mit vier dieser Wesen der samtpfotigen Art konfrontiert wurde. Seitdem lässt ihn das Thema nicht mehr los.

Die Autoren-Homepage: http://wolfgangschwerdt.wordpress.com/

Weitere katzenbezogene Publikationen von Wolfgang Schwerdt:

- Mit Katzenaugen: Träumkatzen und der Wilde Kater
- Auf Katzens Spuren
- Brueder Grimms Katzen
- Katzen-Kultur, das Online-Magazin:
  http://katzen-kultur.blogspot.com/

Autorenprofil auf Amazon:
https://www.amazon.de/Wolfgang-Schwerdt/e/B0045BAYZG